grafit

Chemnitzer Str. 31, D-44139 Dortmund
Internet: http://www.grafit.de
E-Mail: info@grafit.de

Umschlagfoto: © tora / photocase.com
Druck und Bindearbeiten: CPI – Clausen & Bosse, Leck
ISBN 978-3-89425-428-5
1. 2. 3. / 2016 15 14 13

Gabriella Wollenhaupt
Friedemann Grenz

Schöner Schlaf

Kriminalroman

grafit

Die Autoren

Gabriella Wollenhaupt, Jahrgang 1952, arbeitet als Fernsehredakteurin in Dortmund. Als Kriminalschriftstellerin ist sie bekannt vor allem für ihre kultigen ›Grappa-Krimis‹. Seit 1993 ermittelt die Polizeireporterin Maria Grappa in Bierstadt. Zuletzt erschien *Grappa und die Toten vom See.*

Die beiden historischen Kriminalromane *Leichentuch und Lumpengeld* und *Blutiger Sommer* stehen den Grappa-Krimis in Sachen Witz und Ironie in nichts nach und entstanden schon unter Mitarbeit ihres Ehemannes Friedemann Grenz. Der Literaturwissenschaftler, Jahrgang 1944, arbeitet als freier Lektor und Autor.

Schöner Schlaf ist der erste gemeinsame zeitgenössische Kriminalroman der beiden.

www.gabriella-wollenhaupt.de

Und süßer strömend quillt der Duft der Nacht
Und träumerischer aus dem Kelch der Pflanzen.
Ich habe immer, immer dein gedacht;
Ich möchte schlafen, aber du musst tanzen.

Theodor Storm (1817–1888)

Kapitel 1

Atemlos folgte Henri Goldstein dem Verlauf der Auktion. Der große Saal bei *Sotheby's* war voll besetzt. Vorn stand ein kleines Bild auf einer Staffelei, ein Scheinwerfer lenkte die Aufmerksamkeit aller darauf. Goldstein hatte erwartet, dass das Bild etwa viereinhalb Millionen Euro einbringen könnte. Als die Gebote sieben Millionen Pfund überschritten, war Goldstein so aufgeregt, dass gar nicht registrierte, dass er seine Brille unaufhörlich mit einem Tuch polierte. Bei jedem neuen Angebot zuckte er zusammen, jähe Hitzewellen führten zu Schweißausbrüchen und sein schütteres Haar klebte an der Stirn. Doch auch alle anderen ließ das Geschehen nicht unberührt, regelmäßig ging ein Raunen durch den voll besetzten Saal – das Interesse an dem Bildchen übertraf die Erwartungen aller Experten.

Gegen zweiundzwanzig Uhr Londoner Zeit erfolgte der Zuschlag. Ein anonymer Sammler bot 24.269.380 Euro und erhielt den Zuschlag. Jan Vermeers Bild *Junge Frau am Virginal* war verkauft. Der neue Besitzer war nicht persönlich anwesend, er hatte sich per Telefon an der Auktion beteiligt. Bei solchen Geschäften war Diskretion ein wichtiges Sicherheitskriterium.

Als der Hammer zum letzten Mal fiel, schloss Goldstein die Augen. Leb wohl, Baby, dachte er und seufzte.

Wenige Minuten später schickten die Reporter ihre ersten Meldungen über die Agenturen. Über vierundzwanzig Millionen Euro für ein Bild zu erzielen, das noch nicht einmal die Größe einer Schreibmaschinenseite hatte, war eine Sensation. Natürlich wurde heftig über die Identität des neuen

Besitzers spekuliert. War es wirklich der Casino-König aus Las Vegas, der alte Meister jagte? Oder steckte doch ein Museum dahinter, das irgendwann mit einem ›neuen‹ Vermeer das Publikum locken wollte?

Henri Goldstein war zufrieden und erschöpft. Er hatte alle Interviewwünsche der Medien abgelehnt und sich in sein Büro zurückgezogen.

Kapitel 2

Die Landstraße war nicht beleuchtet. Nur der Mond spendete ein wenig Licht. Trotzdem fiel Matt Turner das Auto auf, das mit abgeschalteten Scheinwerfern in einer Haltebucht stand. Die Beifahrertür war geöffnet, niemand war zu sehen.

Turner kannte den Parkplatz, der von Büschen umkränzt war. Hinter den Sträuchern fiel eine Wiese sanft ins Tal ab. Rechts am Waldrand gab es einige wetterfeste Tische und Bänke. Pärchen nutzten den Picknickplatz als Lustwiese. Matt Turner erinnerte sich daran, wie er selbst hier in jungen Jahren entdeckt hatte, wie nett Mädchen sein konnten. Aber Frauen waren im Moment wirklich nicht sein Hauptproblem.

Turner fuhr langsam an dem parkenden Fahrzeug vorbei. Eigentlich noch ein bisschen zu kühl fürs Kuscheln im Freien, dachte er. Er stutzte. Das Auto kannte er doch!

Nach hundert Metern wendete er und passierte die Stelle ein zweites Mal. Kein Mensch zu sehen. Die Scheinwerfer seines eigenen Wagens erleuchteten das Nummernschild des anderen. Das war Majas alte Kiste. Jähe Enttäuschung überkam ihn, Turner gab Gas, wendete erneut und fuhr nach Hause – Maja konnte ihm gestohlen bleiben.

Zu Hause legte Turner Musik auf und goss sich ein Bier ein. Er dachte an den letzten Streit mit ihr, erinnerte sich daran, wie sie ausgerastet war und er sie aus der Wohnung geworfen hatte. Er hatte nicht den geringsten Grund, jetzt eifersüchtig zu sein. Merkwürdig nur, dass die Beifahrertür aufgestanden hatte. Die beiden hatten es wohl sehr eilig gehabt, in die Büsche zu kommen, dachte er grimmig.

Er drehte die Musik leiser. Der Grappa zum Bier war zwar kein Beweis guten Stils, beruhigte aber seine aufgewühlten Nerven. Maja. Er sah ihr hübsches Gesicht vor sich: perfekt geschminkt, glänzende Lippen und sehr weiße Zähne. Sie kannte ihre Wirkung auf Männer und hatte keine Hemmungen, ihre Reize gezielt einzusetzen. Auch er war ihr auf den Leim gegangen. Bis sie gemerkt hatte, dass er ihre Ansprüche weder erfüllen konnte noch wollte. Nicht alle Rechtsanwälte schwimmen in Geld. Turner hatte Mühe, den Kopf über Wasser zu halten und die laufenden Kosten zu begleichen.

Natürlich hatte er sich übernommen. Die Kanzlei befand sich in einer guten Gegend mit hohen Mieten. Das erste Jahr hatte er von seinen Reserven gelebt, das zweite Jahr seiner Anwaltstätigkeit hatte er mit einer schwarzen Null abgeschlossen. Im dritten Jahr war er dann in die roten Zahlen gerutscht. Scheidungen, Verkehrsdelikte und Pflichtverteidigungen brachten keinen Reichtum.

Turner seufzte und genehmigte sich einen zweiten Grappa. Wahrscheinlich war Maja mit ihren zweiundzwanzig Jahren einfach zu jung für ihn. Und sie hatte sich ja wohl schnell getröstet. Hoffentlich hast du den attraktiven, charmanten Millionär gefunden, von dem du geträumt hast, dachte er und hob das Schnapsglas. Er soll dich auf Händen tragen, dir immer treu sein, dir seine Kreditkarten geben und die uneingeschränkte Kontovollmacht. Plötzlich musste er grinsen. Attraktive Millionäre trieben es bestimmt nicht auf einer feuchten, kühlen Wiese. Dann hatte Maja wohl eine Zwischenstation eingelegt auf dem Weg zur Gattin.

Turner schaute auf die Uhr. Es war kurz nach elf. Zeit, ins Bett zu gehen. Morgen hatte er einen Termin bei Gericht. Einen der wenigen in diesen Wochen. Eine Frau mittleren Alters klagte gegen einen jungen Mann auf Herausgabe eines Autos. Der junge Mann behauptete, die Klägerin habe ihm die Karre geschenkt. Turner vertrat den Beklagten. Seine Strategie stand fest: Der Mann hatte Dienstleistungen erbracht, die von der Klägerin mit der Übergabe des Autos beglichen worden waren.

Die Medien hatten schon über den Fall berichtet und morgen würden sich Journalisten auf den Pressebänken tummeln. Turner musste dafür sorgen, dass er in den Zeitungen erwähnt wurde. Das brachte vielleicht neue Mandanten.

Bevor er einschlief, sah er Maja vor sich, wie sie sich im *Keep-out* über die Tische beugte und die Bestellungen annahm. Nicht wenige Gäste verloren sich dabei im Anblick ihres Ausschnitts.

*

Der Anblick von Leichen ließ Kriminalhauptkommissar Karlo Kant gewöhnlich kalt. Er war schon fünfzehn Jahre Ermittler in der Mordkommission. Spurlos waren die nicht an ihm vorbeigegangen. Ihm war sehr wohl bewusst, dass er zu häufige und heftige Flirts mit der Flasche pflegte. Doch nur so ließ sich alles ertragen.

Die Leitstelle hatte ihn aus einem unruhigen Schlaf geweckt und den Fund einer toten Frau an der Landstraße zwischen Berghof und Rheinburg gemeldet. Kant kannte die Stelle – dorthin verzogen sich Männlein und Weiblein in lauen Sommernächten, um im Grünen zu knutschen.

Die schnelle Dusche hatte ihn nicht richtig munter gemacht und für ein Frühstück nahm er sich nicht die Zeit. Mit geübtem Griff träufelte er sich Tropfen in die Augen, damit man ihm die späte Nacht nicht ansah.

Rheinburg und Berghof lagen nur zehn Kilometer voneinander entfernt. Das Dorf hatte in den letzten Jahren Neubaugebiete mit erschwinglichen Quadratmeterpreisen ausgewiesen. Die Stadt Rheinburg dagegen war zugebaut und konnte sich nicht weiter ausdehnen, weil auf einer Seite der Fluss war, auf der anderen eine Hügelkette und rund um die Stadt jede Menge Autobahnen. Es war chic geworden, in Rheinburg zu arbeiten und in Berghof zu wohnen.

Kant stellte den Wagen ab und stieg aus. Zwei uniformierte Polizisten versuchten, die Fernsehteams und die Fotografen abzudrängen.

»Wo ist sie?«, wollte Kant wissen.

»Kommen Sie, Herr Hauptkommissar!« Der Beamte hob das Absperrungsband und ging voran.

Die beiden stapften durch die kniehohe Wiese, an einigen Bänken vorbei.

»Gleich da hinten!«

Kant ließ sich von einem Kollegen der Spurensicherung ein Paar Überzüge für seine Schuhe geben und Latexhandschuhe.

»Man kann die Frau von der Straße aus nicht sehen«, erklärte der Polizist. »Aber wir sind gleich da. Hinter den Büschen.«

Im Zwielicht von Scheinwerfern und der Morgendämmerung entfaltete sich eine gespenstische Szene.

Die Frau schien zwischen zwei Bäumen zu schweben. Ihre Handgelenke waren mit Stricken an den Stämmen zweier Bäume befestigt.

Die Sonne trat hinter einer Wolke hervor.

Eine schöne junge Frau. Die Augen waren geschlossen. Tau hatte sich auf ihren Wimpern gesammelt, lief die Wangen herab und tropfte auf ihr Dekolleté. Unter der Leiche war eine kleine Blutlache zu sehen.

»Wer hat sie gefunden?«, fragte Kant.

»Der dahinten.« Der Kollege deutete auf einen Mann, der an einem der Tische saß.

»Habt ihr ihn schon befragt?«

»Sicher. Er hat auf dem Parkplatz gehalten und sich in die Büsche geschlagen, um zu pinkeln. Gesehen hat er nichts, außer der Leiche natürlich. Wollen Sie ihn selbst noch sprechen?«

Kant verneinte. »Er soll am Nachmittag oder morgen früh ins Präsidium kommen. Lasst ihn gehen.«

Er wandte sich wieder der Toten zu. »Seltsames Kleid«, murmelte Kant.

»Die gängige Mode ist das jedenfalls nicht«, bestätigte der Beamte. »Ich schicke dann mal eben den Zeugen nach Hause.«

Kant war froh, als der Kollege ihn allein ließ.

Er sah sich das Kostüm in Ruhe an. So etwas war ihm bisher höchstens auf Fotos oder in Büchern begegnet.

Der Rock des Kleides war sehr weit und fast knöchellang. Das Gewebe glänzte wie Seide. Um die Taille der Frau war ein reich verzierter Gürtel geschlungen, Kant bemerkte Stickereien aus goldfarbenem Garn und einige winzige Goldperlen. Eine ähnliche – nur nicht so aufwendige – Verzierung war oberhalb der weißen, mit Spitze verzierten Ärmelsäume angebracht. Das Oberteil lag eng an und ein weißes Tuch bedeckte die Schultern. Die Ärmel selbst waren aufgebauscht und aus feinem, gelbem Stoff.

Wie im Theater, dachte Kant, vielleicht war die Frau Schauspielerin. Oder sie verkleidete sich gern.

Das Haar der Toten war vermutlich üppig gelockt. Doch die Mähne war streng aus der Stirn zurückgekämmt. Nur über den kleinen, perfekt geformten Ohren kringelten sich Strähnen, von denen einige am Ende mit einem schmalen roten Schleifchen verziert waren. In den Dutt am Hinterkopf war ebenfalls ein rotes Band geflochten.

Die Bahn getrockneten Blutes verlief von der linken Brust nach unten und wiederholte das Motiv der roten Bänder in einem dunkleren Ton.

Die Frau trug keine Schuhe. Die Füße waren gepflegt, die Nägel rot lackiert. Kant trat näher zu der Leiche und roch an ihr. War das Rosenduft oder stammte der Geruch von irgendeiner Blume auf der Wiese?

Kant wurde gestört, denn der Rechtsmediziner Bornemann näherte sich. Kant und er kannten sich seit vielen Jahren. Sie kamen gut miteinander aus, doch zu einem Bier oder Wein nach Dienstschluss hatte es nie gereicht.

»Hallo, Doc«, grüßte Kant mit müder Stimme.

Der Rechtsmediziner drehte eine Runde um die Leiche.

»Ist sie schon fotografiert worden?«, fragte er.

»Alles erledigt.«

Bornemann betastete die Haut der toten Frau, reckte sich in die Höhe, hob ein Augenlid an und schniefte.

»Wie lange ist sie schon tot?«, fragte Kant.

»Du kennst doch die Antwort – das kann ich erst sagen, wenn ich sie auf dem Tisch habe«, antwortete Bornemann. »Aber lange hängt sie noch nicht hier. Sonst hätten sich Insekten oder Nager über sie hergemacht. Bei dem feuchten und warmen Wetter. Ich schätze, sie ist am vergangenen Abend oder in der Nacht hierhergebracht worden. Vielleicht auch erst im Morgengrauen.«

»Dann liebt der Typ das Risiko«, stellte Kant fest. »Bei den vielen Liebespaaren, die sich hier gewöhnlich tummeln.«

»Vielleicht wusste der Täter das nicht«, entgegnete Bornemann.

*

Der Prozess wurde ein Desaster, denn Turner konnte sein Plädoyer nicht halten. Noch im Morgengrauen hatte er an witzigen und geistreichen Formulierungen herumgeschraubt und dann das: Klägerin und Beklagter einigten sich, die Klägerin zog die Klage zurück. Alles sei nur ein Missverständnis gewesen, das am vergangenen Abend geklärt werden konnte. Wahrscheinlich auch noch in der Nacht, die auf den Abend folgte, dachte Turner grimmig. Arm in Arm zogen die beiden Parteien von dannen.

Kein Artikel in den Zeitungen, kein Interview mit dem jungen, aufstrebenden Rechtsanwalt, kein überhaupt nichts.

Wenn das so weitergeht, dachte er, mach ich meine Bude dicht. Basta.

Turner zog den Talar aus und ging in die Gerichtskantine. Sie war gut besucht, weil es sich für viele Kollegen nicht lohnte, zwischen den Terminen ins Büro zu fahren. Fließbandarbeit im Dienste der Gerechtigkeit.

Der Anwalt stellte sich in die Schlange vor dem Kaffeeautomaten. Vor ihm unterhielten sich zwei Polizisten über den Fund einer weiblichen Leiche zwischen Berghof und Rheinburg.

Turner verzichtete auf den Kaffee und verließ das Gerichtsgebäude fast fluchtartig. Mit einem flauen Gefühl im Bauch wählte er Majas Handynummer. Keine Antwort.

Er sah auf die Uhr. Es war noch zu früh für die Kneipe, aber vielleicht hatte er ja Glück. Mit zitternden Fingern wählte er die Nummer des *Keep-Out*. Nach langen Sekunden meldete sich Roy, dem der Laden gehörte.

»Ist Maja da?«, schrie Turner in den Hörer. Er konnte Roys Stimme kaum verstehen, denn im Hintergrund dröhnte laute Musik.

»Was geht dich das noch an?«, blaffte Roy.

»Nun sag schon!«

»Ist ja auch noch früh. Aber gestern ist sie, ohne sich abzumelden, nicht gekommen. Wenn du sie siehst, dann sag ihr, dass ich mich nach einer anderen Kellnerin umsehe, sollte das wieder passieren. Ich bin ihre Extratouren leid!«

Turner wählte die Nummer der Polizeileitstelle und teilte seinen Verdacht mit, dass er möglicherweise die Identität der gefundenen Frauenleiche kenne. So erhielt er die Handynummer des diensthabenden Kriminalkommissars.

*

Karlo Kant hätte das Klingeln fast überhört, denn das Mobiltelefon lag unter Zeitungen begraben.

»Es ist alles total kompliziert«, druckste der Anrufer herum, der sich als Matt Turner vorgestellt hatte. »Ich bin gestern an der Stelle vorbeigefahren und habe Majas Wagen dort stehen sehen. Maja Schneider. Sie ist meine ehemalige Freundin. Die Scheinwerfer waren aus und die Beifahrertür stand offen. Hat mich sehr gewundert, denn Maja hätte eigentlich Dienst im *Keep-out* gehabt.«

»Wir haben keinen Wagen gefunden«, erklärte Kant. »Und was ist das *Keep-out*?«

»Eine Szene-Kneipe in der City«, antwortete Turner. »Sie arbeitet dort als Kellnerin. Aber sie war gestern nicht da und heute auch noch nicht. Ich habe gerade mit dem Wirt gesprochen.«

»Sie haben nicht angehalten?«

Turner hatte nicht gleich eine Antwort parat. Ich hätte

wirklich nachsehen sollen, dachte er, doch jetzt ist es zu spät.

»Ich dachte ... Ich wollte ...«, stotterte er. »Wir hatten uns doch getrennt und ich dachte, sie wäre mit einem anderen Mann zusammen.«

»Und da wollten Sie nicht stören?«

»Ja. Aber vielleicht ist Ihre Tote ja gar nicht Maja. Sie hat sich bestimmt ins Auto gesetzt und ist weggefahren«, beruhigte sich Turner selbst.

»Möglich. Können Sie Frau Schneider beschreiben?«

»Sie ist zweiundzwanzig Jahre alt, etwa eins siebzig groß, schlank und hat dickes, naturgelocktes, dunkelblondes Haar.«

Könnte passen, dachte Kant. »Wissen Sie, wo das Institut für Rechtsmedizin ist?«

»Ja. Ich bin Anwalt.«

»Wir treffen uns dort in einer halben Stunde.«

Der Schnitt ging vom Hals bis zum Schambein, Brustkorb und Bauchhöhle waren bereits geöffnet.

»Der tödliche Stich wurde schräg von unten nach oben geführt«, erklärte der Doc. »Wenn du willst, kann ich dir den Stichkanal zeigen. Fasst du mal mit an?«

Kant wich zurück. »Lass mal. Ich glaube es dir auch so.«

Bornemann grinste. »Der Täter hat ein sehr langes und sehr scharfes Messer benutzt und mit großer Kraft zugestochen. Es war nur ein einziger Stich. Die Lunge wurde durchstochen und die Aorta am Herzen durchtrennt. Sie ist nach innen verblutet. Ein schneller Tod. Nur wenig Blut trat durch die Wunde aus und ist im Stoff des Kleides versickert.«

Kant hasste die Luft in diesem Raum. Obwohl es objektiv nicht stank, meinte er, den Geruch des Todes einzuatmen. Gärende Körpersäfte, eingetrocknetes Blut, Ausdünstungen von Organen und kaltem Fleisch.

»Sie hat sich nicht wehren können, sie wurde betäubt. In ihrem Blut befindet sich eine hohe Dosis Barbital«, sagte der Doc im Plauderton. »Das ist der Wirkstoff. Der Handelsname war früher Veronal. Wird heute nicht mehr hergestellt. Manche nannten das Zeug auch *Kalypnon.* Schöner Schlaf.«

Kant sah ihn fragend an.

»Mein alter Anatomieprofessor hat den Wirkstoff immer so genannt«, erklärte der Pathologe. »*Kalypnon* ist griechisch und bedeutet *schöner Schlaf.* Von *kalos*, schön, und *hypnos*, Schlaf.«

»Was ist an diesem Schlaf schön?«

»Veronal war mal ein beliebtes Mittel für Selbstmörder. Man schläft sanft ein und wacht nicht mehr auf. Heute wird es nicht mehr produziert.«

»Offenbar doch.«

»Den Wirkstoff gibt es natürlich noch«, fuhr Bornemann fort. »Aber die Ärzte verschreiben das Zeug nicht mehr als Schlafmittel.«

»Sonst noch etwas?«, fragte Kant.

»Unter den Fingernägeln Reste von Make-up – vermutlich ihr eigenes, ein bisschen Erde und Spuren von Motoröl an zwei Fingerkuppen. In den Hautporen waren Rückstände von einer Waschlotion.«

»Mit Rosenduft?«

»Genau. Woher weißt du das?«

»Ich hab es gerochen.«

»Feines Näschen, Kant!«

»Sie war ungeschminkt«, warf Kant ein.

»Gut beobachtet.«

»Und jetzt die Gretchenfrage: Ist sie missbraucht worden?«, fragte Kant.

»Es sieht nicht so aus. Kein Sperma. Weder in der Scheide noch sonst irgendwo, keine Verletzungen, die darauf hindeuten. Das Kleid wird noch untersucht. Aber der Kerl kann sich ja anders befriedigt haben. Wir suchen weiter nach fremder DNA.«

»Hast du den Mageninhalt schon analysiert?«

Die Klingel ertönte.

»Ach ja, ich hab jemanden hierherbestellt«, erklärte Kant. »Er kann sie vielleicht identifizieren. Ich geh ihn mal holen.«

Der Kommissar war froh, wenigstens einen Augenblick aus dem kühlen Saal herauszukommen. Die Fenster im Flur waren geöffnet und ließen frische Luft herein. Sogar das Anschauungsmaterial in den mit Formalin gefüllten Gläsern wirkte fast freundlich: Augen, Därme, ein Hirn in Scheiben und eine halbe Raucherlunge.

Kant öffnete die Eingangstür zur Rechtsmedizin.

Turner war ein schlanker junger Mann mit wirrem Haar.

»Kommen Sie«, sagte Kant.

Turner folgte ihm stumm, in der Hand einen Schlüsselbund, mit dem er hektisch klimperte.

Der Doc hatte die Leiche mit einem Tuch zugedeckt und saß mit einem Becher Kaffee in der Hand auf seinem Drehstuhl. Mit unverhohlener Neugierde musterte er Turner. Nein, der war kein Mörder, der hatte nur Angst vor dem, was er gleich sehen sollte.

Bornemann nahm einen Schluck Kaffee. »Dann wollen wir mal.« Er erhob sich, ging zum Seziertisch und schlug das Tuch zurück.

Turner entspannte sich. Er hatte mit einem schlimmeren Anblick gerechnet. Maja sah aus, als schliefe sie.

»Sie ist es«, krächzte er. »Was hat man ihr angetan?«

Bornemann stellte dem Kommissar sein Büro zur Verfügung. Turner setzte sich auf eine hölzerne Eckbank, über der ein Schaubild mit den Muskeln des menschlichen Körpers angebracht war, Kant platzierte sich hinter Bornemanns

Schreibtisch. Die ungespülten Kaffeebecher schob er zur Seite.

»Hat Frau Schneider Verwandte? Enge Freunde?«, fragte er.

Turner wusste es nicht.

»Wie lange waren Sie mit ihr zusammen?«

»Nur ein halbes Jahr«, antwortete Turner. »Ich hab Schluss gemacht. O Gott, was ist da bloß passiert? Sie war so eine freundliche und vertrauensselige Person. «

»Trotzdem haben Sie sich von ihr getrennt?«

»Sie hatte eine andere Vorstellung vom Leben als ich. Wir sind aber nicht im Streit auseinandergegangen«, schob Turner nach. »Es war einfach zu Ende. Das ist alles.«

»Hatte sie einen neuen Freund?«

Turner schüttelte den Kopf. »Das kann ich mir nicht vorstellen.«

»Und doch dachten Sie, dass sie mit einem anderen Mann in der Wiese war«, wandte Kant ein.

Turner klimperte wieder mit dem Schlüsselbund. »Als ich ihren Wagen sah, lag der Gedanke nahe. Hätte ich doch nur nachgeschaut! Dann könnte sie vielleicht noch leben.«

»Sie hätten sie nicht mehr retten können. Der Fundort ist nicht der Tatort. Sie wurde nicht am Parkplatz getötet.«

»Wann ist es passiert?«

»Wahrscheinlich gestern Abend. Hatte Frau Schneider irgendwelche Hobbys?«

»Hobbys? Außer Shoppen und Party fällt mir nichts ein.«

Kant beschloss, Turner von dem Kostüm nichts zu erzählen. »Sie sind Rechtsanwalt?«, änderte er das Thema.

»Ja. Ziemlich erfolglos allerdings. Ich spiele mit dem Gedanken, meine Kanzlei zu schließen.«

»Ich dachte immer, Anwälten gehe es gut«, meinte Kant. »Weil die Leute immer bösartiger werden und immer öfter die Gerichte bemühen.«

»Davon habe ich noch nichts bemerkt.«

»Wo hat Frau Schneider zuletzt gewohnt?«

»Zunächst bei mir. Danach zog sie in ein Zimmer in einer Wohngemeinschaft. Bei einem Mädchen, das auch im *Keep-out* kellnert. Jessica Müller.«

Es war spät geworden, doch eine Soko musste gegründet werden. Kant leitete alles in die Wege und forderte Akif Neumann und Dirk Weingarten an. Neumann war zur Hälfte türkischer Abstammung und ziemlich neu im Job. Dirk Weingarten dagegen war umso erfahrener und schon mal bei einem Einsatz angeschossen worden. Er zog das Bein leicht nach, war aber ein guter gründlicher Ermittler, auch wenn er einen fliehenden Ganoven nicht mehr selbst am Kragen packen konnte. Sie würden sich in der *Soko Kostüm* gut ergänzen. Morgen, am Nachmittag, würden sie das erste Mal zusammenkommen können.

Kapitel 3

Der Hauptkommissar startete den neuen Tag mit einem Besuch bei Jessica Müller. Die Adresse hatte er vom Wirt des *Keep-out* erfahren. Kant landete in Rheinburgs Künstler- und Schwulenviertel.

Vor dem mit Efeu überwucherten Altbau lagen Fahrräder kreuz und quer übereinander, aus geöffneten Fenstern drang laute Rockmusik. Der Kommissar klingelte und der Summer ertönte. Eine Sprechanlage gab es nicht.

Der Flur war mit Jugendstilkacheln gefliest und wirkte erstaunlich gepflegt. Kant schob einen Kinderwagen zur Seite und begann mit dem Aufstieg.

Bei *Müller* war die Tür nur angelehnt. Er klopfte und rief, ob jemand da sei. Tatsächlich tauchte im Türspalt eine weibliche Gestalt auf.

Kant zückte seinen Dienstausweis. »Sind Sie Frau Müller?«

»Nö«, gähnte die Frau. Sie kam wohl gerade aus dem Bett, ihr Gesicht trug Spuren eines zerknüllten Kopfkissens. »Hier heißt keiner Müller.«

»Und warum steht's dann unten und an der Tür?«

»Irgendwas muss doch da stehen«, antwortete sie. »Heißt der deutsche Spießer nicht gemeinhin Müller?«

»Ich bin wegen Maja Schneider hier. Das ist doch eine Mitbewohnerin von Ihnen, oder? Und Maja Schneider ist jetzt tot. Wo ist ihr Zimmer?«, kam er zur Sache.

»Was ist passiert?«

»Das sage ich Ihnen gleich.«

Die Frau bekam große Augen.

»Kommen Sie rein«, murmelte sie und ging zu einem Tisch, der in der Mitte der Wohndiele stand. Dort zog sie eine Zigarette aus einer Schachtel. »Darf ich noch mal Ihren Ausweis sehen?«

Er gab ihn ihr.

»Kant«, las sie. »Karlo Kant. Künstlername?« Sie zündete sich die Zigarette an, inhalierte, blies ihm den Rauch ins Gesicht und gab den Ausweis zurück.

»Die werden bei der Kripo noch nicht vergeben«, lächelte Kant gegen seinen Willen. Er fasste die Fakten zusammen. Sie hörte ihm stumm zu.

»Kaffee?«, fragte sie dann. Langsam schien sie wach zu werden.

»Kaffee wäre nicht schlecht.«

»Okay. Milch ist nicht da. Trinken Sie ihn auch schwarz?«

»Kaffee in allen Variationen«, sagte er. »Am liebsten ohne alles.«

»Okeydoke.« Sie räkelte sich. Das Hemdchen rutschte hoch. Ihre Beine waren nackt und wohlgeformt.

»Bin gleich wieder da, Karlo Kant«, versprach sie. »Sie können ja schon mal ermitteln gehen. Majas Zimmer ist am Ende des Flurs. Gehen Sie ruhig rein, es ist offen.« Sie verschwand und Kant hörte Klappern von Geschirr.

Er durchquerte den Flur und drückte die Klinke. Der Raum war nicht groß, doch die Wände waren hoch. Tisch, zwei Stühle, ein Bett und ein Blümchensofa, das schon bessere Zeiten gesehen hatte. Zwei Regale mit Büchern und Nippes, eine fahrbare Kleiderstange und eine Kommode.

In einer Schublade fand er Papiere: Reisepass, einige Fotos, ein Sparbuch mit neunhundert Euro und einen Kfz-Brief.

Kant verstaute die Sachen in einer Plastiktüte. Einen Personalausweis fand er nicht. Vermutlich befand der sich in der Handtasche der Toten und die vielleicht in dem verschwundenen Auto.

Jessica stand plötzlich hinter ihm – mit zwei Bechern in der Hand.

»Was wissen Sie über Maja?«, fragte er.

»Na ja, sie wohnte ja erst seit zwei Wochen hier«, antwortete Jessica und reichte ihm den Becher. »Ihr Freund hat sie rausgeworfen. Und hier war was frei.«

»Sie werden sich doch aber mal mit ihr unterhalten haben?«

»Doch, schon. Sie hat mir von ihrem Exfreund erzählt und von ihrer Schwester.«

»Sie hat eine Schwester?«

»Hatte. Sie ist vor einem Jahr gestorben. An einer Herzkrankheit. Maja hat wohl sehr an ihr gehangen. Und sie hat mir erzählt, dass sie die Stadt verlassen wollte. Sie hatte einen neuen Job in Aussicht, besser als die Kellnerei.«

»Hat sie gesagt, was das war?«

Jessica schüttelte den Kopf. »Es hatte irgendwas mit Kunst oder Theater zu tun.«

»Versuchen Sie, sich zu erinnern! Es ist wichtig.«

Jessica überlegte. »Vielleicht war es nur so dahergeredet. Mehr weiß ich nicht.«

»Hatte sie mal Besuch?«

»Ich hab nie jemanden gesehen. Aber ich bin ja nicht immer hier.«

»Was arbeiten Sie denn?«, fragte Kant. »Außer Kellnern.«

»Ich studiere«, antwortete sie. »Kunstgeschichte.«

»Interessant.«

»Ja, nicht?« Jessica schlürfte ihren Kaffee. »Fand Maja auch. Ein Mal hat sie mir regelrecht ein Loch in den Bauch gefragt.«

»Wie meinen Sie das?«

»Sie interessierte sich für Maler des 16. und 17. Jahrhunderts. Ich war ganz perplex. Habe ihr dann ein paar von meinen Büchern geliehen. Moment, sie müssen hier noch liegen«

Jessica stellte den Kaffeebecher ab, ging zum Bücherregal und zog drei dicke Bildbände heraus. »Gucken Sie! Sie hat sogar Zettel reingelegt. Malerei des Barock. Rubens, Rembrandt, Caravaggio und einige Holländer.«

»Können Sie sich dieses Interesse erklären?«

Jessica zuckte die Schultern. »Nein, zumal sie null Ahnung von der Materie hatte.«

»Null Ahnung? Erklären Sie das, bitte!«

»Na ja«, dehnte Jessica. »Auch wenn man sich nicht für Kunst interessiert, kriegt man doch einiges mit. Man kennt Namen wie Picasso, van Gogh oder Rubens. Aber Maja hatte wirklich keinen blassen Schimmer, war nie in einem Museum gewesen oder so. Daher wunderte ich mich sehr über diese plötzliche Wissbegierde. Ich habe ihr den Besuch unserer Kunsthalle empfohlen.«

»War sie dort?«

»Das weiß ich nicht.«

Kant blätterte in den Bildbänden und folgte dabei den Lesezeichen Majas. »Sie interessierte sich besonders für eine bestimmte Epoche«, stellte er fest. »Barockmalerei. 17. Jahrhundert. Warum gerade diese Zeit?«

»Wie gesagt, keine Ahnung.« Jessica lachte auf. »Vielleicht, weil sich die Zeiten ähneln. Das damalige Lebensgefühl ist unserem heutigen sehr nahe. Vergänglichkeit und Völlerei, Gottesfurcht und gleichzeitig Sittenverfall. Nur dass man das heute Terror, Geldgier, Islamismus und Pornografie nennt.«

»Hatte Maja denn ein Gespür für so was?«

»Man muss in der Kindheit mit der Kunst in Kontakt kommen«, erklärte Jessica. »Das war bei ihr wohl nicht der Fall. Das heißt noch lange nicht, dass sie blöd war.«

»Darf ich die Bücher mitnehmen?«, fragte er.

»Klar. Ich brauche sie nur irgendwann wieder.«

»Bekommen Sie. An wen soll ich sie schicken?«

»Müller. Jessica.« Sie grinste.

»Es macht wohl Spaß, kleine Polizisten an der Nase herumzuführen. Das kann aber nach hinten losgehen. Man nennt es dann Falschaussage.«

»Och«, machte sie mit einem Augenaufschlag. »Kriege ich jetzt Handschellen?«

»Übertreiben Sie es nicht«, beendete Kant seinen Besuch, griff sich die Bücher und fuhr zum Präsidium.

Dort vervollständigte er den Bericht und überlegte, was er noch in die Wege leiten könnte, bis die Soko zusammentrat. Die Ausführungen des Rechtsmediziners über das Schlafmittel kamen ihm in den Sinn.

Er recherchierte im Internet alles über den Wirkstoff, den

Bornemann in Maja Schneiders Blut entdeckt hatte. Veronal war ein schon legendär zu nennendes Schlafmittel, von dem Ärzte und Patienten gleichermaßen schwärmten. Vor über hundert Jahren war es zusammengemixt worden, angeblich gut verträglich und frei von jeglichen Nebenwirkungen. Das Zeug war sogar schon mehrfach zu literarischen Ehren gekommen. In Schnitzlers Erzählung *Fräulein Else* und Vicki Baums Roman *Menschen im Hotel* brachten sich Menschen mit Veronal um.

Wo hatte der Täter das Zeug wohl her? Angeblich war es seit den Siebzigerjahren nicht mehr im Handel.

*

Der Fotograf kam aus dem Nichts. Matt Turner hatte gerade das Haus verlassen, um in seine Kanzlei zu fahren, da stand der Mann plötzlich vor ihm. Matt riss instinktiv die Arme hoch, als er das Blitzlicht wahrnahm. »Was soll das?«, brüllte er.

»Matt Turner?«, fragte der Mann. »Der Ex von Maja Schneider?«

»Was geht Sie das an?«

»Mein Name ist Kay Schaumkuss.« Der Typ zeigte einen Presseausweis. »Reporter. Sie sind gestern bei den Bullen gewesen, richtig?«

»Lassen Sie mich in Ruhe«, entgegnete Matt böse. »Ich bin Anwalt und Sie sind gerade dabei, meine Persönlichkeitsrechte zu verletzen.«

»Vielleicht haben Sie ja auch Rechte verletzt, Herr Rechtsanwalt, vielleicht sogar die Rechte von Maja Schneider. Die hätte vielleicht gerne noch ein paar Jährchen weitergelebt. Vielleicht haben Sie sie getötet?«

»Unterlassen Sie solche Unterstellungen. Ich war längst

nicht mehr mit ihr zusammen. Und jetzt gehen Sie mir aus dem Weg!«

»Hatte sie schon einen anderen?«, geiferte der Journalist. »War ja eine Hübsche.«

»Hauen Sie ab!« Wütend schubste Turner den Reporter zur Seite.

»Das ist Behinderung der Pressefreiheit«, protestierte Schaumkuss und drückte erneut auf den Auslöser.

Turner lief zu seinem Auto. Mit zitternden Händen schloss er die Tür auf, startete mit zu viel Gas und fuhr los.

Verdammt, dachte er, ich hätte gar nicht mit dem Kerl reden sollen. Jetzt würde sein Name doch noch in die Zeitung kommen, aber neue Mandanten würde das bestimmt nicht bringen.

Turners Handy klingelte. Hoffentlich war das nicht dieser Reporter.

»Ich muss Sie sprechen«, sagte Hauptkommissar Kant. »Kennen Sie das kleine Café neben dem Polizeipräsidium?«

»Das *Galgenstrick*?«

Turner stimmte zu. Hoffentlich war der Name des Cafés kein schlechtes Omen.

»Wie haben Sie Maja Schneider kennengelernt?«, kam Kant gleich zur Sache.

»Im *Keep-out*«, gab Turner Auskunft. »Sie war kaum zu übersehen.«

»Weil sie so hübsch war?«

»Aufreizend hübsch. Viele Männer fuhren total auf sie ab«, erklärte der Anwalt. »Warum sie mich genommen hat, weiß ich nicht. Sie hat dann aber schnell kapiert, dass ich nicht der Typ bin, der sie aus dem Leben, das sie führte, herausholen konnte.«

»Was war das für ein Leben?«

»Von der Hand in den Mund. Sie konnte mit Geld nicht umgehen, war aber verrückt nach Klamotten und solchem Zeug. Ein Nomadenleben, das sie hinter sich lassen wollte. Sie wünschte sich Sicherheit. Die konnte und wollte ich ihr nicht geben. Ich suche keine Frau, die ich finanzieren muss.«

»Weil Sie kein Geld haben?«, lächelte Kant.

»Nein.« Turner rührte in seinem Kaffee. »Das ist es nicht. Sie hatte – wie soll ich es sagen? – keinen Tiefgang. Auch, wenn sich das jetzt gemein anhört.«

»Aber erst mal haben Sie sich mit ihr eingelassen.«

»Es war diese unbändige Lebenslust, die mich fasziniert hat«, sagte Turner leise. »Maja war immer fröhlich, immer gut drauf – jedenfalls am Anfang. Dann kamen die Wochen, in denen sie regelmäßig ausrastete.«

»Wie meinen Sie das?«

Turner überlegte. »Die Anlässe waren unwichtig – jedenfalls aus meiner Sicht. Wenn ich bei Verabredungen zu spät kam oder gar nicht, weil einer meiner wenigen Mandanten mich brauchte, gab es Theater, Schreierei und grundsätzliche Diskussionen, die immer mit der Drohung endeten, dass sie mich verlassen würde. Sie sagte es so oft, dass ich mich langsam mit dem Gedanken anfreundete, sie los zu sein.«

»Das hat ja geklappt«, meinte Kant.

»So meinte ich das doch nicht«, stellte Turner klar. »Ich sehnte mich nach Ruhe. Das ist ja wohl nicht zu viel verlangt, oder?«

Kant ignorierte die Frage. »Einer Mitbewohnerin hat Maja von Zukunftsplänen berichtet. Sie hat sich plötzlich für Kunst interessiert.«

Turner lachte bitter auf. »Ja, ja, die Schauspielschule, auf die jedes hübsche Mädel will. Oder die Karriere als Model.«

»Nein, das meine ich nicht. Sie hat angefangen, Bücher über Malerei zu lesen. Und sie hatte angeblich einen Job in

Aussicht, von dem sie sich offenbar viel versprochen hatte. Keinen Kellnerjob.«

»Davon weiß ich nichts.« Turner überlegte. »Ich habe auch nie mitbekommen, dass sie irgendein Buch las.«

Kapitel 4

Rheinburgs Kunsthalle erinnerte an ein gestrandetes Schiff. Sie war in den Fünfzigerjahren gebaut worden, und das sah man dem Gebäude auch an. Es wirkte verwohnt und ein bisschen schäbig. Die schwankende Luftfeuchtigkeit machte es immer wieder nötig, empfindliche Werke umzuräumen und manchmal sogar auszulagern.

Ihren Ruf hatte die Kunsthalle in den frühen Sechzigerjahren errungen, als der Rat der Stadt beschlossen hatte, die Expressionisten-Sammlung eines Fabrikanten und Kunstsammlers anzukaufen: Heckel, Kirchner, Dix, Macke, Schmidt-Rotluff und andere Künstler des 20. Jahrhunderts. Es handelte sich um wichtige Bilder, die heute Millionen wert waren.

Leon Fabry versäumte es selten, der Kunsthalle einen Besuch abzustatten, wenn er sich in der Stadt aufhielt. Das war an diesem Abend nicht anders. Wenn er die Gemälde betrachtete, war es, als träfe er gute alte Bekannte.

Im Glas der Eingangstür überprüfte er seine Erscheinung. Sein Hauptaugenmerk galt wie immer seinem Hemdkragen: Saß die Fliege gerade und war sie noch immer fest gebunden? Er wusste, dass ihn dieser Halsschmuck als Sonderling abstempelte, aber vielleicht war das ja gerade der Grund, warum er sein Haus nie ohne Fliege verließ.

Er verweilte gerade vor einem Kirchner, als er die Frau bemerkte. Sie war Mitte bis Ende dreißig, ein wenig größer als er, dunkelhaarig und kräftig. Ihre Stirn war breit und ihr Haar glänzte. Es war streng nach hinten gekämmt und mit einem einfachen Gummi zusammengefasst. Sie trug auffallende weiße Ohrringe und eine mehrfach um den Hals gewundene Kette aus Holzperlen. Sie war nicht nach der neuesten Mode gekleidet, denn diese propagierte zurzeit grelle Farben und ausladende Formen. Dagegen trug sie einen schmalen, schwarzen Hosenanzug. Ihr hatte es offenbar eine Landschaft von Erich Heckel angetan.

Fabry überlegte, ob er sie ansprechen sollte – doch in dem Moment stand sie auf und schlenderte weiter, ohne Notiz von ihm zu nehmen. Schließlich bog sie um eine Ecke und war verschwunden.

Na gut, dann nicht. Auch Fabry ließ ab von den Bildern, begab sich ins Café der Kunsthalle und bestellte einen Cappuccino. Den kleinen Keks, der auf der Untertasse lag, tunkte er in die Flüssigkeit und sah gebannt zu, wie sich der Glanz der Glasur langsam kräuselte. Kurz bevor das Gebäck außer Form geriet und in sich zusammenbrechen wollte, schnappte er danach und vertilgte es. Ein Gefühl der Überlegenheit machte sich in ihm breit – er hatte die Natur und ihre physikalischen Gesetze durch schnelles und beherztes Handeln außer Kraft gesetzt.

Er musterte die anderen Gäste. Nur Rentner und Schüler – niemand, der ihn interessierte. Schnell trank er den Cappuccino aus, bezahlte und verließ die Kunsthalle.

Gegenüber befand sich das große Kaufhaus, das er ab und zu aufzusuchen pflegte, um Stoffe für seine Fliegen zu kaufen. Er mochte solche Einkaufstempel. Da konnte er unter Menschen sein, ohne sich mit ihnen abgeben zu müssen.

Vor der Eingangstür hatte sich ein Bettler niedergelassen.

Auf seinem Plastikteller lagen ein paar Münzen. Der Mann kauerte neben einem großen Abfallbehälter und hielt den Kopf gesenkt, was vermutlich eine gewisse Demut ausdrücken sollte. Fabry war sich jedoch sicher, dass diese Haltung nur eine Masche war, und streifte beim Vorübergehen den Teller absichtlich mit dem Fuß. Die Münzen rollten auf das Pflaster. Aufgeschreckt griff der Bettler danach und hob den Kopf. Sein Blick und der von Fabry trafen sich für eine Sekunde. Den Bettler fröstelte, er senkte die Lider sofort wieder.

Als habe er sein Ungeschick nicht bemerkt, trat Fabry durch die Eingangstür und blieb an dem Tisch mit den Hemden stehen, den Bettler noch immer im Visier. Der hatte sein Bettelgeld inzwischen wieder auf den Teller geräumt und war in seine kauernde Haltung zurückgefallen.

Fabry kramte in den Hemden und rechnete. Wenn der Bettler pro Stunde zehn Euro bekam und nur fünf Stunden vor dem Kaufhaus herumlungerte, käme er auf fünfzig Euro pro Tag. Bei zwanzig Tagen im Monat hätte er ein Einkommen von tausend Euro, steuerfrei. Dazu kam die Sozialhilfe, die der Mann mit Sicherheit zusätzlich bezog.

Fabry wusste nicht, ob er den Bettler beneiden oder hassen sollte.

Eine Verkäuferin näherte sich und fragte, ob sie etwas für ihn tun könne. Fabry verneinte und wandte sich von dem Hemdenstapel ab. Die Verkäuferin schickte ihm einen mürrischen Blick hinterher und beseitigte die Unordnung, die er angerichtet hatte.

Fabry sah wieder zum Bettler. Eine Hand senkte sich zum Teller und legte ein paar Münzen darauf. Es war die Hand der dunkelhaarigen Frau aus der Kunsthalle.

Sie lächelte den Bettler an, betrat das Kaufhaus und lief an Fabry vorbei. Ihr Gang war energisch und harmonisch, sie hielt sich gerade und strahlte eine gewisse Grazie aus. Die Rolltreppe entführte sie in die erste Etage.

Fabry folgte, kam aber an den anderen Menschen, die nach oben wollten, nicht vorbei. Er landete in der Abteilung für Damenoberbekleidung. Nichts. Die Frau war nicht zu sehen. Schon wieder hatte er sie verloren. Unschlüssig betrachtete er die Auslagen, wartete, ging weiter zu den Badeanzügen, wartete wieder und gab schließlich auf.

Er nahm die Rolltreppe nach unten und steuerte den Ausgang an. Plötzlich hörte er hinter sich einen Schrei. Jemand hatte auf der Rolltreppe das Gleichgewicht verloren und stürzte hinab. Unten blieb die Gestalt zusammengekauert liegen.

Fabry erkannte sie sofort, eilte zu ihr und bückte sich zu ihr hinab. »Haben Sie sich verletzt?«

»Ich weiß nicht.« Die Frau rappelte sich hoch, unterdrückte ein Stöhnen.

Die Leute standen glotzend herum. Endlich eilte ein Angestellter des Kaufhauses herbei und fragte, ob er einen Krankenwagen holen solle.

»Nicht nötig«, wehrte die Gestürzte ab. »Es geht schon.«

»Ich kümmere mich um die Dame«, versicherte Fabry. Entschlossen packte er sie am Arm: »Können Sie laufen?«

Sie versuchte, ein paar Schritte zu gehen, doch mehr als ein Humpeln brachte sie nicht zustande. Ihr Gesicht verzerrte sich vor Schmerz.

»Stützen Sie sich auf mich«, schlug Fabry vor. »Gebrochen scheint nichts zu sein. Vermutlich nur eine Zerrung. Sie haben viel Glück gehabt.«

Sie nahm seinen Arm, presste ihre Tasche fest an sich und gemeinsam schleppten sie sich Richtung Ausgang. Schnell packte der Bettler die ergatterten Münzen in eine Lederbörse.

Draußen fragte Fabry: »Wohin?«

»Ich will nach Hause. Nur nach Hause!«, stöhnte die Frau.

»Haben Sie Schmerzen?«

»Was denken Sie denn! Es tut verdammt weh!«, antwortete sie mit Zorn in der Stimme. »Warum habe ich nicht besser aufgepasst?«

»Ich würde Sie lieber zu einem Arzt fahren«, sagte Fabry. »Oder in eine Klinik.«

»Nicht nötig«, meinte die Frau. »Ich ärgere mich vor allem über meine Ungeschicklichkeit.«

»Man fällt halt manchmal«, sagte Fabry. »Es hätte aber viel Schlimmeres passieren können. Ein Genickbruch zum Beispiel.«

»Ja, klar«, sagte die immer noch Humpelnde. »Es kann immer alles schlimmer kommen.«

»Wo wohnen Sie?«

»Wieso?«

»Ich dachte, ich soll Sie nach Hause bringen? Oder wollen Sie doch lieber zu einem Arzt?«

»Auf keinen Fall. Es ist ja nur der Fuß. Und nicht das Genick. Und außerdem ist es nicht weit.«

Sie kamen nur langsam voran. Der Weg führte durch eine breite Allee, die von Platanen gesäumt war.

»Sie sind wirklich sehr hilfsbereit.« Ihr Lächeln wirkte angespannt. Auf ihrer Stirn standen Schweißperlen vor Anstrengung.

»Das ist doch selbstverständlich«, gab er zurück. »Wo Sie mir schon so direkt vor die Füße fallen! Da fühle ich mich doch verantwortlich für Sie.«

»Verantwortlich?«, fragte sie. »Wie meinen Sie das?«

Fabry überhörte die Frage.

»Hier wohne ich!«, sagte sie und blieb stehen.

»Gut. Dann haben wir es ja geschafft. Ich bringe Sie noch hinein.«

»Nein, nein«, wehrte sie ab. »Das schaffe ich schon allein. Es gibt einen Aufzug. Vielen Dank noch mal. Wie heißen Sie eigentlich?«

»Fabry.« Er ließ ihren Arm los. »Leon Fabry.«

»Ich bin Anna. Anna Stern. Sie sind ein netter Mensch, Herr Fabry.«

Anna drückte Fabrys Hand und humpelte in den Hausflur. Fabry sah ihr nach und speicherte ihren Anblick in seinem Hirn.

*

Die Morgensonne strahlte Anna Stern mit voller Kraft ins Gesicht. Die Nacht hatte ihr keine Ruhe beschert. Anna zog die Bettdecke über die Augen, doch an Schlaf war nicht mehr zu denken. Sachte bewegte sie den lädierten Fuß – er schmerzte höllisch.

Vorsichtig stakste sie ins Bad, das Gewicht nach rechts verlagernd. Sie löste die Elastikbinde und sah sich die Bescherung an. Knöchel und Mittelfuß waren geschwollen und auch die Zehen hatten ihre ursprüngliche Form verloren.

In der Küche gelang es ihr, die Kaffeemaschine anzuwerfen. Mit zusammengebissenen Zähnen schmierte sie sich zwei Scheiben Brot. Es war wunderschönes Wetter draußen! Sie nahm Tasse und Teller und schleppte sich zu der weißen Holzbank, die sie sich vor Kurzem für den Balkon angeschafft hatte – ihre desolate Finanzlage ignorierend.

Anna hatte das linke Bein gerade auf einem Stuhl hoch gelagert, als das Telefon klingelte.

»Moment!«, rief sie, als könnte der Anrufer sie hören.

Stöhnend machte sie sich auf die Jagd nach dem Telefon.

»Guten Morgen«, sagte eine Stimme. »Hier ist Fabry. Leon Fabry. Ich wollte mich nach Ihrem Befinden erkundigen.«

»Wie nett! Woher haben Sie meine Nummer?«

»Aus dem Telefonbuch. Wie steht es um Ihren Fuß?«

»Schon wieder wie neu«, spielte sie die Sache herunter.

»Das glaube ich Ihnen nicht. Sie sollten doch einen Arzt aufsuchen.«

Ich bin nicht krankenversichert, dachte sie und sagte: »Ich hasse es, in Wartezimmern herumzusitzen. In ein paar Tagen ist alles wieder gut.«

Fabry fragte, ob er etwas für sie tun könne. »Vielleicht etwas einkaufen. Lebensmittel, Getränke – was immer Sie benötigen. Sie müssen wissen, dass ich meine Verantwortung für Sie ernst nehme.«

»Weil ich Ihnen vor die Füße gefallen bin? Ist das nicht etwas übertrieben?«

»Ganz und gar nicht. Ich gebe Ihnen meine Telefonnummer. Für den Notfall.«

Fabry nannte die Nummer. Anna notierte sie nicht.

*

Leon Fabry war peinlich berührt. Hoffentlich meinte die junge Frau nicht, dass er sie belästigen wollte. Falls sie diesen Eindruck hatte, und davon musste er ausgehen, sollte er gegensteuern – vielleicht mit einem Entschuldigungsschreiben und ein paar Blumen.

Fabry ging zu seinem Sekretär, nahm einen Bogen Büttenpapier heraus und suchte seinen Füllfederhalter.

Wie sollte er den Brief an Anna Stern beginnen? Zurückhaltend, humorvoll oder forsch? Förmlich oder ein wenig zweideutig?

Nein, für Anzügliches gab es keinen Anlass, das würde sie nur noch mehr verärgern. Er entschied sich, zurückhaltend und ein wenig schalkhaft zu schreiben.

Liebes Fräulein Stern …, begann er.

Fabry fand seine altertümliche Art kapriziös und gefiel sich in der Rolle des dezenten Gentlemans. Dass Menschen diese Art manchmal nicht verstanden und ihn im besten Fall für skurril hielten, irritierte ihn keineswegs.

Fabry schrieb den Brief zu Ende, notierte die Anschrift, klebte das Kuvert zu und verließ das Haus, um es einzuwerfen. Im Vorgarten fiel sein Blick auf die Schwertlilien, die kurz vor der Blüte standen. Es war die *Iris germanica* mit den lanzettförmigen Blättern und dem entschiedenen Blau des Sommerhimmels. Einige Stängel waren umgeknickt, Blätter lagen auf dem Beet verstreut.

Plötzliche Trauer ergriff Fabry und die Trauer verwandelte sich in jähe Wut, als er den Verursacher für die zerstörten Blüten entdeckte: Große Nacktschnecken hatten die Lilien angefressen, bevor sie zur Blüte gelangen konnten.

Da war noch eines dieser glänzenden rotbraunen Monster! Fabry nahm einen Stein aus der Umrandung des Beetes und erschlug es. Interessiert verfolgte er, wie das glitschige Tier zerquoll.

Nachdem er den Brief eingeworfen hatte, entschied er sich, Luise Kranach zu besuchen.

Tausendmal hatte er sich schon vorgenommen, sich nicht mehr um sie zu kümmern, weil ihre Treffen fast immer mit heftigen Streitereien endeten. Luise war einfach eine zänkische alte Schachtel. Aber sie kannten sich schon zu lange.

Er klingelte und hörte wenig später den schlurfenden Gang. Die Kette schob sich aus der Türsicherung.

»Na, Lulu«, sagte sie. Ihrem Gesicht war nicht anzusehen, ob sie sich über den Besucher freute. »Dann komm mal herein.«

Fabry folgte ihr. Er hatte ihr schon oft gesagt, dass sie ihn nicht Lulu nennen sollte, doch sie scherte sich einen Teufel darum.

»Kaffee und Kekse, Lulu?«, fragte die alte Dame.

»Du weißt, dass ich deinen Muckefuck hasse und deine harten Kekse ebenfalls«, antwortete Fabry.

»Ach, Junge!«

Hoffentlich fängt sie jetzt nicht wieder mit den alten Geschichten an, dachte Fabry.

»Bist ein echter Sonderling geworden, Lulu!«

»Wie du meinst«, sagte Fabry ungerührt. »Ich habe dir neue Stoffe mitgebracht. Für meine Fliegen.«

Er legte eine Tüte auf den Tisch, der schon mit Bändern, Garnen, Stofffetzen bedeckt war. »Wie lange brauchst du?«

»Wie viele willst du denn?«

»Das sind fünf verschiedene Stoffe.«

»Kannst sie morgen abholen, Lulu. Ich mache mich heute noch dran.«

»Danke. Dann will ich mal wieder! Hab noch eine Menge zu tun.«

»Was hast du denn schon zu tun?«, spottete die Alte.

Er ignorierte die Frage und verließ das Haus. Er war froh, so glimpflich davongekommen zu sein: kein großes Lamentieren heute. Kein Geschwätz über Mamans Auftritte auf den Bühnen dieser Welt, die nur durch die Genialität und Sensibilität ihrer Garderobiere, Schneiderin und Maskenbildnerin Luise Kranach möglich geworden waren. Nicht schon wieder Geschichten über die reichen und schönen Männer, die vor Mamans Garderobe wie Tiere gelitten hatten, weil sie nicht vorgelassen wurden, und schließlich im Bett der Garderobiere Trost fanden. Und keine Erinnerungen an die Kritiken in den Gazetten über die beiden unzertrennlichen Frauen, die wie Schwestern wirkten.

Achtzig Prozent der Geschichten, die Luise heute erzählte, waren natürlich erfunden, doch das störte die alte Frau nicht. Früher hatte Fabry sie korrigiert, wenn ihre Erinnerung allzu fantasievolle Kapriolen schlug.

Inzwischen waren ihm diese Übertreibungen egal. Er führte jetzt sein eigenes Leben – inmitten von Büchern, Gemälden und Frauen. Er dachte an Anna Stern. Allein dieser Name klang schon wie Musik!

Kapitel 5

Kant hatte von dem Kostüm der Toten Detailfotos anfertigen lassen und Neumann und Weingarten damit losgeschickt. Die Sokokollegen klapperten die kleinen Theater ab, die Schneidereien der städtischen Bühne und der Oper. Sie suchten sogar die Kostümverleiher auf, die zu Karneval Hochsaison hatten. Doch ein solches Kleid war niemandem bekannt, keiner wollte es geschneidert oder verliehen haben.

»Die Qualität der Stoffe wurde ausdrücklich gelobt«, berichtete Weingarten. »Und auch die handwerkliche Kunstfertigkeit, die diese Arbeit erfordert.«

Nur die Spurensicherung konnte einen Erfolg vorweisen. An dem Kleid hafteten mehrere Haare, die nicht Maja Schneider gehörten. Blond gefärbte Frauenhaare, die an der Wurzel stark ergraut waren.

Die Kriminaltechniker entdeckten außerdem Rückstände eines stark riechenden Mottenmittels, das kaum noch verwendet wurde, weil es schon lange als gesundheitsschädlich und umweltgefährdend galt.

Maja Schneiders Wagen blieb verschwunden.

*

Dr. Manfred Sucher, der Direktor der Kunsthalle, wartete in seinem Büro, das geräumig, aber dermaßen mit Büchern, aufeinandergetürmten Papieren und Zeitschriften vollgestopft war, dass es der Studierstube eines Chaoten glich. Immerhin gab es eine Sitzecke für Besucher, die Sekretärin hatte die Sessel freigeräumt.

Sucher war ein kenntnisreicher und introvertierter Intellektueller. Er hatte so viel veröffentlicht, dass es für drei Leben gereicht hätte, doch außer an Universitäten wurden seine Texte kaum noch gelesen. Wer interessierte sich heutzutage noch für *Frauenbilder zwischen häuslicher Tugend und weltlichem Laster: Toilettenszenen der niederländischen Maler im 17. Jahrhundert?*

Eins seiner Hauptthemen war Holländische Genremalerei. Er arbeitete gerade an einem Artikel über den holländischen Bilderfälscher Han van Meegeren, der in den Dreißiger- und Vierzigerjahren die Kunstwelt mit immer neuen Vermeer-Bildern genarrt hatte.

Ein Experte namens Bredius hatte sich damals böse täuschen lassen – getragen von seiner Beseeltheit, einer munteren Entdeckungsfreude und einem miserablen Augenlicht. Der Fälscher hatte sein Werk *Die Emmausjünger* getauft. Eine Gruppe von bedeutenden Kunsthistorikern und Restauratoren hatte dem Emmaus-Vermeer auf den Zahn gefühlt: Die Lösbarkeit der Farben wurde chemisch überprüft, Röntgenstrahlen machten untermalte Stellen sichtbar, jeder Blauton wurde analysiert auf der Suche nach Lapislazuli – Vermeers Lieblingsblau. Ergebnis: Das Bild war ein echter Vermeer!

Fälscher van Meegeren hatte damals aber auch jemanden aufs Kreuz gelegt, der in keiner Weise zu bedauern war: Reichsmarschall Hermann Göring tauschte einhundertfünfzig echte Gemälde aus seiner zusammengestohlenen Kunstsammlung für einen ›echten‹ Meegeren-Vermeer mit dem Titel *Die Ehebrecherin* ein.

Nach dem Krieg hatte der Fälscher dann Probleme bekommen. Es war verboten, holländische Kunstschätze zu verkaufen. Van Meegeren gestand den Schwindel, doch niemand glaubte ihm. Im Gefängnis stellte man ihn auf die Probe und er produzierte auf Weisung der Justiz tatsächlich einige alte Meister. Der Fälscher folgte einem verblüffend einfachen Rezept, um die Fachwelt mit seinen Gemälden zu täuschen. Farbe von Gemälden aus dem 17. Jahrhundert wurde abgekratzt, Lapislazuli dazugekauft und die Bilder mit Harz gefirnisst. Um das notwendige Craquelé zu erzeugen, kam der ›Vermeer‹ noch für ein paar Tage bei kleiner Hitze in den Backofen und fertig war er!

Sucher war durch Kants Anruf überrascht worden. »Ich brauche Ihre Hilfe in einem Mordfall«, hatte der Kommissar gesagt, ihn sonst aber im Unklaren gelassen.

Es klopfte und seine Vorzimmerdame fragte, ob sie Kaffee und Kekse servieren solle.

Sucher wusste es nicht. War es angebracht, einem Polizisten Kaffee und Kekse anzubieten?

»Ich bring dann mal eine Kleinigkeit«, nahm ihm die Frau die Entscheidung ab.

Wenig später betrat Hauptkommissar Kant das Büro. Er kam schnell zur Sache, legte Fotos von dem Kostüm, das die Tote getragen hatte, auf den Tisch und fragte: »Ich hoffe, Sie können mir helfen. Fällt Ihnen zu diesem Kleid etwas ein?«

Sucher nahm ein Bild nach dem anderen, betrachtete ein jedes sorgfältig. »Sie sprachen von Mord. Was hat dieses Gewand damit zu tun?«

Kant gab Sucher eine Kurzfassung der Ereignisse. Dem Direktor war die Geschichte neu – er las die Boulevardpresse nicht.

»Barock«, sagte Dr. Sucher. »Im 17. Jahrhundert haben die Frauen solche Kleider getragen. Warten Sie, ich zeige es Ihnen!«

Sucher ging zu einem Regal und holte ein Buch heraus, blätterte ein paar Seiten um und reichte es Kant.

»Hier! Der Maler heißt Nicolaes Maes. Das Bild ist auf 1672 datiert. Achten Sie auf die Robe. Sie sieht fast so aus wie die auf Ihren Fotos. Die Dame in Rot heißt Maria Colve und die Kleine auf dem Arm ist ihre Tochter. Hübsch, nicht?«

Kant musste dem Direktor der Kunsthalle recht geben. Das Kleid der Frau hatte ebenfalls ein eng anliegendes Oberteil mit weißem Unterkleid und aufgebauschten Ärmeln. Das Kind trug ein weißes Kleidchen. Der rechte Arm der Mutter war um das Kind gelegt, in der linken Hand hielt die Frau drei Früchte, Orangen oder Pfirsiche.

»Es gibt viele Barockbilder, die Mutter und Kind zeigen«, erklärte Sucher. »Das war damals ein beliebtes Motiv.«

»Die beiden wirken so lebendig«, fiel Kant auf. »Wie eine Fotografie, die eben erst gemacht worden ist. Sie schauen mich direkt an.«

»Das ist eben die Kunst«, lächelte Sucher.

»Was ist eigentlich Kunst?«

»O je«, seufzte der Direktor. »An dieser Frage haben sich Philosophen, Theologen und andere Schlaumeier den Kopf zerbrochen. Was ist Kunst? Ihr Namensvetter Immanuel Kant hat in seinem Buch *Kritik der Urteilskraft* die Kunst durch eine dreifache negative Abgrenzung zu erklären versucht: Kunst ist kein Werk der Natur, kein Werk des Zufalls und kein Werk der Wissenschaft. Kunstwerke sind Artefakte, also vom Menschen in bestimmter Absicht hervorgebrachte Gebilde.«

»Dies Gebilde hier hat jedenfalls was.«

»Beachten Sie den Perlenschmuck. Die Mutter trägt Ohrringe und eine Halskette. Die Perle war damals eine Metapher für Schönheit, Glück und Ruhm«, erklärte Sucher.

»Das Mädchen mit dem Perlenohrring«, murmelte Kant. »Das kenne sogar ich.«

»Ja, der Perlenohrring«, lächelte Sucher. »Vermeer hat aber zum Glück noch weitere Bilder gemalt. Viel interessantere.«

»Warum wohl hat der Mörder seinem Opfer ein Kleid aus dieser Zeit angezogen?«, überlegte Kant.

»Vielleicht ist er Kunstliebhaber.« Sucher klappte das Buch wieder zu. »Oder nur verrückt. Oder jemand, der Frauen gern in schöne Kleider steckt, um sich daran zu weiden, wie das Blut frisch und warm in dem kostbaren Stoff versickert.«

Kant musterte Sucher irritiert. »Sie überraschen mich, Herr Dr. Sucher!«

»Ich habe nur versucht, mich in den Mörder einzufühlen«, winkte der Direktor ab.

Nachdenklich betrachtete der Kommissar sein Gegenüber.

»Wie sind Sie eigentlich auf die Idee gekommen, mich aufzusuchen?«, wollte Sucher wissen. »Unsere Sammlung ist nicht für Gemälde aus dem 17. Jahrhundert bekannt. Wir haben zwar einige Werke ausgestellt, doch unser Schwerpunkt liegt bei den Expressionisten.«

»Irgendwo musste ich ja anfangen«, meinte Kant. »Und in dieser Stadt sind Sie nun mal einer der Experten für Kunstgeschichte. Wissen Sie, die Tote hat nicht nur ein barockes Kleid getragen, sie hat sich auch auffällig für Gemälde aus dem Barock interessiert. Vielleicht hat sie ihren Mörder bei einem Museumsbesuch getroffen.«

»Hier bei uns?«

»Warum nicht? Ich lass Ihnen ein Foto da. Es wäre nett, wenn Sie Ihre Mitarbeiter fragen könnten, ob ihnen die Tote unter den Museumsbesuchern aufgefallen ist.«

Draußen stellte Kant sein Handy wieder an. Drei Anrufe und eine Nachricht auf der Mailbox. Das Auto von Maja Schneider war gefunden worden: im Fluss. Man hatte es geborgen und in die Polizeigarage gebracht. Dort nahmen Kriminaltechniker den Wagen nun Stück für Stück auseinander.

Kant fuhr hin.

»Könnt ihr schon etwas sagen?«, fragte er.

»Sieht nicht gut aus. Das Wasser hat vieles zerstört.«

»Habt ihr eine Handtasche gefunden?«

»Noch nicht. Aber wir öffnen den Kofferraum erst jetzt.«

Mit einem Hebel wurde das Schloss geknackt. Eine aufgeweichte Illustrierte, dazwischen das Warndreieck und ein paar Sportschuhe. Der Erste-Hilfe-Kasten hing in einem Gummiband an der Kofferraumwand.

»Tatsächlich. Hier ist eine Handtasche«, stellte der Kollege fest und zog das Teil unter der Illustrierten hervor.

Vorsichtig zog er den Reißverschluss auf. »Da ist allerhand drin«, sagte er.

Er kippte den Inhalt in einen Plastikbeutel und reichte die Tüte Kant.

Ausweispapiere und Papiergeld waren matschig, Gesichtspuder und Lippenstift nicht mehr zu gebrauchen, doch einige Papiere steckten in einer schützenden Klarsichthülle.

Kant streifte dünne Gummihandschuhe über und löste einzelne Blätter voneinander. Auf den ersten Blick fand sich nichts Aufregendes: ausgerissene Kochrezepte, ein Reklamezettel von einer Bar und ein Flugblatt, mit dem eine Freilichtbühne für ihre Aufführungen warb.

Freilichtbühne? Kant war plötzlich wie elektrisiert. Er sah näher hin. Neben den Kontaktdaten des Bühnenvereins waren auf dem Zettel handschriftlich sechs Ziffern zu lesen – vielleicht eine Telefonnummer? Der Kommissar notierte die

Zahlen und legte die Zettel in einen Karton. Dann ließ er die Kriminaltechniker weiter ihre Arbeit machen.

In seinem Büro fand er auf dem Schreibtisch den Auszug aus dem Personenregister. Maja Schneider war zum Zeitpunkt ihres Todes noch bei Matt Turner gemeldet gewesen, auch ihr Wagen war auf diese Adresse zugelassen. Ihre Eltern waren vor Jahren gestorben, sie war mit ihrer älteren Schwester bei der Großmutter aufgewachsen.

Kant las weiter und erfuhr nichts Neues: Die Schwester hatte vor einem Jahr eine Herzkrankheit dahingerafft. Er holte die Fotos hervor, die er aus Majas Wohnung mitgenommen hatte. Er entdeckte Maja und neben ihr eine junge Frau, die die Schwester sein konnte.

»Wir müssen den Medien etwas Futter geben«, erklärte sein Vorgesetzter kurz darauf. »Sonst schießen die Spekulationen ins Kraut. Gibt es irgendwas, was wir der Meute zum Fraß vorwerfen können?«

Kant erstattete Bericht, bat aber darum, den Medien gegenüber weiter Zurückhaltung zu wahren.

»Ich setze meine Hoffnungen in Sie, Kant. Sie kriegen noch eine Praktikantin für Ihre Soko. Eine sehr begabte, pfiffige junge Dame. Zeigen Sie ihr, was erfolgreiche Polizeiarbeit ist.«

Kant seufzte innerlich und fragte sich, mit welchem Herrn in den oberen Etagen die ›Dame‹ wohl verwandt oder bekannt war.

Die Praktikantin ließ nicht lange auf sich warten: Heidi Busch, sechsundzwanzig Jahre alt. Sie war nicht besonders hübsch, trug das Haar sehr kurz, ihre Kleidung war eher praktisch als vorteilhaft. Jedenfalls würde sie wegen ihres Aussehens niemanden von der Arbeit ablenken.

»Ich studiere Jura«, klärte sie Kant ungefragt auf. »Aber mein Ding ist eigentlich Kriminalistik. Dass ich jetzt in der Soko mitarbeiten darf, ist echt der Hammer. Gibt es einen Profiler im Team oder wollen Sie später noch einen hinzuziehen?«

Kant schüttelte den Kopf. »Es gibt nicht so viele Fallanalytiker im Umkreis. Die Kollegen vom Landeskriminalamt sind mit anderen Dingen beschäftigt. Vielleicht kriegen wir den Kerl ja auch, ohne dass jemand in seine Seele kriechen muss.«

Heidi Busch lachte. »Das kann ich gern übernehmen. Ich habe ein paar Semester Psychologie studiert.«

»Dann sind Sie ja eine echte Geheimwaffe«, meinte Kant ironisch.

»Natürlich«, entgegnete sie ernst. »Sie werden schon sehen, Chef.«

»Lesen Sie erst mal die Akten und arbeiten Sie sich langsam ein.« Er reichte ihr die Mappe mit den Unterlagen. »Hat man Ihnen ein Büro zugeteilt?«

Man hatte. Heidi Busch nahm die Unterlagen und trollte sich.

Kant tippte die sechs Zahlen, die er auf dem Werbezettel gefunden hatte, ins Telefon. Es handelte sich um die Privatnummer einer Belinda Stork.

Schnell bekam der Kommissar heraus, dass die Frau die Vorsitzende des Bühnenvereins war, der jeden Sommer die Freilichtbühne im hügeligen Süden der Stadt bespielte. Dieses Jahr stand *Der eingebildete Kranke* von Molière auf dem Spielplan, eine Komödie – so war es dem Flugblatt zu entnehmen.

Kant erklärte Belinda Stork die Lage und nannte den Namen der Toten.

»Sagt mir nichts«, lautete die Antwort.

»Gibt es in dem Stück eine Rolle für eine junge Frau?«

»Die gibt es in fast jedem Stück«, erwiderte Stork. »Die Frauenrollen waren früher wenig variabel. Entweder gab es die komische Alte, das naive Dummchen oder die jugendliche Geliebte. Um welchen Typ handelt es sich denn bei der Toten?«

»Eher den Letzteren, schätze ich.«

»Die Angélique also. Die habe ich in dieser Spielzeit mit Jessica Müller besetzt.«

»Jessica Müller?«

»Ja. Kennen Sie die etwa? Hat sie was mit der Sache zu tun?«, fragte Belinda Stork.

»Das weiß ich nicht«, antwortete Kant. »Kann ich Ihnen ein Foto von Maja Schneider mailen?«

»Warum nicht«, sagte Stork. »Ich hoffe nur, dass die Premiere nicht gefährdet ist. Die Zweitbesetzung ist bei Weitem nicht so brillant wie Jessica.«

Kant mailte das Foto und erhielt kurz danach den Rückruf der Theaterfrau.

»Das ist Jessica!«, rief Stork aufgeregt.

»Nein. Das ist Maja Schneider.«

»Dann hat sie mir einen falschen Namen genannt. Warum macht sie das? Was hat das für einen Sinn?«

»Das kann ich Ihnen leider nicht beantworten«, erklärte Kant. »Wie haben Sie Maja Schneider kennengelernt?«

»Sie kam zu einer unserer Sitzungen. Die Bühne wird von einem Verein getragen. Sie sprach mich an und fragte, ob sie mitmachen könne. Da ich gerade den Molière vorbereitete, sah ich sie sofort in der Rolle der Angélique. Und die ersten Proben liefen verdammt gut. Sie war sehr engagiert und hat ihre Sache hervorragend gemacht. Mein Gott, ermordet! Wer tut so was?«

»Die Frage versuche ich zu klären. Können wir uns treffen?«

Sie verabredeten sich an der Freilichtbühne.

Kant blickte ins Tal hinab. In die hügelige Landschaft eingebettet befand sich eine Plattform, die als Bühne diente. Davor schmale lange Holzbänke für die Zuschauer. An hohen Bäumen klebten Werbezettel für den *Eingebildeten Kranken.* Der Weg zur Bühne war durch eine Stahltür gesichert. Es war ruhig hier, nur ab und zu war in der Ferne ein Motorengeräusch zu hören, Grillen zirpten, eine Gabelweihe nutzte die Aufwinde und schwebte über dem Tal.

Der Kommissar hörte, wie sich ein Fahrzeug näherte. Eine kleine, mollige Rothaarige entstieg einem Sportwagen und stürzte auf ihn zu, eine Zeitung in der Hand.

»Sorry, dass ich zu spät bin«, meinte sie. »Dieser Mord ist ja eine schreckliche Tragödie. Ich war ein paar Tage nicht da und habe gar nichts davon mitgekriegt. Wer bringt eine so nette, junge Frau um? Erstochen, richtig? So steht es hier in der Zeitung.«

»Kam Maja Schneider allein zu den Proben oder brachte sie mal jemanden mit?«, ging Kant gar nicht auf das Geplapper ein.

»Sie war immer allein«, gab die Theaterfrau an. »Ich habe sie gefragt, ob sie einen Freund habe oder einen Mann. Aber sie hat mir keine Antwort gegeben. Sie hat ohnehin nicht viel von sich erzählt.«

Kant zog die Kostümfotos aus der Jacke. »Was können Sie mir zu dem Kleid hier sagen? Kennen Sie es?«

Belinda Stork sah sich die Bilder genau an. »Nein, das ist keins von unseren. Wir lassen Kostüme selten neu anfertigen. Die Vereinsdamen nähen meist Vorhandenes um. Das Ergebnis ist dann zwar nicht immer historisch korrekt, aber das merkt unser Publikum gar nicht. Wir können keine Kostümschneiderei beauftragen – das käme viel zu teuer. Wir lassen uns aber manchmal von einer alten Dame beraten, einer Kostümbildnerin. Jessica kannte sie übrigens auch. O je. Sie hieß ja wohl Maja. Jedenfalls war sie hin und weg von der Frau, ihrem Laden und den alten Geschichten. Die alte Dame heißt Luise Kranach.«

»Wo wohnt sie?«

»In Berghof.«

Eine Kostümschneiderin. Endlich mal ein Anhaltspunkt, dachte Kant. »Vielen Dank«, sagte er. »Sie haben mir sehr geholfen.«

»Das freut mich. Kommen Sie doch zu unserer Premiere«, lud Belinda Stork ihn ein.

»Mal sehen«, blieb Kant unklar. »Können Sie den Premierentermin denn jetzt trotzdem halten?«

»Ich habe eine Zweitbesetzung, die allerdings lange nicht so gut ist wie Jess…, wie Maja«, seufzte Stork. »Und ich muss mir für die Zweitbesetzung jemand Neues suchen. Bei über fünfzig Aufführungen pro Saison kann einer allein eine solche Rolle nicht stemmen. Aber ich hatte schon mal so einen Fall. Da ist mir die Hauptdarstellerin auf der Bühne tot zusammengebrochen. Damit bin ich auch fertig geworden.«

Kant fuhr zum Präsidium, packte die ausgeliehenen Kunstbücher in eine Plastiktüte und machte sich auf den Weg zu Jessica Müller. Die Unklarheit mit den Namen machte ihm zu schaffen.

Sie war zu Hause. Die junge Frau fiel aus allen Wolken, als sie erfuhr, dass Maja ihren Namen benutzt hatte.

»Haben Sie irgendeine Idee, warum sie das getan haben könnte?«

»Vielleicht wollte sie nicht, dass ihr richtiger Name auf

den Plakaten stand«, rätselte Jessica. »Aber wieso? Eigentlich ist man doch stolz darauf, die Hauptrolle in einem Theaterstück zu spielen. Sie hat mir nie erzählt, dass sie Theater spielt.«

»Ist Ihnen zu der toten Schwester noch etwas eingefallen?«

»Nein, ich habe Ihnen schon alles gesagt. Ich weiß noch nicht mal deren Vornamen.«

»Karin.«

»Dann wissen Sie mehr als ich.«

Auch Rechtsanwalt Matt Turner wusste nicht, dass seine Ex bei einer Freilichtbühne angeheuert hatte – so versicherte er Kant am Telefon. Und über die Schwester wusste er ebenfalls nichts. Kant sah keinen Grund, ihm nicht zu glauben.

Kapitel 6

Als das Telefon am Abend klingelte, hoffte Leon Fabry, es wäre Anna. Stattdessen meldetet sich Luise. Sie teilte ihm mit, dass sie die Fliegen fertig genäht habe.

Fabry machte sich gleich auf den Weg.

Es dauerte ziemlich lange, bis Luise die Tür öffnete. Als Fabry sie erblickte, wusste er sofort, dass sie ihrem geliebten Brombeerwein zugesprochen hatte, und zwar nicht zu knapp.

»Lulu«, kicherte sie. »Komm doch rein, mein Prinz!«

»Wenn wir Freunde bleiben sollen, Luise«, sagte er, »dann solltest du mich weder Lulu noch Prinz nennen. Das habe ich dir schon so oft gesagt. Warum tust du mir den Gefallen nicht?«

»Du bist doch nicht wirklich böse mit mir, oder?« Sie schaute ihn aus ihren wässrigen Greisinnenaugen kokett an.

Wenn du wüsstest, wie abstoßend und lächerlich du bist, dachte Fabry. »Ich will nur mein Zeug abholen«, meinte er reserviert.

»Ist ja gut.«

Er folgte ihr in die Werkstatt.

»Ich hab es eilig«, insistierte er.

»Ein bisschen Zeit musst du dir schon nehmen«, lallte die alte Frau. »Und ich will mich erst mal hübsch machen für dich.«

»Hübsch? Um Gottes willen!«, wehrte Fabry ab.

»Lulu! Setz dich da hin und warte!«, befahl Luise.

Fabry seufzte, tat aber dann doch, was sie sagte. Es hatte keinen Sinn, sich mit dieser zänkischen Person anzulegen.

Die Alte verschwand hinter dem Vorhang und er hörte sie herumkramen. Was veranstaltete sie da bloß?

Auf dem Tisch lagen Bänder, Stoffe und Litzen. Fabrys Hände griffen in die Stoffe. Er prüfte das Material, hob es hoch und steckte seine Nase hinein.

Nein, das roch nicht wie früher. Die Stoffhersteller von heute tauchten ihre Ware in chemische Bäder oder verpassten ihnen Appreturen, um darüber hinwegzutäuschen, dass sie nicht mehr die ursprünglichen Materialien verwendeten – die Seide wurde nicht mehr vom Seidenspinner produziert, der in Maulbeerbäumen lebte, die Baumwolle nicht mehr von den Feldern im südlichen Amerika geerntet und die Wolle war nicht gewachsen, um ein südamerikanisches Lama vor dem Kältetod zu schützen. Mit ein wenig Wehmut erinnerte sich Fabry an Maman, die ihn früher die Stoffe fühlen ließ, in die sie ihren kostbaren Körper einhüllte: kühle Seide, feine Wolle, matten Samt, zarten Batist oder raschelnden Taft.

»Ich bin fertig«, sagte Luise Kranach. »Wie findest du mich?«

Fabry schreckte auf. Die Alte hatte sich vor ihm aufgebaut und drehte sich – in einem zartrosa Empire-Kleid mit künstlich hoch geschnürter Taille.

»Erkennst du es?«, fragte Luise. Ihre Stimme war schrill. »Ich habe es all die Jahre aufgehoben.«

Fabry schwieg.

»Vor vierzig Jahren im *Zirkus Aurelia.* Die große Geraldine Moreno als Joséphine Beauharnais, Kaiserin von Frankreich. Erinnerst du dich, Lulu?«

Natürlich erinnerte er sich. An Maman hatte dieses Kleid allerdings wunderschön ausgesehen. An Luise wirkte es wie ein verschlissener Lappen, der Stoff schlotterte um die mageren Schultern und das Oberteil war nicht ausgefüllt.

»Leider musste die Kaiserin der Franzosen auf ein Pferd steigen und ein paar Runden in der Manege drehen«, erzählte Luise Kranach weiter.

»Hör auf mit diesen alten Geschichten!«, schrie Fabry.

»Doch deine Maman konnte nicht reiten«, kicherte die alte Frau böse. »Sie klammerte sich am Sattelknauf fest und machte ein Gesicht wie drei Tage Regenwetter. Und ich stand hinter einem Vorhang und habe mich kaputtgelacht.«

»Du sollst aufhören!«, brüllte er.

»Das Publikum kam aus dem Lachen gar nicht mehr heraus«, fuhr Luise Kranach ungerührt fort. »Und dann, Lulu, weißt du noch, wie der Schluss der Nummer war?«

»Halt endlich dein Schandmaul«, flüsterte er mit steinerner Miene.

»War das lustig! Hahaha! Sie kriegte den Gaul nicht zum Stehen. Vielleicht hatten die Burschen dem Zossen ja auch etwas Pfeffer in den Arsch geblasen. Also galoppierte das Pferd Runde um Runde, wie vom Teufel gehetzt. Erinnerst du dich noch an die Musik?«

»Bitte«, krächzte Fabry.

Luise Kranach intonierte mit dünner Stimme eine Melodie. »*Allons enfants de la Patrie, le jour de gloire est arrivé! Contre nous de la tyrannie, l'étendard sanglant est levé …*«

Fabry atmete schwer und fühlte eine unbändige Wut in sich aufsteigen.

»Schließlich fiel die Kaiserin von Frankreich vom Pferd«, gackerte die Alte. »Sie plumpste ins Sägemehl und landete direkt in einer Ansammlung von Pferdeäpfeln. Die Leute hielten das für einen tollen Einfall. Und dann kam dein fulminanter Auftritt, Lulu!«

Luise Kranach griff zum Glas mit dem Brombeerwein und leerte es in einem Zug. »Und? Weißt du es noch?«

»Du solltest nicht so viel trinken«, sagte Fabry. »Das schadet nur deiner Gesundheit.«

»Ich hatte dir eine Uniform genäht, weiß mit Goldlitze und riesigen Epauletten. Du hast schwarze hohe Stiefelchen getragen, eine eng anliegende Hose, an deinem Gürtel hing eine Säbelattrappe. Du musst dich doch erinnern!«

Er antwortete nicht.

»Das Orchester spielte noch mal die *Marseillaise* und du kleiner Kaiser, du warst ja erst zehn, wurdest in die Manege geschubst. Deine schöne Maman hockte noch etwas benommen mitten in den Pferdeäpfeln. Du gingst mit erhobenem Kopf auf sie zu, hattest die eine Hand in deiner Uniform versteckt, sie sah dich und sagte: *Je vous adore, mon empéreur!* Dann ertönte der Tusch und das Publikum grölte.«

»Ich glaube, du musst jetzt ins Bett, Tante Liesel!«, sagte Fabry leise.

»Tante Liesel? O, Lulu, so hast du mich lange nicht genannt!« Tränen liefen über die Wangen der Alten. Sie wankte zu ihm hin, nahm seine Hände und küsste sie. »Sie war so schön, so schrecklich schön, deine Maman«, schluchzte Luise. »Sie stand auf, stützte sich auf deine Schulter und verließ mit erhobenem Kopf die Manege.«

Fabry hatte Luise untergehakt und schob sie Richtung Schlafzimmer.

»Ich muss das Kostüm erst ausziehen«, stammelte sie, als Fabry sie auf das Bett drückte.

»Nein, du kannst es anlassen«, beschwichtigte er sie. »Heute Abend bist du die Kaiserin Joséphine. Leg dich hin und schließ die Augen!«

Er dirigierte sie zart, aber bestimmt in die Waagerechte.

»Ich wollte immer so schön sein wie sie«, murmelte die Alte.

»Heute Abend bist du so schön!«, versicherte Fabry. »Und jetzt schlaf gut, Tante Liesel!«

»Je vous adore, mon empéreur ...«, flüsterte die alte Frau mit geschlossenen Augen und kuschelte sich in ihre Decke.

Fabry holte sich vom Diwan ein weiches Kissen und drückte es fest und lange auf ihr Gesicht. Als er es wieder aufnahm, lächelte sie noch immer.

Kapitel 7

Anna öffnete den Brief.

Liebes Fräulein Stern!
Ich hoffe, es geht Ihnen inzwischen besser und Sie machen Fortschritte, was Ihre Mobilität betrifft. Verzeihen Sie, dass ich mich mit diesem Brief in Erinnerung bringe, aber ich hatte bei unserem letzten Telefongespräch den Eindruck, dass Sie sich durch meine nur freundlich gemeinte Fürsorge belästigt fühlten. Ich versichere Ihnen, dass mich allein die Sorge um Ihre Gesundheit und nichts anderes zu diesem Anruf gebracht hat. In einer Welt, in der Selbst-

sucht die Seelen der Menschen immer weiter vergiftet, wollte ich einen Kontrapunkt setzen. Ich bitte Sie, davon auszugehen, dass ich Ihnen freundlich gesonnen bin und Sie in keiner Weise belästigen will. Ich würde mich über ein paar Zeilen oder ein Zeichen von Ihnen freuen.
Ihr Leon Fabry

Anna legte den Brief zurück auf den Tisch.

Komischer Kauz, dachte sie und runzelte die Stirn. Aber okay. Soll er sein Zeichen bekommen. Auf dem Briefbogen stand Fabrys Telefonnummer. Anna griff zum Handy und wählte. Der Ruf ging einige Male raus und sie wollte schon auflegen, doch dann meldete sich jemand: »Ja?«

»Hier ist Anna Stern. Ich habe gerade Ihren Brief bekommen. Sehr nett, danke.«

»Oh. Ich freue mich sehr, dass Sie anrufen. Wie geht es Ihnen denn? Was macht der Fuß?«, fragte Fabry.

»Ich humpele noch immer«, gestand sie. »Und langsam wird das Essen knapp. Irgendwann wird man mich verhungert in meiner Wohnung finden.«

»Soll ich für Sie einkaufen?«

Sie begriff, dass ihre Äußerung, die ja nur witzig hatte sein sollen, bei Fabry anders angekommen war. Wie werde ich den Kerl nun wieder los?, dachte sie.

»Bitte, nein. Das war nur ein Scherz. Es tut mir leid, wenn ich etwas unwirsch zu Ihnen gewesen sein sollte. Ich bedanke mich noch einmal und wünsche Ihnen alles Gute. Sie müssen sich nicht verantwortlich für mich fühlen und ich will nicht, dass Sie sich meinetwegen Umstände machen.«

»Ich helfe gern«, bot Fabry an.

»Das wird nicht nötig sein.« Sie bedankte sich jetzt mit entschiedenem Tonfall und legte den Hörer auf.

Hoffentlich hat er das jetzt kapiert, dachte sie.

Anna Stern döste auf dem Sofa vor sich hin, die Markise nahm dem Licht die Schärfe und in ihrem Körper breitete sich eine willenlose Gelöstheit aus. Der Fuß tat nicht mehr so weh, Umschläge mit essigsaurer Tonerde hatten die Schwellung zum Abklingen gebracht. Sie war schon im Halbschlaf, als es an der Tür schellte.

Etwas mürrisch über die Störung schleppte sie sich zur Tür. »Ja, bitte?«, fragte sie durch die Sprechanlage.

»Feinkostservice!«, tönte es ihr entgegen. »Wir haben eine Lieferung für Sie.«

»Ich habe nichts bestellt«, entgegnete sie. »Sie müssen sich irren!«

»Sind Sie nicht Frau Stern? Anna Stern?«, quäkte es.

»Doch.«

»Dann ist die Lieferung für Sie. Es liegt ein Brief dabei. Machen Sie doch bitte die Tür auf.«

Anna überlegte. In den Zeitungen und im Fernsehen war viel über Trickdiebe zu lesen und zu sehen, die sich auf die unmöglichsten Arten Zutritt zu fremder Leute Wohnungen verschafften. Sie drückte schließlich den Türöffner, löste das Sicherheitsschloss aber nicht.

Ein Mann kam die Treppe hoch, mit beiden Händen einen großen Korb haltend. »Für Sie!«, strahlte er. »Alles nur vom Allerfeinsten. Würden Sie mir den Empfang bitte quittieren?«

Er stellte den Korb ab und reichte ihr ein Papier durch den Türspalt.

Verdutzt unterschrieb Anna den Zettel.

»Hier ist der Brief dazu«, sagte der Bote und zog ihn aus dem Korb.

Anna öffnete den Umschlag.

Gute Besserung und Guten Appetit wünscht
Leon Fabry

O nein!, dachte sie.

Doch die Sachen im Korb waren teuer und frisch und ihr lief das Wasser im Mund zusammen. Von spanischem Schinken über französischen Käse bis hin zum russischen Kaviar und isländischen Lachs war alles vorhanden, was ein First-Class-Buffet zu haben hatte – angereichert mit tropischen Früchten wie Passiflora, Papaya und Granatapfel. Das knusprig-frische Baguette hätte selbst in Frankreich nicht schöner gebacken werden können. Eine Flasche Champagner und ein roter Rioja machten das Präsent perfekt.

Anna arrangierte die Köstlichkeiten auf dem Esstisch. Ihr Magen knurrte wie ein wilder Hund. Sie probierte ein Stück von dem Weichkäse, der ihr entgegenfloss, als sie ihn anschnitt. Er zerging auf der Zunge, war sahnig und im Abgang eine Spur bitter. Sie entkorkte den Rioja, schenkte ein und hielt das Glas gegen das Licht. Dunkelrot funkelnd – wie Blut. Das Brot knackte, als sie es brach.

Sonst brachte dieser Tag keine guten Nachrichten. Die Bank teilte Anna mit, dass ihr Konto gesperrt sei. Sie solle ihren Überziehungskredit zügig ausgleichen.

Anna verdünnte den Wein in ihrem Glas mit Mineralwasser – sozusagen eine erste Sparmaßnahme – und setzte sich auf den Balkon. Die Lage war desolat. Sie nahm einen kräftigen Schluck und überlegte, wie sie schnell und ohne großen Aufwand an dreitausend Euro kommen konnte. Sie kam zu keinem Ergebnis, stand auf, zupfte die abgeblühten Kelche ihrer Blumen vom Stängel und warf sie über die Brüstung.

»Können Sie nicht aufpassen?«, kam es entsetzt von unten. »Sie verschmutzen meine Blumenkästen!«

Anna zuckte zurück. Wieder der Nachbar unter ihr. Manchmal hatte sie das Gefühl, dass der Typ geradezu darauf lauerte, sie maßregeln zu können.

Sie hatte keinen Nerv für einen Streit. Die fehlenden Euro dämpften ihre Kampfeslust.

Auf dem Tisch lag die Zeitung von heute. Im Stellenmarkt studierte sie die Alternativen: Versicherungen verkaufen, in Kneipen Getränke schleppen oder im Callcenter telefonieren. Ihr Blick glitt noch einmal über die angebotenen Kellnerjobs. Im *Keep-out,* einem angesagten Laden, war eine Stelle als Kellnerin zu besetzen. Anna griff zum Telefon. Ausnahmsweise hatte sie mal Glück: Schon am folgenden Abend sollte sie sich vorstellen.

Kaum hatte sie den Hörer aufgelegt, klingelte das Telefon. War es die Bank? Zögernd nahm Anna den Hörer auf und wartete.

»Ich bin wieder da«, sagte eine Männerstimme.

Anna stutzte. »Wer ist wieder da?«

»Anna? Spreche ich mit Anna?«, fragte der Anrufer. »Hier ist Hans Sommerberg. Dein Onkel Hans. Erinnerst du dich?«

Hans Sommerberg! Onkel Hans!

Seit vier Monaten lebe er wieder in der Stadt, redete er schon weiter. »Nicht auf so großem Fuß wie früher. Ich bin bescheiden geworden. Zwangsläufig. Bist du immer noch so hübsch, kleine Anna? Hast du immer noch so schwarze lange Haare?«

»Ja, die habe ich. Was willst du?«, fragte sie.

»Dich sehen«, antwortete Hans Sommerberg. »Und endlich alles regeln. Zur Ruhe kommen.«

»Du und Ruhe?« Annas Stimme war rau geworden. »Bist wohl verdammt alt geworden, wenn du so was sagst.«

»Ja, das lässt sich nicht leugnen. Wie geht es dir?«, wollte er wissen.

Wut stieg in ihr auf. »Das hat dich doch zwanzig Jahre lang nicht interessiert.«

Eine Weile blieb es still.

»Weinst du?«, fragte Sommerberg dann leise.

»Wie kommst du auf so einen Quatsch?«, schniefte sie.

Sie verabredeten sich für den nächsten Tag in einem Café neben dem Dom.

*

Leon Fabry hatte eine fixe Idee entwickelt: Er wollte in Annas Nähe eine Wohnung finden oder wenigstens ein Zimmer. Daher trieb er sich einige Stunden in der Gegend herum, in der Anna Stern wohnte. Ein Schild *Zu vermieten* fand er erwartungsgemäß nicht. Das graue Haus gegenüber Annas Wohnung wäre ideal für seine Zwecke. Er ging zum Eingang und notierte sich die Namen, die neben den Klingeln standen. Nur wenige fand er in den öffentlichen Telefonverzeichnissen wieder.

Fabry setzte sich zu Hause an den Schreibtisch und telefonierte alle ab. Wenn er jemanden erreichte, nannte er einen falschen Namen und erzählte die herzergreifende Geschichte von einer Verwandten, die er in der Straße zu pflegen habe. Die Angerufenen beeindruckte das überhaupt nicht. Je mehr Absagen er bekam, desto wütender wurde Fabry: Niemand hatte ein Zimmer zu vermieten.

Er musste eine andere Möglichkeit finden, an Anna Sterns Leben teilzuhaben.

*

Hans Sommerberg fieberte dem Treffen mit seiner Nichte entgegen. Erinnerungen an sie überwältigten ihn. Erinnerungen, die er in den letzten zwanzig Jahren verdrängt hatte.

Da war die Sechsjährige, die ihm mit glänzenden Augen

an jene ungewöhnlichen Orte folgte, die er nur ihr zeigte, dann die Zwölfjährige, die unbedingt ein Pferd haben wollte und eines von ihm bekam, und schließlich die Sechzehnjährige, die ihn – nach heftigem Widerstand ihres Vaters – auf eine sechswöchige Reise begleiten durfte.

In der Reisegruppe war das kecke Mädchen mit den weiblichen Formen einer zwanzigjährigen Frau der Hingucker schlechthin gewesen und es hatte ihm geschmeichelt, dass die Nichte für seine jugendliche Geliebte gehalten wurde. Manchmal hatten sie dieses Spiel selbst angestoßen und waren eng umschlungen durch südamerikanische Großstädte geschlendert – verfolgt von den neidischen Blicken dunkelhaariger Machos, die immer im Rudel aufzutreten pflegten und durch lautes Rufen und eindeutige Handbewegungen auf sich aufmerksam machten.

Hans hatte der hübschen Nichte vorsichtige Hinweise gegeben auf die Dinge, die ihr aus der Männerwelt begegnen würden, doch schien dies an dem Mädchen spurlos vorbeizugleiten.

Sommerberg rechnete nach. Anna musste heute achtunddreißig Jahre alt sein, eine Frau im besten Alter.

*

Anna verließ das Haus. Hans Sommerbergs Anruf hatte sie aufgewühlt. Sie brauchte Luft und bog in den Weg ein, der zu dem kleinen Park führte. Die Grünanlage war ziemlich verwildert. Deshalb mochte sie diese Anlage. Sie setzte sich auf ihre übliche Bank und hing ihren Gedanken nach.

Wusste Onkel Hans eigentlich, dass seine Schwester vor fünf Jahren gestorben war? Er hatte sich damals nicht gemeldet und eine Adresse, unter der er zu erreichen war, hatte sie nicht gekannt. Nach dem Vorfall mit seiner Firma hatte er sich von heute auf morgen abgesetzt, wohin, das war reine Spekulation geblieben. Irgendwann hatte die Mutter mal von Italien gesprochen.

Er hat uns alle sitzen lassen, dachte Anna, ganz besonders Mama. Sie hatte immer weniger gelacht und war immer stiller geworden. Anna hatte zwei Jahre nach Hans' Flucht das Haus verlassen. Sie war achtzehn und wollte ihrem spießigen und strengen Vater endlich entkommen. Die Mutter hatte ihr vorgeworfen, sie nun auch alleinzulassen. Der Vater rächte sich mit der Weigerung, seiner Tochter auch nur einen Pfennig zu geben.

Die nächsten zwei Jahre hatte Anna in wechselnden Wohngemeinschaften gelebt, abends in Kneipen gejobbt und sich tagsüber als Aktmodell vor malenden Studenten ausgezogen. So war sie einigermaßen über die Runden gekommen. Sie lachte bitter auf. In den letzten zwanzig Jahren hatte sie es nicht sehr weit gebracht. Vielleicht konnte Hans etwas daran ändern.

Kapitel 8

Die *Soko Kostüm* überlegte, wo die nächsten Schritte anzusetzen waren. Kant wiederholte, was er von Belinda Stork erfahren hatte. Akif Neumann schlug vor, die anderen Laienschauspieler der Bühne zu vernehmen.

»Es gibt da bestimmt jemanden, der mehr über das Opfer weiß. In Künstlerkreisen wird doch viel gequatscht und intrigiert.«

»Richtige Künstler sind das ja nicht«, widersprach Weingarten. »Hausfrauen, Handwerker, Schüler und Studenten oder so was.«

»Immerhin interessieren sie sich für Kunst«, erwiderte Neumann. »Du würdest schließlich nicht freiwillig Theater spielen, oder?«

»Mir reicht das tägliche Theater hier«, konterte Weingarten.

»Akif kümmert sich also um die Bühne und du, Dirk, solltest zur Kunsthalle fahren«, gab Kant vor. »Direktor Dr. Sucher hat versprochen, seinen Mitarbeitern ein Foto von Maja Schneider zu zeigen. Frag ihn mal, was dabei herausgekommen ist. Und wir beide«, wandte sich der Kommissar an seine neue Praktikantin, »statten dieser Kostümschneiderin einen Besuch ab.«

Je mehr sie sich Berghof näherten, umso befreiter fühlte sich Kant. Es war, als würde ein schmutziger Schleier von ihm abgezogen. Schließlich hielt er den Wagen an, stieg aus und sog die Luft ein. Heidi Busch stellte keine Fragen. Man hatte ihr berichtet, Kollege Kant sei ein origineller Mensch.

Sie stellte sich neben ihn, kramte die Zigarettenschachtel heraus, steckte sie dann aber wieder weg. Man hatte ihr auch gesagt, dass Kant strikter Nichtraucher sei. Sie wollte sich nicht schon in den ersten Tagen eine Rüge einfangen.

Wenige Minuten später saßen sie wieder im Auto. Sie fanden Luise Kranachs Schneiderei ohne Probleme. Ein kleines Fachwerkhaus am Ende einer Sackgasse, die von krüppeligen Obstbäumen gesäumt war.

Leider war die Werkstatt geschlossen. Kein Schild oder Zettel an der Tür informierte den Besucher über Öffnungszeiten. Kant ging ums Haus herum, schaute durch die kleinen Fenster, doch erkennen konnte er wegen der Gardinen kaum etwas.

»Lassen Sie uns im Haus gegenüber nachfragen«, schlug Busch vor. »Ich habe dort eine Bewegung gesehen.«

Ein kleiner Mann in Bermudashorts öffnete.

Kant fragte nach der Schneiderin.

»Sie wollen zu Oma Kranach? Die wohnt jetzt woanders«, kicherte der Mann. »Die liegt beim Bestatter. Die Beerdigung ist am Montag.«

»Wie ist denn das passiert?«

»Sie war doch schon über achtzig. Da muss man schon mal damit rechnen«, sagte der Nachbar. »Außerdem hat sie ganz schön gebechert. Davon ist das Luischen komisch und zänkisch geworden. Warum sind Sie hier?«

Kant behauptete, bei der Schneiderin einen Anzug in Auftrag gegeben zu haben.

»Den Nachlass regelt ihr Neffe. Leon Fabry«, teilte der Mann mit. »Vielleicht bekommen Sie Ihren Anzug ja noch. Allerdings ist der Fabry mindestens genauso komisch wie seine Tante. Sie werden schon sehen. Wenn Sie zu ihm wollen – er wohnt in dem einsamen Haus hinter dem Dorf.«

Das Haus des Neffen war mit dem kleinen Häuschen seiner Tante nicht zu vergleichen. Das große Gebäude war aus einem braunen Stein errichtet, das Dach rot geziegelt. Im Vorgarten blühte es: Thymian und Lavendel und andere blau blühende Pflanzen. Der Neffe schien die Farbe Blau zu lieben.

Kant klingelte. Der helle, zarte Ton der Glocke verklang mit Echo. Der Mann war offensichtlich ausgeflogen. Kant versah seine Visitenkarte mit der handschriftlichen Bitte an Leon Fabry, ihn dringend anzurufen, und warf sie in den Briefkasten.

Ein Gewitter kündigte sich an. Es begann zu regnen.

»Das war ja nicht besonders erfolgreich«, stellte er fest.

Heidi Busch stimmte ihm zu.

»Wir fahren noch mal zur Schneiderei«, entschied Kant. »Vielleicht ist der Neffe ja doch da und hat nur nicht aufgemacht.«

Sie parkten etwas entfernt und stiegen aus. »Wir sollten nicht gesehen werden«, meinte Kant. »Das Haus hat einen hinteren Eingang.«

»Woher wissen Sie das?«, fragte Busch.

»In dieser Gegend haben alle Fachwerkhäuser einen zweiten Eingang zum Garten.«

»Dürfen wir das denn? Ist das nicht Hausfriedensbruch?«

Kant antwortete nicht. Heidi Busch entschloss sich, keine derartigen Fragen mehr zu stellen.

Das Gebäude verfügte tatsächlich über einen Hintereingang, der mit einem einfachen Schloss gesichert war. Kant brauchte nur wenige Minuten und sie konnten ins Haus.

In der Küche hatte jemand Ordnung geschaffen, die Stecker der Elektrogeräte gezogen, der Kühlschrank war abgetaut. Im Flur befanden sich Kisten, in die etwas eingepackt worden war.

»Dort ist das Atelier«, flüsterte Heidi Busch und fragte sich im gleichen Moment, warum sie flüsterte.

Auch in der Werkstatt war das Aufräumen in vollem Gange. Die fahrbaren Kleiderstangen waren fast abgeräumt, die Sachen lagen an verschiedenen Stellen auf dem Boden aufeinandergetürmt, als seien sie zur Abholung bestimmt. Vier blaue, gefüllte Müllbeutel lehnten an einer Wand.

Vorsichtig öffnete Kant einen Beutel und schaute hinein: Stoffe, Bänder, abgeschnittene Bordüren, Goldstickerei und Spitzen. Kurz entschlossen kippte er den Inhalt des Sackes auf den Boden. Er durchwühlte die Stoffreste, legte alles beiseite, was ihn an das Kleid erinnerte, das Maja Schneider im Tod getragen hatte. Vielleicht stammten Stoff und Verzierungen aus dieser Werkstatt. Kant stopfte seine Fundstücke in eine Plastiktüte.

Draußen prasselte der Regen. Es wurde Zeit zu verschwinden.

»Wir sollten auch diese Zeichnungen mitnehmen«, schlug Busch vor. Sie stand vor einem niedrigen Tisch, auf dem Papiere lagen.

Offensichtlich Kleiderentwürfe der Kranach, der Mode alter Zeiten nachempfunden.

»Packen Sie das Zeug ein und dann weg hier!«

Kapitel 9

Auf dem Weg zum Café kaufte sich Hans Sommerberg eine Zeitung. Er betrachtete sich in der Scheibe eines Schaufensters und war zufrieden. Er war modisch gekleidet, gepflegt wie einst und sein Gang noch immer jugendlich.

Hoffentlich war Anna nicht zu einer behäbigen Matrone mutiert. Ob sie verheiratet oder liiert war, vielleicht sogar Kinder hatte?

Sommerberg bog um die Ecke eines Geschäfts und stieß mit einer Frau zusammen. Er griff nach ihr, sonst wäre sie gestürzt. »Hoppla!«

»Tut mir leid«, stammelte die Frau. »Ich war in Gedanken.«

»Eine Frau, die denkt«, schmunzelte er. »Entzückend!«

Er hielt sie noch immer an den Armen gepackt, die üppig und nackt waren. Schweiß glänzte in der Rille zwischen den Brüsten.

»Was sind Sie denn für einer!«, entrüstete sich die Frau. »Lassen Sie mich sofort los!«

Erschrocken ließ er die Hände von ihr. Mit bösem Blick ging sie ihres Weges.

Sommerberg sah ihr nach, mehr verblüfft als verärgert über die harsche Reaktion. Sie hatte einen ausladenden Hintern, der nur unzureichend durch einen kurzen Rock verdeckt war. Früher hätte er solche Frauen nur mit Abscheu betrachtet; merkwürdig, dass ihn dieser Anblick nun erregte. Er schüttelte den Kopf und setzte seinen Weg fort.

Er wollte nicht vor Anna am Treffpunkt sein. Sie sollte dort schon am Tisch sitzen und ihn kommen sehen. Jugendlich und fit wie früher auf den Boulevards der Großstädte, die er ihr gezeigt hatte. Noch war etwas Zeit bis zu seinem Auftritt. Er betrat ein Bistro – direkt gegenüber dem verabredeten Café. So konnte er Anna beobachten und schon mal heimlich sehen, was aus ihr geworden war.

Menschen flanierten vorbei. Sommerberg klopfte jede Frau Ende dreißig auf Annas Merkmale ab, die er in Erinnerung hatte: dunkles, leicht gelocktes Haar, eine besonders schöne Haut, ein harmonisch gewachsener Körper mit langen, geraden Beinen, üppigen Formen und einer schon früh erkennbaren Neigung zu leichter Korpulenz. Ein Schleckermaul war sie gewesen und ihre liebste Übung als junges Mädchen war – neben dem Schöneaugenmachen –, die diversen Dessert-Buffets in den Hotels zu plündern.

Er blätterte in der Zeitung. Politik und Sport hatten ihn noch nie sonderlich gefesselt, der Wirtschaftsteil und die Börsenberichte interessierten ihn nicht mehr; es blieben also die bunten Seiten und das Feuilleton.

Sommerbergs Blick blieb an einem Foto hängen. Ein Gemälde. Er kannte das Bild, hatte seine Geschichte bis ins Auktionshaus verfolgt. Über zehn Jahre hatte es gedauert, bis eine Expertenkommission es für echt erklärt hatte.

Es zeigte eine junge Frau lächelnd am Spinett sitzend, braunäugig den Betrachter anschauend. Jetzt hat Vermeers Kleine tatsächlich über vierundzwanzig Millionen gebracht, staunte Sommerberg, und wird ihr stummes Leben im schrillen Las Vegas fristen.

Letztendlich erkannte Sommerberg Anna am Gang. Schon als Teenager hatte sie sich sehr aufrecht gehalten. Sie lief an dem Bistro vorbei, in dem er wartete, blieb mit dem Rücken zu ihm stehen und sah zum Café hinüber, wohl um festzustellen, ob er schon da saß. Sie ist eine schöne Frau, stellte er aufatmend fest.

Anna setzte sich an einen Tisch, der draußen aufgestellt war, die Straße im Blick. Als der Kellner zu ihr trat und sie kurz abgelenkt war, zahlte Sommerberg. Sie bemerkte ihn erst, als er direkt vor ihr stand.

»Hallo, Anna!«, sagte er. »Da bin ich.«

»Onkel Hans!«

Sie erhob sich, wollte ihn umarmen, hielt inne und reichte ihm dann nur die Hand. Er griff sie, zog sie zu den Lippen und küsste sie. Ein Glücksgefühl und Rührung stiegen in ihm auf.

»Ich freue mich, dich zu sehen«, sagte er förmlich.

»Wo warst du nur so lange?«

Sommerberg antwortete nicht. In seiner Brust schmerzte es plötzlich und er setzte sich. Bitte, nicht jetzt!, flehte er innerlich. Er atmete langsam und tief, versuchte, sich zu entspannen.

»Geht es dir nicht gut?«

»Doch, doch, alles in bester Ordnung«, versicherte er eilig. »Ich habe mir so oft vorgestellt, wie du wohl aussiehst, was aus dir geworden ist. Und jetzt bist du wirklich hier.«

»Das hättest du einfacher haben können«, entgegnete Anna kühl. »Ein Blick ins Telefonbuch. Ich habe die Stadt nie verlassen.«

»Ich musste einen echten Schnitt machen«, erklärte Sommerberg.

»Das ist dir gelungen.«

»Ja«, nickte er. »Es ging nicht anders.«

»Was ist eigentlich damals genau passiert? Mutter und Vater haben nicht viel erzählt.«

»Ich musste ganz schnell weg. Alles brach über mir zusammen. Was weißt du?«

»Der Konkurs. Einen riesigen Schuldenberg hast du hinterlassen. Dein Haus wurde versteigert, deine Wertsachen auch. Und du bist einfach abgehauen. Mama hat versucht, eine Spur von dir zu finden. Sie glaubte, dass du nach Italien gegangen bist.«

»Das ist richtig.«

»Vater hat dich als Betrüger bezeichnet«, berichtete Anna weiter. »Dein Name wurde in der Familie nicht mehr erwähnt. Du kennst Papa ja. Weißt du, dass Mama gestorben ist?«

»Ja, ich habe es erfahren. Es tut mir sehr leid.«

»Mehr hast du nicht dazu zu sagen?«

»Anna! Was sollte ich denn machen? Tausendmal stand ich kurz davor, mich bei euch zu melden.«

»Wir hätten uns in Italien treffen können. Ohne dass Vater etwas mitbekommen hätte«, wandte sie ein.

»Lebt dein Vater noch?«

»Papa ist putzmunter. So einer wie der ist nicht totzukriegen. Seine Befehle erteilt er jetzt allerdings dem Personal im Seniorenheim. Ich besuche ihn manchmal. An Feiertagen. Aber nur den ganz hohen.«

Sommerberg lachte.

»Also?«, fragte sie. »Warum bist du wieder hier? Sentimentalität eines alten Mannes?«

»Vielleicht. In meinen zwanzig italienischen Jahren verging kein Tag, an dem ich nicht Heimweh hatte«, behauptete Sommerberg. »Ich habe so oft an dich gedacht und mich gefragt, was aus dir geworden ist.«

»Nichts Besonderes«, gab sie trocken Auskunft. »Ich bin

ständig pleite, habe mein Studium abgebrochen und jobbe. Die gescheiterte Existenz in klassischer Ausprägung.«

»Gibt es einen Mann? Kinder? Lebst du allein?«

»Keinen Mann, keine Kinder. Eine kleine Mietwohnung. Und du?«

»Keine Frau, keine Kinder, eine kleine Mietwohnung. Pari.«

»Na, super!« Jetzt lachte Anna. »Da haben wir zwei es ja sehr weit gebracht. – Du liebst die Kunst noch immer«, wurde sie ernst und deutete auf die Zeitung, die er mitgebracht hatte. Sie war so gefaltet, dass das Foto des versteigerten Vermeer-Bildes zu sehen war.

»Ich liebe die Kunst noch immer«, wiederholte er und sah ihr direkt in die Augen. »Und auch deshalb bin ich zurückgekommen. Erinnerst du dich noch an meine Bildersammlung?« Er räusperte sich und begann zu erzählen.

Eine halbe Stunde später kannte Anna in groben Zügen seine Pläne.

»Wie hast du das mit den Bildern gemacht?«, fragte sie.

»Ich habe sie rechtzeitig in Sicherheit gebracht. Schon damals wussten ja nicht viele von ihrer Existenz.«

»Musst du das nicht erklären, wenn du jetzt damit an die Öffentlichkeit gehst?«

»Die Forderungen aus der Zeit von damals sind zwar nicht verjährt, aber wenn ich die Bilder verkaufen kann, könnte ich freiwillige Zahlungen an meine Gläubiger leisten.«

»Kommst du überhaupt an die Bilder ran?«

»Sie sind bei einem alten Freund. Ich habe mit ihm telefoniert. Es ist alles noch da.«

»Und wie willst du das machen?«

»Eine Freundin von mir arbeitet in der hiesigen Kunsthalle. Ich habe sie in Italien kennengelernt.«

»Sie soll die Bilder kaufen?«

»Nein, du weißt doch, dass die Museen kaum noch einen Etat für Ankäufe haben. Diese Zeiten sind vorbei.«

»Stimmt.« Anna zeigte auf die Zeitung. »Der Vermeer da hängt demnächst bei einem Casino-Fritzen aus Las Vegas auf dem Klo. Also, was willst du nun genau tun?«

»Rebecca Leist wird die Bilder begutachten und Expertisen erstellen lassen. Sie hat beste Kontakte. Dann werden wir sie dem Kunstmarkt präsentieren.«

»Und was soll ich dabei?«

»Du hilfst mir bei der Organisation. Die Bilder müssen katalogisiert werden, ich brauche Texte, Angaben zu den Malern. Zehn Prozent des Erlöses gehen an dich, und wenn ich sterbe … gehört sowieso alles dir.«

»Du stirbst nicht so schnell!«, sagte sie.

»Nein, natürlich sterbe ich noch nicht«, lächelte er. »Ich bin ja gerade erst wieder angekommen und fange neu an.«

»Und du bleibst auch?«, fragte Anna ängstlich. »Oder willst du nur die Bilder verkaufen und dann schnell wieder weg?«

»Diesmal nicht. Lass uns Nägel mit Köpfen machen. Die Bilder stehen schon seit ein paar Tagen zur Abholung bereit.«

Kapitel 10

Kant berichtete den Sokokollegen von dem Besuch in Bergdorf. »Auf die Stoffreste aus der Schneiderei wirft die Kriminaltechnik einen Blick. Ich erwarte allerdings nicht viel davon. Selbst wenn Stoffe oder Bordüren mit denen von Majas Kleid übereinstimmen sollten, beweist es nur, dass das Kostüm von dieser verstorbenen Schneiderin stammt. Maja kannte sie und vielleicht hat sie den Fummel von ihr geschenkt bekommen.«

»Wir sollten uns den Neffen doch noch mal näher ansehen«, schlug Heidi Busch vor. »Er könnte Maja Schneider getroffen haben – als sie seine Tante besucht hat. Es könnte ja sein, dass …«

»Das hatte ich vor«, unterbrach Kant. »Dirk, Akif. Was habt ihr zu berichten?«

»Ich habe noch nicht alle Schauspieler und Mitarbeiter der Freilichtbühne erreichen können«, begann Akif. »Die arbeiten ja alle ehrenamtlich und wohnen über die Gegend verteilt. Denen, die ich befragt habe, ist nichts Besonderes aufgefallen. Maja galt als zielstrebig und ehrgeizig. Manch einer störte sich daran, dass sie gleich eine Hauptrolle in dem Stück bekommen hat. Aber etwas Interessantes gibt es schon.« Er reichte Kant ein Papier. »Das ist ein Auszug aus dem Vereinsregister. Dr. Manfred Sucher ist im Vorstand des Trägervereins.«

Kant pfiff durch die Zähne. »Theoretisch könnte er Maja Schneider also doch kennen. Was hast du in der Kunsthalle erfahren, Dirk?«

»Sucher hatte noch keine Gelegenheit, das Bild von der Schneider herumzuzeigen. Deshalb hab ich das selbst übernommen. Und ratet mal, was dabei herausgekommen ist?«

»Sie hat die Kunsthalle besucht.«

»Genau, Chef. Vor einem halben Jahr zum ersten Mal. Eine Zeit lang ist sie mehrmals die Woche dort aufgekreuzt. Im Shop hat sie oft und lange in Kostümbüchern geblättert. Aber das dauerte nur ein paar Wochen. Dann hörten ihre Besuche plötzlich auf.«

»Ich werde mir Sucher noch mal vorknöpfen«, beschloss Kant. »Und zwar gleich.«

»Darf ich mitkommen?«, fragte Heidi Busch.

»Das wird ein Gespräch zwischen Männern«, antwortete Kant.

Dirk und Akif grinsten.

Als Kant vor der Kunsthalle auftauchte, waren mehrere Menschen gerade dabei, flache Kisten aus einem Wagen auszuladen. Das Auto stand direkt vor dem Eingang. Ein älterer Herr hielt die Tür auf, eine attraktive Frau stand neben ihm. Zwei Männer – vermutlich Mitarbeiter des Museums – schleppten die Pakete.

»Darf ich?«, fragte Kant, drängelte sich vor die Männer und blieb mit seinem Jackett an der Tür hängen. Er blickte auf und sah dem Älteren direkt ins Gesicht. Kant durchzog es heiß und kalt. Nach einer Sekunde hatte er den Namen parat. Sommerberg. Hans Sommerberg.

Kant versuchte, sich nichts anmerken zu lassen. Zielstrebig ging er in den Shop, dessen Fenster zur Straße hin lagen. Von dort aus merkte er sich das Kennzeichen des Autos, aus dem die Männer immer noch Pakete ausluden.

Sommerberg! Kant war aufgewühlt wie lange nicht mehr.

Er beschloss, das Gespräch mit Sucher aufzuschieben, und kehrte zum Präsidium zurück. Dort erkundigte er sich als Erstes telefonisch, ob Sucher am morgigen Vormittag zu sprechen sein würde, was bejaht wurde.

Das Straßenverkehrsamt Rheinburg teilte ihm anschließend mit, dass das Auto auf den Namen Anna Stern zugelassen war. Über Anna Stern war in den Polizeicomputern nichts zu finden. Egal, dachte Kant, sie kennt Sommerberg und weiß, wo er untergekrochen ist.

Dann suchte er im Archiv den Fall *Sommerberg* heraus. Kant blätterte die Akte durch, um die Erinnerung aufzufrischen. Ein amtlich bestellter Konkursverwalter hatte abgewickelt, was von der Baufirma noch abzuwickeln war. Sommerbergs Gläubiger waren mehr oder weniger auf ihren Rechnungen sitzen geblieben.

Auch Erwin Kant hatte damals zu ihnen gehört – er hatte die gesamte Elektroinstallation in Sommerbergs Bauten ausgeführt. Der Architekt hatte von der Rechnung über fast fünfzigtausend Mark nicht einen Pfennig bezahlt. Kants Vater hatte am Ende zwar einen vollstreckbaren Titel, aber der nutzte ihm nichts, weil es nichts zu holen gab. Als sich jede Hoffnung auf ein bisschen Wiedergutmachung zerschlagen hatte, nahm sich Erwin Kant das Leben.

Und jetzt spazierte dieser Sommerberg gesund und höchst lebendig in der Stadt herum! In Begleitung einer attraktiven dunkelhaarigen Frau. Wahrscheinlich die Geliebte dieses alten Betrügers, die ihm half, die beiseitegeschafften Millionen zu verprassen.

*

Reporter Kay Schaumkuss war noch immer an der Sache dran. Und er hatte Glück: Belinda Stork berichtete ihm vom Interesse der Kripo an der falschen Jessica Müller, lobte die Tote in höchsten Tönen für ihre engagierte Arbeit und erwähnte, dass die alte Schneiderin in Berghof möglicherweise das seltsame rote Kleid gefertigt hatte, das die tote Frau getragen hatte.

Schaumkuss war wie elektrisiert. Die Story hatte eine Menge Luft nach oben. Eine schöne tote Frau, die einen falschen Namen benutzte, vielleicht etwas zu verbergen hatte, ein künstlerisches Milieu, das Leser immer faszinierte – auch, wenn es nur eine Laienspielgruppe war. Alles wunderschön vage. Er konnte nach Herzenslust spekulieren.

Belinda Stork hatte nichts dagegen, fotografiert und zitiert zu werden, nachdem Schaumkuss ihr versprochen hatte, der kleinen Bühne durch seine Berichterstattung in der Gunst des Publikums einen ordentlichen Schub nach oben zu geben.

Am frühen Abend fuhr er nach Berghof, setzte sich in die Dorfkneipe und wartete.

Drei Stunden und mehrere Runden Bier und Schnaps später hatte der Reporter alles zusammen, was er für einen spannenden Artikel brauchte.

*

Dr. Rebecca Leist mochte Sommerberg sehr. Er war kultiviert, gebildet und zudem ein brillanter Architekt. Die gemeinsamen Abende und Nächte in Leists Villa in Italien, in denen sie über Plänen gebrütet, Ideen ausgetauscht und aus Verzweiflung über unmögliche Projekte manche Flasche Wein geleert hatten, gehörten zu ihren schönsten Erinnerungen. Sommerberg hatte sich zunächst mit einem falschen Namen vorgestellt. Doch eines Tages hatte er sich ihr offenbart und ihr die Gründe für seine Flucht erklärt. Für sie war er aber weiterhin ›Alberto‹.

Ihre Freundschaft war mit den Jahren gewachsen. Sie schaffte Geld heran und er baute damit ihr Haus in Italien um, natürlich zu einem moderaten Preis und ohne Rechnung. Eine Win-win-Situation für beide.

Und jetzt hatte sich Alberto hier in Deutschland bei ihr gemeldet und ihr endlich die Bilder gebracht. Aus seinen Erzählungen wusste sie, dass er eine Sammlung von etwa zwanzig Genrebildern aus dem 17. Jahrhundert vor seinen Gläubigern gerettet hatte.

Endlich konnte sie wieder eine neue Ausstellung organisieren. Eine neue Herausforderung! In den letzten Monaten hatte sie nur die üblichen Expressionisten zeigen können, die seit vielen Jahren abwechselnd in den Asservatenkammern vor sich hin träumten, weil die Kunsthalle zu klein war, um alle Werke zu hängen. Hans Sommerberg und seine Bilder kamen ihr gerade recht.

Die Frau an der Ticketkasse grüßte devot und wünschte der »Frau Doktor« noch einen schönen Tag.

Draußen regnete es. Wozu hatte sie sich eigentlich ein Cabrio gekauft, wenn sie das Dach doch fast nie öffnen konnte?

Nun ja – in wenigen Wochen würde sie die Stadt verlassen, um ein paar Monate in ihrem Haus im Veneto zu verbringen. Der Spätsommer war dort immer sehr schön, die Farben golden und die Früchte reif.

Sie erreichte die Straße, in der ihr Haus stand, stellte den Wagen ab und schloss die Tür auf. Angelo war noch nicht da, denn es war keine Musik zu hören und Küchengerüche kamen ihr auch nicht entgegen.

Angelo. Wie lange es wohl noch dauern würde? Er war knapp über dreißig und sie Mitte vierzig. Ihre mangelnde körperliche Frische machte sie durch erotische Raffinesse wett und ihr Liebhaber betörte sie durch dieses Immerwollen-und-immer-Können, das den Sex mit jungen Männern so spannend machte. Wenigstens vorübergehend.

Unsere besten Wochen sind leider vorbei, dachte Leist. Die gemeinsamen erotischen Kochorgien zu Beginn der Affäre waren wohl Historie. O Gott, war das prickelnd gewesen!

An Männern ihres Alters störte sie der Mangel an Visionen und Plänen, dieses ständige Lamentieren über verpasste Karrierechancen und das Jammern über die Blessuren, die ihnen ihre jeweiligen Gattinnen zugefügt hatten.

Mit ein paar Griffen löste Rebecca Leist ihr Haar, das sie meist zu einem strengen Knoten gedreht trug, und ging ins Arbeitszimmer. Dort pflegte Angelo die Post und die Zeitungen hinzulegen. Sie blätterte alles durch. In der Kunstzeitschrift *Art of View* blieb sie an einem langen Artikel über die Versteigerung des Vermeer hängen. Der Reporter schilderte ausführlich den Verkauf des Bildes, das sechsunddreißigste und letzte des Meisters.

Die Diskussion um die Echtheit der *Frau am Virginal* hatte die Kunstwelt zehn Jahre lang beschäftigt. Auf einer Tagung hatte sie den Vortrag eines Kollegen gehört, der in der Expertenkommission gesessen hatte. Goldstein hieß der Mann. Sie erinnerte sich, dass seine Angaben über die komplizierten Methoden der Bild- und Farbanalyse hochspannend gewesen waren. Goldsteins Adamsapfel hatte während des Vortrags interessante Bewegungen vollführt – so aufgeregt und ergriffen war er bei der Sache gewesen.

Leist schaltete den PC ein und klickte sich das Bild auf den Monitor. Die lächelnde junge Frau mit dem gelben Tuch um die Schultern wurde fast von dem breiten Goldrahmen erdrückt. Ihre braunen Augen musterten den Betrachter interessiert. Wirklich sehr hübsch, dachte Leist, aber bei Weitem nicht Vermeers bestes Werk.

Sie hörte ein Geräusch an der Tür. Angelo kehrte heim. Lächelnd ging sie ihm entgegen.

*

Die Begegnung mit Onkel Hans hatte Anna aufgewühlt. Und die Aussicht, bei der Vermarktung der Kunstsammlung behilflich sein zu können, euphorisierte sie geradezu. Doch noch waren die Gemälde nicht verkauft und sie war pleite. Sie musste Geld auftreiben, bevor die Bank ihre Drohung wahr machte und das Konto ganz sperrte. So sprach sie trotz allem im *Keep-out* vor. Der Job als Kellnerin war noch immer frei.

»Du kannst Montag anfangen«, meinte der Wirt. »Wir brauchen jemanden für die Abendschicht draußen. Der Biergarten ist in einem schönen Sommer immer rappelvoll. Tagsüber brauchen wir nicht regelmäßig Hilfe. Am besten ist, wir rufen dich bei Bedarf und rechnen dann stundenweise ab.«

Die flexible Arbeitszeit gefiel Anna gut und sie schlug ein.

Da sie schon einmal in der Stadt war, bummelte sie über die Einkaufsmeile und betrachtete in den Schaufenstern die Dinge, die sie sich niemals würde leisten können. Kleider, die so ganz anders waren als die, die sie auf dem Leib trug, Einrichtungsgegenstände, die zu nichts nutze, aber dennoch schön waren, echt goldenen Schmuck und schimmernde Zuchtperlen.

Was soll's?, dachte sie, während ihre Finger ihre Halskette aus dem Ethnoladen verknoteten. Die Reichen sind auch nicht glücklicher als ich.

Mit einem Mal fühlte sie sich beobachtet. Sie versuchte, in den Schaufenstern einen Hinweis auf einen Verfolger zu finden, drehte sich plötzlich um, sah aber nichts, was ihren Verdacht bestätigte, schalt sich hysterisch, rief sich zur Disziplin. Doch das beklemmende Gefühl wich nicht.

Sie beschleunigte ihren Schritt und steuerte das Parkhaus an, in dem ihr Auto stand. Sie steckte das Ticket in den Kassenautomaten und bezahlte.

Die Vorstellung, allein mit dem Aufzug in die Tiefe zu fahren, erfüllte sie mit Panik. Als eine Gruppe von mehreren Leuten die Treppe nach unten nahm, folgte sie ihnen, stieg rasch in ihr Auto und fuhr nach Hause.

Du mutierst langsam zu einer komischen Alten, schalt sie sich. Gut, dass Onkel Hans wieder da war. Er würde ihrem Leben eine neue Wendung geben.

Auf die Beschäftigung mit seiner Sammlung freute sie sich sehr. An einige Bilder erinnerte sie sich gut. Onkel Hans hatte sie ihr gezeigt, da war sie noch ein Kind gewesen, und daraus ein Geheimnis gemacht. Es waren keine großen Formate, sondern kleine Bilder, die angeblich alle aus dem 17. Jahrhundert stammen sollten. Blumen, Landschaften, häusliche Szenen und pralle Stillleben, die sie erschreckten. Als kleines Mädchen war sie dabei zwischen Sensation und Abscheu hin- und hergerissen. Ausgeweidete Böcke und blutbefleckte Hühner wirkten so plastisch, dass es abstoßend war. Dafür waren die üppigen Blumenarrangements so voller Anmut, dass man nach ihnen greifen wollte. Hans hatte erklärt, dass die Bilder vom Leben der Menschen vor dreihundertfünfzig Jahren erzählten, ihrem Essen und Trinken, ihrer Kleidermode, ihren Vorlieben und Abneigungen.

Sommerberg hatte ihr auch ein paar Symbole gezeigt, mit denen die Maler dem Betrachter geheime Zeichen über ihre Intention hatten geben wollen. Fast immer war es etwas Ermahnendes gewesen, was die Menschen disziplinieren sollte. Ein zarter Falter auf einem fetten Schweinebraten bedeutete zum Beispiel die stete Nähe des Todes und die Ermahnung, sich zu mäßigen. Entwurzelte und oder vom Blitz getroffene Bäume spielten auf die Flüchtigkeit des Lebens an, an die Wand gelehnte Schwerter prophezeiten kommendes Unheil. In fast jedem Bild gab es solche geheimen Botschaften, die nur Kenner entschlüsseln konnten.

Ein Bild hatte Anna besonders gut gefallen: Es zeigte allerlei Leckereien inmitten einer eleganten Tischdekoration. Den Namen des Malers hatte sie vergessen, wusste aber noch den Titel: *Stillleben mit Austern, Konfekt und Früchten.*

Auch auf diesem Werk, das in zurückgenommenen Farben gehalten war, hatte es jene mystische Symbolsprache gegeben, die die Vergänglichkeit des Seins ausdrücken sollte: dünnwandige Weingläser, aufgeplatzte Kastanien und zerbröseltes Zuckerzeug.

Hans hatte ihr anhand dieses Bildes vor Augen geführt, wie die Maler das Licht eingesetzt hatten, um bestimmten Accessoires eine besondere Aufmerksamkeit zu verschaffen.

Sie beschloss, Hans nicht mehr Onkel zu nennen, sondern nur noch mit seinem Vornamen anzusprechen. Für einen ›Onkel‹ fühlte sie sich zu alt.

Kapitel 11

Am folgenden Vormittag suchte Kant erneut den Direktor der Kunsthalle auf.

»Warum haben Sie das Foto nicht herumgezeigt?«, fragte er. »Sie hatten mir doch Hilfe versprochen.«

Sucher sah Kant überrascht an. Einen solchen Ton war er nicht gewöhnt. »Ich hatte noch keine Zeit dazu. Und ich bin kein Hilfsbüttel der Polizei.«

»Schon gut«, lenkte Kant ein. »Inzwischen hat mein Kollege die Sache ja erledigt. Die Tote war eine Zeit lang eine emsige Besucherin Ihrer Einrichtung. Merkwürdig, oder?«

»Wieso merkwürdig?«

»Dass Sie das nicht gewusst haben.«

Sucher lachte. »Sie haben keine Ahnung von meinem Job, Herr Hauptkommissar. Ich habe mit Bildern und Organisation zu tun und nicht mit Besuchern. Was habe ich sonst noch falsch gemacht?«

»Maja Schneider hatte – außer Gemälden – ein zweites Hobby: Sie spielte an einer Laienbühne Theater. An der Freilichtbühne hier in Rheinburg. Fällt Ihnen dazu etwas ein?«

Sucher grinste. Dieser Polizist war wirklich durchschaubar. »Ich bin im Vorstand des Trägervereins. Falls Sie das meinen!«

»Ja, das meine ich. Merkwürdiger Zufall, finde ich.«

»Lieber Herr Hauptkommissar. Ich bin auch Mitglied im Jüdischen Kulturverein, in der SPD und im Förderverein einer Mission, die sich um minderjährige Zwangsprostituierte kümmert. War Frau Schneider in diesen Vereinen ebenfalls aktiv? Haben Sie das schon überprüfen lassen?«

Ich bin schlecht, dachte Kant, Heidi Busch hätte das besser gemacht. »Was ich wissen will ist, ob Sie Maja Schneider nicht doch gekannt haben. Entgegen Ihrer ersten Aussage.«

»Hat denn jemand gesagt, dass ich sie kannte, Herr Hauptkommissar?«

»Nein«, gab Kant zu.

»Dann ist ja alles geklärt.«

Verärgert über sich selbst, verließ Kant die Kunsthalle.

*

Rechtsanwalt Matt Turner hatte sich entschieden: Wenn seine Kanzlei in drei Monaten immer noch nicht lief, würde er endgültig dichtmachen und sich arbeitslos melden.

Die Mittagspause verbrachte Turner nun regelmäßig in den Kantinen von Amts- und Landgericht – bekleidet mit seinem Talar, als hätte er eine oder mehrere Verhandlungen hinter sich gebracht oder noch vor sich. Das war zwar unwürdig, doch so konnte er sich bei seinen Kollegen in Erinnerung bringen. Vielleicht ergab sich ja in einem Gespräch die Möglichkeit, in einer anderen Kanzlei als Angestellter anzufangen.

Das Stammessen im Amtsgericht war heute *Arme Ritter.* Das passt ja, dachte Turner. Er setzte sich und griff nach der Zeitung auf dem Tisch.

Das Boulevardblatt hatte noch immer den Mord an Maja auf der ersten Seite. Der aufdringliche Reporter schien eine

Spur gefunden zu haben, die das rote Kleid betraf. Turner schob seinen Teller zur Seite.

Die Informationen in dem Artikel waren ihm neu. Maja hatte also wirklich geschauspielert. Der Reporter spekulierte, dass das auffällige Kostüm zu dem Molière-Stück passte. Auch Majas Bekanntschaft mit der Schneiderin war ihm neu.

Schaumkuss erwähnte einen Neffen der alten Frau, der im Dorf nicht sehr beliebt zu sein schien. *Ein gut betuchter älterer, verschrobener Herr* – so stand es in dem Artikel. Der wickelte laut Bericht den Nachlass ab und war dabei, die Kostümwerkstatt aufzulösen. Der Name des Neffen sprang Turner an: *Leon F.*

Leon! Maja hatte mit einem Mann namens Leon telefoniert! Wie hatte er das nur vergessen können? Es war kurz nach ihrer Trennung gewesen. Sie war vorbeigekommen, um noch ein paar Sachen abzuholen. Ihr Handy hatte geklingelt und sie hatte ihre weiche Verführ-Stimme aktiviert.

»Hast du schon einen Neuen?«, hatte Turner nach Ende des Telefonats gefragt – ziemlich verletzt.

Doch Maja hatte nur geheimnisvoll gelächelt. »Das war nur Leon. Er hilft mir und beschützt mich.«

Den Kerl gucke ich mir mal näher an, dachte der Anwalt. Sollte er den Kommissar informieren?

Turner entschied sich dagegen. Das konnte er immer noch tun.

*

Kant saß in Fabrys guter Stube. Schrankwand, Klubgarnitur, Fernseher und ein paar Ölschinken: langweilige Landschaften, keine Frauen in prächtigen Kostümen.

Er reichte Fabry das Foto. »Das ist Frau Schneider. Haben Sie sie gekannt?«

»Nein. Ich kann natürlich nicht ausschließen, dass sie bei Tantchen in der Werkstatt war«, erklärte der Befragte. »Tante Luise hatte häufiger Besuch. Sie nähte ja nicht nur Kostüme für Schauspieler, sondern staffierte auch Privatkunden aus. Zu Karneval herrschte immer Hochbetrieb. Sie können sich gar nicht vorstellen, wie viel die Leute bereit sind, für ein schönes Kleid zu zahlen.«

»Hat Ihre Tante ein Auftragsbuch geführt?«, fragte Kant.

»Keine Ahnung. Ich habe keins gesehen. Aber etwas Merkwürdiges gibt es, Herr Kommissar. Vor ein paar Tagen ist eingebrochen worden. Jemand ist in die Werkstatt eingedrungen und hat in den Stoffen herumgewühlt.«

»Ist etwas gestohlen worden?«

»Mir ist nichts aufgefallen«, antwortete Fabry. »Es befand sich nichts Wertvolles in der Werkstatt. Ich habe trotzdem bei der Polizei Anzeige erstattet.«

»Sie haben ein imposantes Haus«, bemerkte Kant. »Was machen Sie beruflich, Herr Fabry?«

»Sie wollen wissen, wie ich mir das alles hier leisten kann?«, lächelte Fabry. »Meine Mutter hat mich nicht unversorgt hinterlassen.«

»Und Ihr Beruf?«

»Ich interessiere mich für Kunstwerke. Einige Jahre war ich Kunsthändler. Jetzt bin ich allerdings im Ruhestand.«

»Und mit was genau haben Sie gehandelt?«

»Mit Gemälden und Teppichen.«

Kants Blick wanderte zu den Orientteppichen, von denen einige den Boden bedeckten.

»Die wertvollsten habe ich behalten«, erklärte Fabry. »Die kaukasischen. Kasak, Lori Pampak, Akstafa. Jedes Dorf im Kaukasus hatte früher eine eigene Teppichsprache. Leider ist das alles verloren gegangen.«

»Bilder sammeln Sie auch – wie ich sehe«, sagte Kant.

»Natürlich. Interessieren Sie sich für Malerei?«

»Ich fange gerade damit an.«

»Die wertvollen Gemälde sind im Safe meiner Bank«, sagte Fabry. »Da sind sie sicher.«

*

Matt Turner sah Hauptkommissar Kant aus Fabrys Haus kommen. Im letzten Moment duckte er sich, der Polizist sollte ihn nicht sehen.

Kant startete seinen Wagen, das Motorengeräusch entfernte sich, Turner stieg aus. Er stapfte zum Haus und drückte auf den Klingelknopf.

Fabry öffnete, ohne durch den Türspion zu sehen, er dachte, der Kommissar habe etwas vergessen. Überrascht bemerkte er, dass ein Unbekannter vor seiner Tür stand. »Ja, bitte?«

»Ich würde gern mit Ihnen reden«, sagte Turner. »Ich bin Matt Turner. Der letzte Freund von Maja Schneider, beziehungsweise der vorletzte.«

»Das ist ein merkwürdiger Tag heute«, lächelte Fabry. »Eben war schon jemand da und hat mich über diese Frau ausgefragt, die ich nicht kenne.«

»Darf ich eintreten?«

»Aber natürlich.« Er führte Turner in die Küche.

»Das war doch Kommissar Kant, der eben hier war.«

»Ganz recht, ein angenehmer Mann.«

»Seltsam, dass die Polizei Sie nach Maja fragt, wenn Sie sie gar nicht gekannt haben. Anscheinend stochern die im Nebel.«

»Seltsam ist der richtige Ausdruck. Nehmen Sie doch Platz.«

Turner setzte sich an den Küchentisch. »Bei diesem Mord

ist alles sehr rätselhaft. Haben Sie die Berichte in der Presse verfolgt?«

»Verfolgt wäre zu viel gesagt, aber man kann solchen Sensationen ja kaum entgehen. Sie haben das Opfer gekannt?«

»Ja, Maja hat eine Weile bei mir gelebt«, sagte Turner mit Wehmut in der Stimme.

»Meine Hochachtung. Den Fotos zufolge war sie eine Schönheit.« Fabry setzte sich Turner gegenüber.

»Eine Schönheit? Das war sie in der Tat. Aber dass Sie selbst Maja nicht begegnet sind, das kann ich nicht wirklich glauben.«

Fabry blieb gelassen. »Nanu? Dafür haben Sie sicher einen guten Grund.«

»Maja hat mir von Ihnen erzählt«, erklärte Turner.

»Lassen Sie uns nicht streiten. Möchten Sie eigentlich etwas zu trinken? Ich nehme mittags gern ein Gläschen Wein.«

»Wenn es kein roter ist.«

»Wäre ein trockener Riesling von der Mosel genehm?«

»Sehr gern.«

Fabry organisierte die Getränke und nahm den Faden wieder auf: »Die junge Frau hat von mir erzählt? Höchst seltsam. Zum Wohl übrigens.«

Auch Turner hob sein Glas.

Anschließend berichtete er von dem belauschten Telefonat und fragte ganz unverblümt, ob Fabry etwas mit dem Mord zu tun hätte.

»Ich bitte Sie!«, meinte Fabry. »Ich kannte die Dame nicht.«

»Maja erzählte, Sie seien ein guter Freund.«

»Warum kommen Sie überhaupt mit Ihrem Verdacht zu mir und gehen nicht gleich zur Polizei?«, wollte Fabry wissen.

»Vielleicht können wir die Sache anders regeln«, hörte sich Turner sagen. »Vielleicht hatten Sie ja einen guten Grund, Maja umzubringen.«

»Was wollen Sie?« Fabry sah Turner in die Augen.

»Ich will wissen, ob Sie Maja umgebracht haben und warum.«

»Sind Sie Hobby-Detektiv?«

»Nein. Ich bin Rechtsanwalt. Aber meine Kanzlei läuft nicht.«

»Dann wollen Sie Geld? Warum sollte ich Ihnen Geld geben? Nur, weil Sie meinen Namen gehört haben wollen?« Fabry begann zu lachen. Es war ein merkwürdiges Lachen, böse und krank.

Turner fröstelte und hatte plötzlich das Gefühl, dass er sein Gegenüber unterschätzte. Dieser Besuch war keine gute Idee gewesen, dachte er. »Tut mir leid, dass ich Sie belästigt habe«, entschuldigte er sich und stand auf.

»Keine Ursache. Ich erkläre mir Ihr Verhalten mit den Gefühlen, die Sie offensichtlich immer noch für die Tote hegen.«

Sie verabschiedeten sich mit Handschlag.

Die Landstraße, die vom Dorf in die Stadt führte, war an manchen Stellen unübersichtlich. Matt Turner fluchte, er hing hinter einem Traktor, der einfach keinen Platz machte.

Plötzlich überfiel den Anwalt bleierne Müdigkeit. Was ist los mit mir?, fragte er sich, es war doch nur ein kleines Glas Wein.

Der Trecker schlich immer noch vor ihm. Turner setzte den Blinker und zog zügig vorbei. Die Kurve dahinter war mit rot-weißen Schildern als gefährlich gekennzeichnet. Der Wagen verließ die Spur und flog lautlos übers Feld.

Kapitel 12

Sommerberg wollte sich darüber Gewissheit verschaffen, ob seine Bilder in der Kunsthalle angemessen gelagert wurden.

Vor seiner Flucht hatte er die Gemälde hektisch in Stoffe gehüllt: Betttücher, Tischdecken und Handtücher. Es hatte schnell gehen müssen damals, und der Freund, der sich bereit erklärt hatte, die Sachen aufzubewahren, war ziemlich nervös gewesen, obwohl Sommerberg ihn hatte glauben lassen, dass die zwanzig Bilder wertlos und nur lieb gewordene Erinnerungs- und Erbstücke waren, für die sich niemand interessieren würde. Auch die Papiere, die sich auf den Erwerb dieser Bilder bezogen, hatte Sommerberg in einer Kiste bei dem Freund eingelagert. So hatte kein Konkursverwalter der Sammlung auf die Spur kommen können.

Sommerberg hatte von Italien aus den internationalen Kunstmarkt beobachtet und oft frohlockt, wenn er die Feuilletons las: Waren doch die Preise für die Art Bilder, wie er sie besaß, von Jahr zu Jahr gestiegen.

Nun schlich er um seine Schätze herum. Eigentlich hatte er auf Anna warten wollen, aber dann konnte er doch nicht an sich halten, nahm ein Päckchen mittlerer Größe vom Boden auf und packte es aus.

Ja, er erinnerte sich gut an das Bild, er hatte es auf einer Auktion in Süddeutschland ersteigert. Der Maler war inzwischen anerkannter als vor dreißig Jahren, er hieß Cornelis de Man und hatte – wie sein berühmter Kollege Vermeer – in Delft gelebt – sogar zur selben Zeit. Das Bild hieß: *Paar beim Schach* und war um 1670 herum entstanden. Sommerberg lächelte.

Die häusliche Szene auf dem Bild wirkte auf den ersten Blick fast spießig. Die Ironie, die der Maler in die Anordnung der Accessoires gelegt hatte, erschloss sich nicht sofort. Das Delfter Wolkenkuckucksheim zeigte ein junges Paar am Tisch bei einer Partie Schach in einem Raum, der sowohl als Schlafzimmer wie auch als Wohnzimmer diente. Im Kamin prasselte ein Feuer, eine Katze lag eingerollt zu den Füßen des Mannes, die Frau hatte ihre Füße in einen Fußwärmer gesteckt; Laute, Lehnstuhl und schöne Kacheln.

Der bürgerliche Mief, der durch das Zimmer zu wehen schien, wurde durch die Personen aufgehoben. Die Frau hatte ihren Schachpartner offenbar arg in Bedrängnis gebracht, denn er hob fast flehend die Hände, während sie den Betrachter triumphierend anblickte. Frauenpower im Barock.

Das Bild hatte natürlich nicht die Qualität, die Jan Vermeer seinen ruhigen häuslichen Szenen gegeben hatte. Das hier war gemaltes Bauerntheater. Um den Rang eines großen Kunstwerks zu erreichen, wirkte die Situation zu inszeniert. Doch es würde Interessenten dafür geben, da war sich Sommerberg sicher. Nicht jeder konnte sich einen echten Vermeer leisten.

Als Anna eintrat, hatte Sommerberg alle Gemälde von ihren Hüllen befreit und an die Wand gelehnt.

»Entschuldige. Der übliche Stau.« Sie sah sich um. »Du hast ja schon alles ausgepackt!«

Sie musterte die Bilder. »Unglaublich, die Diskrepanz zwischen zarter Schönheit und brutaler Schlachterei. Sieh hier, das tote Huhn.« Sie deutete auf eine Schlachtszene und lachte auf. »Na ja – irgendwie ist das heutige Leben gar nicht so anders als diese Gruselbilder. Überall auf der Welt krepieren die Leute an Hunger, Aids und Umweltkatastrophen. Und in London legt ein Casino-Typ mal eben locker vierundzwanzig Millionen Euro für ein Bild auf den Tisch.«

»Wenn ich für meine Bilder vierundzwanzig Millionen kriege, stifte ich eine Million für gute Zwecke«, versprach Sommerberg. »Und ich denke dabei auch ganz heftig an die armen Menschen in der Dritten Welt.«

»Glaubst du denn, dass deine Bilder so wertvoll sind?«, fragte sie.

»Ich glaube es nicht, ich weiß es«, behauptete er. »Nicht gerade zig Millionen, und der Verkauf wird sich über Monate hinziehen.« Er verstummte, in seiner Brust hatte sich das Herz verkrampft.

»Was ist mit dir?«

»Nichts«, log Sommerberg. »Ich habe manchmal kleine Schwächeanfälle. Kein Grund zur Sorge. Jedenfalls brauche ich deine Hilfe, denn ich vertraue dir. Außerdem kennst du dich in der bildenden Kunst ganz gut aus, du hast Kunstgeschichte studiert ...«

»... und hingeschmissen«, unterbrach sie ihn.

»Das muss ja niemand wissen. Nach deinem Studienabschluss wird hier niemand fragen, wenn du für mich arbeitest.«

»Ich bin total aufgeregt«, gestand sie.

Es klopfte an der Tür.

»Da sind sie«, sagte Sommerberg.

Sucher, Leist und ein junger Mann betraten das Zimmer. Rebecca Leist begrüßte Sommerberg herzlich und übersah Anna zunächst.

»Das ist mein wissenschaftlicher Mitarbeiter Herr Salieri«, zirpte sie und schob den jungen Mann nach vorn. »Er arbeitet als mein persönlicher wissenschaftlicher Assistent hier in der Kunsthalle.«

»Und dies hier ist meine Nichte Anna Stern.«

So sieht also die berühmte Frau Dr. Leist aus, dachte Anna und musterte sie. Blond, schlank und elegant. Kühl bis sonst wohin. Ihr Parfum war dumpf und schwer. Anna kräuselte die Nase. Aber Salieri war interessant. Auch er schlank, dunkle intelligente Augen und glänzende schwarze Haare. Ob die beiden ...?

»Es ist dir doch recht, wenn wir uns jetzt die Bilder ansehen, Alberto?«, flötete Leist.

Sie stürzte sich auf eines der Gemälde, hob es hoch, hielt es ans Licht, stieß entzückte Ausrufe aus. »Das ist ja sensationell! Wie wunderbar! Ein echter Schatz, der gehoben werden muss. Das wird die Kunstwelt erschüttern!«

Sommerberg betrachtete sie amüsiert. Er hatte mit mehr Zurückhaltung gerechnet, mit mehr Vorsicht bei der Beurteilung. Er wusste, dass nicht alles erste Klasse war, der Cornelis de Man dürfte bestimmt das kostbarste Bild sein. Ob Rebecca wohl etwas mit dem Italiener hatte? Sommerberg wusste um ihre Lust auf junge Körper, die hatte sie auch in Italien gepflegt. Manch unbedarfter Bauarbeiter war in ihrem Bett gelandet und vernascht worden. Immerhin schien sie jetzt Wert auf ein bisschen Niveau zu legen, und das Alter ihrer Lover war auf über dreißig gestiegen.

»Alberto, ich bin hingerissen«, sagte Leist mit erhobener Stimme und großer Geste: die Arme ausgebreitet, sich langsam drehend und auf seine Gemälde zeigend.

»Angelo, *bellezzo*«, säuselte sie plötzlich. »Was sagst du?«

»Auf den ersten Blick sehr schön«, antwortete der junge Mann brav. »Genremalerei in sehr guter Qualität.«

»Ja! Und sozusagen neu entdeckt. Noch nie ausgestellt, in der Literatur kaum erwähnt. Zwanzig Bilder – genug für eine kleine, aber feine Sonderausstellung.«

»Ausstellung?«, fragte Sommerberg verblüfft. »Ich will, ich muss die Bilder verkaufen, das weißt du doch, Rebecca.«

»Natürlich! Aber zuerst stellen wir sie aus. Das erhöht ihren Wert. Ich überlege mir einen tollen Titel. Zeitungen, Fernsehen und Agenturen werden darüber berichten, so kannst du deine späteren Käufer neugierig machen. Ich besorge die Expertisen, wir bringen einen Katalog heraus und nach der Ausstellung kannst du die Sammlung verkaufen. Du wirst das Doppelte dafür bekommen!«

Sommerberg schüttelte den Kopf. »Ich möchte nicht, dass bekannt wird, dass mir die Bilder gehören.«

»Natürlich nicht. Mach dir keine Sorgen, Alberto. Du bist offiziell ein unbekannter Sammler! Niemand wird erfahren, wer dahintersteckt. Das garantiere ich dir. Das macht die ganze Sache nur noch geheimnisvoller, spannender.«

»Was sagen Sie, Herr Dr. Sucher?«, wandte sich Sommerberg an den Direktor.

»Ich schließe mich Frau Leist an«, antwortete der. »Diese Gemälde sind ausgesprochen interessant. Die Idee mit der Ausstellung findet meine volle Unterstützung. Allerdings müssen wir die Bilder noch durch Experten prüfen lassen, auch wenn ich hundertprozentig davon überzeugt bin, dass alles seine Ordnung hat.«

»Das kann Meyer zwei machen«, schlug Leist vor. »Dann geht es schneller.«

*

Zu der Nachmittagsbesprechung der *Soko Kostüm* hatte Kant Kaffee und belegte Brötchen kommen lassen. Die Abteilung Kriminaltechnik hatte am Vormittag einen Bericht geschickt, der diskutiert werden musste.

In den Stoffen und Bordüren, die Kant aus Kranachs Atelier hatte mitgehen lassen, waren Rückstände von Mottenkugeln gefunden worden, wie sie auch dem Totenkleid Maja Schneiders angehaftet hatten.

»Die Kranach war eine alte Frau, die an ihren Gewohnheiten festhielt«, erklärte Kant. »Von geruchlosen und unschädlichen Mottenbekämpfungsmitteln hielt sie wohl nichts.«

»Immerhin ist jetzt sicher, dass das Kostüm aus Kranachs Atelier stammt, denn die auf dem Kleid gesicherten Haare sind identisch mit denen, die in den Stoffresten gefunden wurden.«

Kant schaute auf die Uhr. Prompt klopfte es, er ging zur Tür und ließ eine ältere Frau hinein.

»Darf ich euch Frau Dr. Strasser vorstellen? Sie ist Biologin. Auf dem Kostüm wurden ja nicht nur die Haare, sondern auch tote Ameisen sichergestellt. Frau Dr. Strasser hat die Insekten genauer untersucht, denn in unseren Breiten gibt es etwa hundertsechzig verschiedene Ameisenarten. Da waren unsere Techniker überfordert.«

Die Biologin wusste, jetzt hatte sie ihren Auftritt, und schaute auf ihren Notizblock: »Es handelt sich um die *Glänzende Schwarze Holzameise*, für Fachleute *Lasius fuliginosus.* Die Völker von *Lasius fuliginosus* leben in Hohlräumen, meist in alten, abgestorbenen Bäumen, und züchten hier einen bestimmten Pilz, der *Cladosporium myrmecophilum* heißt.«

»Interessant. Dann müssen wir also nach alten Bäumen suchen, um diese Krabbelviecher zu finden?«, fragte Akif Neumann.

»Sie leben manchmal auch in Häusern und in gemauerten Hohlräumen oder zwischen Gebälk«, fuhr die Biologin mit ihren Ausführungen fort. »Gegen Befall sollte man schnell etwas tun, denn die Völker sind sehr groß und schaden der Bausubstanz. Die Kolonien haben meist mehrere Königinnen und bestehen oft aus vielen miteinander verbundenen Teilnestern. Eine einzige Kolonie kann bis zu zwei Millionen Arbeiterinnen umfassen.«

»Und was fressen die?«, wollte Busch wissen.

»Andere Insekten oder zuckerhaltige Lebensmittel. Aber

keine Sorge – man kriegt die Ameisen auch wieder weg. Es gibt gute Kontaktsprays, die auf pflanzlicher Basis – meist aus Chrysanthemen-Arten – hergestellt werden. Das Gift wirkt auf das Nervensystem der Ameisen und ruft zunächst eine starke Erregung hervor, es folgen Koordinationsstörungen, Lähmungen und schließlich der Tod.«

»Also müssen wir einen Ort finden, an dem alte Bäume stehen oder ein altes Haus mit Hohlräumen«, stellte Kant fest.

»So ist es. Im Übrigen war Ihre Tote noch lebendig und schon mit dem Kostüm bekleidet, als die Ameisen starben«, erklärte die Biologin. »Die Tiere befanden sich zwischen Haut und Kleid. Die meisten waren zerquetscht. Die Frau hat sich wohl gekratzt.«

Die Biologin versprach einen schriftlichen Bericht und verabschiedete sich.

»Und was jetzt?«, fragte Dirk Weingarten. »Welche Häuser oder Orte kommen infrage?«

»Kranachs Werkstatt, die Kulissen der Freilichtbühne und das Haus des Neffen«, entgegnete Kant.

»Und wie willst du dem Richter das verklickern?«, fragte Akif Neumann. »Der unterschreibt dir im Leben keinen Durchsuchungsbeschluss.«

»Ich weiß. Wir müssen mehr Anhaltspunkte finden.«

Den Sonntag verbrachte Kant damit, sich von der Ausschweifung des Samstagabends zu erholen. Der Wodka hatte ihn einmal mehr überwältigt. Er saß in seinem Großvatersessel, schaute in die Glotze, ohne den Dingen zu folgen, die dort gezeigt wurden, und wartete darauf, dass sein Herz wieder regelmäßig schlug.

In der Nacht zum Montag schlief der Kommissar nicht durch, sondern schreckte hoch. Das war ungewöhnlich, denn die drei bis vier Flaschen Bier, mit denen er wie üblich auch den Vorabend abgeschlossen hatte, machten ihn stets müde und verliehen ihm normalerweise tiefe Ruhe bis zum Morgen. Die Uhr zeigte vier und es war noch dunkel.

Das war dieser seltsame Traum, dachte er und versuchte, sich zu erinnern. Er hatte von Sommerbergs Bekannter geträumt, dieser Dunkelhaarigen, die mit ihm zusammen den Wagen entladen hatte. Anna Stern.

Anna und er hatten die Spitze eines Berges erklommen und posierten zwischen den Wolken wie es das junge, ungleiche Liebespaar in dem Film *Titanic* getan hatte: mit ausgebreiteten Armen und debil-verzücktem Gesichtsausdruck.

Ein solcher Traum war ein sicheres Zeichen dafür, dass ihm eine Frau fehlte mit allem, was dazugehörte.

Er brühte sich einen Kaffee und setzte sich auf den Balkon. Die sanfte Nachtluft beruhigte ihn. Der Wäscheständer lehnte an der Wand – ein vor sich hin rostendes Relikt aus seiner Ehe mit Helga. Auch das vertrocknete Kraut in den Balkonkästen war eine Hinterlassenschaft Helgas. Seine Ex hätte es längst rausgerissen und durch neues Gemüse ersetzt. Ihre ganze Liebe hatte den Blumen gegolten, insbesondere knallroten Geranien, die er weder schön fand noch riechen konnte.

Auch die Heilkräuter, streng nach den Vorschriften der Mystikerin Hildegard von Bingen in einen anderen Blumenkasten gepflanzt, hatte Helga gehegt, gepflegt, geerntet und in das Essen gemischt. Leider hatte sich die hildegardsche Art der Essenszubereitung nicht erotisierend auf Helga selbst ausgewirkt, was jedoch nicht unbedingt gegen die Rezepte sprechen musste. Ein Liebeskraut hatte sie wohl nicht benutzt, denn je mehr sie sich der heiligen Hildegard zuwandte, desto spröder wurde Helga gegenüber Kants erotischen Annäherungen.

Dann war ihm Sabine über den Weg gelaufen. Sie war Kassiererin in einem Supermarkt, verheiratet, hatte ein Kind und knabberte wie er am täglichen Ehefrust. Also trösteten sie sich gegenseitig.

Sabine war blond und bleich wie Helga, hatte eine spitz zulaufende Nase und lispelte ein wenig. Natürlich vereinbarten beide, dass die jeweiligen Ehen nicht zur Debatte standen.

Helga war es, die den Schlussstrich zog und die gemeinsame Wohnung verließ. Dafür machte es sich nun Sabine bei Kant gemütlich. Duschgel und Intimspray, Mundwasser, Schminke und Gleitgel wurden im Bad platziert, neben die Balkonkästen stellte sie Töpfe mit Ablegern von Mutterpflanzen, die sie zu Hause auch stehen hatte, und der Sex wurde durch hirnrissige Fernsehsendungen ersetzt.

Bald wollte sie ihm Versprechungen abtrotzen: ein gemeinsames Wellness-Wochenende in einem supertoll süßen, kleinen Romantikhotel keine hundert Kilometer entfernt oder eine total angesagte After-Work-Party mit Brunch und Tanz im Tagungsheim der Gewerkschaft Nahrung-Genuss-Gaststätten.

Spätestens da wusste er, dass er die Beziehung beenden musste.

Kapitel 13

Der Montagmorgen begann mit einer Überraschung. Kant wurde ein Bericht ins Büro gereicht: Matt Turner war bei einem Unfall ums Leben gekommen! Er war noch am Ort des Geschehens verstorben – auf der Landstraße zwischen Rheinberg und Berghof.

Kant überprüfte den Bericht auf Ungereimtheiten, doch es schien alles sauber zu sein. Der Anwalt hatte Alkohol getrunken und in der Kurve ein gefährliches Überholmanöver gestartet.

Der Fahrer des Traktors hatte versucht, Turner zu retten: zu spät.

Turner hatte in sein Navi ein Ziel eingegeben – es handelte sich um die Adresse von Leon Fabry!

Kant wählte Fabrys Nummer, erreichte ihn aber erst am Nachmittag.

Fabry tat tief betroffen. Er bestätigte, dass Turner ihn an jenem Tag aufgesucht hatte – der Mann habe sich – genau wie der Kommissar – nach Maja Schneider erkundigt.

»Ich musste den jungen Mann genauso enttäuschen wie Sie, Herr Hauptkommissar«, erklärte Fabry. »Meine verstorbene Tante mag sie gekannt haben, ich aber nicht.«

Kant dachte noch eine Weile darüber nach, warum sich der Anwalt ausgerechnet an Fabry gewandt hatte. Hatte er doch mehr mitbekommen, als er zugegeben hatte?

Er erkundigte sich nach Turners Leiche. Sie lag noch in der Kühlung eines Bestattungsunternehmens, war aber bereits für die Beerdigung freigegeben. Kant informierte Oberstaatsanwalt Dr. Kemper, der ordnete unverzüglich eine Obduktion an.

*

Restaurator Meyer zwei war so etwas wie eine unumstößliche Instanz. Zwar hatte er nicht den wissenschaftlichen Hintergrund der Kunsthistoriker, schwelgte nicht in Jahrhunderten und deren Interpretationen, entschlüsselte keine geheimen Zeichen oder verborgenen Hinweise und konnte die Abbildungen nicht in einen globalen Zusammenhang bringen – aber er hatte eine Nase für Unechtes und Gefälschtes, für billig gemischte Farben, Leinwände mit synthetischer Appretur und zu schnell erzieltes Craquelé.

Er war schon manchem Pfuscher auf die Spur gekommen und hatte einige Kunstwissenschaftler wesentlich älter aussehen lassen als die von ihnen vorgelegten Bilder.

Vor ihm hatte es einen anderen Meier gegeben, der inzwischen pensioniert worden war, und so hatte er sich den Namen Meyer zwei eingehandelt. Der Restaurator war hoch aufgeschossen und mager, trug sein ergrautes Haar zu einem Pferdeschwanz gebunden und kleidete sich fast immer schwarz.

Leist, Salieri und Sucher hatten sich still an einen Tisch gesetzt und warteten auf Meyer zweis Urteil.

Dass der Typ immer so ein Affentheater machen muss, dachte Leist, bemühte sich jedoch, ihrem Gesicht einen neutralen Ausdruck zu geben.

Manfred Sucher schätzte den Restaurator als wichtigen Fachmann, auf den er nicht verzichten wollte.

Angelo Salieri achtete nicht auf Meyer zwei, sondern versuchte herauszubekommen, was Leist dachte. Falls Meyer zwei ein negatives Urteil zur Echtheit der Bilder abgeben würde, wäre Rebecca am Boden zerstört, denn sie erhoffte sich vom Auftauchen der Gemälde einen Karriereschub.

Er kannte diese Körperhaltung bei ihr, sie sollte Entspannung vorgaukeln: zurückgelehnt, die langen, schlanken Beine mit den schimmernden Seidenstrümpfen leger übereinandergeschlagen, konnte sie doch ein ständiges Wippen mit der Spitze ihrer roten Pumps nicht unterdrücken. Sie ist mal wieder total overdressed, dachte Angelo, sie sähe in einem schlichten Sommerkleidchen und Sandalen jünger aus. Und das ist ihr doch wichtig – jünger zu wirken.

»Eine interessante Sammlung«, sagte Meyer zwei endlich. »Woher stammen die Bilder? Es ist ungewöhnlich, dass zwanzig unbekannte Werke aus dem 17. Jahrhundert einfach so auftauchen.«

»Die Sammlung war zwanzig Jahre lang versteckt«, erklärte Leist. »Der Besitzer lebte im Ausland und hatte die Bilder nicht mitnehmen können.«

»Hehlerware?« Meyer zwei sah Leist scharf an. Er traute *Frau Dr. Schlau* – wie er sie nannte – nicht über den Weg.

»Aber nein!«, empörte sie sich. »Die Provenienz kann nachgewiesen werden. In allen Fällen. Glauben Sie wirklich, ich würde eine Ausstellung mit gestohlenen Bildern planen?«

»Ich habe alle bekannten Diebstahlsanzeigen von Museen und Privatsammlern bereits überprüft«, mischte sich Manfred Sucher ein. »Keines der Bilder ist als gestohlen gemeldet.«

»Gut. Dann sehen wir uns die Sachen mal weiter an.«

In den folgenden zwei Stunden überprüfte Meyer zwei die Bilderrahmen, die aufgezogenen Leinwände, kratzte an unwichtigen Stellen ein wenig Farbe ab und stellte sie in einem Glasröhrchen sicher, ging mit der Lupe dicht an die Oberflächen und leuchtete mit einer kleinen Lampe in Rillen und Ritzen.

Leist ließ ihn nicht aus den Augen, hatte das Gefühl, dass er mit Hingabe nach Negativem suchte, nur um ihr eins auszuwischen.

Salieri dagegen bewunderte Meyers gekonnte und präzise Handgriffe und die hohe Konzentration, die er an den Tag legte. Er freute sich plötzlich, einen so schönen und spannenden Beruf zu haben, sich mit Dingen beschäftigen zu dürfen, die vielen Menschen für immer verschlossen bleiben würden, weil ihr Interesse dafür nicht geweckt worden war. Doch er musste endlich etwas aus sich und dem, was er gelernt hatte, machen. Er trug immerhin einen berühmten

Namen, sein Urahn war ein berühmter Komponist und Lehrer gewesen, und dass er Mozart vergiftet haben sollte, glaubte niemand mehr. Plötzlich sehnte sich Angelo nach seinem Cello, hatte den Geruch von Kolophonium in der Nase und ein paar Melodiefetzen der geliebten Bach-Partiten im Ohr. Er würde seine Familie gleich nachher bitten, ihm das Instrument nachzuschicken.

Meyer zwei reckte sich, legte sein Werkzeug weg und sagte: »Eine wunderbare Kollektion. Niederländische Genremalerei in ihrer schönsten Ausprägung. Durchweg gut erhalten. Ich bin positiv überrascht. Kein Wurmfraß, keine Milben, kein Schimmel und alle aus dem 17. Jahrhundert. Aber …«

»Was?«, fragten Leist und Sucher wie aus einem Munde.

Meyer deutete auf ein Gemälde. »Dieses Werk hier ist ungewöhnlich.«

Er nahm es hoch, ging zum Fenster und ließ natürliches Licht darauf fallen.

Leist, Sucher und Salieri tauschten Blicke.

»Dieses hier ist dubios«, murmelte der Restaurator. »Irgendetwas stört mich daran.«

Acht Augen starrten das Bild an. Es zeigte eine Hausfrau, zwei Ammen mit zwei Säuglingen in den Armen und einen schwarz gekleideten Mann vor einem Kamin. Eine normale Interieurszene.

»Was stört Sie?«, wollte Leist wissen. »Es ist nicht das beste Bild in der Sammlung, es könnte von Cornelis de Man stammen oder einem seiner Schüler.«

»Der Blick der Leute. Sie schauen mich an, als wollten sie mir etwas Wichtiges mitteilen. Ein Geheimnis. Gucken Sie mal genau hin!«

Meyer zwei hielt Sucher das Bild direkt vors Gesicht.

»Sie haben recht, Meyer«, nickte der Direktor. »Die Menschen auf diesem Bild brennen vor Ungeduld, etwas auszuplaudern! Sogar die beiden winzigen Kinder.«

»Aber das ist doch nichts Besonderes«, wiegelte Leist ab. »Die Genremalerei ist doch gerade …«

»Ich habe über das Thema promoviert, Frau Kollegin«, erinnerte Sucher.

Meyer zwei grinste. »Schauen Sie bitte mal auf den Boden«, forderte er Sucher dann auf.

»Der damals übliche Fußboden«, murmelte Leist ziemlich irritiert. »Schwarz-weiße Kacheln.«

»Sehen Sie sich das Kind an. Dieses hier!« Sucher deutete auf den Säugling im Arm der Amme, die vor dem Kamin saß.

»Ja, und?«

»Das Ärmchen! Wohin zeigt der Finger der Kindes?«

»Auf den Boden!«, stellte Salieri fest. »Und wenn man der Linie folgt, dann …«

»Richtig!«, rief Meyer aus.

»Das Baby deutet auf den Boden. Und da liegt etwas!«, fuhr Salieri fort.

Leist entriss Meyer die Lupe und hielt sie über die bezeichnete Stelle

»Es sieht aus wie ein Brief«, stimmte sie zu. »Ein zerknüllter Brief.«

»Ein geheimnisvoller Hinweis«, sagte Sucher mit leuchtenden Augen. »Dieses Bild muss besonders genau untersucht werden.«

»Warum das denn?« Langsam war Leist genervt. »Nur weil ein Papier auf dem Boden liegt?«

»Es gibt geheime Symbolik in Gemälden, künstlerische Metaphern«, erklärte Sucher. »Das ist jedem Kunsthistoriker bekannt, dessen Fachgebiet die Malerei des Barock ist. Das ist Ihnen wohl entfallen, Frau Kollegin.«

»Das mag sein. Und ein Brief auf dem Boden soll ein solches Zeichen sein?«, zickte sie. »Wofür denn bloß?«

»Für eine wichtige Mitteilung, eine Enthüllung.«

»Aber der Brief ist zerknüllt«, entgegnete Leist. »Bedeutet das auch was?«

»Vielleicht, dass jemand die Enthüllung verhindern, das Geheimnis nicht lüften will?«, sinnierte Sucher.

»Ich werde mich um dieses Gemälde kümmern. Mit vollem Besteck«, kündigte Meyer zwei an.

»Dazu brauchen wir die Erlaubnis des Besitzers«, stellte Sucher klar. »Ich werde ihn kontaktieren.«

*

Am späten Morgen klopfte Sommerberg sachte an Annas Tür. Sie hatte in seiner kleinen Wohnung übernachtet, denn sie hatten am Vorabend zwei Flaschen Sekt geleert und in alten Zeiten geschwelgt.

Leise öffnete er die Tür. Sie hatte sich frei gestrampelt, die Hände verkrallt im Kissen unter dem Kopf. Sie schlief noch.

In der Küche prüfte er, ob der Inhalt des Kühlschrankes für ein Frühstück zu zweit reichte, aber es war noch nicht einmal genug für einen da. Sommerberg verließ die Wohnung. Mit vier Brötchen, einem kleinen Glas Marmelade und Dosenmilch kehrte er zehn Minuten später zurück.

Aus dem Radio in der Küche schallte ihm Musik entgegen. Anna war aufgestanden, aber noch in dem Schlafanzug, den Sommerberg ihr am Vorabend herausgelegt hatte. Geschirr klapperte, sie deckte schon den Tisch.

»Guten Morgen! Ich hab uns etwas Essbares geholt«, sagte er.

»Super! Ich hab einen Bärenhunger«, rief sie und lächelte ihren Onkel an. »Hab mir die Nacht mit dem Volk auf den

Bildern um die Ohren geschlagen! Die haben vielleicht gefressen und gesoffen, kann ich dir sagen! Mehr als wir zwei gestern Nacht.«

Sommerberg lachte. »Du und deine wilden Träume!«

»Weißt du, Hans«, erzählte sie. »Ich habe jahrelang nicht mehr von diesen Bildern geträumt. Irgendwie war dieses Thema seit damals erledigt.«

»Damals?« Sie hatte ihn *Hans* genannt und nicht mehr *Onkel*.

»Seit du abgehauen bist«, erklärte Anna. »Seit dieser Zeit hatte ich keine wilden Träume mehr.«

»Jeder Mensch träumt«, wandte er ein. »Du wirst dich nur nicht mehr daran erinnert haben.«

»Hat Frau Leist wirklich so viel Ahnung von Bildern?«, wechselte Anna das Thema. »Ich hatte den Eindruck, dass Dr. Sucher mehr weiß.«

»Rebecca Leist ist eine international anerkannte Wissenschaftlerin.«

»Du kennst sie aus Italien?«

»Ja. Sie hat dort ein Haus und brauchte einen Architekten. Ohne sie wäre ich noch einsamer gewesen.«

»Du und einsam?« Anna lachte. »Kann ein Mann wie du in Italien einsam sein? Du warst doch immer von Frauen umschwärmt.«

»Natürlich hatte ich Liebschaften, wenn du darauf anspielst«, antwortete er. »Aber nichts Ernstes, hat auch nie lange gedauert. Sie haben wohl gewittert, dass ich mich als Versorger nicht wirklich eigne.«

»Das ist ja wieder ein Satz! Dein Frauenbild ist nach wie vor ziemlich merkwürdig, Hans«, spottete sie.

»Ach, wirklich?« Er wunderte sich tatsächlich. »Männer müssen Geld und Macht haben, sonst sind sie uninteressant. Oder nicht?«

Sommerberg sah seine Nichte an, als erhoffte er Widerspruch.

»Nein. Es ist nicht so. Du suchst dir Frauen aus, die deinem Vorurteil entsprechen. Früher hast du mir mal erzählt, dass Liebhaberinnen keine Spiegeleier braten dürfen. Die Zeiten haben sich geändert – ich war schon einige Male Geliebte und habe wie verrückt zum Frühstück Eier in die Pfanne geworfen.«

»Ich hätte jetzt gern so eine Spiegelei-Frau«, bekannte er. »Eine, die schamlos und triebhaft ist und mir trotzdem Spiegeleier brät, ersatzweise Rührei. Ich meine das ernst.«

»Und was soll sie dir wirklich geben?«, fragte Anna. »Was erwartest du?«

Er überlegte ein paar Sekunden. »Das Übliche halt«, antwortete er dann. »Was alle haben wollen. Wärme, Geborgenheit, Seelenverwandtschaft, Zärtlichkeit – Liebe eben.«

»Dann willst du eine Frau und keine Geliebte?«, fragte Anna.

»Beides. In einer.«

»Ach, Hans«, seufzte Anna. »Nichts ist schwerer zu finden als das.«

»Ich weiß.«

Sie schwiegen. Hans starrte aus dem Fenster, Anna beobachtete die aufgeschäumte Milch in ihrem Kaffee, als wäre sie ein Orakel.

»Es ist dieses schreckliche Sehnen«, murmelte Sommerberg. »Nicht tagsüber, nachts! Wenn alles ruhig und abgeschaltet ist. Nur das Herz nicht.«

Kapitel 14

Leon Fabry wusste sich zu helfen. Wenn er keine Unterkunft mit Blick auf Anna Sterns Wohnung mieten konnte, musste es anders gehen. Er mietete ein Wohnmobil, parkte es gegenüber dem Eingang zu dem Haus, in dem Anna Stern wohnte, und besorgte sich ein starkes Fernglas. Wegen der verspiegelten Fenster konnte niemand zu ihm hineinschauen, er aber hatte freie Sicht nach draußen.

Der Campingwagen verfügte sogar über eine kleine Küche mit einem Gaskocher, auf dem er sich Tee zubereitete. Seine Notdurft konnte er in einer Kneipe verrichten.

Das Ziel seiner Anstrengungen schien jedoch ausgeflogen zu sein. Er hatte den Balkon und das dazugehörige Zimmer im Blick. Die Balkontür blieb trotz des schönen Wetters geschlossen. Dann warte ich eben, dachte er, irgendwann wird sie kommen. Geduld war schon immer seine Stärke.

Er fühlte sich einigermaßen wohl in der Enge des Campingwagens. Wie in einem Kokon, der ihn vor Angriffen vor außen schützte. Fast wie damals im Theater, dachte er. Und sah sich dort sitzen in ihrer Garderobe, inmitten von weichen, kostbaren Kleidern, in die er sich hineinschmiegte, während er seine Mutter, die große Geraldine Moreno, mit großen Augen beobachtete.

Schon früh hatte er gelernt, dass er sich ruhig zu verhalten hatte. Kein Schreien oder Jammern, und wenn Leon mit Nörgeln bekannt gab, dass er auf die Toilette musste, wurde Luise Kranach herbeigeschrien, damit sie das Kind wegbrachte. Er lernte erst spät zu sprechen, aber als er damit anfing, produzierte er sofort komplette Sätze und kein kindliches Gestammel. Manchmal durften Fremde die Garderobe betreten. Dann präsentierte Maman ihren hübschen niedlichen Jungen voller Stolz. Er war auf den ersten Blick gar nicht als Junge zu erkennen. Leon hatte schulterlange blonde Locken und die Mutter staffierte ihn aus mit feinsten Kleidern, die eines jungen Prinzen aus der Vergangenheit würdig gewesen wären.

Doch leider hatte diese Zeit in seiner Pubertät ein natürliches Ende gefunden. Er passte nicht mehr in die Rolle des kleinen Prinzen.

Es wurde Mittag. Noch immer war Anna Stern nicht aufgetaucht. Ob sie verreist war? Dann hätte er ein Problem.

*

Niederländische Genremalerei hatte in den Räumen der Kunsthalle noch nie gehangen. Leist hatte sich zurückgezogen, um ein Schreiben an den Kunstverein zu entwerfen; Sucher wollte den Vorstand des Vereins so schnell wie möglich über die geplante Ausstellung informieren.

Angelo Salieri betrat den Raum. Schnell nahm sie ihre Brille ab.

»Wann wirst du endlich zugeben, dass du beim Lesen eine Brille brauchst?«, lächelte er.

Leist fühlte sich ertappt, merkte es, ärgerte sich darüber.

Er sah ihr den Ärger an, trat zu ihr und strich über ihr Haar, das viel zu streng nach hinten gekämmt und zusammengebunden war.

Die Zärtlichkeit traf sie voll ins Herz.

»Hör auf«, murmelte sie.

»Warum darf ich dir nicht nahekommen?«, fragte er. »Warum willst du das nicht?«

Sie schwieg und schob seine Hand weg.

»Becca, warum bist du so?«, fragte Angelo. »Warum glaubst du mir nicht, dass ich dich liebe?«

»Wir sollten uns um Albertos Bilder kümmern«, sagte sie und wandte sich wieder dem Papier zu, das vor ihr lag.

»Ja, lass uns weiterarbeiten«, nickte er und seufzte. »Sucher wird bald kommen und Ergebnisse sehen wollen.«

In den nächsten Stunden vermaßen sie Bilder, entschlüsselten Signaturen, schätzten die Entstehungsjahre und entwarfen zu jedem Bild einige Stichworte, die später in die Bildbeschreibungen einfließen sollten.

Angelo fotografierte die Gemälde mit einer Digitalkamera, bearbeitete die Bilder am PC und druckte sie schließlich aus.

Dr. Sucher kam verspätet zum vereinbarten Termin, entschuldigte sich und schniefte mehrmals in sein Papiertaschentuch. Jeder in der Kunsthalle wusste, dass er an einer Stauballergie litt, und die vollgeschnupften Tücher, die er an den unmöglichsten Stellen hinterließ, konnten nicht übersehen werden. Mitleidige Angestellte warfen sie stillschweigend mit spitzen Fingern in den Müll. Leist fand Suchers nasale Aussonderungen ekelhaft und hatte ihm einen guten Allergologen empfohlen, den er natürlich nie aufgesucht hatte.

Manchmal bedauerte Leist ihren Chef wegen dessen offensichtlich armseligen Lebens. Seine Hemden waren zwar sauber, aber fast immer ungebügelt und wurden nach der Wäsche so aufgehängt, wie es nur Männer können: krumm und schief, die Ärmel eingeklappt, den Kragen nach sonst wohin gedreht. Bei Ausstellungseröffnungen versteckte er den zerknitterten Makel unter einer ärmellosen Weste, in deren Knopfloch eine Kette befestigt war. Die daran hängende silberne Uhr trug er in der Tasche.

Andererseits schätzte Leist ihren Chef. Er war nie launisch, kehrte nie den Boss heraus und war daher bei allen beliebt. Beliebter als sie selbst, wie sie immer wieder selbstkritisch feststellte.

Sucher studierte die Dossiers, die Leist und Salieri zu den einzelnen Gemälden zusammengestellt hatten.

»Gute Arbeit, Frau Kollegin und Herr Kollege. Die Präsentation wird ein großer Erfolg werden.« Suchers Ton war feierlich.

*

Leon Fabry war einer inneren Stimme gefolgt: Anna Stern würde bald heimkommen! Er hatte eine gelbe Rose gekauft, eine frische, wunderschöne Rose, und sie in Anna Sterns Briefkasten gesteckt. Nun war er gespannt, wie sie darauf reagieren würde.

Endlich sah er sie die Straße entlangkommen. Langsam näherte sie sich der Haustür, wandte sich dem Briefkasten zu. Im nächsten Moment schaute sie sich prüfend um. Ihr Blick streifte das Wohnmobil nur kurz. Fabry duckte sich instinktiv. Dann fiel ihm ein, dass sie ihn durch die verspiegelten Fenster gar nicht sehen konnte.

Sie steckte ihre Nase in die Rose und atmete mit geschlossenen Augen tief ein. Der Duft gefiel ihr wohl, denn sie lächelte. Sie drückte die Rose an ihren Busen und schloss die Haustür auf. Die Tür fiel ins Schloss und entriss sie seinem Blick.

Fabry war entzückt. Das war eine Frau nach seinem Geschmack. Schön, selbstbewusst und ein bisschen kokett.

Die nächste Stunde träumte er vor sich hin. Er würde Anna an den richtigen Stellen anfassen, erst zart, dann heftiger, und abwarten, ob und wie sie reagieren würde. Ihre Brüste waren voll und ihre Haut schön. Er würde sie innig küssen, seine Hände unter ihre Bluse schieben und mit seinem Knie ihre Schenkel auseinanderzwingen. Die Vorstellung erregte ihn, er stöhnte auf und schloss die Augen.

Nachdem er sich erleichtert hatte, schlummerte er ein. So bemerkte er nicht, dass Anna das Haus wieder verließ.

*

Kant bekam Besuch von Dr. Bornemann. Der Pathologe hatte Turners Leiche auf dem Tisch gehabt und brachte das Ergebnis der Obduktion persönlich vorbei.

»Leider kann ich dir nichts Spektakuläres mitteilen«, berichtete er. »Der junge Mann hatte 0,3 Promille Blutalkohol, kaum etwas gegessen und stand unter Medikamenten.«

»Was für Medikamente? Etwa Veronal?«

»Nein. Melatonin. Das ist in einem Schlafmittel enthalten, das man übers Internet beziehen kann. Es wird zur kurzfristigen Behandlung der primären Insomnie eingesetzt. Melatonin ist ein Hormon, das von der Zirbeldrüse im Gehirn produziert und ausgeschüttet wird. Ist auch in Weintrauben und im Wein vorhanden. Kennst du nicht die entspannende Wirkung eines guten Tropfen Rotweins?«

»Nur zu gut«, gab Kant zu.

»Na, siehst du. Hatte der Mann Probleme?«

»Seine Kanzlei lief schlecht«, erklärte Kant. »Schade, dass ich ihn nicht mehr fragen kann, was er von Fabry gewollt hat.«

Die Tür ging auf: Heidi Busch außer Atem.

»Ich war im Zeitungsarchiv, Chef«, platzte es aus ihr heraus. Sie blickte zu Bornemann und zögerte.

Kant stellte ihn vor. »Er gehört zur Familie.«

»Gut.« Sie setzte sich. »Ich habe über die Freilichtbühne

recherchiert. Mir ging da was nicht aus dem Kopf. Die Schauspielerin, die auf der Bühne tot zusammengebrochen ist. Sie erinnern sich?«

»Ja, natürlich. Frau Stork hat es erwähnt.«

»Ich dachte mir, dass so etwas Ungewöhnliches bestimmt ein Fressen für die Medien war. Deshalb habe ich im Archiv der Zeitung die letzten drei Jahre durchgesehen und das hier gefunden.«

Sie reichte Kant die Kopie einer Zeitungsnotiz.

Tragischer Tod überschattet Theaterspiel – so die Überschrift.

Kurz vor Ende des zweiten Aktes brach die Darstellerin der Prinzessin tot auf der Bühne zusammen. Die Vorstellung wurde abgebrochen, die Ärzte stellten später plötzliches Herzversagen fest. Die geschockten Zuschauer wurden von einem Notfallseelsorger betreut.

»Als ich das mit dem Herzversagen las, gingen bei mir die roten Lampen an«, berichtete Heidi Busch. »Die verstorbene Schauspielerin hieß Carina Cortez. Hört sich schwer nach einem Künstlernamen an. Ich hab dann noch mal Frau Stork ausgequetscht. Carina Cortez hieß in Wirklichkeit Karin Schneider.«

»Majas Schwester!«, entfuhr es Kant.

*

Annas erster Einsatz im Biergarten des *Keep-out* strengte sie an und machte wenig Spaß. Sie war den Kneipenlärm nicht mehr gewöhnt. Es ist nur ein Job auf Zeit, sagte sie sich. Wenn die Sache mit den Bildern so funktionierte, wie Hans sich das vorstellte, würde sie ihn wieder hinschmeißen.

Ein Klirren lenkte sie ab: Ein paar Gläser waren zu Bruch gegangen. Der Tisch gehörte zu ihrem Bereich. Sie lief in die Küche und holte Schaufel und Handfeger.

Die jungen Gäste machten keine Anstalten, ihr beim Zusammenfegen der Scherben zu helfen, und eine Entschuldigung hörte sie auch nicht. Anna ging in die Hocke, sah auf und begegnete dem Blick eines mittelalten Mannes, der in dem Moment den Biergarten betrat. Es war ihr unangenehm, sich halb auf dem Boden kriechend mustern zu lassen.

Hastig wollte sie ihre Arbeit unter dem Tisch beenden, stellte sich dabei aber ungeschickt an, geriet in eine Scherbe und prompt tropfte Blut auf den Boden. Anna wurde wütend.

Eine Hand reichte ihr ein Papiertaschentuch. Sie gehörte dem neuen Gast.

»Danke«, murmelte sie und drückte das Tuch auf die Wunde. »Ich komme gleich zu Ihnen.«

Kant nickte freundlich. Er hatte zufällig Anna Sterns Wagen vor der Kneipe parken sehen und plötzlich Durst bekommen. Diese Frau war seine Chance, an Hans Sommerberg heranzukommen.

Anna Stern stand nun neben seinem Tisch, bedankte sich für die Erste Hilfe und fragte nach seinen Wünschen. Er betrachtete ihre lädierte Hand. Die Wunde war jetzt mit einem Pflaster bedeckt.

»Was darf es sein?«, fragte sie.

»Ein Wasser mit Kohlensäure und ein Glas trockenen Weißwein«, bestellte er.

Sie notierte, ging zum Tresen und brachte das Bestellte.

Die Zeit verging. Maja Schneider und ihre Schwester kamen Kant in den Sinn. Morgen würde er sich Belinda Stork noch einmal vornehmen. Vielleicht wusste sie mehr über Karin Schneider, etwas, was ein Licht werfen konnte auf den Mord an ihrer Schwester. Der Kommissar lauschte dem

Stimmengewirr der anderen Gäste, ohne die Gespräche zu verfolgen. Anna lief mehrmals an ihm vorbei und bediente die anderen Gäste. Er bestellte ein zweites Wasser und einen Kaffee.

Als sie die Sachen auf den Tisch stellte, fragte er: »Wann haben Sie heute Feierabend?«

»Wenn der letzte Gast gegangen ist«, entgegnete sie.

»Und wann geht der letzte Gast?«, fragte er.

»Danke noch mal für das Taschentuch«, ignorierte Anna die Frage. »Wenn Sie es eilig haben, kann ich jetzt schon mal abkassieren.«

»Ich habe es nicht eilig. Danke sehr.«

Kurz vor Mitternacht war Kant selbst der letzte Gast. Er schaute nach Anna, konnte sie aber nirgends entdecken. Er bezahlte die Zeche bei einer ihrer Kolleginnen. Langsam schlenderte er zur nächsten Straßenecke und wartete – das Lokal im Blick.

Die Kellnerinnen räumten auf, wischten die Holztische ab, ihre männlichen Kollegen rückten die Stühle gerade und ketteten sie mit Fahrradschlössern an die Tischbeine. Der warme Wind hatte aufgefrischt und vertrieb die Schwüle aus den Straßen.

Schließlich verließ Anna das Lokal in Gesellschaft von zwei Kolleginnen. Er hörte die Frauen plappern und lachen und sich dann verabschieden.

Anna kramte den Autoschlüssel aus der Handtasche. Sie sah Kant auf sich zukommen.

»Was wollen Sie?«, fragte sie scharf.

»Ich möchte mit Ihnen reden«, antwortete Kant.

»Und deshalb lauern Sie mir auf?«

»Ich lauere Ihnen nicht auf.«

»Und wie nennen Sie das, was Sie tun?«

»Ich versuche, mit Ihnen ins Gespräch zu kommen«, antwortete Kant.

»Kein guter Tag dafür.«

»Wieso?«

»Der Job hier in der Kneipe. Heute hatte ich meinen ersten Einsatz. Ich fing heute an, aber es ist schon wieder zu Ende. Der Lump bezahlt nichts. Er meinte, es gebe ausreichend Trinkgeld.«

»Oh. Ist das denn erlaubt?«

Ein Auto fuhr vorbei und das Licht der Scheinwerfer erhellte ihr Gesicht. Sie sah wild aus, ihr Haar kringelte sich im Nacken. Die Lippen waren klar umrandet, schimmerten dunkelrot.

»Wer sind Sie? Was wollen Sie?« Ihre Fragen knallten wie Pistolenschüsse.

»Mein Name ist Kant. Ich habe Sie neulich in Begleitung von Herrn Sommerberg gesehen«, sagte Kant.

»Ja, und?«

»Woher kennen Sie ihn?«

»Was geht Sie das an?«, kam die schroffe Antwort.

Kant bemühte sich um einen Plauderton. »Ich wusste gar nicht, dass er wieder in der Stadt ist. Ist er nur zu Besuch oder lebt er jetzt wieder hier? Ich kenne ihn von früher und habe ihn jahrelang nicht gesehen. Plötzlich ist er wieder da.«

»Und was wollen Sie von ihm?«

»Ich würde ihn gern sprechen.«

Anna Stern schloss die Fahrertür auf.

»Wissen Sie was? Sie geben mir Ihre Karte oder Telefonnummer, und wenn ich Herrn Sommerberg zufällig sehen sollte, sage ich ihm, dass er sich bei Ihnen melden soll. Ich bin todmüde und will jetzt ins Bett.«

»So wichtig ist es auch wieder nicht«, wehrte er ab. »Danke jedenfalls, dass Sie mir zugehört haben. Ich wollte Sie wirklich nicht belästigen. Hier ist meine Karte. Kommen Sie gut nach Hause.«

Karlo Kant, Kriminalhauptkommissar. Anna starrte die Karte an. Ein unwohles Gefühl machte sich in ihrem Magen breit. Hing das Auftauchen des Polizisten mit Hans' Konkurs vor zwanzig Jahren zusammen?

Nachdenklich fuhr sie nach Hause. Obwohl es spät war, rief sie den Onkel an.

»Der Name Kant sagt mir nichts. Außerdem kann mir niemand etwas anhaben. Ich will alle Schulden von damals zurückzahlen, sobald die Bilder verkauft sind. Das habe ich dem Amtsgericht bereits mitgeteilt. Die Gläubiger und ihre Erben werden darüber informiert. Vergessen wir die Sache also.«

Kapitel 15

»Unser Molière wird der Renner der Saison«, erklärte Belinda Stork. »Ich kann zwei zusätzliche Aufführungen pro Woche einplanen. Und die Zweitbesetzung macht ihre Sache doch besser, als ich dachte.«

»Sie haben für entsprechende Werbung in der Presse gesorgt«, stellte Kant fest. »Insofern war der Mord an Maja Schneider ein Glücksfall für Ihr Geschäft.«

»Das hört sich aber nicht nett an, Herr Hauptkommissar«, schmollte Stork. »Aber es trifft leider zu. Ich kann die Honorare pünktlich zahlen, die Bühne ausbessern lassen und die eine oder andere Anschaffung tätigen.«

Die Theaterchefin deutete auf die Holzbretter. »Sehen Sie das? Alles morsch, alles verfault. Das wird bald alles erneuert.«

»Ich bin wegen Carina Cortez hier«, kam Kant endlich auf den Punkt.

Belinda Stork schaute erstaunt. »Carina? Die Prinzessin auf der Erbse. Tragische Geschichte. Sie kippte mitten in der Szene um. Alle dachten erst, dass sie das Stück originell interpretieren würde. Aber mir war gleich klar, dass irgendwas nicht stimmte. Wir haben ja hier keinen Vorhang, den man herablassen kann, also fanden die Rettungsversuche vor den Augen des Publikums statt. Ich hab die Leute viel zu spät rausgeschickt, doch ich war so geschockt.«

»Sie wussten nicht, dass Carina Cortez herzkrank war?«

»Natürlich nicht! Ich lasse mir schließlich kein Gesundheitszeugnis zeigen, bevor ich jemandem eine Rolle gebe.«

»Dass Frau Cortez Karin Schneider hieß und die Schwester von Maja Schneider war – das wussten Sie aber schon?«

»Wie bitte?« Belinda Storks Verwirrtheit war echt. »Wenn das so war, hatte ich keine Ahnung. Carina Cortez, Karin Schneider, Jessica Müller, die dann plötzlich Maja Schneider heißt. Dass das Schwestern waren, habe ich nicht realisiert. Ich dreh noch durch. Was soll das alles?«

»Das würde ich auch gern wissen«, sagte Kant. »Sie haben nicht die geringste Idee?«

Belinda Stork schüttelte den Kopf.

»Vielleicht glaubte Maja Schneider, dass mit dem Tod ihrer Schwester irgendwas nicht stimmte. Und hat deshalb bei Ihnen angeheuert.«

»Und das macht sie ein Jahr später?«, rief Stork aus. »Nachdem Carinas Asche schon so lange unter der Erde ist?«

»Woher wissen Sie das?«, stutzte Kant.

Stork überlegte nicht lange. »Ich war auf ihrer Beerdigung dabei. Sie hat ein Urnengrab auf dem Bezirksfriedhof bekommen.«

»Wie war sie denn so?«

Stork zögerte. »Jedenfalls anders als ihre Schwester«, erklärte sie. »Herzlich und lebhaft. Obwohl – in einem ähnelte sie ihrer Schwester. Beide waren verrückt nach schönen Kleidern. Da war Carina genau wie Jessica – ich meine Maja.«

»Haben Sie Carina auch zu der Schneiderin nach Berghof geschickt?«

»Ja. Luise Kranach hat das Prinzessinnenkostüm für das Märchenstück genäht. Ein Meisterwerk aus zitronengelber Seide mit Perlenbesatz am Dekolleté«, geriet Stork ins Schwärmen. »Natürlich keine echten Perlen – ist ja klar. Die Maskenbildnerin hat den Glanz der Perlen im Make-up zitiert. Perlmutt-Lidschatten und Lippenglanz. Warten Sie, ich hab doch noch irgendwo ein altes Programmheft.«

Sie holte einen Aktenordner aus dem Regal und blätterte. »Hier!«

Kant betrachtete das Foto. Es zeigte Carina Cortez in einer Spielszene an der Seite eines Mannes, dessen Kopf nicht mehr auf das Bild passte.

»Eine sehr schöne Frau«, stellte Kant fest. »Sie sieht so zerbrechlich und filigran aus.«

»Dabei war sie hart im Nehmen«, erinnerte sich Stork. »Sie hielt selbst lange, anstrengende Proben durch und ging dann noch mit in die Kneipe. Hoch die Tassen, Sie verstehen? Hätten wir bloß gewusst, dass sie so schwer krank war!«

»Sie müssen sich keine Vorwürfe machen. Gerade todkranke Menschen leben oft am Limit. Darf ich das Programmheft mitnehmen?«

»Ja. Irgendwann bekomme ich es aber wieder, ja?« Belinda Stork legte ihre Hand auf Kants Arm. »Wenn Sie Ihre Ermittlungen abgeschlossen haben. Versprochen?«

»Versprochen. Haben Sie das gelbe Kostüm noch?«

»Ja. Aber es ist seitdem nicht mehr getragen worden. Theaterleute sind abergläubisch. Ich habe es zusammen mit Carinas Sachen in einen Karton gepackt.«

»Carinas Sachen?«

»Aus ihrem Spind. Viel war da nicht drin.«

»Holen Sie den Karton bitte.«

»Er ist im Lager. Dabei müssen Sie mir helfen.«

Das Lager der Freilichtbühne war in einem leichten Holzbau untergebracht. Stork schob Kostüme beiseite, kletterte über Ausstattungsgegenstände und arbeitete sich zu einem hohen Regal vor.

»Da oben!« Sie zeigte auf eine Kiste in etwa zwei Metern Höhe. Kant zog eine Truhe heran, stieg darauf und hob die Kiste aus dem Regal. Stork pustete den Staub ab und öffnete sie.

»Och – da sind Motten im Kleid«, stöhnte sie und schüttelte den gelben Stoff. Tote Insekten fielen zu Boden. »Das ist aber schade. Das schöne Kleid! Diese verdammten Viecher. Sie fressen immer nur die edlen Stoffe.«

Sie warf das Kleid auf den Boden. Ein paar Tiere hatten überlebt, sie stoben auf und flatterten erschreckt im Licht der Funzel. Kant inspizierte den restlichen Inhalt des Kartons. Ein Büchlein, Pfefferminzpillen und ein unbeschriftetes Röhrchen mit Tabletten. Das war alles.

Kant kehrte ins Präsidium zurück und telefonierte mit Dr. Bornemann. Der versprach eine schnelle Analyse der Tabletten. Ein Kurier brachte das Röhrchen zum Institut für Rechtsmedizin.

Das Büchlein trug den Titel *Deutsche Gedichte*. Kant blätterte es durch, suchte vergeblich nach Lesezeichen, fand schließlich ein kurzes Gedicht, das mit einem Stift markiert worden war. Es war von Theodor Storm.

Und süßer strömend quillt der Duft der Nacht
Und träumerischer aus dem Kelch der Pflanzen.
Ich habe immer, immer dein gedacht;
Ich möchte schlafen, aber du musst tanzen.

Kant erinnerte sich an Storms *Schimmelreiter*, mit dem man ihn in seiner Schulzeit gequält hatte. Und Gedichte waren seine Sache schon gar nicht.

Ich möchte schlafen, aber du musst tanzen. War dieser Satz ein Hinweis? Und wenn ja, worauf?

Ihm fiel partout nichts ein und er beschloss, der Sache zunächst keine Bedeutung beizumessen. Karin Schneider hatte Gedichte gemocht – wie viele Frauen.

*

Direktor Sucher hatte sich in den Rosengarten der Kunsthalle zurückgezogen. Hier ließ es sich bei der Hitze aushalten. Er hatte dafür gesorgt, dass dieser Teil für die Öffentlichkeit gesperrt blieb. Ein Gärtner hatte einen Zaun gezogen und schmale, hohe Büsche gepflanzt, sodass niemand Einblick in die Idylle hatte.

Das Gemälde, dieses Ammenbild, ging ihm nicht aus dem Kopf. Sucher hatte das Exposé, das Leist geschrieben hatte, mit in den Garten genommen. Ein Foto brauchte er nicht, er war darauf trainiert, Bilder vor Augen zu behalten.

Dieses eine Werk war ungewöhnlich – und zwar nicht, weil es besonders gut gemalt war. Mittleres bis spätes 17. Jahrhundert, Farben und Erhaltungszustand dem Alter entsprechend. Eine Signatur fehlte, was aber nichts Besonderes in dieser Epoche war. Eigentlich eine typische häusliche Szene, wie sie in jener Zeit zu Tausenden angefertigt worden waren.

Die Auftraggeber solcher Bilder waren keine Kirchenfürsten oder Könige gewesen, sondern reiche Bürger, Tuchhändler, Käsehersteller, Magistratsmitglieder. Einfache Menschen, die es durch geschickten Handel zu so viel Geld und Macht gebracht hatten, dass sie sich einen Maler leisten konnten. Natürlich niemanden wie Jan Vermeer oder Frans Hals, die schon damals hoch bezahlt wurden, aber einen der vielen künstlernden Handwerker, die unter der Leitung eines Meisters in Malerwerkstätten arbeiteten.

Sucher schloss die Augen und überlegte. Warum deutete das Baby nach unten? Warum lag der Brief zerknüllt auf dem Boden?

Er wusste von einem anderen zerknüllten Brief auf einem Gemälde aus der Zeit. Jan Vermeer hatte das Motiv verwendet und zudem ein erbrochenes Siegel neben das Papier gemalt. Das Werk hing in der Nationalgalerie in Dublin.

Vermeer lebte zur selben Zeit in Delft, in der das Ammenbild entstanden sein musste. Hatte der unbekannte Maler bei Vermeer abgeguckt?

Ein Brief – das musste ein Schlüssel sein, aber der Schlüssel zu was?

Sucher dachte an seine erste intensive Begegnung mit dem Maler Vermeer, der so geheimnisvoll war und sich jeder endgültigen kunstgeschichtlichen Interpretation entzog. Jan Vermeers Gesicht und sein Leben waren weitgehend unbekannt. Im Gegensatz zu anderen Malern hatte er kein Selbstporträt angefertigt. Manche Vermeer-Forscher behaupteten zwar, der Maler habe sich selbst auf dem Bild *Bei der Kupplerin* dargestellt, das sich heute in Dresden befand. Auf dem frühen Werk – es stammte von 1656 – steht links ein fröhlicher Zecher mit langem Haar, einem Wams mit geschlitzten Ärmeln, einem weißen Kragen und einem schräg sitzenden Beret. Ein ähnlicher Mann taucht in dem

Bild *Allegorie der Malerei* zehn Jahre später wieder auf: mit dem Rücken zum Zuschauer, wieder mit Kappe auf dem dunkelblonden Haar und dem im Rücken längs geschlitzten Überwams mit dem weißen Hemd darunter. Kühne Thesen von übereifrigen Wissenschaftlern – mehr nicht, so sah Sucher das.

Das warme Wetter und das Versinken in den Gedanken an Vermeer machten ihn schläfrig. Er nickte ein.

*

Bornemann meldete sich bereits am Nachmittag. »Da haben wir es schon wieder«, erklärte er. »Die Tabletten enthalten Barbital!«

»Also handelt es sich um Veronal.«

»Veronal ist der Markenname. Entscheidend ist, der Wirkstoff ist derselbe wie bei Maja Schneider! Woher mag das Zeug stammen? Barbitalhaltige Arzneimittel sind weltweit nicht mehr im Handel.«

»Dann hat es eben jemand selbst zusammengerührt.«

»Das ist nicht so einfach. Barbital kann nur in einem dafür eingerichteten Labor hergestellt werden. Und zwar durch eine Synthese aus Diethylmalonsäurediethylester und Harnstoff. Die Reaktion findet unter Hitze …«

»Verschonen Sie mich mit Dingen, die ich nicht verstehe«, unterbrach Kant. »Maja ist mit einem verbotenen Schlafmittel betäubt worden. Und Karin? Kann Barbital bei einer herzkranken Frau den Tod hervorrufen?«

»Das kann man so pauschal nicht sagen. Über Wechselwirkungen mit Herzmitteln weiß ich nichts. Barbital ist ein Schlafmittel, Punkt.«

Kant informierte Neumann, Weingarten und Busch über die neue Entwicklung.

»Wenn wir noch mehr Veronal-Opfer hätten, wäre der Typ mein erster Serienkiller«, rief Heidi Busch mit leuchtenden Augen. »Wir sollten uns alle Todesfälle von jungen Frauen der letzten zehn Jahre vornehmen. Die geklärten und ungeklärten. Am besten im Umkreis von zweihundert Kilometern.«

»Eine schöne Aufgabe für dich«, grinste Akif. »So bist du für die nächsten hundert Jahre beschäftigt.«

»Frau Busch hat gar nicht mal so unrecht«, sagte Kant. »Überprüft bitte alle Vermisstenfälle, alle ungeklärten Todesursachen und natürlich die Gewalttaten, in denen Medikamente eine Rolle spielen. Junge Frauen von zwanzig bis vierzig. Das dauert keine hundert Jahre.«

»Aber zehn«, maulte Akif.

»Ich mach das schon«, übernahm Heidi Busch Verantwortung. »Müsste alles im Computer zu finden sein. Ich kann damit ja umgehen.« Die Betonung lag auf dem Wort ›ich‹.

Weingarten und Neumann grinsten.

»So kannst du uns wenigstens nicht in die richtige Polizeiarbeit reinspucken«, frotzelte Akif.

*

Anna war glücklich. Rebecca Leist hatte angerufen: Nur noch wenige Tage und sie konnte ein Büro in der Kunsthalle beziehen, um bei der Ausstellungsvorbereitung mitzuwirken. Noch blieb Zeit, sich ins Thema einzulesen. Anna holte die Bücher hervor, die sie nach ihrem abgebrochenen Kunstgeschichtestudium ganz oben ins Bücherregal verbannt hatte. Darunter fand sich auch ein Hochglanzbuch über Jan Vermeer.

Anna war vor zwei Jahren mit einem kurzfristigen Liebhaber in Amsterdam im Reichsmuseum gewesen und hatte lange vor der *Milchmagd* gestanden: Eine junge, etwas rundliche Frau, das Haar unter einer weißen Haube verborgen, gießt Milch aus einem Krug in eine braune Schüssel. Sie konzentriert sich auf ihre Tätigkeit, hat die Augen gesenkt, bemerkt den Betrachter nicht. Links im Bild ein Fenster, durch das Licht auf die Frau und die graue Wand hinter ihr fällt. Die Milch fließt in einem schmalen Strahl aus dem Krug. Ein versteinerter Augenblick, als habe man einen Film für einen Augenblick angehalten.

Anna begriff plötzlich, worin der Unterschied zwischen diesem Bild und denen aus Hans' Sammlung lag. Vermeer zeigte kein Abbild der Person, das Bild war die Person. Eidos und Eidolon, Urbild und Trugbild. Er stellte eine Verbindung zwischen dem Sehenden und dem Gesehenen her. Das war weit mehr als simple Präsentation.

Dagegen waren Hans' Bilder laut und bunt, fast schon ein bisschen platt, voller Anekdoten und manchmal unfreiwillig komisch in ihrer spießbürgerlichen Attitude.

Das Telefon klingelte. Anna ließ das Buch sinken, fast verärgert, dass sie gestört wurde.

Eine Männerstimme fragte, ob sie mit Anna Stern verbunden sei.

»Wer will das wissen?«, fragte sie.

»Hier spricht Karlo Kant«, antwortete der Kommissar. »Ich habe Sie neulich abends im *Keep-out* angesprochen und mich ziemlich dumm benommen. Dafür möchte ich mich entschuldigen. Darf ich Sie zum Essen einladen?«

*

Fabry übte sich weiter in Geduld. Er war froh, dass er nicht daran gedacht hatte, ein Buch mitzunehmen. Wer die Augen auf Zeilen richtet, kann nicht beobachten, was draußen abläuft. Immerhin trug er Kopfhörer, in die ein Radio eingebaut war. Er folgte einer Sendung des Kinderfunks. Eine Frau las aus einem Buch vor, in dem Gegenstände und Lebewesen aus Geschichten herausgelesen werden konnten und lebendig wurden.

Am Haus gegenüber tat sich etwas.

Anna Stern erschien auf ihrem Balkon. Sie wurde von den letzten Strahlen der Sonne beschienen und gab den Hängegeranien in den Balkonkästen Wasser. Sie zupfte Blüten und welke Blätter ab und warf sie in einen kleinen blauen Plastikeimer.

Vor ihrer Haustür hielt ein blaues Auto. Fabry setzte die Kopfhörer ab und wartete.

Zunächst stieg niemand aus. Der Fahrer schien zu telefonieren. Anna Stern stand noch immer auf ihrem Balkon, am Ohr ein Telefon. Sie blickte zu dem Auto hinunter. Fabry bekam Herzklopfen.

Der Fahrer des Golfs kletterte aus dem Wagen, das Handy am Ohr, und lächelte zu Anna hinauf. Der Mann war der Polizist. Karlo Kant. Fabry fluchte. Anna und Kant nickten sich zu und beendeten ihr Telefonat. Kant ging zur Eingangstür und wartete dort. Nach etwa zehn Minuten trat Anna Stern aus dem Haus. Sie lächelte Kant an, gab ihm die Hand. Die Haustür fiel hinter ihr zu und beide liefen zu dem blauen Wagen.

Fabry riss sich seine Fliege vom Hals und öffnete einige Knöpfe seines Hemdes. Ihm war heiß. Was wollte Anna mit diesem Polizisten? Und was wollte der Bulle von ihr? Fabry atmete schwer.

Er bemerkte, dass Anna sich umgezogen hatte. Schwarze Hose, rote Bluse mit halb langen Ärmeln und schwarze Pumps. Das dunkle Haar hatte sie zu einem Pferdeschwanz gebunden. Sie hatte sich für diesen Polizisten schön gemacht.

Der Wagen startete und fuhr los – direkt an seinem Wohnmobil vorbei. Sollte er den beiden folgen? Nein. Seine Mission verlangte eben noch mehr Geduld. Er setzte den Radiokopfhörer wieder auf und schaltete zum Klassik-Sender um. Das berühmte *Air* von Bach ertönte. Fabry geriet ins Träumen. Von Samt und Seide. Und Falten. Und Rüschen. Und Blau. Das Blau von Maria, der Muttergottes. So würde er Anna kleiden, wenn er sein Ziel erreicht hatte.

*

Karlo Kant war aufgeregt. Er war aus der Übung, wusste nicht mehr, wie man sich als Mann interessant macht, sich in Szene setzt. Anna gefiel ihm sehr. Das ungewohnte Gefühl verunsicherte und verspannte ihn.

Er hatte lange geduscht, eins seiner Leinenhemden gebügelt und war in eine Designerjeans gestiegen. Eine sorgfältige Rasur und wenig Rasierwasser. Im Spiegel fand er sich einigermaßen ansehnlich. Seine Schläfen waren in den letzten Monaten fast weiß geworden und er hatte es nicht bemerkt. Aber es passte zum restlichen mittelbraunen, dichten Haar, das ihm zum Glück geblieben war.

Anna. Er dachte an ein dummes Lied, das mal in die Charts Einzug gefunden hatte. Da ging es auch um eine Anna, die war *hinten wie vorne,* was die Buchstabenfolge des Namens betraf. In dem Lied wurde auf den Dadaismus verwiesen, aber im Ursprung des Einfalls hieß es *du bist von hinten wie von vorne.* Und es ging um Regen, der über das Gesicht jener Anna lief, was der Sänger sehr romantisch und zugleich traurig fand.

Wenn Anna der Regen übers Gesicht liefe, würde er es in die Hände nehmen, die Regentropfen ablecken, ihr dabei immer wieder in die Augen sehen.

Bleib auf dem Teppich, Kant, schalt er sich.

Es war entschieden zu schwül im Auto. Kant öffnete das Fenster.

»Danke«, lächelte Anna Stern. »Darf ich fragen, wohin es geht, Herr Hauptkommissar?«

»Zu einem Italiener. Ich habe draußen einen Tisch bestellt.«

»Das hört sich gut an«, meinte sie mit leisem Spott.

Die Abendsonne ließ ihr Haar warm glühen, als sie aus dem Wagen stieg.

Er griff ihre Hand und sagte: »Es ist schön, wie die Abendsonne Ihr Haar glühen lässt.« Jetzt hatte er diesen dummen Satz nicht nur gedacht, sondern auch noch gesagt.

Anna lächelte.

Er riss sich zusammen, schloss den Wagen ab und dirigierte sie in den Garten des Lokals. Der Kellner deutete zu einem Tisch im hinteren Teil der bewirtschafteten Fläche.

Die Einrichtung war toskanisch, Holzmöbel, Terrakottaböden, Lavendel und Kräuter in irdenen Töpfen, Lorbeerbäumchen artig zu Bällen gestutzt, Windlichter.

Sie erhielten die Speisekarten und wurden nach ihren Getränkewünschen gefragt.

»Zwei Prosecco zu Beginn«, sagte Kant, »und eine große Flasche Wasser.«

»Danke«, meinte Anna. »Normalerweise bestelle ich meine Getränke selbst.«

»Tut mir leid. Ich dachte …« Er stockte.

»Schon gut. Warum interessieren Sie sich für Hans Sommerberg? Sie haben mich doch nur zum Essen eingeladen, um etwas über ihn zu erfahren, oder?«

»Ich habe Sie eingeladen, weil Sie mir gefallen.« Er sah sie an und erwartete einen spöttischen Satz.

»Sommerberg interessiert Sie also nicht mehr?«

Die Getränke wurden gebracht. Die schlanken Gläser waren von außen beschlagen und das Licht spiegelte sich in ihnen.

Kant hob das Glas. »Zum Wohl.«

»Wir sollten erst bestimmte Dinge klären«, schlug Anna vor. »Damit es keine Missverständnisse gibt. Es wäre doch schade um diesen schönen Sommerabend. Legen Sie einfach Ihre Karten auf den Tisch.«

Kant stellte das Glas ab, ohne getrunken zu haben. »Sommerberg hat die Geschichte meiner Familie beeinflusst. Mein Vater besaß eine Elektrofirma und hat für Sommerberg gearbeitet vor über zwanzig Jahren. Nur bezahlt hat Herr Sommerberg ihn nicht.«

»Dann sind Sie der Sohn eines seiner Gläubiger?«

»Ja, das bin ich«, antwortete er und trank den Prosecco an. »Mein Vater war damals so stolz, dass er diesen Großauftrag ergattert hatte. Sein Angebot war günstiger als das von großen Firmen, aber er hatte ziemlich knapp kalkuliert. Und dann bezahlte Sommerberg ihn nicht.«

»Das tut mir leid. Aber Hans will alles wiedergutmachen.«

»Wiedergutmachen?« Er lachte bitter. »Vater ging pleite und hat sich das Leben genommen. Was will er da wiedergutmachen?«

»Das ist eine sehr schlimme Geschichte«, sagte Anna leise. »Aber es ist lange her und Menschen ändern sich.«

»Haben Sie damals von der Sache etwas mitbekommen?«, fragte er. »Sie müssen noch ein Kind gewesen sein.«

»Ich war knapp achtzehn«, erklärte Anna. »Sommerberg ist der Bruder meiner Mutter. Onkel Hans.«

»Wohin ist er verschwunden?«, fragte Kant.

»Nach Italien. Das wusste meine Familie damals aber auch nicht. Und jetzt ist er erst seit ein paar Monaten wieder in der Stadt.«

»Was will er hier?«

»Er will sein Leben ordnen.«

»Sein beiseitegeschafftes Vermögen verprassen?«

»Er hat kein Vermögen beiseitegeschafft«, erklärte Anna. »Er will reinen Tisch machen. Es befinden sich noch einige Gemälde in seinem Besitz. Die wird er verkaufen und seine Schulden begleichen.«

»Die Ansprüche meines Vaters bestehen nicht mehr. Ich habe damals das Erbe ausgeschlagen, weil die Elektrofirma nur noch aus Verbindlichkeiten bestand. Auf diese Weise habe ich auch keine Forderungen geerbt.«

»Was wollen Sie dann? Rache?«

»Vielleicht.«

»Er ist ein alter Mann.«

»Alt? Er machte einen ziemlich munteren Eindruck – mit Ihnen – vor der Kunsthalle.«

»Ich kann mich nur wiederholen«, sagte sie kühl. »Die Sache mit Ihrem Vater tut mir sehr leid. Und Hans selbst bedauert sehr, was er getan hat.«

Warum kramt sie jetzt in ihrer Tasche?, fragte sich Kant. Dann dämmerte es ihm. Sie will gehen, lässt mich sitzen und verschwindet.

Anna Stern legte einen Zehneuroschein auf den Tisch. »Für den Prosecco und das Wasser. Und belästigen Sie mich und meinen Onkel bitte nicht mehr.«

*

Sucher hatte lang und tief geschlafen. Verwundert blickte er sich um. Er befand sich immer noch im Garten. Ächzend erhob er sich. Seine Mitarbeiter hatten das Gebäude längst verlassen, nur die Männer vom Wachdienst zogen ihre Runden.

Sucher entschied, noch irgendwo ein Bier zu trinken. Bummeln gehen, einen draufmachen, fünfe gerade sein lassen – wie lange hatte er all das nicht mehr getan? Und es war so ein schöner Sommerabend.

Entschlossenen Schrittes verließ er die Kunsthalle und steuerte das Kneipenviertel an. Doch sein Spiegelbild in den Schaufensterscheiben grauste ihn: Er sah einen mittelgroßen Mann, der nachlässig gekleidet war und eine krumme Haltung hatte. Ein typischer Museumstrottel, der sich die Augen wund gelesen hatte. Ein grauer Mäuserich, der schniefend an Exponaten vorbeistolperte, die meist frischer und lebensnaher wirkten als er selbst.

In einem Hauseingang bemerkte er ein Paar, nicht mehr ganz jung. Sucher blieb stehen, tat so, als studierte er die Auslagen einer Buchhandlung.

Jetzt legte der Kerl die Hand um die Taille der Frau und zog sie dicht an sich heran. Sie redete auf ihn ein, schien mit dem, was er sagte, nicht einverstanden. Nun ergriff er das Wort. Wünschend, fordernd, schließlich bettelnd.

Endlich reagierte sie, lachte lockend, legte ihre flache Hand auf die Wange des Mannes und schaute ihn an. Er pflückte die Hand von seiner Wange und küsste ihre Innenfläche. Sie umarmte ihn, schloss die Tür auf und beide verschwanden.

Sucher lächelte erst in sich hinein, dann lachte er laut. Die Zeit war gekommen, sich einen höchst ungebührlichen Traum zu erfüllen. In einer Kneipe kippte er einen schnellen Cognac und bat den Wirt, ihm ein Taxi zu rufen.

Das Taxi setzte ihn vor einem weißen Haus ab, über dessen Tür ein Schild mit der Aufschrift *Saunaklub* angeschraubt war. Sucher überlegte kurz, ob er den kühnen Plan fallen lassen sollte. Nein!

Er trat ein und äußerte am Empfang den Wunsch nach einer Begleiterin. Er wurde in einen großen Raum geschickt. Hübsche und freundliche Frauen vertrieben sich die Zeit mit

Beschäftigungen wie Fernsehen, Stricken oder Lesen. Sie musterten ihn höflich, manche lächelten.

Sucher grüßte: »Guten Abend, die Damen.«

Er ließ den Blick über das Angebot schweifen. Eine propere Dame erregte seine Aufmerksamkeit.

Sucher steuerte auf sie zu. »Wie ist Ihr werter Name, Gnädigste?« Er beugte sich über ihre Hand.

»Dolly. Ich heiße Dolly.«

»Sie sind sehr hübsch, Dolly«, sagte Sucher. »Wollen wir es miteinander versuchen?«

Dolly war überrascht von der ungewöhnlichen Ansprache. *Miteinander versuchen.* Das hatte noch nie jemand zu ihr gesagt. »Mein Zimmer ist oben«, erklärte sie und erhob sich. »Folge mir, mein Süßer.«

Gehorsam trottete Sucher hinter Dolly her. Sie ging vor ihm die Treppe hinauf und er sah ihren Körper sich wiegen, diesen Hintern, der Weichheit, Wollust und Wohlbefinden versprach.

Oft hatte er sich gefragt, wie es wohl sein würde, nach so vielen Jahren eine Frau anzufassen.

Doch Dolly wusste, was zu tun war …

Kapitel 16

Rebecca Leist hatte den Entwurf eines Pressetextes geschrieben. Prüfend las sie ihn noch einmal durch.

SINNBILDER DES ÜBERMASSES, DER VÖLLEREI, DER WOLLUST

Die zwanzig neu entdeckten Gemälde sind üppig und farbenprächtig, changieren zwischen Luxus und Verfall, ihre Motive sind vieldeutig – sie zeigen das Bild einer Überflussgesellschaft des 17. Jahrhunderts – oder halten sie uns den Spiegel vor?

Wurden Albertos Gemälde diesem Text gerecht?

Ja, das taten sie. Diese Bilder waren das Beste, was sie seit sehr langer Zeit an Neuem zu Gesicht bekommen hatte. Die zwanzig Jahre im Versteck fernab des Kunstbetriebs hatten ihnen gutgetan, sie dem Kunstbetrieb entzogen. Sie waren quasi wieder jungfräulich geworden. Sie der Öffentlichkeit zu präsentieren, würde keine kleine Sensation werden.

Leist befand sich in dem Raum, in dem die Gemälde verwahrt wurden. Sie kannte inzwischen jedes Detail. Das Innere einer Kirche mit Hund und hohen Gewölben, den Bäcker, der ins Land trompetete, dass sein Brot fertig war, das verheiratete Paar beim Schachspiel – sie knapp davor, ihn zu schlagen –, die unvermeidliche Kneipenszene mit lockerem Weibsvolk, das Küchensujet mit hingerichtetem Federvieh, die hübsche Szene, in der eine Mutter ihr Mädchen entlaust, der Arzt, der einer Liebeskranken den Puls fühlt, der weinende Trommeljunge, der keine Lust mehr hat, für andere den Animateur zu spielen, und schließlich das Bild, das Meyer zwei ins Grübeln gebracht hatte: die drei merkwürdigen Frauen mit den beiden Kindern, dem Mann und dem zerknüllten Brief auf dem Boden.

Leist beschloss, nicht nur die Bilder auszustellen, sondern eine Reihe von Veranstaltungen zu organisieren – vielleicht über das Handwerk im 17. Jahrhundert, die Mode der Frauen, das Leben und die Spiele der Kinder, die Moral und das Laster.

Vielleicht ließe sich auch ein kleines Konzert arrangieren? Musik aus der Zeit, gespielt auf historischen Instrumenten. Die Bilder zeigten genug musikalische Andeutungen, Symbole für Tabus. Die Laute mit Rosette in der Mitte war ein

Sinnbild für die Vagina, die Flöte für den Penis; tauchte ein Affe auf, war er ein Symbol für die niedersten Triebe, ebenso eine geöffnete Auster oder eine Wein trinkende Frau.

Was gefiel ihr eigentlich an diesen unperfekten Dingern? War es diese unbefangene Naivität, gepaart mit dem augenzwinkernden Bemühen, den Betrachter zu einem gottesfürchtigen und sittenstrengen Menschen zu erziehen? Die Weltuntergangsstimmung nach dem Motto Nach-mir-die-Sintflut und Genießen-bis-die-Schwarte-kracht?

Leist setzte einen weiteren Satz unter ihren Text:

Die Bilder sind gemalte Zeitkommentare zwischen Lebensbewältigung und Angst vor Höllenqualen, verquickt mit Menschlichkeit und Humor.

*

Die Hitze war schon am Morgen wie dichte Watte, in welche die Stadt eingepackt war. Sommerberg machte dieses Wetter zu schaffen, sein Herz schlug mühsam und er fühlte das Blut wie zähen Honig durch die Adern fließen.

Anna dagegen blühte auf. In Kürze würde sie in der Kunsthalle ihren neuen Job antreten. Sie genoss die frühe Sonne, trug kurze Hosen und legte sich mit einigen Kunstbüchern und einer Kühltasche ans Seeufer.

Leon Fabry war Anna zum See gefolgt. Sie hatte ihn nicht bemerkt. Ihm gefielen der wiegende Gang und ihre wohlgeformten, kräftigen Beine.

Er ließ sie zehn Minuten in den Büchern blättern, bevor er sich näherte.

»Frau Stern! Das ist aber ein Zufall. Erinnern Sie sich noch an mich?«

»Natürlich. Hallo, Herr Fabry«, erwiderte Anna erstaunt. »Sind Sie wieder hier, um mich zu retten?«

Trotz der Hitze war Fabry korrekt gekleidet. Anzug mit Weste und eine Fliege um den Hals.

»Fühlen Sie sich noch immer für mich verantwortlich?«, insistierte sie.

»Natürlich«, antwortete Fabry und ließ sich ebenfalls auf dem Rasen nieder. »Wie geht es Ihnen so? Was macht der verletzte Fuß?«

»Alles in Ordnung«, sagte Anna.

Fabrys Blick fiel auf die Bücher. »Sie interessieren sich für Kunst?«

Der Mann ging ihr auf die Nerven und sie wollte ihm schon eine schnippische Abfuhr erteilen. Dann schalt sie sich. Es gab keine Anzeichen dafür, dass dieser Fremde ihr zu nahe treten wollte. So ging sie auf seine Frage ein.

»Ja, ich interessiere mich wirklich sehr für Kunst. Ich bin sozusagen damit groß geworden. Mein Onkel ist ein großer Kunstliebhaber.«

»Jeder zivilisierte Mensch sollte sich für Kunst interessieren«, dozierte Fabry. »Meine Mutter war Künstlerin. Und ich engagiere mich im Kunstverein, der die Kunsthalle unterstützt.«

»Das ist aber ein Zufall«, lächelte Anna. »Ich trete demnächst eine Stelle in der Kunsthalle an. Als Hilfskraft für eine Ausstellung.«

»Eine neue Ausstellung? Was zeigt sie denn?«

Anna zögerte. »Es ist noch nicht spruchreif, soweit ich weiß. Es geht um zwanzig Bilder, die der Öffentlichkeit neu zugänglich gemacht werden sollen. Holländische Genremalerei.«

»Hat man die Provenienz denn schon zweifelsfrei festgestellt?«

»Es ist alles noch in Vorbereitung«, wiegelte Anna ab. »Mehr kann ich wirklich nicht sagen.«

»Dann werde ich mal meinen alten Freund Manfred Sucher besuchen und ihn aushorchen«, lächelte Fabry. »Darf ich Sie zu einem Kaltgetränk einladen? In das Strandrestaurant?«

»Nein, danke. Ich bin hier, um diese Bücher durchzuarbeiten.«

»Ich könnte Ihnen viel über Malerei erzählen«, versuchte er es weiter. »Ich besitze selbst eine kleine Sammlung von Landschaftsmotiven aus verschiedenen Epochen.«

Das Gefühl, dass der Kerl eine Grenze überschritt, gewann wieder Oberhand. »Danke, aber das ist nicht nötig. Ich wäre jetzt gern ungestört. Ich hoffe, Sie verstehen das.« Sie wandte sich ab.

Das war deutlich. Fabry betrachtete Annas nackte Schenkel und schluckte. Dann sagte er: »Ganz wie Sie wollen, verehrte Frau Stern. Dann noch einen schönen Tag.« Er trollte sich.

Anna guckte ihm nach und schüttelte sich. Ihr Unbehagen kehrte mit ganzer Kraft zurück. Sie nahm sich vor, Dr. Sucher bei Gelegenheit über Fabry auszufragen.

*

Meyer zwei brütete über dem Ammenbild. Auf dem Tisch lag das Restaurierungsprotokoll, in das der ursprüngliche Erhaltungszustand der Gemälde vor der Restaurierung einzutragen war. Der Bildträger war eindeutig Leinwand. Das Stereomikroskop war aufgebaut, Meyer zwei guckte durch die Okulare.

Der Erhaltungszustand war weitgehend in Ordnung, auch wenn die Ölfarbe am oberen rechten Rand winzige Blasen zeigte. Bei heftigen Bewegungen und Stößen konnte die Farbe an diesen Stellen leicht abplatzen.

»Und? Wie kommen Sie voran?« Dr. Manfred Sucher hatte die Werkstatt betreten.

Der Restaurator hatte insgeheim damit gerechnet, dass der Chef auftauchen würde. Der alte Fuchs ist infiziert, dachte Meyer.

»Langsam.« Meyer zwei betrachtete das Bild mit den Augen am Mikroskop. »Die Leute auf dieser Leinwand haben einiges zu verbergen. Und dabei tun sie so unschuldig.«

»Würden Sie einfach so mit einem Geheimnis herausrücken, das Sie über dreihundert Jahre lang bestens gehütet haben?«, fragte Sucher. »Was sehen Sie?«

»Schauen Sie selbst.« Meyer trat vom Mikroskop zurück, um Sucher Platz zu machen.

»Das Craquelé ist nicht überall gleichmäßig«, stellte Sucher fest, »und es gibt Stellen, an denen die Lasur später aufgefrischt wurde. Da sind ein paar kleine Ausbesserungen und bedenkliche Farbabhebungen. Und irgendwer hat mit Tempera herumgepfuscht.«

Sucher sah Meyer an: »Kann ich das mal unter UV-Licht sehen?«

Meyer schob den Strahler zum Bild und schaltete ihn ein. »Bringt nicht viel«, konstatierte er. »Der Firnis ist zu dick, deshalb die starke Fluoreszenz. Das Zeug muss runter. Und zwar komplett.«

»Wie lange dauert das?«, fragte Sucher.

»Ein paar Tage. Haben Sie denn überhaupt schon die Erlaubnis vom Besitzer eingeholt?«

Meyer hatte den wunden Punkt getroffen.

»Ist nur eine Formsache«, log Sucher.

»Prima. Soll ich Ihnen mal sagen, was ich im Gefühl habe?« Meyer reckte den dünnen Körper. Mit der dicken Brille, der leicht gebeugten Haltung und den langen Armen und Beinen erinnerte er Sucher an eine Spinne.

»Was wäre das?«

»Unter diesem Bild befindet sich noch eins.«

»Ja. Das glaube ich auch. Aus welcher Zeit könnte es sein?«

»Nicht viel älter dieses«, erklärte Meyer. »Jemand hat im 17. Jahrhundert ein gerade getrocknetes Bild wieder übermalt. Vermutlich in Delft, wie uns die Kachelung des Kamins zeigen will. Der Typ konnte ganz leidlich malen, aber ein großer Künstler war er nicht.«

»Der darunter vielleicht noch weniger«, gab Sucher zu bedenken. »Oder es handelt sich um eine Übermalung – durch den Künstler selbst ausgeführt. Kam ja häufiger vor. Immerhin waren viele der Bilder Auftragsarbeiten. Und wenn sie dem Kunden nicht passten, wurden sie kurzerhand verändert.«

»Kann sein.« Meyer ließ sich nicht beeindrucken. »Der Bildträger ist Leinwand auf Keilrahmen. Schauen Sie!«

Er drehte das Bild um und zeigte auf die Portion der Leinwand, die an der Außenkante des Keilrahmens an das Holz genagelt war.

Der Restaurator nahm eine kleine Schere und schnitt ein paar Fasern ab. Sie waren dunkelblau mit einem leichten Ton ins Grün.

»Kobalt?«, fragte Sucher.

»Das gab es im 17. Jahrhundert noch nicht.« Meyer drehte das Bild wieder um und deutete auf die gemalten Kacheln, die sowohl den Kamin als auch die hintere Wand der Stube zierten. »Das hier ist Azurit. Ein basisches Kupferkarbonat. Entsteht, wenn Kupfersulfide verwittern. Schon die Ägypter kannten das Zeug und die römischen Frauen schminkten sich damit die Augenlider. Das wichtigste blaue Pigment in dieser Zeit.«

»Und das andere Blau ist was?«

»Lapislazuli.«

Sucher wusste, was das bedeutete, und es lief ihm ein Schauer über den Rücken. Lapislazuli – jene seltene und unbezahlbare Farbe!

»Sind Sie sich sicher?«, krächzte der Direktor. Vor Aufregung begann seine Nase zu laufen.

Meyer reichte ihm ein Stück von einer Küchenrolle.

»Ich habe das nicht erst jetzt entdeckt«, erklärte er. »Schon neulich bei der ersten Besichtigung. Bevor ich den Schinken unters Licht gelegt habe, hatte ich die Farbe schon im Glas. Das Azurit nachzuweisen, war kein Problem, Kupfer lässt sich leicht finden. Danach habe ich eine Probe von der Rückseite untersucht – und siehe da: sulfidhaltiges Aluminiumsilicat.«

Sucher konnte noch so eben folgen. Der Restaurator war sehr gut in seinem Job.

»Und jetzt frage ich mich natürlich«, fuhr Meyer fort, »warum ein und derselbe Maler ein Bild mit billigerem Azurit übermalt oder korrigiert, wenn er darunter Lapislazuli verwendet hat.«

»Das ergibt keinen Sinn«, stimmte Sucher zu.

»Eben. Deshalb glaube ich auch nicht, dass der erste und der zweite Maler identisch sind.«

»Und der zerknüllte Brief auf dem Boden? Was könnte er bedeuten?«

»Das ist vielleicht ein Hinweis auf den ersten Maler«, murmelte Meyer. Auf seiner Stirn hatten sich Schweißperlen gesammelt. »Moment, so was gab es doch schon mal!«

»Ich weiß.« Sucher nickte. »In Dublin.«

»Genau.« Meyer zwei zog ein Buch aus dem Regal und blätterte hektisch. »Hier!«

Aufgeschlagen war die Abbildung eines Gemäldes, das

zwei Frauen zeigte. Eine von ihnen saß schreibend an einem Tisch, die andere stand hinter ihr und blickte durch das bleiverglaste Fenster in die Ferne.

»Jan Vermeer«, flüsterte Meyer. »*Briefschreiberin und Dienstmagd.* Es hängt in der irischen Nationalgalerie. Da liegt auch ein Brief auf dem Boden! Er sieht fast genauso aus wie der auf unserem Bild!«

»Ich sehe, die Angelegenheit ist bei Ihnen in guten Händen«, bemerkte Sucher. »Ich überlasse Sie Ihren Gedanken.« Der Direktor zog sich in sein Büro zurück.

Die nächsten Stunden las Meyer zwei alles gründlich nach, was er über die neuesten Untersuchungsmethoden zu Gemälden aus dem 17. Jahrhundert in der Fachpresse fand. Anlässlich der Jahre dauernden Bestimmung des letzten Vermeer-Gemäldes *Junge Frau am Virginal* waren zahlreiche Aufsätze veröffentlicht worden.

Inzwischen konnte man zumindest bestimmen, ob Werke, die Jan Vermeer zugeschrieben wurden, zu seiner Lebenszeit gemalt worden waren. Fälschungen, bei denen moderne Bleipigmente zum Einsatz gekommen waren, wurden mithilfe der Blei-210-Methode erkannt. Das Blei-210 hat eine Halbwertzeit von zweiundzwanzig Jahren.

Außerdem hatte man zu Lebzeiten Vermeers das in den Farben verwendete Blei aus Lagerstätten in den europäischen Mittelgebirgen gewonnen. Erst seit dem 19. Jahrhundert wurden die Bleierze aus Amerika und Australien eingeführt.

Doch wie sollte man einen Vermeer identifizieren, der schon zu dessen Lebzeiten übermalt worden war?

Kapitel 17

Der erste Arbeitstag. Gut gelaunt meldete sich Anna bei Dr. Sucher an. Sie trug jetzt – laut Arbeitsvertrag – den Titel einer *wissenschaftlichen Hospitantin.*

Anna wartete im Vorzimmer und ließ sich von der Sekretärin beäugen. Offenbar fand sie Gnade vor deren Blicken, denn ihr wurde eine Tasse Kaffee angeboten.

»Herr Dr. Sucher lässt jetzt bitten«, meinte die Frau schließlich und Anna trat ein.

»Frau Stern! Willkommen in unserem kleinen illustren Museum. Wir haben uns ja schon kurz gesehen. Erzählen Sie mir etwas von sich.«

Sucher führte Anna zu einer verschlissenen Sitzgruppe.

»Was möchten Sie denn wissen?«

»Egal. Erzählen Sie mir, was Ihnen wichtig erscheint.«

Sucher thronte im Sessel, den kleinen Bauch nach vorn gedrückt, die Beine locker herunterhängend.

Anna erzählte, erst langsam und vorsichtig, dann aber munter drauflos plappernd, mit Witz und Selbstironie. Sucher hörte amüsiert zu. Sie konnte sich gut ausdrücken und verschönte nichts. Sie schloss mit der Bitte, dass man ihr ihre Defizite nachsehen möge und äußerte den Vorsatz, viel lernen zu wollen.

»Ihnen ist klar, dass der Arbeitsvertrag sich nur auf die geplante Ausstellung bezieht?«, fragte Sucher.

Natürlich wusste sie das, es stand ja groß drin.

»Und danach?«, fragte Sucher.

»Das wird sich zeigen«, antwortete Anna. »Darf ich Sie auch etwas fragen?«

»Aber natürlich.«

»Sagt Ihnen der Name Fabry etwas? Kennen Sie einen Herrn dieses Namens?«

Sucher schaute erstaunt. »Ja. Der Name sagt mir etwas. Er ist Mitglied in unserem Kunstverein – eines von rund achthundert – und spendet oft über seinen Jahresbeitrag hinaus. Er besitzt selbst ein paar Landschaftsbilder. Warum interessiert Sie das?«

»Ich bin Herrn Fabry zufällig begegnet. Und er ist ein bisschen – wie soll ich sagen? Lästig!«

Sie erzählte von dem Aufeinandertreffen am See. »Er behauptete, mit Ihnen befreundet zu sein, und wollte mit Ihnen über mich sprechen.«

»Befreundet? Nein, das ist übertrieben. Machen Sie sich keine Sorgen«, beschwichtigte Sucher. »Ich spreche grundsätzlich mit keinem Außenstehenden über Interna. Sie werden bestimmt eine große Hilfe für uns und Ihren Onkel sein. Übrigens – in Kürze beginnt unser Chefrestaurator mit der Röntgenanalyse eines der Bilder. Das ist bestimmt sehr interessant für Sie. Ihr Onkel hat sein Erscheinen ebenfalls angekündigt. Ich werde Ihnen aber jetzt erst mal Ihr Büro zeigen.«

Eine Stunde später versammelten sich Anna Stern, Angelo Salieri, Rebecca Leist, Manfred Sucher und Hans Sommerberg in der Werkstatt des Restaurators.

Leist war nicht besonders gut drauf. Sucher brachte sich viel stärker ein als sonst üblich. Er wirkte wacher, schlurfte nicht mehr mit abwesendem Gesichtsausdruck durch die Flure, führte keine wirren Monologe mehr und schnäuzte sich kaum noch die Nase. Sein ekelhafter Schnupfen schien über Nacht verschwunden zu sein.

»Dann wollen wir mal.« Meyer zwei stellte das Hochfrequenzröntgengerät vor dem Ammenbild auf, das in eine hölzerne Vorrichtung eingespannt worden war.

Sucher machte Anna Stern und Meyer zwei miteinander bekannt und bat den Restaurator, die einzelnen Schritte des Tests genau zu erläutern.

»Die Röntgenanalyse hat den großen Vorteil, dass wir ein Bild nicht beschädigen müssen, um es untersuchen zu können«, begann Meyer. »Wir bekommen einen Blick durch sämtliche Schichten des Werkes. Jedes Material, jede Farbe absorbiert die Röntgenstrahlen unterschiedlich. Moment, ich zeige es Ihnen.«

Meyer schaltete das Gerät ein und sie verließen den Raum. Anna wartete darauf, dass jemand sagen würde: Bitte nicht mehr atmen. Der Restaurator betätigte den Auslöser und die kleine Gesellschaft betrat den Röntgenraum wieder.

Ein Monitor zeigte die Aufnahme. Die bleichen Ammengesichter waren verschwunden, die Farben verblasst. Schlieren zogen sich wie Rinnsale über das Foto, es waren helle und dunkle Flecke, klare und unklare Linien zu erkennen.

»Bleiweiß lässt Röntgenstrahlen nicht durch«, erklärte Meyer und zeigte auf dunkle Stellen. »Deshalb tragen die Röntgenärzte ja auch Bleischürzen. Und das hier ist Bleiweiß. Im 17. Jahrhundert gab es noch kein Zink- oder Titanweiß. Viele Fälscher machen schon hier den ersten Fehler.«

»Ist dieses Bild wirklich etwas so Besonderes, dass sich dieser ganze Aufwand lohnt?«, fragte Hans Sommerberg. »Ich habe noch mal in meinen Unterlagen nachgeschaut. Ich habe das Bild damals für nur dreitausend Mark bekommen. Nun ja, immerhin könnte es ja wirklich aus der Werkstatt von Cornelis de Man stammen – so hat es der Händler jedenfalls angedeutet.«

»Vielleicht war der Maler ein Man-Schüler«, stimmte Sucher zu. »Jedenfalls obendrauf.«

»Wie meinen Sie das?«, fragte Sommerberg überrascht.

»Machen Sie bitte weiter, Herr Meyer«, ignorierte Sucher die Frage.

»Gern. Es gibt eine Reihe von Besonderheiten«, fuhr der Restaurator fort und deutete auf einige Linien und Flecken. »Hier, hier und hier. Übermalungen auf dem Originalbild. Das Bild hat vier Schichten. Die Grundierung, die Vorzeichnung, das Hauptbild und dann diese drittklassige Übermalung aus billigen Farben, einem Mix aus Öl und Tempera, die allerdings auch aus dem 17. Jahrhundert stammen.«

»Das Bild ist übermalt worden?«, vergewisserte sich Sommerberg, ob er richtig verstanden hatte.

»Ja, aber nicht von derselben Person. Denn es handelt sich nicht um sogenannte *Pentimenti*, auch *Reuezüge* genannt«, erklärte Meyer zwei. »Die *Pentimenti* stammen üblicherweise vom Maler selbst, der hier und da Korrekturen angebracht hat. Hier ist aber das ganze Bild überdeckt worden.«

»Was bedeutet das?« Sommerberg überkam ein Kribbeln.

»Seit ein paar Tagen vermuten wir schon, dass unter dem Bild ein anderes, wesentlich besseres ist«, nahm Sucher die Sache in die Hand. »Doch wir brauchen Ihre Erlaubnis, die Schichten abzutragen. Auch auf die Gefahr hin, dass wir uns getäuscht haben.«

»Wie kommen Sie auf die Idee, dass das Bild darunter besser sein könnte?«, fragte Sommerberg.

Meyer sagte das Zauberwort. »Lapislazuli!«

»Auf meinem Bild?«

»Nicht in der obersten Schicht. Der letzte Maler – nennen wir ihn der Einfachheit halber *de Man* – hat Azurit verwendet, basisches Kupferkarbonat«, erklärte Meyer.

»Warum ist Lapislazuli denn etwas so Besonderes?«, traute sich Anna zu fragen.

»Lapislazuli ist die teuerste Farbe der Welt, noch heute

wertvoller als reines Gold«, erklärte Angelo Salieri. »Aus einem Stein wird nach einem komplizierten Verfahren natürliches Ultramarinblau hergestellt.«

»Ultramarin ist das schönste Blau«, schwärmte Anna. »Ich mag es sehr.«

Wen interessiert, welche Farbe Frau Stern mag?, dachte Leist und verzog die Mundwinkel. Diese Nichte war ja ziemlich naiv.

Anna bemerkte Leists abschätzigen Blick. Diese Frau und ich werden keine Freundinnen, dachte sie und rümpfte leicht die Nase. Und ihr Parfum war die Hölle!

»Blau war wichtig in der Malerei des Mittelalters und der Renaissance«, erläuterte Sucher. »Maria trägt meist einen ultramarinblauen Mantel – blau als Symbol der Reinheit. Oder denken Sie an die Stundenbücher der Gebrüder Limburg, *Les Très Riches Heures* aus dem frühen 15. Jahrhundert, die für den Herzog von Berry gemalt worden sind. Immer wenn es besonders schön und wertvoll sein sollte, haben die Maler Lapislazuli verwendet.«

»Lapislazuli wird zerrieben und mit Wasser und Leim als Bindemittel vermengt«, ergänzte Meyer. »Im 17. Jahrhundert, als die Ölmalerei die Temperamalerei weitgehend ablöste, wurde Lapis mit Öl vermischt. Ein Kilo natürliches Lapislazuli kostet heute fünfzehntausend Euro, ein Kilo künstliches Ultramarin nur zwanzig Euro. Das gibt es allerdings erst seit 1830.«

»Deshalb vermuten wir, dass das ursprüngliche Bild besonders wertvoll sein könnte«, sagte Sucher. »Nur eine Vermutung – mehr nicht. Sicherheit kann nur eine umfassende Analyse bringen.«

»Und was genau kann sich darunter verbergen?« Auf Sommerbergs Stirn hatten sich Schweißperlen gebildet. »Können Sie erkennen, was das erste Bild zeigt?«

»Nur schemenhaft. Wir müssten das oben liegende Bild zerstören«, antwortete Meyer zwei.

»Was erwarten Sie also?«, beharrte Sommerberg. »Sie müssen mir schon einen guten Grund nennen, damit ich mich einverstanden erkläre, den Cornelis de Man zu vernichten.«

»Vermeer«, sagte Sucher. »Aber eine Garantie gibt es nicht.«

»Ein Vermeer?« Sommerbergs Herz machte einen Satz.

»Möglich, aber keineswegs sicher«, unterstützte Meyer seinen Chef.

»Es gibt jede Menge gefälschte Vermeers!«, wandte Sommerberg ein.

»Kaum in diesem Fall. Wie soll ein Fälscher von heute den Vermeer unter ein Bild des 17. Jahrhunderts gemalt haben?«, fragte Meyer. »Das Ammenbild stammt mit Sicherheit aus der Mitte des 17. Jahrhunderts. Etwa 1660 bis 1670. Vermeer malte zur selben Zeit wie Cornelis de Man. De Man wurde 1621 geboren, starb 1706 und hat wie Vermeer in Delft gelebt. Aber Vermeer war elf Jahre jünger, hat vielleicht sogar bei de Man gelernt. Die beiden haben sich vermutlich gekannt, sagen die Forscher. De Man war Mitglied der Lukas-Gilde in Delft wie Vermeer später, hat dann aber neun Jahre in Frankreich, Florenz, Rom und Venedig gearbeitet. 1654 kehrte er nach Delft zurück.«

»Also: just in time«, schlussfolgerte Angelo.

Der Direktor wandte sich seinem Restaurator zu. »Und jetzt erzählen Sie uns, lieber Herr Meyer, was unser Vermeer-Bild so alles zeigt. Vor lauter Linien und Flecken sehe ich gar nichts.«

Meyer zuckte die Schultern. »Da möchte ich mich noch bedeckt halten.«

»Und der Brief auf dem Boden?«

Meyer verstand. »Oberste Schicht.«

»Und darunter?«

»Ein Fußboden. Mehr kann ich noch nicht erkennen.«

»Der Bildträger? Irgendwelche Auffälligkeiten?«

»Passt hundertprozentig zu Jan Vermeer. Reines Flachs. Die Fadendichte, also Kette und Schuss, liegt bei vierzehn mal vierzehn pro Quadratzentimeter.«

»Die Leinwand spielt eine große Rolle«, erklärte Sucher an Anna gerichtet, »Sie haben ja bestimmt von der Auktion im Juli gelesen. Der letzte bekannt gewordene Vermeer. Den Ausschlag für den Echtheitsnachweis hat gegeben, dass die Leinwand von derselben Beschaffenheit war wie die bei Vermeers berühmter *Spitzenklöpplerin.* Mit derselben Fadenzahl pro Zentimeter, mit denselben winzigen Unregelmäßigkeiten in der Grundierung. Die Beschaffenheit ist so ähnlich, dass beide Leinwände so gut wie sicher von ein und demselben Ballen stammen.«

»Könnte von Frau Vermeer höchstselbst gewebt worden sein«, meinte Meyer. »Wenn dieses Leinen hier auch von dem Ballen stammt, haben wir den Beweis.«

»Sind Sie sich denn wirklich ganz sicher, dass es unter dem Ammenbild ein anderes gibt?«, Sommerberg wurde die Zweifel nicht los.

»Ja, aus zwei Gründen. Sehen Sie selbst. Auf dem Röntgenbild finden sich Linien und Flächen, die mit dem sichtbaren Motiv nichts zu tun haben. Das ist schon ein deutlicher Hinweis. Dazu kommen die Farben am Rand, besonders die Spuren von Lapislazuli. Die haben mit der Übermalung nichts zu tun.«

»Können Sie die Übermalung so entfernen, dass sie erhalten bleibt?«, erkundigte sich Sommerberg.

»Wie meinen Sie das?«

»Wenn man die Übermalung Stück für Stück abheben und auf einer anderen Leinwand wieder zusammensetzen könnte, hätte man am Ende zwei Bilder. Entschuldigen Sie die laienhafte Frage.«

Meyer lächelte. »Ich verstehe. Leider geht das nicht. Wenn ich das übermalte Bild freilege, wird das obere ohne Wenn und Aber zerstört. Ich muss ganz winzige Fragmente ablösen. Das kann nicht so geschehen, dass diese Fragmente wie ein Puzzle wieder zusammengesetzt werden können.«

Sommerberg hielt es nicht mehr auf seinem Stuhl, er lief durch die Werkstatt, immer wieder einen verstörten Blick auf das Ammenbild werfend.

Sucher und Meyer zwei sahen sich an. Die Sache stand auf der Kippe, das wussten beide.

»Ich muss mal an die frische Luft«, sagte Sommerberg. »Kommst du mit, Anna?«

Sie nickte, hakte den Onkel unter und schob ihn aus der Werkstatt. »Brauchst du deine Tabletten?«, fragte sie.

»Nein, nein«, wehrte er ab. »Lass uns ein paar Schritte gehen. Was soll ich tun?«

»Das musst du ganz allein entscheiden«, antwortete Anna. »Wenn das wirklich ein Vermeer ist, wird es eine Menge Trubel geben. Und für dich eine Menge Geld.«

»Allerdings. Was würdest du denn tun?«

»Runter mit der Schmiere!« Sie lachte ihn spitzbübisch an. »Und her mit dem Vermeer!«

»Gut. Ich bin einverstanden«, sagte Sommerberg, als sie die Werkstatt wieder betreten hatten.

Die Erleichterung über Sommerbergs Entscheidung stand Meyer zwei ins Gesicht geschrieben. »Ich muss wohl nicht extra erwähnen, dass es mir eine persönliche Ehre wäre, einen Vermeer zu enthüllen.«

»Und dann? Die Analyse des letzten Vermeer hat über zehn Jahre gedauert.«

»Wir müssen natürlich noch andere Experten hinzuziehen«, meinte Sucher. »Wir können der Kunstwelt nicht einfach mit einem neuen Vermeer kommen. Jeder wird uns auslachen und in der Luft zerreißen.«

»Ich kenne Henri Goldstein von *Sotheby's* ganz gut«, mischte sich Rebecca Leist in die Diskussion ein. Sie war aus ihrer mürrischen Lethargie erwacht. »Er ist der Experte für alte Meister und war Mitglied der Kommission, die die *Junge Frau am Virginal* begutachtet hat. Ich könnte ihn um Rat fragen.«

»Ich wäre Ihnen sehr verbunden, Frau Kollegin«, stimmte Sucher zu. »Sie sollten ihn so bald wie möglich kontaktieren. Bitten Sie ihn, zu uns zu kommen. Und um Diskretion. Wenn sich herumspricht, was wir hier vermuten, rennen uns die Experten und Sammler die Bude ein. Die Diebe allerdings auch.«

»Trotzdem schade«, meinte Sommerberg. »Dann muss ich mich von den bleichen Frauen verabschieden. Ich komme mir fast wie ein Mörder vor.«

Der Tag war schon recht fortgeschritten und das Gespräch in der Restaurationswerkstatt wurde unterbrochen. Sommerberg und Rebecca besprachen sich weiter in Leists Büro. Angelo und Anna setzten sich in die nahe gelegene Eisdiele und nutzten die Gelegenheit, sich näher kennenzulernen. Immerhin mussten sie die nächsten Wochen zusammenarbeiten.

»Die Bilder deines Onkels sind eine wirkliche Entdeckung. Wir werden eine wundervolle Ausstellung präsentieren.«

»Ja, das glaube ich auch. Aber jetzt erzähl etwas von dir. Was hat dich hierher verschlagen?«

Angelo berichtete von seinem Leben in der italienischen Provinz im Örtchen Legnago im Veneto und gab Anekdoten aus dem Leben seines berühmten Vorfahren preis.

»Seine erste Oper hieß übrigens *Le donne letterate*«, erzählte Salieri, »übersetzt: *Die gebildeten Frauen.* Du siehst also, dass die Männer meiner Familie schon immer einen Hang zu klugen Frauen hatten.«

»Spielst du auf die Leist an oder auf mich?«, kokettierte Anna.

»Wahrscheinlich euch beide«, gab er zur Antwort.

»Na ja, so ernst war das bestimmt nicht gemeint mit den klugen Frauen. Die Oper war doch eher eine komische Oper, oder?«, entgegnete sie.

Sie lachten beide. Anna sah ihn an und fühlte ein warmes Gefühl aufsteigen.

»Hast du eigentlich einen Mann?«, fragte Salieri.

»Ich bin überzeugter Single«, gab sie Auskunft.

»Und sonst?«

»Was meinst du?«, tat sie unschuldig.

»Schau dich doch mal an. Du kannst mir nicht erzählen, dass dir Männer egal sind.«

»Manchmal gönne ich mir einen – sagen wir mal – Ausflug ins Reich der Sinne«, gab sie zu.

»Verstehe.«

»Apropos Reich der Sinne. Wie ist Frau Leist denn so?«, forschte Anna nach. »Als Geliebte, meine ich.«

»Sie ist ehrlich und weiß, was sie will«, antwortete er nach ein paar Sekunden des Nachdenkens.

»Also ehrlich und willensstark«, spottete Anna. »Das Schönste, was ein Mann über seine Geliebte sagen kann!«

»Sie wirkt nur auf den ersten Blick kühl. Sie ist eigentlich …« Verlegen verstummte er.

»Eigentlich?«

»Sie kann auch sehr leidenschaftlich sein.«

»Habt ihr euch in der Kunsthalle kennengelernt?«

»Nein, in Italien. Sie hat doch ein Haus im Veneto«, erzählte Angelo. »Das, an dem dein Onkel herumgewerkelt hat. Meine Eltern leben in der Nähe und man kannte sich vom Sehen. Und als ich eine Stelle benötigte, bot Rebecca meinen Eltern an, mir zu helfen. So bin ich nach Deutschland gekommen.«

»Und im romantischen Rheinburg fanden sich eure Seelen und ihr seid in Liebe zueinander entbrannt?«

Ihre Ironie irritierte ihn. »Lass uns das Thema wechseln, bitte.«

»Entschuldige«, sagte Anna. »Ich wollte dich nicht verletzen.«

»Schon gut. Becca hat viel für mich getan. Ich habe unser Verhältnis genauso gewollt wie sie. Doch jetzt ...«

»Jetzt?«

»Wir haben uns verändert. Unsere Liebe scheint den Alltag nicht besonders gut auszuhalten«, antwortete er.

»Wir wollten doch das Thema wechseln«, erinnerte sie.

»Lass mich nur noch eins sagen.« Angelo sah Anna in die Augen. »Ich bin nicht das Opfer einer geilen, älteren Frau. Becca ist kein männermordendes Monster. In Wirklichkeit bin ich der Schurke.«

»Schurke?«

»Ich war einfach zu bequem, mich allein durchzubeißen. Ich hatte keine Lust, in einer kleinen Bude zu hausen, und da ich weiß, dass ich auf Frauen unwiderstehlich wirke, habe ich es drauf angelegt, dass sie mich erwählt.«

»Soso, du wirkst auf alle Frauen unwiderstehlich?«, wiederholte Anna mit kokettem Augenaufschlag.

»Natürlich«, lächelte er. »Das ist der Italiener in mir und die guten Gene von Urahn Salieri.«

»Ich habe das Gefühl, dass mich deine Becca nicht mag. Und dass ihre Abneigung gegen mich mit dir zu tun hat.«

Salieri seufzte. »Becca ist ziemlich eifersüchtig.«

»Dann sollten wir ihr keinen Grund liefern.« Anna winkte der Kellnerin. »Ich möchte meinen neuen Job gerne gut machen. Auf Zickenkrieg habe ich keine Lust.«

*

»Es gibt da tatsächlich einen merkwürdigen Vermisstenfall«, erklärte Kommissar Dirk Weingarten in der Besprechung am Mittag. »Eine junge Frau. Elke Hackmann. Sie verschwand vor sechs Jahren. Sie war jung, attraktiv, interessierte sich für Kunst und war eines schönen Tages weg. Bis heute weiß niemand, wo sie geblieben ist, und eine Leiche gibt es auch nicht.«

»Und warum könnte der Fall etwas mit den beiden toten Schwestern zu tun haben?«, fragte Heidi Busch. »Hat sie auch bei der Laienbühne gejobbt?«

»Nein. Sie war aber Mitarbeiterin in der Kunsthalle. Im Rahmen ihres Studiums der Museumspädagogik. Und da der dortige Chef Kontakte zur Laienbühne hat, gibt es vielleicht eine Verbindung.«

»Das steht aber auf schwachen Füßen«, urteilte Kant. »In einer kleinen Großstadt wie unserer kennen sich die Kulturschaffenden untereinander.«

»Das ist noch nicht alles«, lächelte Weingarten. »Bei den Angestellten bin ich nicht weitergekommen. Da habe ich mir die Personalliste der Kunsthalle zeigen lassen, und zwar die von vor sechs Jahren. Daraus geht hervor, dass genau zu dieser Zeit, als Elke Hackmann verschwand, ein langjähriger Angestellter in Rente ging. Ich hab ihn im Altenheim besucht. Er konnte sich genau an die junge Frau erinnern. Sie war sehr beliebt und besonders engagiert in Sachen Besucherbetreuung. Und ratet mal, wen sie auch betreut hat?«

»Dirk! Ist das ein Quiz hier oder machen wir unsere Arbeit?«, fragte Kant ungnädig.

»Luise Kranach! Die alte Dame ließ sich die wenigen Barockgemälde zeigen und skizzierte die Kostüme, die auf den Bildern zu sehen waren. Elke Hackmann hat im Rahmen ihres Studiums Tagesprotokolle über die Besucher und ihre Anfragen und Anliegen angefertigt. Daher ist dieser Kontakt umfassend protokolliert.«

»Wie sollten uns den Neffen noch mal vornehmen«, schlug Akif Neumann vor. »Und zwar richtig. Alle drei Opfer kannten Kranach – da liegt eine Verbindung zu diesem Fabry ja wohl auf der Hand.«

»Leider ist Frau Kranach verstorben«, sinnierte Heidi Busch. »Sie hätte bestimmt viel zu erzählen gehabt.«

»Wir haben leider nichts gegen Fabry in der Hand«, stellte Kant klar. »Im Auge behalten sollten wir ihn aber schon.«

»Kann ich nicht den Lockvogel spielen?«, fragte Heidi Busch. »Ich heuere undercover bei der Bühne und in der Kunsthalle an und warte, dass der Mörder mich umbringen will.«

Die Männer schauten sich an und jeder wusste, was der andere dachte: Heidi Busch würde den Mörder nicht locken können.

»Das ist keine gute Idee, Frau Busch«, sagte Kant. »Wir brauchen Sie hier in der Soko.«

»Es gibt noch mehr Neuigkeiten über Elke Hackmann«, nahm Akif Neumann wieder das Wort. »Ich habe Elke Hackmanns Ehemann aufgetrieben. Er war es, der sie vor sechs Jahren als vermisst meldete. Sie ging morgens zur Arbeit und kam nicht mehr zurück. Ihr Kleinwagen stand abgeschlossen auf dem Parkplatz der Kunsthalle. Genaueres erfahre ich später, ich bin mit ihm verabredet.«

»Was steht dazu in den Akten?«, fragte Kant.

»Es sind viele Zeugen vernommen worden – hauptsächlich Personal der Kunsthalle. Elke Hackmann hat am Tag ihres

Verschwindens zwei Besuchergruppen betreut. Eine Schulklasse und eine Gruppe Studenten. Sie ging in die Mittagspause und dann verliert sich ihre Spur.«

»Kann sie sich abgesetzt haben?«

»Wohl kaum. Ihre Handtasche lag im Büro – sie hatte nur ihre Geldbörse rausgenommen, um den Chinesen bezahlen zu können.«

»Chinese?«

»Das Restaurant, in dem das Personal der Kunsthalle mittags manchmal gegessen hat. Buffet – *all you can eat.*«

»Und? Hat sie dort gegessen?«

»Ja. Allerdings allein.«

»Ist das Alibi des Ehemannes überprüft worden?«

»Natürlich. Und das gesamte Umfeld. Aber es hat zu nichts geführt. Der Fall wurde vor einem Jahr zu den Akten gelegt. Ungeklärt.«

»Dieser Dr. Sucher hätte uns ruhig von der verschwundenen Hackmann erzählen können. Kann es sein, dass er uns absichtlich auf Distanz hält?«

Kapitel 18

Henri Goldstein hielt sich nicht in London auf, sondern in Amsterdam, wo *Sotheby's* eine Versteigerung von alten Meistern vorbereitete. Er saß in dem kleinen Büro, das seine Firma für die Amsterdamer Geschäfte gemietet hatte.

Er überflog die Mails vom Tage. Das Übliche aus der Zentrale. Dann eine Mail aus Deutschland von einer Dr. Rebecca Leist. Sie behauptete, ihn zu kennen, doch der Name sagte ihm nichts. Er musste schmunzeln, als er ihre Worte las. Da hatte mal wieder jemand einen verschollenen Vermeer entdeckt, war vom selben Fieber befallen worden wie er damals, wollte das gleiche Märchen erleben.

Goldstein dachte an den magischen Moment vor elf Jahren. Da war ein Mann in sein Büro gekommen, hatte aus einer Mappe das Foto eines Bildes herausgezogen und Goldstein um seine Meinung gebeten. Das Gemälde trug den wenig inspirierten Titel *Junge Frau am Virginal* und war in der Literatur schon als nicht signiertes Genrebild aus dem 17. Jahrhundert erwähnt.

Der Mann war ein Kunsthändler und kam im Auftrag eines Barons aus Belgien. Der Baron hieß Fréderic Rolin und hatte das Bild 1960 im Austausch gegen Werke von Klee, Signac, Bonnard und Riopelle erworben. Und jetzt wollte der Baron ganz genau wissen, was er schon vermutete: Besitze ich einen echten Vermeer?

Goldstein wurde von dem Auktionshaus mit der Analyse beauftragt. Die Kosten übernahm *Sotheby's*, die mit dem Besitzer vereinbarten, dass sie das Bild versteigern durften – egal, was die Untersuchung ergab.

Sorgfältig hatte sein Arbeitgeber darauf geachtet, dass alle wichtigen unabhängigen Kunstexperten in den Kreis berufen wurden – allein schon, um spätere Diskussionen im Keim zu ersticken.

Als sie endlich den Beweis erbrachten, dass die *Junge Frau am Virginal* auf einem Stück derselben Leinwand gemalt worden war wie Vermeers *Spitzenklöpplerin*, waren alle wie im Fiebertraum gewesen. Und jetzt träumte diese Provinz-Museumsfrau von einem weiteren Vermeer. Lachhaft! Goldstein verließ das Büro und steuerte die Kneipe gegenüber an.

*

Sucher und Leist besprachen, wie sie mit der Presse umgehen wollten.

»Das Wort *Vermeer* darf nicht fallen«, warnte Sucher seine Stellvertreterin. »Ist es nämlich keiner, dann lacht sich die Welt über uns kaputt.«

»Vollkommen klar«, stimmte Leist zu. »Wie wäre es mit dieser Idee: Immer zum Wochenende – also am Freitag – zeigen wir die Fortschritte bei der Enthüllung. Wir stellen das Bild auf eine Staffelei, präsentieren es in der Halle, natürlich bewacht. So bekommen wir eine prima Werbung für unsere Ausstellung. Und ich könnte ein paar ausgewählten Presseleuten anbieten, bei den entscheidenden Schritten der Untersuchung live dabei zu sein. Das würde uns zusätzliche Aufmerksamkeit verschaffen.«

»Nein, keine Presse während der Arbeiten«, wehrte Sucher ab. »Am Ende rutscht Meyer zwei das Wort *Vermeer* heraus. Aber die öffentliche Präsentation vor Publikum ist eine sehr gute Idee! Und Meyer könnte jeweils einen kleinen Vortrag dazu halten. Oder, nein! Sie machen das charmanter, Frau Kollegin. Meyer soll mal lieber in seiner Werkstatt bleiben.«

»Wollen Sie nicht selbst vors Publikum treten?«, schlug sie pro forma vor. »Sie sind der Direktor.«

»Aber nein! So was ist nicht mein Ding.« Sucher fühlte, dass Leist darauf brannte, sich zu profilieren. »Ich zähle auf Ihre Unterstützung bei der Pressekonferenz«, ergänzte er. »Meyer, Salieri und Frau Stern sollten ebenfalls anwesend sein.«

»Frau Stern?« Leist runzelte die Stirn. »Ist das nicht ein bisschen verfrüht?«

»Aber nein. Sie gehört doch zum Team«, widersprach Sucher. »Auch wenn sie noch neu ist. Sie ist intelligent und hat eine schnelle Auffassungsgabe. Außerdem kommt es besser an, wenn zwei hübsche Frauen verstaubte Gemälde flankieren. Entwerfen Sie doch bitte heute noch einen Text für die Einladung. Haben Sie eigentlich schon Rückmeldung von Henri Goldstein?«

»Noch nicht«, gab Leist zu. »Er befindet sich auf Auslandsreise. Aber ich werde dranbleiben.«

*

Jens Hackmann lebte in einer kleinen Wohnung in der Innenstadt.

»Warum kommen Sie nach all den Jahren und stellen diese Fragen?«, wollte er von dem Kommissar wissen. »Gibt es einen aktuellen Anlass? Oder eine Spur?«

»Nein. Wir nehmen uns von Zeit zu Zeit immer mal wieder ungeklärte Fälle vor«, log Akif. »Sechs Jahre sind eine lange Zeit.«

»Ich werde Elke trotzdem nicht für tot erklären lassen. Das bringe ich nicht fertig«, sagte der Ehemann. »Vielleicht hatte sie einen Unfall und ihr Gedächtnis verloren. Und lebt irgendwo.«

Akif Neumann verschwieg ihm, dass bei Unfällen mit Amnesie immer ein Abgleich mit passenden Vermisstenangelegenheiten durchgeführt wurde. Der Mann hatte noch Hoffnung, und die wollte er ihm nicht nehmen.

»Hatte sich Ihre Frau verändert, bevor sie verschwand?«

Hackmann verneinte. »Sie war so wie immer. Aber diese Fragen habe ich doch schon vor Jahren beantwortet.«

»Ich weiß. Ihre Frau war sehr kommunikativ – so las ich in den Akten.«

Hackmann sprang auf und holte einen Bilderrahmen vom Schreibtisch.

»Das stimmt. Natürlich war sie kommunikativ – wie Sie es

nennen. Ich würde eher sagen, dass sie die Menschen liebte und ihnen unbefangen gegenübertrat.«

Das Bild zeigte eine schöne Frau. Ein offener Blick, ein sinnlicher Mund und leicht gelocktes, hellbraunes Haar. Derselbe Frauentyp wie Karin und Maja Schneider, dachte Akif.

»Nehmen Sie mir die Frage nicht übel«, sagte er. »War Ihre Ehe in Ordnung?«

»Das war sie. Wir planten Familienzuwachs. Ich stand damals kurz vor Ende meines Medizinstudiums und hatte eine Stelle am Krankenhaus in Aussicht. Die konnte ich nicht antreten, nachdem Elke verschwunden war. Ich konnte nicht mehr planen ohne sie.«

»Und was machen Sie heute?«

»Ich hab das Examen wegen Elkes Verschwinden nicht geschafft und bin Pharmavertreter geworden. So bin ich viel auf Reisen – von einer Arztpraxis zur nächsten. Zu Hause fällt mir noch immer die Decke auf den Kopf.«

Pharmazie? Veronal? Barbital? In Neumanns Hirn machte es klick. »Welche Medikamente bieten Sie denn an?«

»All das, was meine Firma herstellt. Vor allem ein Mittel gegen Reflux, also Sodbrennen. Darauf haben wir ein Patent«, antwortete Jens Hackmann. »Es ist sehr wirksam und nimmt den Patienten in wenigen Wochen die Beschwerden.«

»Verstehe. Wenn Sie allein sind und an Ihre Frau denken, was kommt Ihnen da in den Kopf?«

»Dass sie vielleicht irgendwo gefangen gehalten wird.« Tränen stiegen in Hackmanns Augen. »Man liest ja immer wieder über diese grauenhaften Entführungsfälle. Diese Gedanken machen mich fertig. Dass sie leiden könnte …«

*

Goldstein schlief noch, als sein Handy klingelte. Die Nummer auf dem Display war ihm unbekannt.

»Hallo«, sagte er zögernd.

»Hallo. Hier ist Rebecca Leist.«

O Gott, diese Stimme ist zu wach und zu laut, dachte er.

»Leist?«, stammelte er. Dann erinnerte er sich – das war doch die Frau aus der Provinz, die glaubte, einen noch unbekannten Vermeer entdeckt zu haben.

»Ich hatte Ihnen eine Mail geschrieben, Herr Goldstein. Es geht um das Bild aus der Werkstatt von Cornelis de Man. Haben Sie sich das Werk mal angesehen?«

»Angesehen?« Goldstein setzte sich auf. »Was soll ich mir angesehen haben?«

»Das Bild. Ich hatte Ihnen ein Foto an die Mail angehängt.«

»Ich habe es noch nicht anschauen können.«

»Soll ich zu Ihnen nach London kommen?«, fragte Rebecca Leist. »Ich könnte Ihnen alles persönlich erklären. Und noch mehr Fotos mitbringen. Unser Chefrestaurator ist schon dabei, die oberste Malschicht zu entfernen.«

Diese Frau ist wirklich lästig, dachte Goldstein und gähnte. »Ich bin nicht in London«, erklärte er, »ich bin in Amsterdam.«

»Umso besser.« Diese Person ließ nicht locker. »Dürfte ich Sie zu uns einladen, einen Blick auf das Bild zu werfen? Es sind ja nur zweihundert Kilometer. Ich hole Sie auch ab.«

»Was wollen Sie von mir? Vermeer hat sechsunddreißig Bilder gemalt. Das letzte bekannt gewordene habe ich im Juli in London versteigert.«

»Ich weiß. Und nun haben Sie vielleicht die Chance, das siebenunddreißigste Bild des Meisters zu entdecken«, sagte Leist. »Schauen Sie sich die Fotos an und denken Sie bitte darüber nach.«

»Worüber sollte ich nachdenken?«

»Ob Sie sich engagieren wollen.«

»Wieso glauben Sie, dass Sie einen Vermeer gefunden haben?«, wollte Goldstein wissen.

»Lapislazuli«, antwortete sie. »Und ein Hinweis im Bild selbst. Aber das werden Sie sehen.«

»Es wäre ein Wunder, wenn es schon wieder einen Vermeer gäbe.«

»Glauben Sie etwa nicht an Wunder?«

Goldsteins Abneigung gegen die Frau kippte. *Glauben Sie etwa nicht an Wunder?* Was für eine Frage! Er war der Erste gewesen, der an die *Junge Frau am Virginal* geglaubt hatte.

»Na gut. Ich werde mir die Fotos angucken«, versprach er. »Und mich dann bei Ihnen melden. Aber rufen Sie mich bis dahin nicht mehr an.«

Goldstein duschte, kleidete sich an, nahm ein schnelles Frühstück und spazierte zu seinem Büro. Die nächsten Stunden beschäftigte er sich mit Bildern aus der Spätromantik, stellte Texte für den Katalog zusammen und redete mit den Besitzern.

In der Mailbox schlummerte noch immer die Mail der deutschen Provinzfrau. Er druckte Text und Fotos aus und schob alles in seine Aktentasche.

Goldstein fuhr den PC herunter und verließ das Bürogebäude. Unten saß der Pförtner, grüßte und fragte, ob alles in Ordnung sei. Das Englisch des Mannes war so schlecht wie Goldsteins Holländisch.

Er lief in sein Hotel, ließ sich den Schlüssel geben, hatte aber plötzlich keine Lust mehr, auf sein Zimmer zu gehen. Aus der Hotelbar drang schwülstige Barmusik. Er ließ sich locken.

Die Holländer hatten es geschafft, der Bar ein altenglisches Ambiente zu verpassen: Lederfauteuils, Mahagoniimitat an den Wänden und viel blank geputztes Messing. Es herrschte kaum Betrieb. Der Barmann wischte vor lauter Langeweile auf dem Tresen herum.

Goldstein ließ sich in einen Sessel fallen, stellte die Aktentasche auf den Tisch und rief dem Barkeeper dann »Genever« zu. Er war schließlich in Holland und es gehörte sich ja wohl, die Landessitten zu respektieren.

Der Schnaps kam und seine Wirkung setzte fast zeitgleich mit der Ankunft im Magen ein. Goldstein entspannte sich. Jetzt konnte er sich die Fotos des angeblichen Vermeer anschauen, ohne einen Lachanfall zu bekommen.

Er zog die Unterlagen aus der Tasche.

Bleiche Ammen, eine verkrampfte Hausfrau, zwei Kleinkinder, eingewickelt wie Mumien, und ein schwarz gekleideter Mann. Ein hässliches Bild. Der Hintergrund war – bis auf ein kleines Fenster mit Lichteinfall – dunkel. Das war ein Hinweis auf Todeserwartung und Ewigkeit. Das Licht in der Finsternis, ein Stück Hoffnung. An der Wand über dem Kamin krabbelte eine Spinne – die Metapher für Gefahr und das Böse.

Was – zum Teufel – hatte diese dilettantische Pinselei mit Vermeer zu tun?

Was hatte Frau Leist dazu geschrieben? Die komplette Übermalung stammte aus dem 17. Jahrhundert, Experten würden gerade das Gemälde darunter freilegen und das könnte, ja, könnte, vielleicht …

Goldstein lehnte sich zurück. Klassisches Vermeer-Fieber, dachte er.

Er las die Mail zu Ende. Leist berichtete von übermaltem Lapislazuli und machte noch auf eine Besonderheit aufmerksam. *Das Baby deutet auf ein zerknülltes Papier, das auf dem Boden liegt.*

Der Ausdruck war nicht besonders gut und das Licht

schummrig. Goldstein rückte zur Lampe, die über ihm ans Mahagoniimitat geschraubt worden war.

Da lag tatsächlich ein zerknülltes Stück Papier. Wie auf dem Dubliner Vermeer!

Schwer atmend ließ Goldstein das Foto auf seine Schenkel sinken. Ihm war nicht gut und er winkte nach dem dritten Genever. Ich bin doch nicht immun gegen das Fieber, stellte er fest.

Kapitel 19

Belinda Stork war unterwegs nach Berghof. Auf den Straßen herrschte nur wenig Verkehr. Sie wollte die Kostüme von Luise Kranach für den Bühnenverein sichern, bevor der Neffe alles wegwarf oder verkaufte oder verbrannte.

Stork vertraute auf ihre Überzeugungskraft. Reden konnte sie schließlich. Leider wusste sie nicht, wie der Mann hieß, musste sich also im Dorf erkundigen.

Sie stoppte an einer Tankstelle am Ortseingang. Nachdem sie ein paar Liter gezapft hatte, ging sie zum Kassenhäuschen, das sich Servicecenter nannte. Verbrauchte Luft schlug ihr entgegen. An verstreut platzierten Bistrotischen lümmelten sich Bier trinkende Männer.

Sie bezahlte und fragte nach der Kostümwerkstatt. Die Kassiererin wusste Bescheid und erklärte ihr, wie sie fahren musste.

»Wissen Sie auch, wo der Neffe der alten Dame wohnt?«, fragte Belinda Stork.

Die Frau schüttelte den Kopf.

»Fabry? Den Berg hoch«, mischte sich einer der Männer ein.

»Welchen Berg?«

»Es gibt nur einen hier«, antwortete er. »Von der Werkstatt aus einfach weiter die Straße lang. Oben sehen Sie dann die verrammelte Bude.«

»Verrammelt?«

»Mit Gittern vor den Fenstern und einem Zaun ums Grundstück.«

»Der hat bestimmt auch Kameras, die auf rote Haare reagieren«, unkte ein zweiter Mann. »Und dann geht die Selbstschussanlage los.«

Alle lachten.

Aha, dachte Stork, der Neffe scheint ein schwieriger Typ zu sein.

Sie fand die Schneiderei ohne Probleme. Innen brannte Licht. Vielleicht war Fabry zufällig da, dann konnte sie sich den Weg zu seinem Haus sparen.

Sie parkte gegenüber der Werkstatt. Leise drückte sie die Tür des Sportwagens zu, schlich zum Fenster. Die Gardine war nicht ganz zugezogen. Was sie sah, ließ sie überrascht zurückprallen.

Was macht der Kerl da?, überlegte sie, konnte sich aber von dem Bild nicht losreißen. Der Mann schaute zum Fenster. Hatte er sie bemerkt?

Am besten, ich verschwinde, dachte sie. Sie fühlte Panik in sich hochsteigen. In der Rückwärtsbewegung stieß sie gegen einen Blecheimer, der neben der Eingangstür stand. Es schepperte gewaltig.

Sie hatte es schon bis in ihr Auto geschafft, als die Gardine beiseitegeschoben wurde und ein Kopf erschien.

Belinda Stork legte einen Blitzstart hin. Ihre Hände flatterten und das Herz pochte. Nach einem halben Kilometer fuhr sie rechts ran, stellte den Motor ab und überlegte, was das bedeuten könnte, was sie gesehen hatte.

Der Freak hatte ein blutrotes Satin-Kostüm getragen, mit engem Mieder und ovalem Ausschnitt. Die Erscheinung hatte skurril ausgesehen, fast gespenstisch. Die weiß gepuderte Damenperücke über dem Gesicht eines älteren Mannes, der fehlende Busen und das Brusthaar, das aus dem brokatbekränzten Oberteil hervorbrach.

Natürlich hatte sie schon von Männern gehört, die heimlich in Frauenkleider stiegen. Sie hatte mit solchen Typen sogar schon zu tun gehabt, weil sie sich manchmal bei ihr für Frauenrollen bewarben.

Plötzlich näherte sich ein Motorengeräusch aus der Richtung, aus der sie gekommen war. Das ist er, dachte Belinda Stork und duckte sich unwillkürlich. Langsam fuhr das Campmobil, das eben noch vor der Schneiderei geparkt hatte, vorbei.

Belinda Stork wartete einige Augenblicke und folgte dem Gefährt mit einigem Abstand.

Fabry setzte den Blinker und bog auf die Landstraße ein, die in die Stadt führte.

*

»Ich will alles über Hackmann wissen«, sagte Kant. »Vielleicht ist er der Schlüssel zu allem. Er kommt an Medikamente heran. Vielleicht auch an ein Labor, in dem man Veronal zusammenschütten kann. Kontrolliert seine Geschäftskontakte. Aber diskret. Ich möchte nicht, dass der Mann seinen Job verliert, wenn er unschuldig ist.«

»Ich habe bereits mit dem Geschäftsführer der Pharmafirma gesprochen«, erklärte Akif Neumann. »Natürlich hab ich ihm eine Lügengeschichte aufgetischt und die Geschäftskontakte aller Pharmavertreter angefordert, damit kein Verdacht auf Hackmann fällt. Ich bekomme die Liste zugemailt. Der Geschäftsführer glaubt, ich bin vom Betrugsdezernat.«

»Sehr gut«, lobte Kant. »Dirk und Frau Busch können dir bei der Überprüfung helfen. Ich habe jetzt einen Termin mit dem schweigsamen Direktor der Kunsthalle.«

*

Fabry führte Buch über Annas Aktivitäten. Es beruhigte ihn, dass sie jetzt einer geregelten Arbeit nachging und nicht länger kellnerte.

Bevor sie morgens das Haus verließ, nahm er eine der gelben englischen Teerosen, die er frisch gekauft hatte und in einer Vase aufbewahrte, und warf sie in Annas Briefkasten. Es war eine Freude für ihn zu sehen, wie sie die Blume aus dem Kasten nahm und ins Haus brachte, bevor sie ihren Weg fortsetzte. Fabry rührte sich nicht hinter seiner getönten Scheibe, starrte sie an und stellte sich die gelbe Blüte in ihrem dunklen Haar vor.

Doch heute stimmte etwas nicht: Anna zog die Rose aus dem Briefkasten, schenkte ihr einen verächtlichen Blick und warf die Blume in die braune Biotonne neben dem Haus. Dann stieg sie in ihr Auto und verschwand.

Fabry kochte vor Wut. Er kletterte aus dem Wohnmobil, den Rest seiner Rosen in der Hand. Vor dem Briefkasten warf er die Blumen auf den Boden und zertrat die Blüten mit dem Absatz seines Schuhs. Dabei bemerkte er in einer Nische neben den Mülltonnen eine tote Maus. Ein böses Lächeln stahl sich auf sein Gesicht. Er packte das Tier am Schwanz und ließ es in Annas Briefkasten fallen.

Dann brachte er den Camper zu dem Verleiher zurück.

*

Die Kassiererin der Kunsthalle meldete Kant bei Sucher an. Kant nahm den bekannten Weg zum Büro des Direktors. Im Flur, in dem die Büros der Verwaltung lagen, hörte er Annas Stimme. Er hielt kurz inne, doch dann schüttelte er resigniert den Kopf und schritt weiter.

»Es gab vor sechs Jahren einen Vorfall in dieser Institution, den Sie mir verschwiegen haben. Das Verschwinden von Elke Hackmann, Ihrer Museumspädagogin«, kam Kant kurz darauf zur Sache.

Sucher blickte überrascht. »Warum hätte ich das erwähnen sollen? In welchem Zusammenhang?«

»Im Zusammenhang mit dem Mord an Maja Schneider.«

»Sie überfordern mich, Herr Hauptkommissar«, seufzte Sucher. »Die Sache mit Frau Hackmann ist sehr bedauerlich, aber was hat das mit Frau Schneider zu tun? Frau Schneider war in der Kunsthalle lediglich eine Besucherin. Und wurde ermordet. Frau Hackmann war hier angestellt und ist verschwunden. Wo, bitte, sehen Sie da Parallelen?«

»Zwei jungen Frauen stößt etwas zu und beide hatten mit Ihrem Institut zu tun.«

»Ich mochte Frau Hackmann und bedaure ihr Schicksal sehr«, beteuerte Sucher. »Sie konnte gut mit Menschen umgehen und ging in ihrer Aufgabe auf.«

»Erinnern Sie sich an den Tag, an dem Frau Hackmann verschwand?«

»Nein. Ich war auf einer Tagung in Berlin und erfuhr erst davon, als ich zurück war. Das habe ich auch der Polizei gesagt, die damals sogar mein Alibi überprüft hat – falls Sie das wissen wollen. Es müsste darüber eine Akte geben.«

»Kennen Sie Elke Hackmanns Ehemann?«

»Kennen wäre zu viel gesagt«, entgegnete Sucher. »Allerdings suchte er mich damals ein paarmal auf und stellte viele Fragen. Allerdings konnte ich ihm nicht die Antworten geben, die er erwartete. Ich hatte und habe keine Ahnung, was mit Frau Hackmann passiert ist.«

»Hatten Sie den Eindruck, dass Hackmann einen konkreten Verdacht hatte?«

Sucher überlegte. »Er glaubte, Anhaltspunkte dafür zu haben, dass seine Frau ein Verhältnis mit einem anderen Mann hatte.«

»Was fragte er genau?«

»Er wollte wissen, ob sie sich mit jemandem eingelassen haben könnte, der hier arbeitete. Es war – wie soll ich sagen? –, als würde er geradezu danach gieren, dass es wahr sei. Er verdächtigte sogar mich, und als ich ein Verhältnis verneinte, ging er auf mich los und würgte mich. Meine Sekretärin musste unseren Sicherheitsdienst alarmieren.«

»Haben Sie Hackmann angezeigt?«

»Aber nein!«, antwortete Sucher. »Der Mann tat mir leid. Ich wollte ihm nicht noch zusätzliche Probleme bereiten, indem ich ihn anzeigte. Er schien mir sehr unter dem Verlust seiner Frau zu leiden.«

*

Anna fand die leblose Maus im Briefkasten, als sie am Nachmittag kurz nach Hause fuhr, um sich frisch zu machen. Jede andere Frau hätte geschrien, doch sie blieb ruhig. Was geht da vor?, fragte sie sich, erst Rosen, jetzt tote Tiere.

Sie holte ein leeres Gurkenglas und bugsierte den Kadaver hinein. Wieder in ihrer Wohnung blickte sie die Straße auf und ab. Nichts Besonderes, aber etwas war anders. Das Wohnmobil, das seit Tagen gegenüber geparkt hatte, war verschwunden. Sie suchte den Zettel, auf dem sie die Nummer des Gefährts notiert hatte, steckte ihn ein und fuhr zur Polizeiwache.

Dort erzählte sie dem diensthabenden Beamten die Geschichte von den Rosen und der toten Maus.

Der schaute sie merkwürdig an. »Fühlen Sie sich bedroht?«

»Allerdings. Beobachtet und bedroht.« Sie berichtete von dem Wohnmobil. »Ich hab die Nummer aufgeschrieben. Vielleicht könnten Sie die mal überprüfen!«

»Wird wohl ein Dummejungenstreich sein«, meinte der Polizist. »Machen Sie sich keine unnötigen Sorgen.«

»Ich mache mir keine Sorgen«, entgegnete Anna. »Ich will nur wissen, wer so was tut. Gehen Sie der Sache nun nach, oder nicht?«

»Machen wir«, behauptete der Beamte.

Als Anna gegangen war, legte er den Zettel mit der Autonummer ganz unten in die Ablage.

Kapitel 20

Die vielen ungenutzten Kostüme, die vielleicht auf dem Müll landen würden, gingen Belinda Stork nicht aus dem Kopf. Sie musste es erneut versuchen und fuhr wieder nach Berghof – diesmal direkt zu dem Haus von Leon Fabry.

Sie hatte den Anblick des Neffen in Frauenkleidern inzwischen verdaut. Der Kerl hatte einen Knall, aber einen Knall hatten viele.

Seinen Lieblingsfummel kann ich ihm ja lassen, dachte sie und grinste, während sie den Wagen vor Fabrys Haus einparkte. Verschlossene Fenster trotz der Hitze.

Er ist nicht da, dachte sie und war merkwürdig erleichtert. Das Tor zwischen Straße und Vorgarten war verschlossen. Sie drückte die Klingel. Einmal und dann noch einmal.

Belinda Stork schaute erneut zu den Fenstern. War da nicht eine Bewegung hinter der Gardine im Erdgeschoss gewesen?

»Ja, bitte?«, fragte eine Männerstimme.

»Guten Tag, Herr Fabry. Mein Name ist Belinda Stork. Ihre verstorbene Tante und ich waren gut bekannt. Sie hat Kostüme für meine Schauspieler geschneidert.«

»Und?«

»Ich würde Ihnen die Sachen gern abkaufen. Könnten wir darüber mal in Ruhe reden?«

Es summte und sie drückte das Tor auf.

*

Restaurator Meyer zwei hatte die fotografische Reproduktion der bleichen Frauen beendet. Für die Freilegung teilte er seinen Tag in zwei Schichten ein: Morgens arbeitete er ab sechs Uhr bis zum Mittag. Spätestens dann waren seine Augen und Hände ermüdet und er legte sich drei Stunden hin. Ein leichtes Essen und es ging weiter. An jedem Abend machte er mit der großen Agfa-Reprokamera und der Hasselblad Aufnahmen vom aktuellen Zustand des Bildes.

Die Übermalungen zu entfernen, war keine leichte Aufgabe. Die mit Ei oder Kasein gebundenen Farben hatten eine solche Härte erreicht, dass er ein Skalpell benutzen musste. Scharfe Lösungsmittel konnten den Farben des unteren Bildes Schaden zufügen. Freilich musste er unter dem Stereomikroskop schneiden, was überaus anstrengend war.

Sucher und Leist beobachteten die Fortschritte.

»Können Sie nachher auf der Pressekonferenz schon Signifikantes sagen?«, fragte Sucher.

»Keine Sorge«, gab Meyer zurück. »Wir wollen doch einen langsamen Striptease, damit die Presse etwas davon hat.«

Seine Augen waren rot. »Aber es geht dennoch alles viel langsamer, als ich dachte.«

»Brauchen Sie Hilfskräfte? Für die groben Arbeiten?«

»Danke, Chef. Doch daraus wird nichts. Erstens gibt es keine groben Arbeiten bei diesem Projekt«, wehrte Meyer zwei ab. »Und zweitens lasse ich sowieso keinen an dieses Bild heran.«

»Verstehe«, lächelte Sucher.

»Was wissen Sie über das Motiv des Bildes?«, drängelte Leist. »Was zeigt es?«

»Es ist noch nicht viel zu erkennen. Unter manchen Retuschen liegt eine Firnisschicht – dann ist es kein Problem, sie von der Originalschicht abzuheben. Aber an einigen Stellen hat der Maler direkt auf die Ölfarben gemalt. Nicht umsonst sage ich immer: Eier und Quark gehören auf den Tisch und nicht auf Bilder. Wenn ich aber auf die Signatur von Vermeer stoße, sage ich Ihnen natürlich sofort Bescheid«, versprach er.

Wenige Stunden später war es so weit: Die Pressemeute fand sich in der Kunsthalle ein. Viele Telefonate waren die Folge gewesen, weil die Journalisten wissen wollten, was die Ankündigung bedeutete. Doch Leist hielt dicht und ihr Konzept ging auf. Die versprochene Sensation hatte ungewöhnlich viele Medienvertreter angelockt.

Anna und Angelo verteilten die Pressemappen auf den Tischen und ließen die Anwesenheitsliste herumgehen.

»Spannend, was?«, raunte Angelo Anna zu. »Bisher hatten unsere Pressekonferenzen etwas vom Esprit der Vorstandssitzung eines Karnickelklubs. Aber heute ist hier echt was los. Wo ist eigentlich dein Onkel?«

»Er ist lieber zu Hause geblieben«, flüsterte Anna zurück. »Achtung, es geht los.«

Leist, Sucher und Meyer platzierten sich hinter ihren Tischkarten. Anna und Angelo setzten sich ebenfalls.

Sucher begrüßte die Anwesenden und übergab dann die Leitung der Pressekonferenz an seine Stellvertreterin.

Rebecca Leist räusperte sich und lächelte.

»Unserer Kunsthalle ist es gelungen, zwanzig hochklassige Gemälde aus dem 17. Jahrhundert für eine Ausstellung zur Verfügung gestellt zu bekommen. Das Besondere an dieser Ausstellung ist, dass diese Bilder noch nirgends gezeigt wurden und auch in der Literatur fast unbekannt sind. In der Pressemappe finden Sie Fotos der Werke.«

»Wo haben Sie die Bilder her?«, fragte ein Journalist.

»Sie sind in Privatbesitz. Der Eigentümer will unerkannt bleiben. Das sollten wir akzeptieren«, antwortete Leist.

»Haben Sie überprüft, ob die Werke gestohlen wurden?«, wollte ein anderer Journalist wissen. »Vielleicht stammen sie ja aus dem Nachlass der Witwe Kujau.«

Gelächter machte sich breit.

»Kujau? Auf dieses Niveau möchte ich die Pressekonferenz eigentlich nicht absinken lassen«, meinte Leist mit Schärfe in der Stimme. »Aber zu Ihrer Frage: Die Bilder sind weder gefälscht noch gestohlen. In etwa einem Monat werden wir die Werke einem breiten Publikum präsentieren – bis dahin ist die Provenienz lückenlos dokumentiert, die Bilder werden untersucht und – wenn nötig – auch restauriert sein.«

Leist hielt inne.

»In der Einladung ist von einer Sensation die Rede«, sagte Reporter Kay Schaumkuss. »Worauf spielen Sie an, Frau Dr. Leist?«

»Mit einem Bild der Sammlung stimmt etwas nicht. Eine erste Analyse hat etwas sehr Interessantes zutage gefördert. Was es ist, wird Ihnen Herr Meyer erläutern. Er ist unser Chefrestaurator. Bitte, Herr Kollege.«

Leist winkte Meyer zwei zur Staffelei, auf der das Ammenbild wartete – eingehüllt in ein weißes Tuch.

»Bitte weder Filmlampen noch Blitzlichter«, mahnte Leist. »Wir stellen Fotomaterial zum Download bereit.«

»Wir wollen Herrn Meyer während seines Vortrags filmen«, erklärte ein TV-Reporter.

»Ich auch«, kam es von einem Fotografen. »Das Gemälde schneide ich später ab. Versprochen.«

Gelächter. Prompt flammten Blitzlichter auf, Kameraleuchten gingen an und Rekorder wurden eingeschaltet.

»Zuerst einmal kann ich Ihnen versichern, dass alle zwanzig Gemälde aus dem 17. Jahrhundert stammen«, sagte Meyer. »Kein Kujau oder sonst wer. Das hat die von mir durchgeführte Analyse von Bildträgern und Farben zweifelsfrei ergeben. Und das betrifft alle Werke. Ein Bild ist mir allerdings schon bei der ersten Infrarotanalyse besonders ins Auge gefallen, weil es starke Übermalungen aufweist. Und um dieses Bild geht es hier heute vor allem.«

»Können Sie das weiße Tuch nicht mal wegnehmen?«, fragte ein Fotograf.

»Kein Blitzlicht und keine Filmlampen. Wir haben eine spezielle Glasscheibe vor das Bild montiert. Wer blitzt oder filmt, erhält eine Aufnahme von gespiegeltem Blitzlicht. Polfilter nützen Ihnen auch nichts. Sie wissen ja, wo Sie die Bilder finden. Halten Sie sich also bitte zurück.«

Leist zog das weiße Tuch ab.

Das Ammenbild präsentierte sich noch fast ursprünglich: Lediglich in der oberen rechten Bildhälfte fehlte Firnis und es war Farbe abgetragen worden.

»Von diesem Bild erwarten wir die Sensation. Es wird der Werkstatt des Delfter Malers Cornelis de Man zugeschrieben – unter dieser Hausnummer hat es der Besitzer jedenfalls erworben«, referierte Rebecca Leist. »Es zeigt eine typische Interieurszene: zwei Ammen, eine Frau, einen Mann und zwei Babys in einer bürgerlichen Wohnstube. Stilles familiäres Glück. Der gekachelte Kamin fehlt genauso wenig wie der Blick in den Hof des Wohnhauses.«

Leist deutete auf die beschriebenen Details, die Objektive der Kameras hielten jede ihrer Bewegungen fest.

»Dieses Bild verbirgt etwas«, übernahm Meyer zwei das Wort. »Der Besitzer hat uns die Erlaubnis gegeben, dieser Frage auf den Grund zu gehen. Die Komplettübermalung stammt aus dem 17. Jahrhundert, was in der Kunstgeschichte sehr selten ist.«

»Wir geben der Öffentlichkeit die Möglichkeit, bei der Freilegung des ursprünglichen Werkes dabei zu sein. Jedes Wochenende werden wir das Bild in dieser Halle ausstellen. Natürlich streng bewacht. In einem Flyer, der ausliegt, werden die einzelnen Schritte der Restauration und Enthüllung ausführlich beschrieben. Gibt es noch Fragen?«

»Ja, hier«, meldete sich Kay Schaumkuss.

»Bitte, Herr Schaumkuss.«

»Wer hat das übermalte Bild gemalt?«

»Das wissen wir nicht«, schaltete Sucher sich ein. »Das macht die Sache ja so spannend.«

Die Pressekonferenz war blendend gelaufen, so die einhellige Meinung.

Kapitel 21

Der Kaffee war durchgelaufen. Als er die Butter auf dem Knäckebrot verteilte, zitterten ihm die Hände. Wenn ich weiter so saufe, dachte Kant grimmig, habe ich bald keine Probleme mehr.

Der Abend gestern war hart und promillereich gewesen und er hatte im Büro übernachtet.

Seine Laune war mies. Die Ermittlungen wiesen keine Erfolge auf, der Polizeipräsident wurde nervös und die Nachfragen der Medien bei der Pressestelle nahmen zu und wurden immer ungeduldiger.

Er schlug die Tageszeitung auf. Im Kulturteil wurden die Kunsthalle und die Freilegung eines Bildes gefeiert.

Auf dem dazugehörigen Foto posierte eine blonde Frau mit einem Gemälde in der Hand – eingerahmt von zwei älteren Männern, einem jüngeren – und Anna Stern.

Kant starrte auf das Blatt. Er fegte die Brotkrümel vom Papier und las den Text unter dem Foto:

Sensation in der Kunsthalle: Dr. Rebecca Leist (Mitte), stellvertretende Direktorin, und Direktor Dr. Manfred Sucher (ganz rechts) präsentieren das geheimnisvolle Werk, das in kleinen Schritten freigelegt werden soll. Mit auf dem Foto: Chefrestaurator Heinz-Werner Meyer (zweiter von rechts), Angelo Salieri und Anna Stern, beide Mitarbeiter der Kunsthalle.

Kant las den Bericht zu Ende. Sommerberg wollte also anonym bleiben und nicht als Eigentümer der zwanzig Bilder in Erscheinung treten. Das Telefon klingelte.

»Ich brauche Ihre Hilfe, Herr Hauptkommissar«, sagte Anna Stern.

Eine Viertelstunde später saß sie in seinem Büro. Er hatte die Dusche im Umkleideraum des Präsidiums benutzt, ein frisches Hemd aus seinem Spind geholt und sich rasiert.

Anna war blass und wirkte übernächtigt. Sie war ungeschminkt und hatte die Haare zu einem Zopf geflochten. Ohne Make-up sah sie jünger aus.

»Ich habe gerade einen Artikel über die Ausstellung der Bilder Ihres Onkels gelesen und das Foto gesehen, auf dem Sie abgebildet sind«, begann er mit dem Small Talk. »Das wird ja eine ganz große Sache. Haben Sie viel Arbeit damit?«

»Ja, aber das macht mir sehr viel Freude«, entgegnete sie. »Am besten komme ich gleich zur Sache.«

Sie berichtete von den Rosen, der toten Maus und dem Wohnmobil direkt vor der Haustür.

»Sie scheinen einen heimlichen Verehrer zu haben«, stellte er fest. »Aber Sie fühlen sich bedroht, richtig?«

»Ja. Ich war sogar schon auf der Polizeiwache und habe dem Polizisten mein Problem geschildert. Er hielt es für einen Dummejungenstreich. Aber heute Nacht hat mein Telefon mehrfach geklingelt und niemand war dran. So langsam bringt mich die Geschichte um den Schlaf. Das kommt mir alles so krank vor.« Sie reichte ihm einen Zettel. »Das ist die Autonummer von dem Wohnmobil.«

Kant rief die Zulassungsstelle an.

»Eine Wohnmobilvermietung«, erklärte er nach einem kurzen Gespräch. »Ich werde mich später nach dem Mieter erkundigen. Diese Firmen geben am Telefon keine Auskunft wegen des Datenschutzes. Denen muss ich schon meine Polizeimarke zeigen.«

»Vielen Dank«, lächelte Anna. »Und ich dachte, mein Leben ändert sich zum Positiven, weil Onkel Hans wieder da ist.«

»Sonst ist aber doch alles positiv, oder? Wenn Ihr Onkel die Gemälde verkauft, hat er sehr viel Geld. Mehr Geld, als er für die Begleichung seiner Schulden braucht.«

Anna schrieb ihre Handynummer auf einen Zettel und reichte ihn Kant. »Bitte rufen Sie mich an, wenn Sie etwas wissen. Und noch mal danke, dass Sie sich darum kümmern.«

Er sah ihr nach. Die Mischung von Stärke und Angst, die sie ausstrahlte, verwirrte ihn jedes Mal, wenn er sie sah.

*

Der große Augenblick war gekommen: Das Ammenbild durfte zum ersten Mal von Besuchern gesehen und bestaunt werden. Meyer zwei hatte eine weitere Ecke von Firnis und Übermalungen befreit. Eine helle Fläche, vermutlich eine Wand, war darunter aufgetaucht. Sie hatte einen zarten Blauton, der Maler hatte Bleiweiß mit Azurit verwandt.

Sucher hatte das Gemälde in einem Glaskasten unterbringen lassen, in dessen Innerem ein angemessenes Klima herrschte. Das Bild sollte so gut wie möglich geschont werden. Ein Thermostat hielt die Temperatur konstant auf 20 Grad, ein Thermohygrograf sorgte dafür, dass die Luftfeuchtigkeit zwischen 45 und 65 Prozent bestehen blieb, die Beleuchtung durfte 200 Lux auf keinen Fall übersteigen, um die freigelegten Farben nicht zu schädigen. Neben der Glasvitrine patrouillierten zwei Wächter.

Am Morgen pünktlich um zehn Uhr öffneten sich die Türen der Kunsthalle. Menschen strömten herein, neugierig auf die Ausstellung dieses besonderen Bildes, für das sich die meisten von ihnen unter normalen Umständen nicht interessiert hätten.

Leists PR-Konzept ging auf. Die Zeitungen hatten groß und bunt berichtet, Radio und Fernsehen Beiträge und Filme gesendet und so bei erstaunlich vielen Menschen den Wunsch geweckt, bei der Enthüllung eines Geheimnisses dabei zu sein.

Leist hatte Meyers Fortschritte dokumentiert, kostenlose Flyer informierten darüber. Sucher hatte eine örtliche Druckerei als Sponsor gewinnen können.

Stationen einer Enthüllung – so hieß die Überschrift. Künftig würde das Publikum jeden Freitag neben der Ausstellung mit neuen Fakten über die Bildfreilegung versorgt werden.

Leist und Salieri beobachteten von einer Empore aus, wie die Menschen plappernd und staunend vor dem Kasten standen, als hätten sie die *Mona Lisa* vor sich.

»Es läuft sehr gut«, freute sich Rebecca Leist. »Drücken wir uns die Daumen, dass wir mit unserer Vermutung recht haben. Sonst werden wir zur Lachnummer des Jahres.«

»Es wird schon gut gehen.« Angelo nahm ihre Hand. »Wir haben nie etwas von einem Vermeer verlauten lassen. Deine Aktion hat auch so eine Menge Charme. Was ist eigentlich mit deinem Freund Goldstein?«

»Er ist durch meine Beschreibung ziemlich elektrisiert«, behauptete sie. »Er bringt seine Arbeit in Amsterdam zu Ende und will dann zu uns kommen. Ich erwarte in den nächsten Tagen seinen Besuch oder zumindest eine ausführliche Reaktion.«

»Ich fahre jetzt nach Hause«, kündigte Angelo an. »Kommst du bald nach?«

»Wenn die Besucher gegangen sind.«

Sie sah ihm nach, wie er leichtfüßig die Treppe zum Ausgang nahm.

Der Tag ging seinem Ende zu und langsam leerte sich die Halle. Das Bewachungspersonal drehte letzte Runden, um versteckte oder orientierungslose Besucher aufzuspüren. Zu dem üblichen Personal der Kunsthalle hatte die Versicherung fünf weitere Männer geschickt, die während der Öffnungszeiten die Werke bewachten und nachts im Gebäude patrouillierten.

Meyer zwei hatte ein Argusauge auf das Bild gerichtet und

er ließ es sich nicht nehmen, es abends höchstpersönlich in Empfang zu nehmen und in seine Werkstatt zurückzubringen. Dabei bedankte er sich bei den holländischen Meistern, dass sie so überaus handlich gemalt hatten. Fast jedes Genrebild konnte in einer Aktentasche oder unter einem Mantel verborgen weggetragen werden.

Endlich war der letzte Besucher gegangen und die Türen konnten abgeschlossen werden.

Leists Handy klingelte. Es war Sucher, der sie dringend in Meyers Werkstatt bat. Dort saßen Meyer und Sucher am Tisch. Das Ammenbild lag vor ihnen.

»Was gibt es denn noch?«, fragte sie.

»Die Sensation, die wir brauchen«, lächelte Sucher.

»Da bin ich aber gespannt«, sagte Leist mit einem leisen Anflug von Ironie.

»Ich habe gerade noch etwas entdeckt«, berichtete Meyer mit glänzenden Augen.

»Tatsächlich?«

»Schauen Sie selbst, Frau Kollegin.« Sucher nahm das Gemälde auf und hielt es ihr entgegen. »Oben rechts!«

Leist trat mit dem Bild zum Licht. Meyer hatte das obere rechte Viertel fast gänzlich von der Übermalung befreit. Die helle Wand endete jetzt an einem dunkelbraunen Balken, offensichtlich einem Bilderrahmen. Das Gemälde zeigte dunkelgrüne Bäume in diffusem Licht.

»Ein Bild im Bild«, stellte Leist fest. »Nichts Besonderes. Hatte man oft in der Zeit.«

»Das ist richtig«, sagte Sucher.

»Warten Sie, da ist noch etwas.« Meyer trat zu Leist hin – sie hielt das Bild noch immer in der Hand – und zog eine Schicht geschmeidigen Materials von der Oberfläche.

»Lässt sich leicht abziehen. Ich habe das Zeug gestern

provisorisch aufgetragen«, erklärte der Restaurator, »damit nicht jeder, der sich heute vor das Bild stellt, gleich alles mitbekommt. Schauen Sie sich diese Ecke hier mal an.«

»Nehmen Sie die Lupe«, riet Sucher. Er stand auf und reichte ihr das Teil.

Sechs Augenpaare saugten sich an dem Bild im Bild fest. Sie sahen fünf Buchstaben in altertümlicher Blockschrift, aber dennoch leserlich: *Meer* – stand da, und in dem dreieckigen Ausschnitt des großen M hatte der Maler ein stolzes aufrechtes J oder I gemalt.

Leists Atem ging schneller.

»Guter Gag, Meyer«, sagte sie dann. »War es schwer, Vermeers Signatur so sauber hinzukriegen?«

Der Restaurator glotzte Leist an. Sagen konnte er nichts.

Sucher lachte, als er Meyers Gesicht sah. »Fassen Sie sich, Herr Kollege.«

»Ich mag solche Unterstellungen nicht!«, sagte Meyer scharf.

»Dass Sie keinen Humor haben, war mir schon immer klar«, wehrte sich Leist.

»Schluss jetzt«, wurde Sucher ärgerlich. »Als mich Herr Meyer über seine Entdeckung informierte, zweifelte ich auch zunächst. Dann ging ich von einer Halluzination aus, die der Übermüdung des Kollegen geschuldet war. Aber jetzt weiß ich es besser. Und wir haben ein neues Problem.«

»Welches?«

»Wir können dieses Werk unmöglich wie geplant jeden Freitag zur Schau stellen«, antwortete Sucher. »Es könnte Millionen wert sein. Keine Versicherung der Welt übernimmt das Risiko bei unserem maroden Sicherheitssystem.«

»Und wie begründen wir das Ende der Freitagstermine?«, fragte Leist unwillig. »Zuerst tönen wir laut, dass wir die Öffentlichkeit an der Enthüllung beteiligen wollen, und dann sperren wir das Bild wieder weg.«

»Lassen Sie sich etwas einfallen«, bat Sucher. »Sie sind doch für die Medienarbeit zuständig. Am besten ist vielleicht eine technische Begründung. Dass die Feuchtigkeit dem Bild schade oder das Licht. Sagen Sie nur nichts, was auf Vermeer hindeuten könnte. Was macht eigentlich Ihre Kontaktaufnahme zu Goldstein?«

»Ich habe mit ihm telefoniert und ihm Fotos gemailt«, zeigte sich Leist ungewohnt ehrlich. »Aber er will nicht so recht anbeißen. Er hält mich für eine Provinztussi mit Vermeer-Komplex.«

Sucher lachte schallend. »Schicken Sie ihm das«, gluckste er und reichte ihr ein Foto, auf dem die freigelegte Signatur abgebildet war. »Vielleicht stimmt ihn das um.«

»Ich dachte, wir sollen schweigen«, wandte sie ein.

»Gegenüber den Medien – ja. Aber Goldstein muss von der Signatur wissen – wir brauchen den Mann schließlich«, erinnerte Sucher. »Oder trauen Sie sich zu, ein Urteil zu dem Bild abzugeben, damit es international anerkannt wird?«

»Trauen schon«, knurrte sie. »Aber es wird wohl niemanden interessieren.«

»Deshalb brauchen wir Goldstein. Ich kann ja verstehen, dass er zurückhaltend ist. Der letzte Vermeer hat ihn elf Jahre seines Lebens gekostet«, erinnerte Sucher.

»Und seinem Haus einen tollen Batzen Geld beschert«, sagte Leist trocken. »Zwanzig Prozent von vierundzwanzig Millionen Euro.«

»Sein Vermeer war noch nicht mal signiert wie unserer!«, triumphierte Meyer. »Bei unserem steht *Vermeer* drauf …«

»… und deshalb ist auch *Vermeer* drin!«, ergänzte Sucher. »Alles klar, Herr Meyer.«

*

Kant zeigte seinen Ausweis und die Angestellte der Wohnmobilvermietung lud die Daten der letzten Woche auf den Monitor.

»Hier haben wir es«, verkündete sie. »Compact Standard, Turbo Diesel, sechzig Euro pro Tag. Gemietet von Fabry. Leon Fabry.«

Kant verschlug es die Sprache.

»Für eine Woche«, berichtete sie. »Aber er hat es früher zurückgebracht.«

»Können Sie sich an den Mann erinnern?«

»Klar. Er wurde sehr unfreundlich, als ich ihn fragte, wohin er in Urlaub fahren will. Hat er was ausgefressen?«

»Vielleicht. Ist das Wohnmobil noch da?«

»Steht im Hof«, nickte sie

Kant inspizierte das Innere des Fahrzeugs. Es war noch nicht gereinigt worden: In der Spüle lagen gelbe Rosenblätter.

Fabry, dachte Kant. Leon Fabry – ein Stalker? Und er stand in Beziehung zum toten Matt Turner. Und noch jemand in seiner Umgebung war tot. Die Tante, die Schneiderin.

Der Kommissar suchte den Arzt auf, der den Totenschein für Luise Kranach ausgestellt hatte. Der Berghofer Dorfarzt betreute die meisten seiner Patienten schon seit Jahrzehnten.

»Wie ist Luise Kranach gestorben?«

Der Arzt blickte Kant durch seine Brille an. Die Gläser ließen die Augen größer erscheinen, als sie tatsächlich waren. So ergab sich der Eindruck, der Arzt sei sehr erstaunt.

»Was veranlasst Sie zu dieser Frage?«

»Ich führe Ermittlungen durch, in denen dieser Todesfall eine Rolle spielen könnte.«

»Die Schweigepflicht geht über den Tod hinaus, Herr Kommissar«, sagte der Arzt. »Das dürfte Ihnen nicht neu sein.«

»Nicht, wenn ein Verbrechen vermutet wird. Also – woran ist Luise Kranach gestorben?« Kants Ton war schärfer geworden.

»Auf dem Totenschein steht *Marasmus senilis.* Das bedeutet: Altersschwäche. Oder einfach: Tod, weil das Leben nun mal nicht ewig währt.«

»Haben Sie weitergehende Untersuchungen durchgeführt?«

»Nein. Dazu gab es keinen Anlass. Natürlich habe ich mir den Körper angesehen. Eine Schuss- oder Stoßverletzung und andere Verletzungen, die auf Gewalt hindeuten, waren nicht zu erkennen.«

»Kam der Tod von Frau Kranach für Sie überraschend?«

»Das schon, sie war eigentlich noch recht gut zuwege, die alte Dame, aber sie war eben alt«, erklärte der Arzt. »Achtzig ist zwar noch unter dem Wert der Lebenserwartung für Frauen, aber nah dran.«

»Ist Herr Fabry eigentlich auch Ihr Patient?«, fragte Kant.

»Ja. Ich bin hier am Ort der einzige Allgemeinmediziner. Aber sparen Sie sich weitere Fragen. Ich werde Ihnen keinerlei Auskünfte über Herrn Fabry geben.«

Auf dem Weg zurück zum Präsidium rief Kant beim Oberstaatsanwalt an.

»Herr Dr. Kemper«, begann Kant höflich, aber bestimmt. »Ich möchte eine alte Dame exhumieren lassen.«

»Welche alte Dame und warum?«

»Es geht um die Schneiderin, die das Kleid genäht hat, in dem Maja Schneider ermordet aufgefunden wurde.«

»Warum sollten wir die wieder ausgraben?«, fragte Kemper.

»Nun ja, sie kam ganz kurz nach Maja Schneider zu Tode. Eine Obduktion wurde nicht durchgeführt.«

»Wie starb sie?«

»Angeblich an Altersschwäche. Darum wurde ja nicht obduziert. Und als ich von ihrem Tod erfuhr, war sie schon begraben.«

»Und diese alte Dame soll Maja Schneider getötet haben?«

»Nein. Ich ermittle gegen den Neffen. Er könnte seine Tante aus dem Weg geräumt haben. Vielleicht wusste sie zu viel.«

»Hm. Dass eine alte Frau stirbt, ist ja nicht ungewöhnlich. Für eine Exhumierung brauchen wir einen begründeten Verdacht gegen den Mann. Wie ist denn die Faktenlage?«

»Schwach.« Kant gab seinem Vorgesetzten eine kurze Zusammenfassung der Ereignisse.

»Das ist zu dünn, Herr Kant. Bringen Sie mir mehr. So kann ich die Exhumierung nicht anordnen.«

Im Präsidium versammelte Kant seine Mitarbeiter und informierte sie über seine Unternehmungen am Morgen.

»Wieso beobachtet der Kerl diese Anna Stern?«, fragte Akif. »Deiner Beschreibung nach ist die Frau doch eher nicht das Beuteschema des Mörders.«

»Vielleicht ist er die blonden Frauen leid«, meldete sich Weingarten zu Wort. »Soll ich mir den Typen mal vornehmen? So von Mann zu Mann?«

»Was schwebt dir da genau vor?«, fragte Kant.

Weingarten war nicht zimperlich, hatte einige Jahre undercover gearbeitet und konnte in fast jede Rolle schlüpfen.

»Ich geb mich als Freund dieser Frau Stern aus und schüttel den Kerl ein bisschen.«

»Lass mich erst mit Frau Stern sprechen.«

Eine halbe Stunde später saß Anna Stern in Kants Büro. Am Telefon hatte er ihr nur erzählt, dass er in der Sache weitergekommen sei. Auf dem Weg von der Kunsthalle zum Polizeipräsidium war ihre Nervosität gestiegen.

»Der Mieter des Campers heißt Leon Fabry«, teilte Kant ihr ohne Umschweife mit.

»Ich ahnte es.« Sie atmete tief aus.

»Sie kennen den Mann?«

»Kennen? Ich bin ihm mal vor die Füße gefallen.«

Sie erzählte die Geschichte vom Treppensturz, dem Präsentkorb, dem Brief und der unerfreulichen Begegnung am See.

»Hat Fabry Sie sexuell bedrängt?«, kam Kant auf den Punkt.

»Nein.« Sie lächelte amüsiert. »Er ist ein ziemlich verschrobener einsamer Mann, denke ich. Er kann nicht im Ernst glauben, dass ich mich mit ihm einlasse.«

»Manche Menschen haben eine gestörte Eigenwahrnehmung«, entgegnete Kant. »Sagt Ihnen der Name Maja Schneider etwas?«

»Ja, natürlich. Die ermordete Frau«, rief Anna aus. »Ich hab davon in der Zeitung gelesen und in der Kneipe, in der ich jobbte, wurde auch darüber geredet. Hat dieser Fabry etwas damit zu tun?«

»Ich kann es nicht ausschließen«, antwortete er. »Seien Sie vorsichtig und rufen Sie mich an, wenn etwas Ungewöhnliches passiert.«

»Habe ich doch, aber Sie helfen mir ja nicht.«

»Es ist nicht strafbar, ein Wohnmobil zu parken und Frauen, die man verehrt, Rosen zu schenken. Aber ich werde Herrn Fabry noch mal einen Besuch abstatten, vielleicht zeigt ihm das seine Grenzen auf. Wäre Ihnen das recht, Frau Stern?«

Anna nickte. »Es tut mir übrigens leid, dass unser Abendessen damals so unerfreulich endete.«

»Mir auch«, sagte Kant verbindlich. »Vielleicht könnten wir ja einen neuen Versuch unternehmen?«

Sinnend schaute sie ihn an. Eine ganze Weile. Dann stand sie auf und nahm ihre Tasche. »Klingeln Sie bei mir.«

»Wann?«

»Wenn dir danach ist.«

Das Du haute ihn um.

Kapitel 22

Meyers Träume waren neuerdings gelb. Er hatte damit begonnen, den oberen linken Teil des Werkes von den Übermalungen zu befreien, und es erschien zunächst ein Fenster und dann das Gesicht einer Frau. Das Fenster war bleiverglast und es ließ Licht in den Raum, bestes Vermeer-Licht!

Meyer folgte der Richtung, die die Helligkeit in den dargestellten Raum nahm. Nach vorsichtigem Abtragen der verdeckenden Farbschichten legte er eine weiße Haube frei, dann eine Stirn und schließlich das Gesicht der Frau. Der Kopfbedeckung nach war die Dargestellte eine Magd oder ein Küchenmädchen. Der Gesichtsausdruck erschien ein wenig einfältig, wie sie da so durchs Fenster ins Freie schaute. Der Kragen des Kleides war gelb. Es war der schönste Gelbton, der im 17. Jahrhundert bekannt war: Bleizinngelb – oder *Masticot* oder *Jaune de plomb étain*, – es gab viele Namen für diese Farbe. Vermeer hatte dieses Gelb dem Neapelgelb, das damals populär war, vorgezogen.

Bleizinngelb war durch eine einfache mikrochemische Analyse nachzuweisen, denn es handelte sich um Zinnoxid, das mit Mennige kalziniert wurde.

Meyer kratzte winzige Spuren ab und machte den Versuch. Nach einiger Zeit sah er durch das Mikroskop und fand auf dem Objektträger die typischen fedrigen Kristalle.

Seine Freude wurde durch das Erscheinen von Dr. Leist getrübt, die den Raum betrat, ohne zu klopfen.

»Na, Meyer, wie geht es voran?«, fragte sie forsch.

»Wie es angebracht ist«, antwortete er zugeknöpft und schaute weiter durchs Mikroskop.

»Ich habe mehrere Anfragen von Fachjournalisten, die Ihnen bei der Arbeit zusehen wollen«, berichtete sie. »Wann könnten die Herren denn mal vorbeikommen?«

»Gar nicht.«

»Wie bitte?« Leist traute ihren Ohren nicht.

Meyer zwei schaute Leist böse an. »Wer mir in meiner Werkstatt bei der Arbeit zusieht, das bestimme ganz allein ich. Und nur ich.«

Leist seufzte. Sie hatte geahnt, dass Meyer Schwierigkeiten machen würde. Nach dem Köder, selbst im Medieninteresse zu stehen, hatte er nicht geschnappt.

»Wenn Sie Zicken machen, Meyer«, sagte Leist scharf, »dann suchen wir uns einen anderen Restaurator. Sie sind ja nicht der Einzige, der ein bisschen Farbe von einem Bild abkratzen kann.«

»Versuchen Sie es doch.« Meyer blieb ruhig. »Ich bin der Chefrestaurator dieses Hauses, so steht es sogar in meinem Vertrag. Wenn Sie also jemand anderen mit den Arbeiten betrauen wollen, dann finden die nicht in diesem Hause statt und mit Sicherheit nicht in dieser Werkstatt.«

»Das werden wir ja sehen!« Leist konnte sich nicht länger zusammenreißen. »Ich bin es wirklich leid, mir von Ihnen Knüppel zwischen die Beine werfen zu lassen. Ich will diese angestaubte Kunsthalle international berühmt machen.«

Der Restaurator atmete durch. Eine solche Szene wie diese war längst überfällig. Jahrelang hatte er versucht, Frau Dr. Schlau möglichst aus dem Weg zu gehen, aber heute war Schluss damit.

»Wenn Sie mir das Bild wegnehmen«, sagte Meyer mit heiligem Ernst, »werde ich mich mit Herrn Sommerberg in Verbindung setzen. Er scheint ein sehr vernünftiger Mann zu sein. Und ich werde die Presse informieren, dass ich einen Vermeer entdeckt habe. Was glauben Sie, was dann hier los ist?«

»Wollen Sie mir drohen, Meyer?«, zischte Leist.

»Nennen Sie es, wie Sie wollen.« Er wandte sich wieder dem Mikroskop zu. »Und jetzt lassen Sie mich in Ruhe meine Arbeit machen.«

»Das wird Konsequenzen haben!«

»Raus hier«, brüllte nun Meyer zwei entnervt. »Und kommen Sie erst wieder, wenn Sie etwas zu sagen haben, was mich interessiert!«

*

Goldstein ging der Anruf dieser Provinzdame nicht aus dem Kopf. Wie weit waren die Untersuchungen in Deutschland inzwischen wohl gediehen? Wenn er sein Gefühl hätte beschreiben müssen, dann wäre der Begriff ›gespannte Erwartung‹ angemessen gewesen.

Seit er den zerknüllten Brief auf dem Boden des merkwürdigen Bildes des De-Man-Epigonen gesehen hatte, war er von einer nervösen Unruhe erfüllt – zu charakteristisch war das Papier zerknüllt worden und das rote Siegel setzte allem die Krone auf. Die Hinweise waren so platt und eindeutig, dass sie schon wieder authentisch sein konnten.

Seine Amsterdamer Geschäfte hatte Goldstein erfolgreich abgeschlossen. Den Kunstsammlern saß das Geld zwar nicht mehr so locker wie noch vor ein paar Jahren, aber das war Meckern auf hohem Niveau.

Goldstein packte seine Sachen im Hotel zusammen. Er reiste immer mit wenig Gepäck.

Das Handy klingelte und Goldstein erkannte die Nummer von Rebecca Leist.

»Ich habe schon oft versucht, Sie zu erreichen, Herr Goldstein. Sie sollten dringend vorbeikommen«, kam Leist gleich zur Sache. Es gelang ihr nur schwer, ihre Stimme flach zu halten.

»Gibt es denn etwas Neues?«

»Wir haben eine Signatur auf dem Bild entdeckt«, antwortete sie.

»Lassen Sie mich raten«, lachte Goldstein. »Da steht ein deutliches *Jan Vermeer* geschrieben. In Goldschrift natürlich!«

Arroganter Schnösel, dachte Leist. Aber sie beherrschte sich: »Fast getroffen! Es ist aber leider nur ein *J-Meer*.«

»Tatsächlich?«

»Ja, tatsächlich. Haben Sie Zugang zu einem PC?«, fragte sie.

»Ich bin gerade dabei, meinen Koffer zu packen«, teilte Goldstein mit. »Mein Flug nach London geht in zwei Stunden.«

»Die Rezeption Ihres Hotels wird doch einen Netzzugang haben«, blieb Leist hartnäckig. »Ich habe Fotos von der Signatur und dem bisher freigelegten Teil des Bildes.«

»Gut. Ich werde meinen Laptop wieder einstöpseln. Meine E-Mail-Adresse haben Sie ja.«

»Schauen Sie sich die Fotos bitte an«, forderte sie. »Ich warte auf Ihren Rückruf.«

Die Mail von Leist war nach drei Minuten da. Die Frau schien sich ihrer Sache wirklich sicher zu sein, denn sie hatte einfach nur *Überzeugen Sie sich selbst!* in den Betreff geschrieben.

Goldstein öffnete die angehängten Fotos. Mehrere Minuten lang betrachtete er sie. Dann rief er Leist zurück.

»Ich bin morgen früh bei Ihnen«, sagte er.

*

»Meine Amati ist übrigens angekommen«, erzählte Angelo beim Abendessen. Rebecca Leist reagierte nicht.

»Was ist los? Interessiert dich das nicht?«

»Entschuldige, *bellezzo*. Was hast du gesagt?«

»Mein Cello. Vater hat es mir geschickt. Ich kann es am Bahnhof abholen.«

»Dann kannst du mir ja etwas vorspielen.«

»Magst du denn Cellomusik?«

»Klar.«

»Ich kann es kaum erwarten, den Bogen wieder in der Hand zu halten«, sagte Angelo.

»Warum hast du es denn nicht früher kommen lassen, wenn dir so viel daran liegt?«, fragte sie.

»Die Zeit war eben noch nicht reif«, antwortete Angelo ernst.

»Ach ja?« Sie sah ihn forschend an. »Und jetzt ist sie reif?«

»Lass gut sein«, bat Angelo. »Ich merke, dass du nicht in Stimmung bist. Was ist passiert?«

»Das Ammenbild ist signiert«, platzte es aus ihr heraus.

»Lass mich raten. Doch Kujau?«

Sie konnte nicht darüber lachen. »Meyer hat die Signatur von Jan Vermeer freigelegt.«

»Das ist ein Scherz, oder?«

»Keineswegs. Ein J und ein Meer. Unter der Übermalung. Sucher will es geheim halten und ich hätte dir das gar nicht sagen dürfen.«

»Und was passiert jetzt?«

»Sucher will das Werk nicht mehr ausstellen«, antwortete Leist. »Er hat Angst, dass die Versicherung aussteigt. Bisher ist das Bild nur mit ein paar Tausend Euro versichert. Und unser Sicherheitssystem ist ja tatsächlich total veraltet. Den Safe kann jedes Kind knacken.«

*

Kant hatte sich von Annas ›Du‹ erholt. Nun stand er vor ihrem Haus, nicht wissend, wie er den Weg dahin gefunden hatte, sah zum Balkon hoch. Sie war da, hatte Licht gemacht.

Er hatte Angst. Manche falsche Frau hatte er im richtigen Moment getroffen, manche richtige im falschen. Sie war eine, die genau im richtigen Moment aufgetaucht war, die vielleicht dieses schreckliche Sehnen nach Was-auch-immer stillen könnte. Aber vielleicht verdarb er wieder alles.

Kant ging auf das Haus zu, zögerte und drückte schließlich doch die Klingel.

»Wer ist da?«, fragte Annas Stimme durch den Apparat.

»Ich bin es«, sagte er tonlos. »Kant.«

Die Tür öffnete sich und er stieg die Treppe hinauf. Die Wohnungstür war angelehnt. Durch den Spalt drangen sanftes Licht und leise Musik. Er trat ein.

Anna legte ihre Hand auf seine Wange. Sie war kühl. »Da bist du ja.«

Als Kant am frühen Morgen erwachte, brauchte er ein paar Sekunden, um sich zurechtzufinden.

Anna schlief noch tief und fest. Vorsichtig rückte er näher an sie heran und sog ihren Duft ein: So roch gestillte Lust.

Sie bewegte sich, legte sich von der Seite auf den Rücken, wühlte sich mit den Händen in die Bettdecke, murmelte etwas und verzog das Gesicht.

Er ging ins Bad, stellte sich unter die Dusche und spülte die Gerüche der Nacht weg. Was ist das gewesen?, dachte er.

Beim Abtrocknen besah er sich im Spiegel. Der Anblick erschreckte ihn. Tiefe Nasenfalten zogen sich herab bis zu den Mundwinkeln. Die Unterlippe war schmal, der Hals faltig und die Haut grau. Er war kein Mann in bestem Zustand.

Im Schlafzimmer suchte er leise seine Kleider zusammen. Seine Armbanduhr lag auf einer weißen Kommode. Er griff nach ihr und stutzte. Da lagen Briefe. Sie waren an Anna adressiert. Er drehte einen Umschlag um. Kein Absender. Er zog das Papier heraus, einige Fotos fielen heraus. Anna. Splitternackt. In eindeutigen, erotischen Posen.

Mit zitternden Händen legte er die Bilder zurück in den Umschlag. Diese Frau tut mir nicht gut, sie bringt Unruhe in mein Leben. Er verließ die Wohnung, ohne eine Nachricht zu hinterlassen.

Kapitel 23

Bevor sie in die Kunsthalle fuhr, holte Leist Sommerberg von zu Hause ab. »Es gibt Neuigkeiten, aber warte, bis wir bei den anderen sind.«

Am Arbeitsplatz angekommen, bat sie Angelo, Meyer und Sucher in ihr Büro.

»Goldstein ist unterwegs!«, teilte sie mit. »Ich habe ihn gestern Abend in Amsterdam erreicht und er kommt direkt zu uns. Die Fotos scheinen ihn überzeugt zu haben. Er wird bald hier sein.«

»Dann wird es spannend«, sagte Angelo.

»Hoffentlich lacht er uns nicht aus«, seufzte Sucher.

»Warum sollte er?«, entgegnete Meyer zwei.

»Und wenn er sagt, dass es ein Vermeer ist, was dann?«, meldete sich Sommerberg zu Wort.

»Dann sind Sie Millionär«, meinte der Restaurator.

»Aber vorher geht der Rummel richtig los«, antwortete Angelo.

»Genau das soll Goldstein doch verhindern«, sagte Leist. »Er soll mit seiner ganzen Autorität erklären, dass wir hier einen echten Vermeer haben, und fertig. Das kann ganz schnell gehen.«

»Er wird auf weiteren Analysen bestehen«, widersprach Angelo.

»Immerhin ist das Bild signiert«, beruhigte sich Sucher selbst. »Das war beim letzten Vermeer nicht der Fall. Und trotzdem wurde das Bild als Vermeer anerkannt.«

»Das hat elf Jahre gedauert«, sagte Sommerberg. »Dann erlebe ich das nicht mehr – denke ich.«

»Seien Sie nicht so pessimistisch«, tröstete Sucher. »Es muss ja nicht immer so lange dauern.«

»Und wenn du es nicht mehr erlebst, dann kannst du dich im Himmel freuen, deine Nichte zur Millionärin gemacht zu haben, Alberto«, lächelte Leist. »Hoffentlich weiß sie das zu schätzen.«

»Da bin ich ganz sicher, liebe Rebecca«, lächelte er zurück.

*

Im Büro warteten Mitarbeiter der *Soko Kostüm* ungeduldig auf Kant.

»Was ist mit deinem Handy, Chef?«, fragte Dirk Weingarten.

»Der Akku muss wohl leer sein«, antwortete Kant schnell. Er hatte das Telefon am Abend im Auto gelassen, bevor er

Annas Wohnung betreten hatte. Eine Nachlässigkeit. Er hatte auch am Morgen noch keinen Blick auf die Anrufliste geworfen.

»Na, jetzt bist du ja da und wir können los«, sagte Akif und nahm seine Jacke. »Eine neue Frauenleiche.«

Das rote Haar war hochgesteckt und umrahmte das blasse Gesicht. In den kunstvoll gelegten Haarsträhnen steckten Perlennadeln, ein kleiner Dutt am Hinterkopf war mit Seidenbändern geschmückt. Zu dem dunkelblauen Kostüm gehörte ein enges Mieder, aus dem ein weißes Hemd aus zartem Stoff herausschaute. In Höhe der Oberarme raffte ein goldenes Brokatband die bauschigen Ärmel und weiße Spitze bildete den Abschluss. Der Rock war weit und schlicht, aus Taft oder kräftiger Seide, und in der Mitte geschlitzt. Der Stoff des zweiten Rockes darunter war aus einem ähnlich festen Stoff in goldgelber Farbe. Belinda Stork sah aus wie eine bleiche Königin.

Kants Blick fiel auf Heidi Busch, die mit den Leuten von der Spurensicherung zur Freilichtbühne vorgefahren war. Sie trug verschlissene Jeans, breite Joggingschuhe, die bei großer Hitze bestimmt zu dampfen anfingen, und ein ungebügeltes Hemd, das hinten länger war als vorne.

Der Polizeifotograf machte seine Arbeit. Das Klicken der Kamera mischte sich mit den Geräuschen des Windes, der sich in den Bäumen verfing.

»Ein Wanderer hat sie von oben gesehen«, erklärte Heidi Busch. »Er wunderte sich, dass da jemand ganz allein auf den Zuschauerbänken saß und sich nicht bewegte. Deshalb hat er uns angerufen.«

Der Zeuge war noch da, ein älterer Mann in Outdoorkluft. Er hatte niemanden gesehen, kein Auto gehört und auch sonst keine auffälligen Geräusche.

Kant vergewisserte sich, dass seine Personalien erfasst waren, und schickte den Mann nach Hause.

Die Spurensicherer kämmten die Zuschauerränge durch, sammelten alles zusammen, was entfernte Ähnlichkeit mit einem Hinweis hatte. Über ihnen in den Bäumen saßen Amseln und schimpften.

»Können wir sie jetzt mitnehmen?«

Karlo Kant nickte. Zwei Männer packten Belinda Stork und legten sie in den Sarg.

Kant blieb, als die Kollegen schon gegangen waren. Nun war es still im Tal. Kant erhob sich und schlug den Pfad ein, der in einem großen Bogen um die Freilichtbühne führte. Irgendetwas stellte seine Sinne scharf. Nach wenigen Schritten wusste er, was es war: Der Pfad war von Kopfweiden gesäumt. Er trat an die knorrigen Bäume heran, schob die Zweige auseinander und griff in die Krone. Als er die Hand zurückzog, war sie voll aufgeregt krabbelnder glänzender Ameisen. Die schwarze Holzameise. *Lasius fuliginosus.* Die Viecher, die sich im Kleid von Maja Schneider verfangen hatten.

Hatte der Täter Maja Schneider in dieser Umgebung überfallen? Gab es hier irgendwo einen Raum, in dem man einen Menschen gefangen halten konnte? Hatte Belinda Stork das herausbekommen und deshalb sterben müssen? Nein, das war kaum möglich, dachte Kant. Die Schauspieler hatten mehrmals in der Woche geprobt, eine gefangene Frau hätte sich bemerkbar machen können, irgendwem wäre mit Sicherheit etwas aufgefallen.

Es passt nicht, dachte Kant. Oder doch? Belinda Stork hatte ihm erzählt, dass ihre Laienschauspieler fast alle berufstätig waren. Die Proben begannen deshalb meist am frühen Abend und endeten, wenn es dunkel wurde.

Kant nahm die Treppe zur Bühne. Das Magazin, in dem die Utensilien für die Aufführung aufbewahrt wurden, war abgeschlossen. Das war als Versteck ungeeignet, da dort ständig jemand ein und aus ging.

Er kehrte zu den Kopfweiden zurück und suchte die Gegend nach einem Schuppen, einem Verschlag oder einer Höhle ab. Nichts. Nach einer Stunde gab er auf. Das war eine Aufgabe für eine Einsatzhundertschaft mit Spürhunden.

Am Nachmittag befragten Akif Neumann und Dirk Weingarten die Leute, die Belinda Stork zuletzt gesehen hatten. Der Regisseur und der Pianist waren vier Tage vor der Generalprobe mit ihr zusammen gewesen und hatten letzte Details abgesprochen.

»War sie anders als sonst?«, stellte Akif die Standardfrage. »Hat sie etwas von einer neuen Bekanntschaft erzählt?«

Hatte sie nicht.

»Sie war gut drauf«, erinnerte sich der Regisseur. »Der Kartenvorverkauf lief wie Bolle. Es ist eine Schande, dass man ihr das angetan hat.«

»Waren Sie gut bekannt mit Frau Stork?«

Der Pianist wand sich ein wenig. »So ein Theaterprojekt bringt die Menschen einander ziemlich nahe.«

»Kennen Sie ihre Wohnung?«, fragte Weingarten.

Der Pianist wurde rot. »Ich war ein- oder zweimal dort. Wir hatten uns für die gleiche Musik begeistert. Die Nachbarin hat einen Schlüssel.«

»Ich verstehe«, grinste der Polizist.

Die Wohnung der Toten befand sich in einer besseren Gegend der Stadt, einem Viertel, in dem Künstler und Studenten hausten.

Akif suchte Storks Wagen. Kant hatte ihm von der schnittigen Kiste erzählt, die sie gefahren hatte. Doch der Roadster war nicht zu entdecken.

Aus der Wohnung der Nachbarin waberten indische Musik und der Duft von süßlichen Räucherstäbchen ins Treppenhaus. Nur mit Widerwillen rückte die Nachbarin den Schlüssel raus. In ihren Kreisen waren Bullen geborene Feinde. Weingarten machte ihr klar, dass Belinda Stork aktuell keine Feinde mehr hatte.

Neumann und Weingarten durchsuchten die Wohnung. Das war keine leichte Aufgabe, denn Stork hatte im Chaos gelebt. Auf ihrem Schreibtisch stapelten sich unbezahlte Rechnungen, Kataloge mit Dessous, Rezepte und Textbücher.

Neumann hob einige Blätter hoch. »Hier sind Zeichnungen von Kostümen. Sie sehen aus wie die, die Kant aus der Werkstatt von der alten Kranach mitgenommen hat. Derselbe Stil.«

»Ach? Bist du plötzlich Kunstexperte geworden?«, flachste Weingarten.

»Die Zeichnungen nehmen wir mit«, entschied Neumann. »Den Rest der Bude überlassen wir den Kollegen der Spusi.«

Das Labor arbeitete schnell. Die Kollegen entdeckten am Kostüm von Belinda Stork graue Fasern. Die Infrarotanalyse ergab, dass sie von Teppichware stammten, die für die Ausstattung von Autoböden verwandt wurde.

»Bringen Sie mir den dazugehörenden Wagen«, sagte der Laborant, als würde er in einem schlechten Film mitwirken. »Dann haben wir den Kerl.«

Rechtsmediziner Bornemann stellte am Abend Parallelen zum Mord an Maja Schneider fest: Die Stichwunde habe ähnlich glatte Ränder und das Messer sei auf die gleiche Art geführt worden.

»Der Täter will nicht, dass sie bluten. Zumindest nicht nach außen. Vermutlich törnt ihn das nicht an«, resümierte Bornemann.

»Was törnt ihn nicht an?«

»Viel Blut. Diese gestörten Typen wollen doch eigentlich sehen, was sie anrichten. Und was kann es Schöneres geben, als zu beobachten, wie dieser kostbare Saft zusammen mit dem Leben aus den Opfern hinausfließt?«

»Du bist ja einer echter Genießer, Doc«, stellte Kant fest.

Der Rechtsmediziner deckte das Tuch wieder über das Gesicht der Toten.

»Man gönnt sich ja sonst nichts. Diese Dame hier hatte übrigens Alkohol im Blut«, berichtete der Arzt. »Aber nicht viel. Und Veronal. Diethylbarbitursäure – wie das erste Opfer.«

»Kalypnon – der schöne Schlaf«, murmelte Kant.

Kapitel 24

Goldstein war überrascht, dass auf dem Bahnsteig ein Mann auf ihn zukam, sich als Journalist vorstellte und ihn in mangelhaftem Englisch um ein Interview bat. Der Vermeer-Experte mochte keine Presseleute – zumindest nicht, wenn er sie nicht ausdrücklich eingeladen hatte. Daher lehnte er höflich, aber bestimmt ab, konnte aber nicht verhindern, dass der Kerl mehrere Fotos von ihm schoss.

Das fängt ja gut an, dachte Goldstein. Er zückte sein Handy und informierte Frau Leist, dass er angekommen sei und jetzt ein Taxi nehme.

Wenig später betrat er die Kunsthalle.

Die Frau an der Kasse wählte Leists Telefonnummer. Goldstein sah sie heranstöckeln: eine schlanke, elegant gekleidete, hoch aufgeschossene Person mit streng zurückgekämmtem blondem Haar.

Sie reichte ihm die Hand, hieß ihn willkommen, lächelte eher beherrscht als herzlich und lobte sein perfektes Deutsch.

»Das habe ich meinen deutschen Vorfahren zu verdanken«, erklärte er.

In der Werkstatt herrschte eine gespannte Atmosphäre. Alle Augen richteten sich auf den Mann aus London. Leist stellte die Anwesenden vor: Sucher, Meyer zwei, Sommerberg und Anna.

»Ich bin sehr gespannt«, gab Goldstein zu.

Meyer zog das Tuch vom Bild. Der Vermeer-Experte trat an die Staffelei, nahm die Leinwand auf und hielt sie unter das Licht. Wie alle Experten wollte er das Bild erst einmal auf sich wirken lassen, bevor es ans Analysieren ging, bevor Röntgenapparate eingerichtet und Infrarottests gemacht würden.

»Gute Arbeit«, murmelte Goldstein.

Meyer bezog die Äußerung auf seine Restaurationstätigkeit und strahlte.

»Was hat die chemische Analyse der Farben ergeben?«

Meyer fasste die Ergebnisse seiner bisherigen Untersuchungen zusammen.

»Sehr schön!« Goldstein legte das Gemälde auf den Tisch. Er wirkte entspannt und nur mäßig interessiert.

Warum – zum Teufel – verliert er kein Wort über die Signatur?, dachte Sucher.

Jetzt ist es also passiert, ging es Goldstein durch den Kopf, ich habe wieder einen Vermeer am Hals. Das Bild ist echt. Ich fühle es.

Er sah Sommerberg an. »Und Ihnen gehört das Bild? Wo haben Sie es erworben und von wem?«

»Auf einer Auktion in Amsterdam. Vor über zwanzig Jahren. Als Maler wurde mir damals Cornelis de Man genannt.«

»De Man und Vermeer kannten sich«, sagte Goldstein.

»Was ist mit der Signatur?«, wagte Anna zu fragen. »Da steht doch klar und deutlich J-Meer. Ist das kein Beweis?«

»Leider nicht. Vermeer hat seine Werke nicht immer signiert, sondern nur manchmal«, erklärte Goldstein. »Im Laufe der Jahre wechselte die Schreibweise, auf den späteren Werken stand das J für seinen Vornamen über dem M, mal vor dem M, mal hat er die Signatur an die gemalte Wand, mal auf ein abgebildetes Musikinstrument gepinselt. Vermeers Regel war, keine Regel zu haben. Er hat nur etwa ein oder zwei Bilder pro Jahr gemalt, da kann man schon mal vergessen, wie man im Jahr zuvor signiert hat, oder?«

Alle in der Runde lachten.

»Was sagen Sie denn nun?«, fragte Sommerberg. »Könnte es ein Vermeer sein?«

Goldstein sah ihn ernst an. »Vieles deutet darauf hin, dass es sich tatsächlich um einen Vermeer handelt. Aber meine persönliche Meinung bedeutet nicht viel. Ob es wirklich einer ist, muss genau erforscht werden.«

»Was schlagen Sie vor?«, fragte Leist.

»Strengste Geheimhaltung. Völlige Entfernung der Übermalung. Die notwendigen restauratorischen und konservatorischen Maßnahmen. Danach sollte das Bild einer Expertenrunde präsentiert werden. Vielleicht denselben Leuten, die die *Junge Frau am Virginal* beurteilt haben. Wären Sie damit einverstanden, Herr Sommerberg?«

»Ja. Wo würde diese Untersuchung stattfinden? In London?«

»Das wäre mein Vorschlag. Aber erst sollte Herr Meyer seine sehr gute Arbeit fortsetzen. Währenddessen sollte das Bild sicher untergebracht werden. So, und jetzt möchte ich in mein Hotel und mich erfrischen. Leider habe ich morgen Termine in London. Ich denke aber, ich werde mich in nicht allzu ferner Zukunft wieder hier einfinden, wenn es Ihnen recht ist.«

Unter lebhafter Zustimmung bot Leist Goldstein an, ihn ins *See-Hotel* zu fahren, in dem sie ein Zimmer reserviert hatte.

Nach dem Termin mit Goldstein verzog sich Anna in ihr kleines Büro. Kant hatte sich nicht mehr gemeldet. Das hatte sie nicht erwartet, nach dieser schönen, wilden Nacht. Was war los mit diesem Mann? Beim Sex war er ihr wie ein Ertrinkender vorgekommen, einer, der nicht nur Befriedigung des Körpers, sondern der Seele suchte.

Ich bin eine unverbesserliche romantische Kuh, dachte sie. Ich habe meine Wünsche auf diesen groben Polizisten projiziert, der nichts anderes wollte, als mich flachzulegen. Abgehakt und fertig.

Sie wandte sich ihrer Arbeit zu. Für jedes der zwanzig Gemälde musste sie eine Geschichte zusammenstellen, eine Art Bildbeschreibung für den späteren Katalog. Salieri hatte die Aufgabe, die Beschreibung auf Fehler zu untersuchen – so hatte es Leist angeordnet. Immerhin hatte Angelo im Gegensatz zu Anna sein Kunststudium beendet und die besseren Fachkenntnisse.

Doch sie konnte sich nicht konzentrieren. Die Texte blieben ohne Esprit. Kopfschmerzen lähmten sie. Sie schaltete den Rechner aus und packte ihre Sachen zusammen.

Auf dem Weg nach draußen kam sie an der Restaurationswerkstatt vorbei. Sie drückte die Tür auf. Meyer zwei war natürlich noch da. Er bemerkte sie und winkte sie heran.

»Es ist ein Wunder«, sagte er. »Ein Wunder, auf das ich jahrelang gewartet habe. Als Student hab ich davon geträumt, mal einen verschollenen Michelangelo, Botticelli oder van Gogh zu finden …«

»Und jetzt ist es nur ein Vermeer«, bedauerte Anna.

»Nur? Vermeer ist der Interessanteste von allen, weil man so wenig über ihn weiß. Doch die Farben, die er benutzt hat, verraten ihn. Jeder Maler hatte seine eigene, geheime Mischung.«

Es klopfte.

»Hier Sucher«, klang es durch die Tür. »Ich bin allein und unbewaffnet. Darf ich eintreten?«

»Es ist offen, Chef!«, rief Meyer.

Sucher trat ein.

»Soll ich gehen?«, fragte Anna.

»Bleiben Sie ruhig, Frau Stern. Wir müssen was bereden, Meyer.«

Meyer schwante etwas. »Geht es um die Sicherheit des Bildes? Ich verbürge mich persönlich dafür, dass niemand an das Bild herankommt.«

»Wenn auf diesem Tisch wirklich ein Vermeer liegt, wird sich das früher oder später herumsprechen. Schon jetzt wird viel zu viel gemunkelt«, berichtete Sucher. »Gerade hat mich ein Kollege aus Wien angerufen und wollte auf den Busch klopfen. Und wenn in dem verschlafenen Wien schon Gerüchte kursieren, möchte ich nicht wissen, was bald in Sammlerkreisen los sein wird.«

»Was schlagen Sie vor, Chef?«

»Tagsüber ist das Problem zu bewältigen. Ich habe das Wachpersonal aufgestockt. Sie schließen sich ein, wenn Sie hier arbeiten, verfrachten das Bild in den Tresor, wenn Sie Pause haben, und ich stelle Ihnen zusätzlich noch ein paar Wachleute vor die Tür, die auf alles schießen, was hier rein-will.«

»Stellen Sie mir einfach diese zickige Leist vor die Tür«,

schlug Meyer vor. »Wenn die nur den Mund aufmacht, ergreift der schlimmste Ganove sofort die Flucht.«

»Und nachts?«, fragte Anna. »Reicht der Tresor da aus?«

»Wir haben nichts, was sicherer wäre. Die einzige Möglichkeit, die Sicherheit zu erhöhen, ist die Bereitstellung von Wächtern«, schloss Sucher das Thema ab.

Die Küchenfliesen waren kalt unter Annas nackten Fußsohlen. Obwohl es schon spät war, konnte sie nicht schlafen. Wenn Onkel Hans tatsächlich einen Vermeer besaß, hätte auch sie ausgesorgt. Wie viel das Teil wohl wert war? Auch über zwanzig Millionen wie das kleine Ding neulich?

Anna öffnete eine Flasche Chianti und legte Musik auf. Seitdem sie Angelo kannte, interessierte sie sich für Cellomusik. Er hatte ihr Alfredo Piattis Capricen für Violoncello empfohlen. Der Solist bearbeitete sein Instrument mit einer ernsten Virtuosität. Sie trank ihm zu und riet ihm, die Dinge gelassener zu sehen.

Irgendwann döste sie dann doch weg. Als das Telefon klingelte, lag sie zusammengerollt auf dem Sofa. Leicht benommen griff sie zum Hörer und meldete sich. Am anderen Ende der Leitung war Stille. Sie fragte, wer dran sei, doch sie hörte nur ein leichtes Atmen.

»Lassen Sie diese Spielchen!«, schleuderte sie dem Anrufer entgegen. Die Müdigkeit war von ihr abgefallen.

»Kant, bist du es?«, fragte sie dann. »Wenn du es bist, sag es, verdammt noch mal!«

Nichts, nur dieses Atmen. Ein paar Sekunden später legte der Anrufer auf. Annas Herz klopfte. Sie schaute aus dem Fenster, doch da war niemand, den sie mit dem Anruf in Verbindung bringen konnte. Sie sicherte ihre Tür und nahm ihr Handy mit ins Schlafzimmer.

Am Morgen studierte Anna die Zeitungen. Die Spekulationen um das geheimnisvolle Gemälde schossen ins Kraut, doch der Name *Vermeer* fiel nicht. Noch nicht. Goldstein hatte den Reporter abblitzen lassen. Auf dem Foto war sein verärgerter Gesichtsausdruck nicht zu übersehen. Aber es war nur eine Frage der Zeit, wann das Geheimnis um das Ammenbild bekannt würde.

Ihr Blick fiel auf eine Überschrift: *KOSTÜMMORDE: POLIZEI SUCHT ZEUGEN.* Die Zeitung ging nicht zimperlich mit Kant um. *Serienkiller findet neues Opfer … keine Fortschritte bei der Aufklärung der Kostümmorde … noch immer läuft ein Mörder frei herum und Hauptkommissar Kant hat dazu nichts zu sagen … Kommissar Schweigsam* – das waren noch die harmloseren Kommentare.

Anna las den Artikel zu Ende. Die Polizei hoffte auf Hinweise aus der Bevölkerung. Es ging um das letzte Opfer, das in einem blauen Kostüm zur eigenen Hinrichtung geführt worden war. Das Auto der Frau war verschwunden und wurde gesucht. Die tote Frau hieß Belinda und hatte rote Haare. Auf dem Foto sah sie sympathisch aus. Auch Kant war abgebildet. Warum bloß hatte sie mit diesem Mann eine Nacht verbracht? Was war in sie gefahren? Sie forschte nicht weiter, legte das Blatt beiseite und machte sich für die Arbeit fertig.

*

Zwei Polizeihubschrauber suchten aus der Luft den Wald rund um die Freilichtbühne ab. Kant hoffte, einen Schuppen, eine Höhle oder einen anderen Ort zu entdecken, wohin der Mörder seine Opfer schaffte, bevor er sie tötete.

Das neue Opfer Belinda Stork hatte die Öffentlichkeit aufgebracht. Die Zeitungen titelten: *Serienkiller führt Polizei an der Nase herum,* und: *Wer schützt unsere Frauen und Töchter?*

Kant fühlte sich nicht wohl. Die Ermittlungen gingen nicht wirklich voran und die Gedanken an Anna sprangen ihn immer wieder an. Er sah grau aus.

»Alles okay mit dir, Chef?«, fragte Neumann.

»Kopfschmerzen«, antwortete Kant. »Aber wird schon besser. Zum Glück gibt es Aspirin.«

Akif Neumann, Dirk Weingarten und Heidi Busch gaben einen Überblick über ihre neuesten Erkenntnisse.

»Belinda Stork war in Berghof und hat sich nach Fabry erkundigt. Mehrere Personen haben sich an sie und ihren Sportwagen erinnert. Sie hat den Weg zu Fabrys Haus erfragt. Allerdings war das ein paar Tage vor ihrem Tod.«

»Vielleicht hat sie Fabry nicht erreicht und ist ein zweites Mal hingefahren«, überlegte Kant. »Wenn wir nur wüssten, wo Storks Wagen ist.«

»Ich hab noch mal mit den Theaterleuten geredet«, ergänzte Heidi Busch. »Einer wusste zu erzählen, dass die Stork dem Fabry die Kostüme der alten Kranach abschwatzen wollte, bevor er sie auf den Müll schmeißt. Das blaue Kleid, in dem die Stork gefunden wurde, gehörte übrigens nicht zur Bühnengarderobe. Niemand kann sich an ein solches Teil erinnern. Aber es wurden Spuren desselben Mottenmittels gefunden, das auch an Maja Schneiders Kleid klebte.«

»Frau Stork hatte das Kostüm schon an, als sie ermordet wurde«, stellte Weingarten fest. »Und Fundort ist Tatort, sagt die Spusi. Der Täter hat die Frau vermutlich in diesem auffälligen Kleid zur Freilichtbühne gebracht. Sie hat das Veronal schlucken müssen, kann aber noch nicht so betäubt gewesen sein, dass sie nicht mehr laufen konnte. Der Parkplatz befindet sich oberhalb der Bühne. Der Mörder muss also mit seinem Opfer die steile Treppe abwärtsgegangen sein. Getragen hat er Stork bestimmt nicht, dazu war sie zu schwer. Der Tag war spielfrei, abends geschah der Mord, am nächsten Morgen entdeckte der Wanderer die Leiche. Vielleicht hat ja doch jemand was beobachtet.«

»Ich beantrage sofort einen Durchsuchungsbeschluss für Luise Kranachs Werkstatt und Fabrys Haus. Die Argumente sollten nun genügen«, entschied Kant. »Und wir gehen an die Presse. Ich spreche das mit der Staatsanwaltschaft ab. Wir machen einen Zeugenaufruf und legen ein Bild von dem Automodell dazu, das die Stork gefahren hat.«

Kurz darauf saß Heidi Busch vor Kants Schreibtisch und referierte, was sie über Leon Fabry herausgefunden hatte.

»Ich bin ganz Ohr«, sagte Kant. »Schießen Sie los.«

»Okay.«

Sie setzte sich in Positur wie ein Schulmädchen bei der mündlichen Prüfung. »Der Typ ist undurchsichtig, und das mit Absicht. Er lebt zwar schon fast zwanzig Jahre in seinem Dorf, hat aber zu niemandem wirklich Kontakt. Die einzige Person, die er regelmäßig besucht hat, ist diese alte Frau gewesen, seine Tante. Aber – und jetzt kommt es – sie ist überhaupt nicht mit ihm verwandt. Also nix mit Tante.«

»Wer ist sie dann?«

»Eine alte Bekannte beziehungsweise Freundin. Luise Kranach war eine Angestellte von Fabrys Mutter, Geraldine Moreno. Die war eine bekannte Schauspielerin.«

Busch reichte Kant Fotokopien von alten Zeitungsartikeln. Die Moreno war an verschiedenen kleineren und auch größeren Bühnen aufgetreten. Das übliche Repertoire vom *Zerbrochenen Krug* über den *Sommernachtstraum* bis zum *Faust*.

»Achten Sie mal auf dieses Foto!« Sie deutete auf den

letzten Artikel. »Geraldine Moreno und ihr kleiner Liebling.«

Das Zeitungsbild zeigte eine schöne üppige Frau in einem aufwendig geschneiderten Kostüm, die auf einer Bank saß. Moreno lächelte huldvoll in die Kamera. Ihr Haar war hochgesteckt und mit Perlennadeln gespickt, an den Schläfen kringelten sich Haarsträhnen. Der Schmuck unterstrich die Schönheit: Perlenohrringe, Perlenkette und ein großer Ring an der rechten Hand. Diese ruhte auf der Schulter eines kleinen Jungen.

»Der kleine Fabry. Süßes Bürschchen«, lachte Kant. »Sieht fast aus wie ein Mädchen.«

Die hellen Haare fielen in dichten Wellen herab. Der Kleine war etwa fünf Jahre alt. Er trug keine Schuhe, sondern nur lange weiße Strümpfe, eine kurze, aufgebauschte Hose und ein helles Hemd mit Stickereien.

Geraldine Moreno mit ihrem Sohn Leon – stand unter dem Foto. Die Zeitung stammte aus dem Jahr 1958.

»Wie ein Gemälde«, sagte Kant. Es erinnerte ihn an das Bild, das ihm Dr. Sucher gezeigt hatte: die vornehme Frau im roten Kleid mit dem kleinen Mädchen.

»Wieso heißt sie Moreno und er Fabry?«

»Moreno ist ihr Künstlername. Der richtige Name lautete Margret Fabry.«

»Und wer ist der Vater des Jungen?«

»Der ist unbekannt. Die Moreno hat auf dem Standesamt den Vater nicht angegeben.«

»Wissen wir schon, woher das viele Geld kommt?«

»Nicht genau«, räumte Heidi ein. »Die Moreno war drei Mal reich verheiratet – da war ihr kleiner Liebling aber schon auf der Welt. Als er zehn war, hat sie ihn ins Internat abgeschoben und ihn kaum noch besucht. Das hat er ihr übel genommen. Ich hab mit einem Lehrer von damals gesprochen. Der war damals ganz neu in dem Beruf, konnte sich aber an den unglücklichen Jungen gut erinnern.«

»Saubere Recherche«, lobte Kant. »Hat Fabry irgendeine Berufsausbildung?«

»Keine Berufsausbildung. Aber er hat in Holland Kunst studiert. Amsterdam. Ich hab bei der Uni eine Anfrage laufen.«

»Sehr gut.«

»Danke. Wenn er der Täter ist, wäre das ja ein Fall wie aus dem Lehrbuch«, stellte Heidi Busch fest. »Eine übermächtige, kaltherzige Mutter unterdrückt und vernachlässigt ihren Sohn. Und der projiziert seinen Mutterhass auf andere Frauen und wird zum Triebtäter.«

»Wenn es solche Fälle nicht wirklich gäbe, stünden sie wohl kaum in einem Lehrbuch.«

»Da haben Sie auch wieder recht«, seufzte Busch.

»Hat er eigentlich Frauengeschichten?«

»Keine Ahnung. Darüber habe ich nichts rausgekriegt.«

Die Durchsuchungsanordnung kam gegen Mittag. Wie gewünscht galt sie für Fabrys Haus und die Werkstatt von Luise Kranach. Kant stellte ein Team zusammen.

Fabry blieb gelassen, als die Polizisten anrückten, und öffnete ihnen bereitwillig die Tür.

»Wir müssen auch in die Garage und in Ihr Fahrzeug schauen«, bemerkte Kant.

Fabry nahm den Autoschlüssel vom Brett und lächelte. »Die Garage ist nicht verschlossen«, sagte er.

»Folgen Sie mir bitte in den Mannschaftswagen. Ich habe mit Ihnen zu reden, Herr Fabry.«

Fabry ergab sich seinem Schicksal.

In dem Polizeimobil klappte Kant einen Tisch herunter und legte ein Aufnahmegerät darauf.

»Ich nehme die Befragung auf«, erklärte er.

»Man kennt das aus den Fernsehkrimis«, sagte Fabry. »Was wollen Sie von mir, Herr Hauptkommissar?«

»Sie haben Frau Stern beobachtet«, begann Kant. »Warum?«

»Beobachtet? Wie kommen Sie darauf? Hat sie das behauptet?«

»Ich stelle hier die Fragen. Sie haben ein Wohnmobil gemietet und es vor dem Haus von Frau Stern abgestellt. Gelbe Rosen und eine tote Maus … muss ich noch mehr sagen?«

»Dann gestehe ich, Herr Hauptkommissar. Ich fühlte mich für Frau Stern verantwortlich. Sie hat Ihnen bestimmt erzählt, wie wir uns kennengelernt haben. Leider wusste sie meine Aufmerksamkeiten nicht zu schätzen und ich bin auf Distanz gegangen. Habe ich etwas Illegales getan? Wie lautet Ihre Beschuldigung?«

»Was sagt Ihnen der Name Belinda Stork?«, fuhr Kant fort, ohne zu antworten.

»Ist das nicht diese rothaarige Schönheit, von der heute in der Zeitung berichtet wird, sie sei das letzte Opfer dieses angeblichen Serienmörders? Die Dame trug ein blaues Kostüm. Richtig?«

»Korrekt. Und das Kostüm stammt aus dem Fundus Ihrer Tante. Wie erklären Sie sich das?«

»Tatsächlich?«, dehnte Fabry

»Ja. Das Mottenmittel ist identisch mit dem, das Ihre Tante benutzt hat, um die Stoffe zu schützen.«

»Woher soll ich wissen, zu wem meine Tante Kontakt hatte? Vielleicht ist Frau Stork auch eingebrochen und hat es gestohlen. In die Werkstatt ist nämlich eingebrochen worden.«

»Womit verdienen Sie eigentlich Ihr Geld?«, fragte Kant.

»Ich bin vermögend«, lächelte Fabry. »Eine Erbschaft. Meine verehrte Frau Mutter war wohlhabend. Sie können das gerne nachprüfen. Ich habe wirklich nichts zu verbergen. Darf ich jetzt in mein Haus zurück und nachschauen, wie viel Unordnung Ihre Leute angerichtet haben?«

Vor dem Haus luden Kants Kollegen gerade mehrere Kisten in die Polizeiwagen.

»Wir müssen Ihr Auto auch beschlagnahmen«, sagte Kant.

»Ich bitte Sie! Ist das wirklich nötig?« Jetzt klang Fabrys Stimme doch empört. »Ich lebe hier auf dem Land, wie Sie sicherlich bemerkt haben. Ohne Auto bin ich hilflos.«

»Nehmen Sie sich einen Mietwagen«, empfahl Kant. »Wenn Sie mit den Morden nichts zu tun haben, ersetzt der Staat die Kosten. Jetzt fahren wir zur Werkstatt Ihrer Tante. Wollen Sie uns begleiten? Sie können uns aber auch gerne den Schlüssel geben.«

»Darauf verzichte ich«, meinte Fabry. Er zog ein Schlüsselbund aus der Jacke, hakte einen Schlüssel aus und reichte ihn Kant. »Bitte schön, Herr Hauptkommissar!«

»Was ist mit dem Banksafe, in dem Sie Bilder aufbewahren? Den müssen wir uns auch ansehen.«

»Kein Problem.« Fabry notierte den Namen der Bank auf einem Zettel, wickelte einen Schlüssel hinein und gab ihn weiter. »Ich werde bei meinem Kundenbetreuer anrufen und ihm sagen, dass Sie reinschauen dürfen. Kann ich sonst noch etwas für Sie tun?«

*

Meyer zwei arbeitete wie ein Besessener. Goldsteins Interesse und die Signatur beflügelten ihn. Gleichzeitig hatte er Angst, Farbe und Firnis zu ungestüm zu entfernen. Ungeduld war für einen Restaurator eine Todsünde. Die Farben hatten dreihundertfünfzig Jahre lang Zeit gehabt, sich der Leinwand zu bemächtigen, sie zu durchdringen, sie zu verändern, und er sollte diese lange Zeit innerhalb von ein paar Wochen rückgängig machen. Dabei waren die Farben ja auch lebendig, veränderten sich durch Licht und Luftfeuchtigkeit, fielen Pilzen, Bakterien und Schädlingen zum Opfer. Oder Malschichten, einstmals dicht aufgetragen, wurden im Laufe der Jahrhunderte durchsichtig, weil sich das Bindemittel zersetzte – zum Beispiel durch eine nicht vorhersehbare Reaktion mit einem Pigment. Bei Erden wie Umbra und Ocker lösten sich oft feinste Teilchen und durchwanderten die Malschicht. Das sogenannte Durchwachsen hatte Einfluss auf die Farben, verdunkelte sie – ein Phänomen, das besonders bei Leinwandbildern zu beobachten war. Auch die Risse in der Malschicht, das Craquelé, bot schädlichen Einflüssen Angriffspunkte. Nur zu gern siedelten sich darin Schimmelpilze an.

Solchen Zerstörern auf die Spur zu kommen, den Verfall zu stoppen und die Schönheit zu erhalten – das war Meyers Leidenschaft und deshalb hatte er diesen Beruf gewählt.

Kurz vor Feierabend konnte der Restaurator dem Direktor wieder eine Neuigkeit mitteilen: Das Kleid unter dem gelben Kragen, das die Frau auf dem Bild trug, war ultramarinblau und die Farbanalyse hatte eindeutig ergeben, dass es sich um die mystische Farbe Lapislazuli handelte.

Leider war das Bild irgendwann hoher Feuchtigkeit ausgesetzt gewesen und das tiefe Blau hatte sich an manchen Stellen aufgehellt.

»Typischer Fall von Ultramarinkrankheit«, erklärte Meyer, »aber das kriegen wir in den Griff. Ansonsten wird es langsam immer schwieriger. Zur Mitte hin sind die Übermalungen ziemlich massiv. Das dauert, bis das Gemälde ordentlich freigelegt ist. Dabei ist der springende Punkt: Was befindet sich im Zentrum des Bildes?«

Kapitel 25

Am nächsten Morgen überraschte Sommerberg die für die Ausstellung zuständige Mannschaft mit seinem Entschluss, das Bild abends mit nach Hause nehmen zu wollen.

Sucher traute seinen Ohren nicht, Meyer zwei bekam einen panischen Blick und Rebecca Leist rief: »Alberto, du spinnst!«

Nur Angelo Salieri grinste. Der alte Mann ist für Überraschungen gut, dachte er.

»Ich spinne? Solange das Gemälde nicht entsprechend versichert ist, halte ich das für die beste Lösung. Jeder potenzielle Kunstdieb wird im Safe der Kunsthalle danach suchen und nicht bei mir zu Hause. Ich habe gestern Abend einen Kriminalfilm im Fernsehen gesehen«, erzählte Sommerberg. »Die Handlung ist nicht weiter erwähnenswert. Es ging um eine Bank, die eine erhebliche Summe Bargeld transportieren musste. Die Polizei hatte Hinweise, dass der Geldtransport überfallen werden sollte. Also wurden in drei gleiche Geldtransporter drei gleiche Geldkassetten eingeladen und die Wagen nahmen verschiedene Routen zum Ziel. Pech für die Spitzbuben, denn so wussten sie nicht, welchen Wagen sie überfallen sollten – also ließen sie es ganz. Tolle Idee, was?«

»Dann willst du also jeden Abend das Gemälde in eine Plastiktüte packen und abmarschieren, Alberto?«, vergewisserte sich Leist – noch immer zweifelnd, ob Sommerberg sie auf den Arm nehmen wollte.

»Die Idee ist nicht schlecht«, gab Sucher zu. »Das klappt aber nur, wenn wir alle dichthalten.«

»Ich protestiere.« Meyer zwei war außer sich. »Ich arbeite oft bis spät in die Nacht und fange morgens früh an. Wie soll das gehen, wenn das Bild nicht in meiner Werkstatt ist? Es könnte beschädigt werden, wenn Sie es jeden Abend hier raustragen, Herr Sommerberg!«

»Ich bringe das Bild immer sofort vorbei, wenn Sie es bearbeiten wollen«, entgegnete Sommerberg. »Ein Taxi kutschiert mich innerhalb von zehn Minuten zu Ihnen.«

»Ich will das nicht. Dann lege ich die Arbeit nieder!«, schrie Meyer zwei.

»Das ist eine brillante Idee«, rief Leist aus. »Wir sollten das Bild endlich in der Werkstatt eines großen Museums bearbeiten lassen. Ich könnte Kontakt mit Amsterdam oder Berlin aufnehmen, dann hätten wir das Sicherheitsproblem nicht und …«

»Jetzt reicht es!« Meyer zwei stand auf, ging zur Tür, öffnete sie und knallte sie hinter sich zu.

Leist grinste. »Gut, dann hätten wir ja eine Entscheidung. Ich spreche zuerst mit Amsterdam.«

»Hast du nicht gehört, was ich eben gesagt habe, Rebecca?«, fragte Sommerberg. »Ich nehme das Bild mit nach Hause. Es kommt nicht nach Amsterdam. Ich möchte, dass die Arbeiten hier durchgeführt werden.«

»Aber, Alberto, sei doch nicht so verdammt störrisch und …«

»Schluss jetzt!« Sucher schaute Leist böse an. »Sie halten sich da heraus, Frau Dr. Leist.« Und an Sommerberg gewandt: »Wenn es mir nicht gelingt, Herrn Meyer umzustimmen, können Sie mit Ihren Bildern machen, was Sie wollen, Herr Sommerberg. Aber die Kunsthalle hat dann kein Interesse mehr an den Werken.«

*

Kant gingen die grauen Flusen, die man an der Bekleidung der toten Belinda Stork gefunden hatte, nicht aus dem Kopf. Er hatte dieses graue Zeug schon einmal gesehen und plötzlich wusste er auch, wo.

In der Garage, in der die Kriminaltechniker die beschlagnahmten Autos untersuchten, entfernten zwei Arbeiter gerade die Türpolster aus einem Fahrzeug.

Kant grüßte und ließ sich zeigen, wo der Wagen von Maja Schneider parkte.

Er war in eine Ecke gerollt worden. Falls keine Erben gefunden werden würden, käme er bald auf den Schrottplatz.

Kant öffnete die Fahrertür. Der dunkelgraue Teppichboden war inzwischen getrocknet. Es war grob zugeschnittene Auslegeware. Er zupfte ein paar Fasern ab und zögerte dann. Es konnten nicht die gleichen Fäden sein, die an Belinda Storks Kostüm gefunden worden waren. Schneiders Wagen hatte schon längst in der Polizeigarage gestanden, als Stork ermordet wurde.

Es sei denn, dass der Mörder, der Schneiders Auto in den Fluss gelenkt hatte, die Fasern dabei aufgenommen hatte. Vielleicht waren die Fäden an seinen Kleidern hängen geblieben und er hatte sie dann an Stork weitergegeben. Oder das Kostüm, das Stork getragen hatte, war in Maja Schneiders Wagen transportiert worden.

Kant brachte die Fäden ins kriminaltechnische Labor.

Das Laborergebnis war wenige Stunden später da und die Röntgenfluoreszenzanalyse war eindeutig: Die grauen Fasern auf Belinda Storks Kostüm stammten aus Maja Schneiders Fahrzeug.

Wenn wir jetzt solche Fasern auch an den Sachen finden, die wir bei Fabry eingesammelt haben, wären wir einen Riesenschritt weiter, dachte Kant.

Im Besprechungsraum warteten seine drei Kollegen. Dirk Weingarten hatte die Bankunterlagen von Leon Fabry durchgesehen und dessen Vermögenslage überprüft.

»Der Kerl hat nicht nur ein Bankkonto mit fast einer halben Million Euro, sondern besitzt auch noch Häuser und Land. Der ist alles in allem ein paar Millionen wert. Und er hat die Wahrheit gesagt, das Geld hat ihm seine Mutter vermacht.«

»Irgendwas machen wir falsch«, meinte Akif Neumann. »Der erbt und wir müssen arbeiten.«

»Was ist mit dem Schließfach bei der Bank?«

Weingarten nickte. »Das ist kein Fach. Das ist ein kleiner Tresor. Es sind nur Gemälde drin. Zehn Bilder in Öl und Essig.«

Kant berichtete, was er über die grauen Fasern herausbekommen hatte.

Heidi Busch warf ein: »Wenn wir auf Fabrys Klamotten solche Fasern finden, sagt das noch gar nichts. Dafür kann es auch ganz normale Erklärungen geben.«

»Und welche?«, fragte Neumann.

»Fabrys Tante kannte Maja. Vielleicht ist sie mal in deren Auto mitgefahren und hat die Fasern dann in die Werkstatt getragen. Da sind sie dann auf dem Kostüm gelandet. Und von dem wissen wir ja noch nicht einmal, ob es überhaupt aus der Werkstatt stammt.«

»Richtig. Auch Maja Schneider kann die Fasern aus ihrem Auto in die Freilichtbühne getragen haben«, erkannte Kant. »Und die Stork hat sie sich dort eingefangen.«

*

Mit Engelszungen redete Sucher auf Meyer zwei ein. Endlich erklärte der Restaurator sich bereit, an dem Bild weiterzuarbeiten. Er würde das Bild werktags von acht Uhr bis achtzehn Uhr zur Verfügung haben.

Auch Sommerberg war einverstanden und sogar bereit, sich mit Meyer abzustimmen, wenn der einmal abends oder am Wochenende zusätzlich arbeiten wollte.

Rebecca Leist schäumte vor Wut. Sie hielt Sommerberg für einen starrsinnigen alten Mann, Meyer zwei für einen überforderten eitlen Fatzke und Manfred Sucher für ein sentimentales Weichei. Wenn das so weitergeht, dachte sie, ziehe ich mich aus dem Projekt zurück.

Mehrere Stunden knobelte Meyer zwei darüber, wie er das Ammenbild unauffällig verpacken und es gleichzeitig vor Stößen, Licht und Feuchtigkeit schützen konnte. Die Vorstellung, dass Sommerberg das Vermeer-Bild in einer Plastiktüte nach Haus schleppte, machte ihn fertig.

Der Restaurator baute eine flache Holzkiste aus Sperrholz und brachte im Inneren eine Aufhängung an, in die das vom Rahmen befreite Bild so eingelegt werden konnte, dass es nicht gegen die Holzwände stieß.

Manfred Sucher war begeistert, als ihm die Transportkiste vorgeführt wurde.

Meyer zwei legte das Bild hinein und verschloss die Box mit dem Deckel. »Passt, sitzt und hat Luft!«

Nur wenig später verließ Hans Sommerberg die Kunsthalle – in der Hand die Plastiktüte eines Lebensmitteldiscounters, in der sich etwas Sperriges befand.

In seiner Wohnung angekommen, ging Hans Sommerberg in die Küche, nahm den Vermeer aus der Kiste und legte ihn auf den Tisch. Er wollte das Bild endlich mal in Ruhe betrachten, ohne Leute um sich herum, die etwas erklärten, interpretierten oder entdeckten.

Auf dem Tisch stand ein Sechserpack Pils. Sommerberg lehnte das Bild dagegen, zog einen Stuhl heran und setzte sich davor.

*

Jedes Lebensalter produziert die passenden Wünsche. Sommerberg wollte mit dem Vermeer im Blick einschlafen und Angelo Salieri wollte ab sofort kein Mensch mehr sein, der Verantwortung und Bindung scheute, der in Frauen Trainingspartner für erotische Zweikämpfe sah, keiner, der sich über Treppen und Nebeneingänge schlich, um Ehemännern nicht in die Finger zu geraten, keiner, der, auf der Straße wartend, auf geheime Zeichen aus Wohnungen achtete, die ihm andeuteten, dass die Luft rein und die Geliebte willig sei. Diese Zeit war vorbei.

Ihm war klar, dass er mit Becca brechen musste. Kein langsames Sterben, sondern ein klares Wort und ein klarer Schnitt.

Angelo Salieri wollte eine Frau. Ja, das war es – er wollte sagen können: *meine Frau.* Und nicht: *meine Freundin.*

Im Rückspiegel sah er, dass Anna hinter ihm herfuhr. Salieri hatte sie zu einem privaten Cellokonzert eingeladen.

Er bog in eine Straße ein, deren Ränder von großen Platanen gesäumt waren, und stoppte vor einem gediegenen Haus.

Anna folgte ihm zu der Einliegerwohnung.

Fast wünschte Angelo, Becca sei zu Hause und würde ihn mit Anna in seine Wohnung gehen sehen. Dann wäre alles leichter, ein heftiger Streit wäre ein guter Anlass, Schluss zu machen.

Fast feierlich packte er sein Cello aus und montierte den Spieß. Anna saß brav wie ein Schulmädchen auf seinem Bett, die Beine unter dem langen Rock aufrecht nebeneinandergestellt.

Angelo nahm einen Bogen aus dem Kasten und ein Stück Kolophonium. Er drehte den Bogen auf Spannung, prüfte die Fasern und rieb sie mit dem Kolophonium ein.

»Erwarte nicht zu viel«, beugte er vor. »Ich habe lange nicht mehr gespielt. Was willst du hören?«

Sie veränderte ihre Haltung, schlug die Beine übereinander. Er konnte die Linien ihrer Oberschenkel durch den dünnen Stoff erkennen. Und schon wieder verglich er sie mit Rebecca. Er schämte sich. Becca war genauso eine Frau wie Anna und er hatte kein Recht, die beiden gegeneinander aufzuwiegen. Das hieße ja, einen Vermeer mit einem Kokoschka zu vergleichen, eine Amati mit einer Fender Stratocaster oder Königinnenpastete mit Gulasch.

»Hat Bach nicht was für Cello komponiert?«, schlug Anna vor.

»Du meinst die Suiten?«, fragte er überrascht.

»Genau die. Ich mag sie.«

»Ja, stimmt. Schöne Stücke. Ich hab nur die Noten nicht da. Aber ich habe noch einiges in Erinnerung.«

»Wenn's nicht ganz Bach wird, dann improvisier«, schlug sie vor. »Das macht doch den wahren Künstler aus.«

»Okay. Also – dann los.«

Angelo zog das Instrument zwischen die Schenkel und stimmte das Cello. Dann senkte er den Kopf, konzentrierte sich und begann mit einigen Tonleitern – zögerlich, als müsse er sich selbst erst wieder an die Klänge gewöhnen, vielleicht auch, um zu prüfen, ob er den Bogen mit zu viel Kolophonium bearbeitet hatte. Er wählte das Prélude aus der Sechsten, ein schwertöniges kleines Stück, das seinen Gemütszustand widerspiegelte.

Anna beobachtete, wie seine Hände über das Griffbrett

tanzten, die Bewegungen seines Oberkörpers, die angespannte Mimik, spürte, dass alles um ihn herum zu verschwinden schien. Ein Schauer überkam sie bei den ganz tiefen Tönen, obwohl sie ein wenig kratzig klangen.

»Hat es dir gefallen?«, fragte Angelo nach den letzten Takten.

»Es war wunderschön«, sagte sie – ein wenig heiser. »Aber so traurig, so unfassbar traurig.«

»Traurig?«, wunderte er sich. »Ja, stimmt. Das ist ein melancholisches Stück.«

»Bist du denn traurig?«, wollte sie wissen.

»Ja. Es ist etwas zu Ende. Ich kann hier nicht mehr bleiben«, murmelte Angelo. Er stand auf, stellte das Cello vorsichtig gegen die Wand und setzte sich neben Anna aufs Bett.

»Was heißt das?«

»Ich werde Becca verlassen.«

»Bist du dir sicher?«

»Eigentlich habe ich sie schon verlassen.«

»Und sie? Weiß sie es schon?«

»Ich glaube, sie ahnt, dass es zu Ende ist. Aber ich werde es ihr trotzdem sagen müssen.«

»Dann bewaffne dich«, riet Anna, »sonst überlebst du das nicht.«

*

Fabry besaß mehrere Hundert Hektar Grundbesitz, einen Bauernhof mit Wald und ein Mietshaus in einer zehn Kilometer entfernten Großstadt. Der Bauernhof war verpachtet, die Wohnungen des Hauses, das mitten in der City stand, vermietet. Heidi Busch saß im Büro, sah sich die Häuser und Grundstücke auf Google Earth an und glich sie mit den Orten ab, die bei den Morden eine Rolle spielten.

Sie begann mit der Wiese, auf der Maja Schneider tot gefunden worden war, überprüfte dann die Stelle am Fluss, an der der Wagen der toten Kellnerin versenkt worden war, die Gegend um die Freilichtbühne und die Wohnungen der Mordopfer. Keine Überschneidungen, keine Gemeinsamkeiten. Und kein Tatort war in der Nähe einer der Immobilien Fabrys.

Das Telefon klingelte.

»Hier Polizeiwache Nord. Wir können Hauptkommissar Kant nicht erreichen«, sagte eine Männerstimme. »Gehören Sie zu seinem Team?«

Heidi Busch bejahte.

»Wir haben in einem Wald einen ausgebrannten Sportwagen gefunden«, teilte der Polizist mit. »Es ist der Wagen, den Sie in der Fahndung haben.« Er beschrieb ihr die Fundstelle.

»Wir kommen sofort«, sagte sie.

Kant hatte sein Mobiltelefon abgestellt, also fuhr sie bei ihm zu Hause vorbei. Er war tatsächlich da, reagierte aber unwirsch. Heidi Busch roch Alkohol.

»Ich kann fahren«, erbot sie sich.

Kant schaute sie an, entdeckte aber nur Verständnis in ihrem Blick und keine Kritik.

»Danke«, sagte er. »Ich dusche kalt und bin in zehn Minuten fertig. Wartest du in der Küche?«

Das Du verblüffte, aber erfreute sie auch. Sie setzte sich an den Küchentisch. Auf dem Tischtuch lagen Krümel. Ungespültes Geschirr stand auf der Ablage und daneben stapelten sich die Zeitungen der letzten Tage.

Sie hörte Wasser rauschen und schon stand er vor ihr mit feuchtem Haar, in Jeans und Lederjacke.

»Danke«, sagte er. »Ist es in Ordnung, wenn wir uns duzen?«

»Ja, ist es. Das war schon lange fällig. Lebst du allein?«

»Ja, ich bin geschieden. Sieht man das?«

Heidi Busch lachte. »Nur an dem Geschirr. Dein Schlafzimmer hast du mir ja nicht gezeigt.«

»Das wäre kein schöner Anblick. Können wir los?«

Das Skelett von Belinda Storks rasantem Sportflitzer befand sich in einer lichten Stelle im Wald. Die Polizei hatte den Ort mit Flatterband abgesperrt, um Schaulustige fernzuhalten. Schon trieben sich einige Reporter mit Kameras im Wald herum und versuchten, einen unverstellten Blick auf den Wagen zu bekommen.

»Da hat wohl mal wieder jemand den Polizeifunk abgehört«, seufzte Kant.

Einige der Beamten hielten die Journalisten auf Abstand, andere suchten die Umgebung ab.

Das Auto sah schrecklich aus. Der Lack war ab, die Fenster schwarzbraun belegt. Die Reifen hatten schwarzen Ruß über den Radkästen hinterlassen. Vom Dach und den Sitzen waren ein paar Metallteile übrig geblieben. Das Lenkrad war geschmolzen und hatte die Form einer der weichen Uhren auf den Bildern von Dalí.

»Schade drum«, meinte Heidi Busch. »Genau mein Auto. So ein Porsche Cabrio ist seit Jahren mein Traum. Den hätte ich gern übernommen. Die Spuren, die da jemand verbrannt hat, hätte ich ja mit Seife und Scheuersand wegmachen können.« Sie lachte.

»Eine hundert Prozent seriöse Polizistin bist du wohl doch nicht«, knurrte Kant.

»So eine flache Schüssel ist nun mal das ultimative Auto«, blieb die junge Frau hartnäckig.

»Unsinn. Auto fängt erst bei vier Türen an«, widersprach Kant.

»Verwechselst du da nicht Türen und Räder?« Heidi Busch wurde übermütig.

»Lass uns die Gegend inspizieren.« Kant wurde ernst und deutete auf den Weg, der zur Lichtung führte. »Hier muss er langgefahren sein.«

Sie liefen den Weg hinunter und stießen auf eine asphaltierte Straße, die die Kollegen schon absuchten.

Heidi Busch wies auf ein Blechschild. »Guck mal! Der Weg ist nur für Forstfahrzeuge zugelassen. Der Kerl hat sich hier ausgekannt, oder?«

»Das kann auch Zufall sein«, wandte Kant ein. »Die Frage ist, wie er von hier wieder weggekommen ist.«

»Ich würde mir ein Taxi rufen oder per Anhalter in die Stadt zurückfahren«, teilte Heidi Busch mit.

»Das wäre nicht besonders klug. Der Taxifahrer oder der Autofahrer könnte sich an dich erinnern.«

»Ich überprüfe das trotzdem. Vielleicht ist der Mörder ja nicht so clever. Sag mal, wo sind wir überhaupt?«

»Im Wald.«

»Das weiß ich. Fabry gehört ein Waldstück etwa zehn Kilometer von Berghof entfernt. Vielleicht ist es genau das hier!«

Kant sprach einen Polizisten des Suchtrupps an. Der hatte eine detaillierte Karte dabei.

»Das ist nicht Fabrys Wald«, stellte Heidi Busch nach kurzem Blick fest. Sie deutete mit dem Finger auf einen dreieckigen grünen Fleck neben ihrem Standort. »Das ist er! Die Chance, dass er sich hier auskennt, ist also ziemlich gut.«

»Wir brauchen jemanden, der ihn hier gesehen hat«, stellte Kant fest.

Es wurde langsam dunkel und der Suchtrupp beendete seine Arbeit.

»Lass uns morgen weitermachen«, sagte Kant. »Heute tut sich hier nicht mehr viel.«

Sie gingen zurück zu Buschs Auto. Ein älterer Kleinwagen, der mit einem Porsche Cabrio außer vier Rädern und einem Lenkrad nichts gemein hatte.

»Danke, dass du mich fährst«, meinte Kant, als der Wagen wieder asphaltierten Boden unter sich hatte. »Mir geht es im Augenblick nicht so besonders. Deshalb trinke ich mehr Alkohol, als ich sollte.«

»Kein Problem, Chef«, lächelte sie.

Polizeiwagen überholten sie, ein Traktor kam ihnen entgegen und sogar ein Bus.

»Fahr mal rechts ran«, forderte Kant plötzlich.

»Warum?«, fragte sie irritiert.

»Mach es einfach.«

Sie gehorchte.

»Hast du den Bus eben gesehen?«, fragte er. »Das war ein Linienbus, der die Landstraßen hier abfährt und feste Zeiten hat.«

»Der Bus! Der Typ könnte den Bus genommen haben!«, fiel nun auch bei Heidi Busch der Groschen. »Er verbrennt den Wagen, spaziert zur Bushaltestelle und lässt sich vom ÖPNV in die Stadt zurückbringen. Einfach und genial zugleich.«

*

Im Londoner Auktionshaus war eine Handvoll Kunsthistoriker über das mögliche Auftauchen eines Vermeers in Deutschland informiert worden. Goldstein hatte sich bemüht, die eigene Euphorie zu dämpfen und seinem Temperament Zügel anzulegen. Aber dann schwärmte er doch von der Frau im blauen Kleid mit gelbem Kragen, die lächelnd und ein wenig abwesend durchs Fenster schaute, vom Bild im Bild, von den Buchstaben J-Meer und den bereits nachgewiesenen Farben Bleiweiß, Bleizinngelb, Azurit und natürlich dem Lapislazuli.

Während der über zehnjährigen Untersuchung der *Jungen Frau am Virginal* hatte es unter den Kollegen einige Spötter gegeben, die erst verstummt waren, als das Gemälde für über vierundzwanzig Millionen Euro versteigert wurde. Diesmal würde die Bestimmung des Bildes nicht mehrere Jahre dauern, da war sich Goldstein sicher.

Goldstein spürte erneut das Vermeer-Fieber. Kann es einem Menschen allein vergönnt sein, gleich zwei Bilder des absoluten Meisters zu entdecken?, fragte er sich. Dann ließ er sich einen Flug buchen. Für den kommenden Dienstag.

Kapitel 26

In der Nacht hatte Hans Sommerberg mit dem Vermeer-Mädchen ›gekuschelt‹. Er wachte immer wieder auf, knipste das Licht an und betrachtete das Bild. Das Gesicht der Frau schien sich zu verändern, je öfter er es anschaute: Mal glaubte Sommerberg, ein Lächeln zu entdecken, dann schienen sich ihre Wangen auf wundersame Weise leicht gerötet zu haben. Auch das Gelb des Kleidkragens wechselte von Zitrone zu sonnig und wieder zu Zitrone. Gegen drei Uhr morgens war Sommerberg so erschöpft, dass er endlich in tiefen Schlaf fiel.

Bestens gelaunt betrat er am nächsten Morgen die Kunsthalle, in der einen Hand die Plastiktüte, in der anderen eine Aktentasche. Schnellen Schrittes steuerte er direkt auf die Restaurationswerkstatt zu, in der Meyer zwei schon seit zehn Minuten darauf wartete, mit der Arbeit beginnen zu können.

»Alles klar«, sagte Sommerberg und legte die Tüte vor Meyer auf den Tisch. »Ich hatte eine aufregende Nacht mit ihr.«

»Das glaube ich Ihnen gern.« Der Restaurator packte das Bild aus und befestigte es auf der Staffelei. »Meine Arbeit hat mir noch nie so viel Freude gemacht.«

»Ja. Es ist, als würde man eine Frau ganz langsam entkleiden.«

»Ich sehe, wir verstehen uns«, grinste Meyer. »Henri Goldstein ist übrigens wieder im Anmarsch. Dienstag will er hier sein. Das Lapislazuli und der gelbe Kragen haben ihn aufgeschreckt.« Er setzte seine Lupenbrille auf. »Bis er da ist, will ich hier noch ein bisschen weiterkommen.« Er deutete auf die Mitte des kleinen Bildes, in der sich die Hauptperson befinden musste, wenn man streng nach der Kompositionslehre ging.

»Darf ich Ihnen zuschauen?«, fragte Sommerberg.

»Meinetwegen. Aber nehmen Sie sich einen Mundschutz«, bat Meyer. »Die Lösungen, die hier rumstehen, benebeln etwas. Seitdem ich an diesem Bild herummache, brauche ich abends keinen Alkohol mehr.«

*

Anna und Angelo hatten die Texte für den Ausstellungskatalog fast fertig. Er nahm den Weg in Leists Büro, um ihr das Geschriebene vorzulegen. Die Sekretärin war nicht da und die Tür zwischen dem Vorzimmer und Leists Büro stand einen Spaltbreit offen. Angelo wollte etwas rufen, sich ankündigen, doch dann hörte er sie telefonieren.

»Er nimmt das Bild tatsächlich mit nach Hause.«

Angelo blieb stehen. Was sagte sie denn da? Darüber war doch Stillschweigen vereinbart worden!

Er trat näher zur Tür. Mit wem redete sie?

»Ich bin mir sehr sicher«, sagte sie mit Bestimmtheit. »Aber Sie können sich ja später selbst davon überzeugen.«

Wird wohl Goldstein sein, dachte Angelo, aber auch der sollte nicht wissen, dass Sommerberg jeden Abend mit dem Bild hier hinausspaziert.

Ein Gefühl sagte ihm, dass er nicht länger lauschen wollte oder sollte. Salieri hustete, klopfte an die Tür und steckte den Kopf ins Zimmer.

»Ich muss Schluss machen«, sagte Leist.

Wirkte sie etwas verlegen oder bildete er sich das nur ein? Sollte er sie fragen, mit wem sie telefoniert hatte? Angelo tat nichts dergleichen.

»Ich habe jetzt die Texte für den Katalog zusammen«, sagte er. »Könntest du sie bitte durchlesen und Anna und mir Bescheid sagen, was du geändert haben möchtest?«

Sie sah ihn prüfend an. Wie viel hatte er von dem Telefonat mitbekommen? »Wie lange stehst du schon hinter der Tür?«

»Wieso? Ich bin gerade erst gekommen!«, log er. »Warum fragst du?«

»Vergiss es. Leg die Sachen da drüben hin. Ich sehe sie mir später an.«

*

Die Nachforschungen bei den Taxiunternehmen brachten kein Ergebnis. Kein Fahrer konnte sich erinnern, dass im fraglichen Zeitraum jemand ein Taxi zur Landstraße bestellt hatte.

In der Pressemitteilung an die Medien wurde nach Zeugen

gefragt, die in einem Waldstück bei Rheinburg ein Auto hatten brennen sehen.

Kay Schaumkuss vom Boulevardblatt las die kurze E-Mail der Mordkommission und der Staatsanwaltschaft. Er kannte einige Leute im Polizeipräsidium, die ihn ab und zu mit kleinen Tipps versorgten. Im Gegenzug verschenkte er großzügig Freikarten, die er als Journalist von Veranstaltern bekam. Er achtete darauf, seine Quellen nicht allzu häufig anzuzapfen, damit sich bei den Flüsterern, wie er sie nannte, keine Gewissensbisse einstellten.

Nun wählte er eine dieser Telefonnummern und erfuhr, dass es einen Verdacht gab gegen einen Mann aus Berghof. Der Mann stand über die Freilichtbühne mit allen Toten in Verbindung, hieß es.

Klasse, dachte Schaumkuss, den kenne ich. Die Dorfbevölkerung hatte ihm vor einigen Wochen von diesem Mann erzählt. Er hieß Leon Fabry und die Gerüchte, die sich um ihn rankten, ließen die Vorstellung eines Serienkillers durchaus zu. Er würde den Mann aufsuchen. Ein seriöser Journalist muss ja immer auch die Gegenseite hören, *audiatur et altera pars.* Wie bei Gericht.

Doch zuvor rief Schaumkuss Kant an und überfiel ihn mit dem Versprechen, den Zeugenaufruf der Polizei zu veröffentlichen.

»Wenn er per Anhalter gefahren ist, kriegen wir das raus, Herr Hauptkommissar«, versprach der Reporter. »Sie können sich ganz auf mich verlassen.«

»Das tu ich doch immer«, meinte Kant. Die Ironie kam bei Schaumkuss nicht an.

»Es ist Leon Fabry – nicht wahr? Sie verdächtigen ihn doch.«

»Wie kommen Sie darauf?«, fragte Kant.

»Belinda Stork hat mir von dem Typen erzählt, aber ich

habe ihn noch nicht persönlich in Augenschein genommen. Habe ich recht, sind Sie hinter Fabry her?«

»Wir ermitteln in alle Richtungen, Herr Schaumkuss. Mit Ihren restlichen Fragen wenden Sie sich bitte an die Pressestelle. Die Durchwahl haben Sie?«

*

Am späten Abend nahm Kant den Weg zu Annas Wohnung. Hinter den Fenstern war es dunkel. Sie schlief wohl schon oder war nicht zu Hause. Kant parkte den Wagen auf der gegenüberliegenden Straßenseite, blieb aber im Auto sitzen. Im Radio führte eine Moderatorin mit lasziver Stimme durchs Nachtprogramm.

Es war kurz vor Mitternacht. Sollte er bleiben oder in einer Kneipe einen oder zwei Schnäpse auf seine Erfolglosigkeit heben? Nein, sagte er sich, nicht schon wieder.

Im Radio jammerte eine Frau mit belegter Stimme nach ihrem geflohenen Liebsten. Es begann zu regnen. Kant stellte den Sitz zurück und streckte die Beine von sich – so weit es die Größe des Wagens zuließ.

Eine Frau erschien vor dem Haus. Ein Regenschirm verbarg ihr Gesicht. Sie schloss die Tür auf, drückte den Lichtknopf und verschwand im Treppenhaus. Anna.

Kurz darauf brannte ein schwaches Licht in der Wohnung. Kant verließ den Wagen und schaute hoch zu dem Fenster. Das Wasser lief ihm übers Gesicht in den Hemdkragen. Er zog sein Handy aus der Jacke und wählte Annas Nummer.

»Ich stehe vor deinem Haus«, sagte er, nachdem sie sich gemeldet hatte. »Ich weiß nicht, warum ich hier bin. Aber wenn es unpassend ist, bin ich auch schon wieder weg.«

»Was willst du?«

»Mit dir reden.«

Der Türöffner summte und er nahm die Treppe nach oben. Anna stand in der Tür.

»Hallo, Kant. Ich komme gerade erst nach Hause«, erklärte sie. »Ich mache mich kurz frisch und zieh mir was Bequemes an. Setz dich doch schon mal. Am besten in die Küche – da ist wenigstens aufgeräumt.«

Wie sollte er ihr erklären, warum er hier war – dienstliche Gründe? Warnung vor Fabry? Nur nicht die Wahrheit. Dass er Sehnsucht nach ihr hatte.

Sie gesellte sich zu ihm in die Küche. Den grauen Hosenanzug hatte sie gegen ein schwarzes, weites T-Shirt getauscht, das bis knapp über die Knie reichte. Ihre Beine waren nackt und gebräunt.

»Möchtest du etwas trinken?«

»Vielleicht Wasser«, antwortete er. »Oder einen Kaffee.«

»Keinen Wein?«

»Nein«, lehnte er ab. »Ich hatte zu viel Alkohol in den letzten Monaten.«

»Stört es dich, wenn ich Wein trinke?«

»Nein, das halte ich aus«, lächelte er. »Du kannst sowieso nichts tun, was mich stören würde.«

Der Regen prasselte gegen das Fenster.

Anna ging zum Kühlschrank und nahm eine angebrochene Flasche Weißwein und eine Flasche Wasser heraus.

»Du kommst spät nach Hause«, bemerkte er.

»Die Ausstellung der Bilder. Wir wollen keine Fehler machen.« Sie nahm einen Schluck Wein. »Und da ist noch dieses eine Bild, das gerade restauriert wird. Aber ich will dich nicht langweilen. Warum bist du hier?«

»Hat Fabry dich noch mal belästigt?«

»Ich habe seit Tagen nicht mehr an den Mann gedacht und auch nichts bemerkt«, antwortete sie. »Dein Besuch bei ihm hat wohl gewirkt.«

»Wir verdächtigen ihn, Maja Schneider und Belinda Stork getötet zu haben. Vielleicht noch zwei weitere Frauen.«

»Kant! Du spinnst. Fabry ist verschroben und lästig, aber ein Mörder?«

»Was ich dir erzähle, ist vertraulich. Ich kann dir nicht sagen, was den Verdacht auf Fabry lenkt. Ich bitte dich nur, vorsichtig zu sein und dich sofort zu melden, wenn er wieder Kontakt zu dir sucht.«

»Danke. Ich glaube zwar nicht, dass er ein Mörder ist, aber ich sage dir Bescheid, wenn er mich belästigen sollte. Bist du nur wegen Fabry um diese Uhrzeit hierhergekommen?«

»Nein … ich dachte nur …« Er brach ab.

»Woran dachtest du?«, fragte Anna.

»Ans Glück«, antwortete er heiser.

»Ans Glück? Was verstehst du denn davon?« Sie lachte. »Warst du schon mal glücklich, Kant? So mit allem Drum und Dran?«

»Ja. In der Nacht mit dir. Da war ich glücklich.«

»So glücklich, dass du einfach abgehauen bist? So glücklich, dass du dich nicht mehr gemeldet hast?«

»Ich bekam Angst.«

»Angst?« Ihre Stimme war rau.

»Angst vor dem Glück … und dann waren da noch die Fotos.«

Sie schaute ihn verständnislos an. »Fotos?«

»Auf der Kommode lag ein Umschlag. Ich habe …« Er stockte.

»Du hast herumgeschnüffelt?«, fragte sie ungläubig.

»Erotische Fotos von dir …«

»Ja. Es geht dich zwar nichts an, aber ich habe mich tatsächlich mal nackt fotografieren lassen. Vor zehn Jahren. Ich war Aktmodell an der Kunstakademie. Und deshalb bist du abgehauen? Wegen der Bilder?«

Er griff nach ihrer Hand, doch sie zog sie weg.

»Lass mich!« Anna sprang auf. »Geh nach Hause, hörst du, Kant? Ich mag keine emotionalen Krüppel wie dich. Und ich mag auch keinen eifersüchtigen Kontrollfreak, der meine Privatsphäre missachtet.«

Kant sah sie erschrocken an. »Aber ich wollte mich doch dafür entschuldigen …«

»Hau einfach ab!«, schrie sie. »Finde deinen Mörder, du Polizist, statt hier übers Glück zu faseln!«

Kapitel 27

Kay Schaumkuss befand sich gegenüber Fabrys Haus in Lauerstellung. Er saß in seinem Kastenwagen mit den verspiegelten Scheiben. Bevor er den Mann persönlich ansprach, wollte er ein Foto von ihm machen. Unbemerkt. Denn wer nicht weiß, dass er fotografiert wird, kommt nicht auf die Idee, das Recht am eigenen Bild einzufordern.

Fabry stellte Schaumkuss' Geduld jedoch auf eine harte Probe. Er zeigte sich zwar am Fenster, doch immer in einer ungünstigen Position oder schlechtem Licht. Den Blitz konnte Schaumkuss nicht benutzen.

Der Reporter kam zu dem Schluss, zu anderen Mitteln greifen zu müssen. Wenn er schon kein Foto vom mutmaßlichen Serienkiller bekam, dann würde er wenigstens sein Haus ablichten. Er stieg aus, blieb hinter dem Wagen verborgen und aktivierte seine Foto-Drohne. Der Bonsai-Hubschrauber hatte dreihundert Euro gekostet, lieferte aber eine passable Bildqualität. Die Videokamera übertrug die Bilder sofort auf Schaumkuss' Handy und er konnte sie an seinen Rechner in der Redaktion senden.

Er ließ das Ding in die Luft gehen. Fast lautlos schwebte es über dem Haus. Gebannt betrachtete der Reporter die eingehenden Bilder. Hinter dem Haus war ein Garten. Darin befanden sich Gartenmöbel, ein zusammengeklappter Sonnenschirm und der Serienkiller höchstpersönlich. Fabry schleppte ein Holzscheit auf einen Klotz, hob die Axt und zerteilte es mit wuchtigen Schlägen.

Schaumkuss' Herz hüpfte vor Freude. Das waren Bilder, die die blutigen Fantasien der Leser beflügeln würden. Leider war die Perspektive ungünstig. Die Drohne musste tiefer gehen, damit der erhobene Arm mit der Axt besser zu sehen war.

Schaumkuss bediente die Fernsteuerung, die Kamera machte ihre Arbeit und lieferte das, was er sich erhofft hatte. Die Anspannung ließ die Finger des Reporters zittern. Er sendete seine Videobeute sofort an den Redaktionsrechner.

Plötzlich kam Wind auf. Die Drohne kam ins Trudeln und knallte rückwärts in Fabrys Garten.

Schaumkuss hielt die Luft an. Immer noch sendete das Gerät Bilder. Die letzten Einstellungen zeigten Fabrys wutverzerrtes Gesicht und die erhobene Axt. Dann wurde das Display schwarz.

Ups, dachte Schaumkuss, das war knapp. Er setzte sich hinter das Steuer seines Wagens, startete den Motor und flüchtete.

*

»Hast du das hier schon gelesen?« Akif Neumann warf seinem Kollegen die Zeitung zu.

Kay Schaumkuss hatte es mit seinem Artikel auf die erste Seite seiner Zeitung geschafft. *Ist dieser Mann der Serienkiller?*, titelte das Blatt. Darunter war das Foto von Fabry mit erhobenem Arm und der Axt zu sehen, das Gesicht wütend verzerrt. Der schwarze Streifen über den Augen war so schmal, dass der Mann ohne Weiteres zu erkennen war. Als Quelle der Aufnahme war *Privat* angegeben und selbstverständlich hatte die Redaktion Fabrys Namen geändert.

»Lachhaft«, konstatierte Weingarten. »Das Gesicht zeigen, aber den Namen verfälschen. Wo ist denn da bitte der Persönlichkeitsschutz?«

Neumann zuckte die Schultern. »So arbeiten die Schmierer nun mal.«

Jetzt trudelten auch Karlo Kant und Heidi Busch ein.

»Hier! Der Reporter pfuscht uns ins Handwerk«, begrüßte Weingarten seinen Chef. »Und er macht es noch nicht mal schlecht. Wenn Fabry das liest, kriegt er die Krise.«

Kant las den Artikel quer. Schaumkuss hatte Belinda Storks Tod und ihren Besuch in Berghof bei Fabry in der Story miteinander verbunden und ihr einige Aussagen in den Mund gelegt, die sie natürlich weder bestätigen noch dementieren konnte, weil sie tot war.

Hat der mutmaßliche Serienmörder seine späteren Opfer über seine Tante kennengelernt? Fest steht, dass Belinda Stork den Mann fürchtete. Gegenüber unserer Zeitung hatte die Theaterfrau bestätigt, dass der Verdächtige auch mit dem ersten Opfer, Maja Schneider, Kontakt hatte. Es war leicht für den Mann, an schöne, junge Frauen heranzukommen, denn sie gingen bei seiner Tante ein und aus.

Kant gab die Zeitung zurück. Er hatte ein schlimmes Wochenende hinter sich. Nach dem Rausschmiss bei Anna hatte er eine halbe Flasche Wodka gekippt. »Schaumkuss hat eine blühende Fantasie. Aber vielleicht liegt er ja nicht mit allem so falsch. Zurück zu den Fakten. Was gibt es Neues?«

Akif Neumann war zu der Stelle am Fluss gefahren, an der

Maja Schneiders Wagen im Wasser gefunden worden war. Hundertfünfzig Meter entfernt gab es eine Haltestelle.

»Hier könnte der Täter in den Bus gestiegen sein«, erläuterte Neumann und legte ein Foto auf den Tisch. »Ein Serienkiller, der öffentliche Verkehrsmittel benutzt. Ökologisch sehr vorbildlich.«

Die Kollegen grinsten müde.

»Ich habe noch eine gute und eine schlechte Nachricht für euch«, fuhr Akif Neumann fort. »In den Bussen dieses Verkehrsbetriebes sind Kameras installiert. Jeder Fahrgast wird gefilmt. Das soll zu mehr Sicherheit und weniger Vandalismus führen. Die Qualität dieser Farbbilder ist verblüffend. Die Kamera hat einen Weitwinkel und erfasst den kompletten Innenraum.«

»Das war die gute Nachricht«, schlussfolgerte Kant. »Und die schlechte?«

»Die Aufzeichnungen werden nach achtundvierzig Stunden automatisch überschrieben«, antwortete Neumann. »Der Fahrer kann allerdings einen Knopf bedienen, wenn eine verdächtige oder gefährliche Situation entsteht. Dann entsteht eine Alarmaufzeichnung. Die Sequenz wird dann für eine spätere Auswertung von Polizei oder Staatsanwaltschaft gespeichert.«

»Wir müssen uns die Aufzeichnungen der letzten Wochen ansehen«, sagte Kant. »Vielleicht entdecken wir doch etwas. Das ist eine Aufgabe für dich, Heidi.«

Sie zog einen Flunsch. »Immer ich. Kann ich sonst noch was für euch tun?«

»Mach doch mal einen Vorschlag«, grinste Neumann.

»Kaffeekochen, eure Anzüge ausbürsten oder Schnittchen schmieren?«

*

Auch Fabry hatte die Zeitung gelesen, doch der Artikel ließ ihn kalt. Er lebte schließlich in einem Rechtsstaat und da galt, dass man ihm schlüssig nachweisen musste, dass er irgendwelche Frauen getötet hatte. Den Reporter und die Zeitung würde er verklagen. Auch wenn sein Name nicht genannt worden war, war es schließlich ein Leichtes, ihn zu erkennen.

Fabry ging ins Arbeitszimmer und öffnete die Geheimtür des Schreibsekretärs. Das Fotoalbum hatten die Polizisten bei der Durchsuchung nicht entdeckt, und selbst wenn sie es gefunden hätten, Beweise für eine Schuld gab es auch dann nicht, nur Erinnerungen an ein früheres Leben.

Fabry schlug die Seite mit dem großen Bild auf, das ihn gemeinsam mit Geraldine Moreno zeigte. Mit dem Zeigefinger zog er die Linien ihrer Figur nach. Wie schön sie gewesen war! Er saß auf ihrem Schoß und patschte sein Händchen auf ihren Ausschnitt. Er erinnerte sich, dass er ihren Busen gern angefasst hatte, weil die Haut so weich und warm war.

Später hatte Grausamkeit ihre Schönheit überstrahlt. Sie hatte ihn erst ins Internat abgeschoben, dann war der Sohn zu Pflegeeltern gekommen. Er hatte es gut gehabt bei den Leuten, doch jeden Tag hatte er Maman verflucht, ihr den Teufel an den Hals gewünscht. Sein Wunsch war spät, aber nicht zu spät in Erfüllung gegangen: Krebs, zuerst am Kehlkopf, dann überall.

Nach den ersten Operationen und Chemotherapien verblasste ihre Schönheit, die Galane verschwanden. Plötzlich hatte sie sich seiner wieder erinnert, laut und mürrisch Besuche eingefordert, gejammert und geklagt und ihn als undankbaren Sohn beschimpft. Lulu, das Monster, der Sohn, der Freude daran hatte, wenn sie Schmerzen empfand.

War sie mit Morphium vollgepumpt, lebte sie auf, war fast wieder die Alte: die berühmte Mimin, der die Männer und das Publikum zu Füßen lagen. Bei seinen seltenen Besuchen flehte sie ihn an, ihre Kostüme zu ihr zu schaffen. Kleider, die jetzt um ihren Körper schlotterten, weil der Krebs ihre üppigen, rosafarbenen Formen weggefressen hatte.

Rauf mit der gepuderten Perücke auf den kahlen Schädel! Rein ins Mieder mit den schlaffen Hautwülsten, die einstmals zwei schwere, schöne Brüste gewesen waren! Dann schritt sie mit königlicher Gebärde durch den Flur des Pflegeheims, majestätisch nach rechts und links winkend.

Das Personal des Heims hatte ihn dafür bewundert, dass er ihre Wünsche so klaglos erfüllte. Ein guter Sohn, sagten sie über ihn – wären doch nur alle so.

Andere hatten ihn hämisch als Spielball seiner Mutter bezeichnet, weil er sich von ihr malträtieren ließ.

Er klappte das Album zu. Die Zeiten waren vorbei! Aus dem Spielball Leon war der Spieler Fabry geworden.

*

In einem Konferenzraum des Busunternehmens sichtete Heidi Busch Filme, auf der Suche nach Fabrys Gesicht.

Nach drei Stunden waren ihre Augen so müde geworden, dass alle Personen gleich aussahen. Sie schüttete Kaffee in sich hinein, um wach zu bleiben. Weitere zwei Stunden später war sie sich sicher, dass es auf den Videos keinen Fabry zu entdecken gab.

Sie schaltete den Rechner aus und wählte Kants Büronummer.

»Chef, da war nichts«, berichtete sie. »Ich bin allerdings völlig geschafft. Meine Augen flimmern.«

»Hast du auch genau geguckt?«

»Ja, ich hab alles gesehen: randalierende Kids, einen kotzenden zerlumpten Opa, eine Mutter, die mit Kinderwagen in der Tür hängen bleibt, ein streitendes Pärchen, Jehovas

Zeugen beim Flugblattverteilen – aber keinen Serienkiller, der gerade gemordet hat.«

»Es war einen Versuch wert«, sagte Kant.

»Was machst du denn noch im Präsidium, Chef?«, fragte sie.

»Ich habe über eine neue Strategie nachgedacht«, antwortete er. »Aber mir ist nichts eingefallen.«

»Soll ich dir helfen?«, bot sie an.

»Jetzt?«

»Lass uns einen Absacker nehmen. Im *Galgenstrick.*«

»Warum nicht?«, meinte er. »In einer halben Stunde.«

Im *Galgenstrick* gab es noch letzte Frikadellen und Brot. Heidi Busch stürzte sich darauf. Der viele Kaffee der letzten Stunden hatte ihren Magen in ein schmerzendes Etwas verwandelt, das gefüllt werden musste.

»Wir brauchen einen Lockvogel«, meinte Heidi Busch kauend. »Und da ich eurer Meinung nach dafür nicht tauge, sollten wir uns die Kolleginnen mal ansehen.«

»Ich mag Lockvogeleinsätze nicht«, sagte Kant. »Ich will nicht dafür verantwortlich sein, dass noch eine Frau stirbt.«

»Wir können Fabry nur erwischen, wenn er ein neues Opfer im Auge hat und wir ihn rund um die Uhr beobachten.«

Kant schüttelte den Kopf. »Der wird doch sofort misstrauisch, wenn plötzlich eine Frau, die seinem Beuteschema entspricht, seinen Weg kreuzt.«

»Dann weiß ich auch nicht weiter.«

»Anna!«

»Was? Wer ist Anna?« Sie sah ihn verwirrt an. »Ein Lockvogel?«

»Ich bestelle mir noch ein Bier«, sagte Kant und gab der Bedienung ein Zeichen. »Und dann erzähle ich dir alles.«

*

Am Abend nahm Hans Sommerberg sein Bild wie üblich wieder mit nach Hause. Er befand sich in einem Zustand glücklicher Spannung, brannte darauf, Meyers neueste Fortschritte in Ruhe zu begutachten.

Er holte eine Flasche Wein aus dem Kühlschrank, es war ein Rivaner, der so leicht war, dass er seinem Herzen keinen Schaden zufügen würde. Sommerberg entkorkte die Flasche, schenkte ein Glas ein, enthüllte das Bild, lehnte es an die Küchenwand und prostete dem Vermeer-Mädchen zu.

Ich sollte das Bild einfach behalten, dachte er. Doch dann fiel ihm ein, dass das nur ein schöner Traum war. Ein millionenschweres Gemälde in einer kleinen Wohnung, nur bewacht von einem alten kranken Mann, würde jeden Dieb der Welt anlocken. Ein Verkauf war unvermeidlich, zumal er das Geld brauchte.

Jetzt stieg ihm der Wein doch ein wenig in den Kopf und er wurde müde. Nach und nach leerte er die Flasche. Das letzte Glas fiel prompt um und die Flüssigkeit ergoss sich auf den Tisch. Sommerberg fluchte, aber das Bild hatte nichts abbekommen.

Ein langes, heftiges Klingeln ertönte. Sommerberg stellte mit einem Blick zur Küchenuhr fest, dass es schon fast Mitternacht war. Sollte er zur Tür gehen oder den Ton einfach ignorieren?

Er schlich zum Wohnungseingang und sah durch den Spion. Im Hausflur war es dunkel und niemand zu sehen.

Vielleicht ein Versehen, dachte Sommerberg, oder jemand, der sich einen Scherz erlaubt. Ein Kind aus dem Haus. Klingelmännchen hatte er als Kind auch gespielt. Allerdings nicht nachts.

Am besten tat er so, als sei er nicht zu Hause oder schliefe schon. Dann fiel ihm ein, dass in der Küche noch Licht brannte, das von der Straße aus zu sehen war.

Er legte sein Ohr an die Tür und hörte Schritte, die sich entfernten.

Nun war wieder alles still. Erleichtert atmete er auf. Vielleicht hatte sich nur jemand in der Tür geirrt und den Irrtum bemerkt.

Er atmete kurz. Die Aufregung tat seinem Herzen nicht gut. Es schlug laut und seine Brust schmerzte.

Sommerberg ging in die Küche zurück und versuchte, sich zu entspannen. Er drehte die Lampe vom Bild weg, zu viel konnte den Farben schaden, hatte Meyer gesagt. Das Gesicht des Mädchens leuchtete weiter, es schien die Helligkeit aufgesaugt zu haben und widerzuspiegeln.

Ein neues Geräusch ließ ihn hochschrecken. Da war jemand im Flur! Er hörte deutliche Schritte.

Sommerberg schloss die Küchentür von innen ab, setzte sich schwer atmend auf den Stuhl zurück. Er wollte aufstehen, zum Fenster gehen, es öffnen und laut um Hilfe schreien. Unmöglich. Er bekam kaum noch Luft. Der Schmerz wurde übermächtig. Anna, dachte er. Anna.

Kapitel 28

»Ich brauche einen Kaffee«, sagte Kant und warf die Zeitung auf den Tisch. »Und dann einen Termin beim Oberstaatsanwalt. Ich muss was abklären.«

»Ich hole dir den Kaffee«, bot sich Heidi Busch an und verließ das Zimmer.

»Kemper hat seinerseits nach dir gefragt«, erklärte Dirk Weingarten. »Immer, wenn in der Presse was erscheint, wachen die Herren da oben auf. Was willst du denn von ihm, Chef?«

Heidi Busch stellte eine Tasse vor Kant auf den Tisch und setzte sich.

»Wir müssen Fabry provozieren.«

»Und wie?«, fragte Akif Neumann. »Der Kerl ist abgebrüht und clever.«

»Er hat seine sensiblen Momente«, erinnerte Kant. »Er mag schöne Frauen in historischen Kostümen. Das sollten wir ausnutzen.«

»Du willst ihm einen Lockvogel schicken?« Weingarten guckte ungläubig. »Aber nicht unsere Heidi, oder?«

»Keine Sorge, Jungs«, grinste Heidi Busch. »Das haben der Chef und ich längst geklärt.«

Oberstaatsanwalt Dr. Kemper stand Kants Idee grundsätzlich aufgeschlossen gegenüber. »Wie wollen Sie genau vorgehen?«

»Zunächst muss ich Frau Stern fragen, ob sie überhaupt mitmacht.«

»Wäre es nicht sinnvoller, eine der Kolleginnen im Präsidium zu bitten? Die Sache könnte gefährlich werden.«

»Darauf fällt Fabry nicht herein. Er kennt Anna Stern schon länger und hat eine Schwäche für sie. Wenn jetzt eine neue Frau in seinem Umfeld auftaucht, riecht er sofort Lunte.«

»Das klingt plausibel«, räumte Kemper ein. »Sichern Sie die Aktion gut ab, Kant. Wenn da was schiefgeht, kommen wir in Teufels Küche.«

*

Meyer zwei wurde nervös. Sommerberg hatte ihm versprochen, das Bild eine Stunde früher als sonst zurückzubringen. Der Restaurator wollte Goldstein, der am Abend erwartet wurde, mit ersten Hinweisen auf das Hauptmotiv überraschen.

Telefonisch erreichte er Sommerberg nicht. Darum rief er Anna an. Die machte sich sofort auf den Weg. Ihr Zweitschlüssel funktionierte nicht, weil von innen ein Schlüssel steckte. Rufen und Klopfen waren vergebens. Anna wählte den Notruf der Feuerwehr. Die kam mit einem Rettungswagen und einem Schlüsseldienst, der die Wohnungstür aufbrach.

Hans Sommerberg lag in der Küche auf dem Boden und rührte sich nicht. Anna ließ sich auf die Knie fallen, rief seinen Namen. Der Notarzt schob sie weg, untersuchte ihn und schüttelte den Kopf.

»Die Küchentür ist aufgebrochen worden«, stellte ein Rettungsassistent mit Blick auf das Schloss fest. »Hier liegt ein Verbrechen vor. Wir müssen die Polizei rufen.«

»Das mache ich«, sagte Anna und rief Karlo Kant auf dem Handy an.

Die Spurensicherer fotografierten, verteilten mit einem Pinsel Rußpulver auf den Türrahmen, nahmen sich dann die Tische und Regale vor.

Kant erkundigte sich beim Notarzt nach der Todesursache.

»Vermutlich Herzversagen. Vielleicht wegen Stress, verursacht durch den Einbruch. Es gab ja eine Vorerkrankung.« Der Arzt deutete auf die Tabletten auf der Fensterbank. »Angegriffen wurde er nicht. Endgültige Fakten nach der Obduktion. Dr. Bornemann ist informiert.«

Kant nickte. Er ging ins Wohnzimmer. Dort kauerte Anna mit verweinten Augen auf dem Sofa.

»Es tut mir leid«, sagte er. »Hast du eine Idee, was der oder die Einbrecher hier gesucht haben können?«

»Das Bild ist weg.«

»Welches Bild?«

»Der Vermeer.«

»Ein Vermeer?« Kant traute seinen Ohren nicht. »Welcher Vermeer?«

»Das Gemälde, das gerade freigelegt wird«, schluckte sie. »Es handelt sich vermutlich um einen echten Vermeer, der mehrere Millionen wert sein könnte.«

»Was?« Kant erinnerte sich an die Zeitungsartikel. »Das Bild, das ihr da freilegt in der Kunsthalle, ist ein Vermeer?«

»Alles weist darauf hin.«

»Warum war das Bild hier in der Wohnung und nicht in der Kunsthalle?«

»Hans hielt es für besser, es mit nach Hause zu nehmen.«

»Das verstehe ich nicht. Dein Onkel nimmt ein Bild, das Millionen wert sein könnte, mit nach Hause? Warum liegt das Ding nicht in einem Safe?«

»Hans wollte es so«, antwortete Anna. »Das Bild ist nur für fünftausend Euro versichert und natürlich vermuten Kunsträuber es zuerst im Safe der Kunsthalle. Also meinte Hans, dass es eine Superidee wäre, es abends einfach mitzunehmen. Und es gehört ihm. Er kann damit machen, was er will.«

»Das war ein schwerer Fehler«, stellte Kant fest.

»Es wusste doch fast niemand davon«, verteidigte Anna ihren Onkel.

»Fast niemand?«

»Nur ein paar Leute in der Kunsthalle. Aber die haben Stillschweigen zugesagt.«

»Das hat ja prima geklappt«, meinte Kant sarkastisch.

Bei Anna flossen erneut Tränen.

»Warum hast du mich nicht um Rat gefragt?« Kant hätte sie gern in den Arm genommen, reichte ihr stattdessen sein Taschentuch.

»Als ich davon erfuhr, hatte Hans seine Entscheidung längst getroffen.«

»Komm, ich bringe dich nach Hause«, sagte Kant.

»Nein, ich muss zur Kunsthalle. Sie müssen wissen, dass Hans tot ist und das Bild verschwunden.«

»Na gut, fahren wir gemeinsam.«

Kant und Anna sprachen zunächst mit Sucher. Der rief Meyer, Leist und Salieri ins Büro.

»Ich wusste, dass das nicht gut gehen kann«, rief der Restaurator aus. »Aber er ließ ja nicht mit sich reden. Und jetzt ist das Bild weg. Alle Arbeit war umsonst.«

»Ich muss doch sehr bitten, Herr Meyer«, fuhr ihn Sucher an. »Herr Sommerberg ist tot. Da ist Ihre Arbeit ja wohl zweitrangig.«

»Es macht wenig Sinn, wenn Sie sich streiten«, stellte Kant fest. »Frau Stern berichtete mir, dass nur wenige von der Ich-nehme-mein-Bild-mit-nach-Hause-Aktion wussten. Wer außer Ihnen gehörte noch dazu?«

»Nur die, die im Raum sind«, antwortete Sucher.

»Kann es sein, dass jemand von Ihnen geplaudert hat? Unabsichtlich vielleicht. Denken Sie bitte nach«, verlangte Kant.

Salieri warf einen Millisekundenblick auf Leist. Diese saß am Tisch und hatte den Kopf in die Hand gelegt. *Er nimmt das Bild tatsächlich mit nach Hause* – Angelo hatte den Satz noch präsent. Aber wie alle anderen beteuerte auch Rebecca, niemandem etwas erzählt zu haben.

»Es wusste wirklich nur der engste Kreis davon. Die meisten Mitarbeiter der Kunsthalle gehen davon aus, dass sich das Bild in unserer Werkstatt befindet«, erklärte Sucher.

»Und Sie, Frau Stern?«, fragte Rebecca Leist. »Wieso wussten Sie eigentlich davon? Sie waren nicht dabei, als Alberto uns mit der Idee überraschte.«

»Onkel Hans hat es mir natürlich erzählt«, antwortete Anna mit ruhiger Stimme.

»Ein bisschen merkwürdig ist Ihre Position schon, immerhin erben Sie jetzt alles und wer weiß, ob …«

»Halten Sie sich zurück, Frau Kollegin«, unterbrach sie Sucher unwirsch. »Wir alle sind erschüttert von Herrn Sommerbergs Tod. Da möchte ich solche Sätze nicht hören!«

»Meine Kollegen werden heute Nachmittag Ihre Aussagen aufnehmen«, kündigte Kant an. »Überlegen Sie sich bitte, wo Sie gestern Abend gewesen sind. So ab zwanzig Uhr etwa. Und jetzt entschuldigen Sie mich.«

Er blickte zu Anna. »Bleibst du hier oder soll ich dich nach Hause fahren?«

Leist registrierte das Du. Das Fräulein Stern ist nicht ungeschickt, das muss man ihr lassen, dachte sie.

Anna folgte Kant zu dessen Auto.

»Ich weiß gar nicht, was ich jetzt machen soll. Muss ich einen Bestatter beauftragen?«, fragte sie.

Er startete den Motor. »Heute unternimmst du gar nichts mehr. Ruh dich aus! Bis der Leichnam freigegeben wird, vergehen ein paar Tage.«

Den Rest der Fahrt schwiegen sie. Anna war bleich, ihre Lippen rau, die Augen verweint.

»Wirst du mir helfen?«, fragte sie, als sie angekommen waren.

»Natürlich. Du kannst mich zu jeder Zeit anrufen.«

Er sah ihr nach. Anna. Endlich hatte er wieder Zugang zu ihr – auch wenn der Anlass alles andere als erfreulich war.

*

Dr. Manfred Sucher informierte die Versicherung und das *Art Loss Register* über den Diebstahl des Bildes. Fotos des Gemäldes gab es ja genug. Das Register war eine Datenbank, in der gestohlene Kunstschätze aus aller Welt verzeichnet wurden. Jeder seriöse Händler und Käufer informierte sich hier, bevor er sein Geld in ein Kunstwerk steckte. *Diebstahl eines Vermeer-Epigonen*. So würde die Meldung zu sehen sein. Den Wert gab Sucher mit fünftausend Euro an.

Während er die Unterlagen zusammenstellte, spielte sein Gehirn verrückt.

Wo lag der tiefere Sinn des Diebstahls? Das Gemälde zu klauen, bevor es zu einem echten Vermeer erklärt worden war, war dumm. Das Bild war noch nicht einmal halb restauriert. Diese Arbeit musste der Dieb oder sein Auftraggeber fortführen. Welcher Restaurator arbeitet an einem Werk, das gestohlen ist und ein Menschenleben gekostet hat?

Sucher blätterte die Fotos durch, die die Stationen der Restaurierung zeigten. In zwei Wochen wäre Meyer fertig gewesen.

Das Telefon klingelte. Nur zögernd hob der Direktor den Hörer ab. Die Kollegin vom Eingang teilte mit, dass Herr Goldstein eingetroffen sei.

Auch das noch, dachte Sucher.

Er holte den Experten im Foyer ab und berichtete ihm vom Tod Sommerbergs und vom Raub des Bildes.

»Oh – das tut mir sehr leid.«

»Ja, es ist ein Drama. Wir sind noch alle ganz betäubt von dem Ereignis.«

»Ist das *Art Loss Register* schon über den Diebstahl informiert worden?«, fragte Goldstein.

»Natürlich.« Sucher atmete schwer. »Ich habe das Bild als das Werk eines Vermeer-Epigonen bezeichnet. Lassen Sie uns eine Tasse Kaffee trinken.«

Goldstein und Sucher setzten sich ins Café der Kunsthalle.

»Verdammt, ich hätte es so gern gesehen. Seinen Aufstieg begleitet. Seine Karriere in den internationalen Museen vorbereitet. An seinem Siegeszug teilgenommen«, fluchte Goldstein. »Aber, warum wird das Bild gestohlen, bevor feststeht, ob es ein Vermeer ist?«

»Das habe ich mich auch gefragt, aber eine Antwort weiß ich nicht«, antwortete Sucher.

»Die meisten Kunstdiebstähle dieser Größenordnung werden begangen, um Versicherungen zu erpressen.«

»Das Bild ist mit fünftausend Euro total unterversichert«, winkte Sucher ab. »Nun ja, vielleicht war der Dieb nicht gut informiert. Und wenn er rausbekommt, was er geklaut hat, kriegt er kalte Füße und legt es vor irgendeine Tür.«

»Dann sollte es bitte meine Haustür sein«, wünschte sich Goldstein. »Leider hat der Diebstahl von Vermeer-Bildern ja traurige Tradition. Denken Sie an den Raub des Bildes *Das Konzert.*«

»Ja, das war damals eine tolldreiste Aktion. Hatten die Diebe sich nicht als Polizisten verkleidet?«

»So war es«, nickte Goldstein. »Ich habe damals die Schätzung des Schadens vorgenommen. Insgesamt haben die Täter ja dreizehn Bilder mitgehen lassen. Ihr Wert lag vor gut zehn Jahren zwischen einhundert bis zweihundert Millionen Dollar. Allein der geklaute Vermeer dürfte heute für sechzig bis achtzig Millionen Euro zu verkaufen sein. Aber er ist trotz intensiver Suche nie wieder aufgetaucht.«

»Also gibt es den kriminellen Kunstliebhaber tatsächlich, der sich in einem gepanzerten Raum an gestohlenen Bildern ergötzt?«

»Einige seltene Exemplare bestimmt«, antwortete Goldstein. »Ich bin sicher, dass unser Bild irgendwann gefunden wird. Ich habe viel Vertrauen in die Überlebensfähigkeit von Bildern. Die haben ja schon schlimmere Zeiten mitgemacht als die heutigen. Kriege, Plünderungen, Feuersbrünste sowie jahrzehntelanges Verweilen in feuchten Kellern und zugigen Speichern.«

»Und nun ist unser Vermeer auch weg«, seufzte Sucher wieder.

»Ja. Das ist eine große Enttäuschung. Ich bin immer noch voller Jagdfieber, wie Sie sich wohl denken können. Der Vermeer-Virus. Wer ihn einmal in sich hatte wie ich, ist dauerhaft infiziert.« Goldstein ließ den Kopf hängen.

»Das verstehe ich gut«, meinte Sucher. »Wenigstens haben wir die Freilegung ganz genau dokumentiert, unser Herr Meyer ist da sehr gewissenhaft. Kommen Sie mit in die Werkstatt.«

Der Restaurator war bleich, die Arbeit der letzten Tage hatte seine Augen überanstrengt, er blinzelte ständig und tröpfelte sich eine Lösung in den Bindehautsack. Mit müden Bewegungen holte er seine Fotos hervor und drapierte einige Abzüge auf dem Tisch.

Goldstein trat zu den Fotos und betrachtete sie lange.

»Wunderbar«, freute sich Goldstein. »Alles ist eindeutig, aber nicht zu eindeutig. Schauen Sie!«

Meyer und Sucher traten näher.

»Der Faltenwurf des Kleides ist perfekt gemalt, so wie es nur Vermeer fertiggebracht hat. Er hat hell und dunkel so genial verteilt, dass eine fast dreidimensionale Ansicht entsteht. Hören Sie die Seide rascheln? Spüren Sie die Wärme des Samtes?«

Meyer nickte. »Ja, es ist einzigartig.«

»Darf ich auch die Aufnahmen der Neutronen-Autoradiografie sehen?«, fragte Goldstein.

Meyer nickte. Die Autoradiografie war den Röntgenanalysen überlegen. Die Farbpigmente des Bildes konnten mit ihren unterschiedlichen Halbwertzeiten auf einer Abfolge von Filmen sichtbar gemacht werden: Untermalungen, Änderungen in der Komposition sowie die Technik des

Farbauftrags waren dank dieser Technologie deutlich zu erkennen.

»Da sitzt eine Person am Tisch«, stellte Goldstein mit der Lupe vor dem Auge fest.

»Vermeer hat ein und dasselbe Motiv vielleicht zweimal gemalt«, meinte Meyer. »Die Ähnlichkeit zu der Dubliner *Briefschreiberin* ist nicht zu übersehen.«

»Nein«, sagte Goldstein mit heiligem Ernst. »Das ist keine Frau.« Sein Herz klopfte. »Da sitzt ein Mann am Tisch. Ein Mann, der einen Brief schreibt. Einen Liebesbrief. Vermutlich an die Frau, die auf dem Dubliner Gemälde abgebildet ist. Beide Bilder gehören inhaltlich zusammen. Und – der Mann könnte Jan Vermeer höchstselbst sein. Dieses Bild zeigt vielleicht das einzige Selbstporträt des Malers. Das wäre eine Sensation, die die Kunstwelt erschüttert!«

»Nur ist das Bild leider weg«, erinnerte Sucher trocken.

»Sie sagen es, Herr Sucher«, meinte Goldstein. »Deshalb zeigen Sie doch bitte mal die anderen Bilder der Sammlung. Meine Firma interessiert sich auch dafür. Haben Sie eine Liste und Fotos?«

»Wir stellen gerade den Katalog für die Ausstellung zusammen«, antwortete Sucher. »Die Materialien können Sie gerne prüfen. Und was eine spätere Versteigerung angeht, sollten Sie mit der Erbin von Herrn Sommerberg sprechen.«

*

Karlo Kant und Staatsanwalt Kemper sahen Bornemann bei der Arbeit zu.

Der Körper von Hans Sommerberg lag auf dem Seziertisch. Der Pathologe setzte das Skalpell an und führte den sogenannten Y-Schnitt durch. Kant wandte sich ab. Seine Gedanken waren bei Anna Stern. Er würde ihr helfen, wie er es angeboten hatte. Sie hatte viel zu regeln. Das Erbe, die Bestattung. Hoffentlich meldete sie sich bald.

»Männlich, 68 Jahre, 1,80 m groß, 80 Kilo schwer, guter Ernährungszustand, keine Spuren von äußerlicher Gewaltanwendung …«

Bornemann besprach das Diktiergerät mit monotoner Stimme. Kant hörte nicht zu, er konnte später alles im Bericht nachlesen.

Der Arzt begann mit der Entnahme der Organe. Nach einigen Augenblicken hatte er das Herz in der Hand.

»Ich glaube, hier haben wir es«, sagte der Rechtsmediziner und deutete mit dem Finger auf eine dunkel verfärbte Stelle im Herzmuskel. »Sommerbergs Herz hat nicht mehr mitgespielt. Keine Angriffe, keine anderen Verletzungen.«

Bornemann werkelte weiter.

Kemper verfolgte das Geschehen interessiert, Kant vermied den deutlichen Blick und sehnte sich nach einem Glas Wodka.

»Bauchspeicheldrüse, Leber, Milz, Magen und Darm sind normal und in einem guten Zustand, wenn man das Alter des Mannes bedenkt«, sprach Bornemann aufs Band.

Meine Leber sieht jetzt schon nicht mehr so gut aus, dachte Kant.

Endlich beendete Bornemann die Obduktion, befreite sich von den Handschuhen und wusch sich die Hände.

»Herzversagen. Vielleicht ausgelöst durch den Schock. Sie bekommen den Bericht morgen früh.«

»Geben Sie die Leiche frei?«, fragte Kant. »Dann kann ich seine Nichte informieren, dass sie alles Nötige für die Bestattung veranlassen kann.«

Der Oberstaatsanwalt stimmte zu.

Kapitel 29

MYSTERIÖSER EINBRUCH:
ALTER MANN STIRBT AN HERZVERSAGEN

– so titelte die Zeitung am Morgen.

Der Schrecken war für Hans S. (70) tödlich. Einbrecher suchten seine Wohnung auf, stahlen ein Gemälde aus dem 17. Jahrhundert und verschwanden wieder. Der 70-jährige herzkranke Mann brach zusammen und starb unbemerkt. Seine Leiche wurde von seiner Nichte Anna S. entdeckt. Der Tote ist der Besitzer mehrerer Gemälde, die demnächst in der Kunsthalle Rheinburg ausgestellt werden sollen. Warum sich das Bild, dessen Wert unbekannt ist, bei Hans S. und nicht in der Kunsthalle befand, ist ein Rätsel. Der Direktor der Kunsthalle lehnte eine Stellungnahme ab.

Anna legte die Zeitung beiseite und sah den Rest ihrer Post durch. Reklame, Rechnungen und ein Brief. Den Umschlag zierte ein schwarzer Trauerrand und er war ohne Briefmarke.

Anna öffnete das Kuvert:

Liebes Fräulein Stern,
mein herzliches Beileid zum Tod Ihres Onkels. In dieser schweren Zeit kommt der Trost vielleicht mit der Erkenntnis zu Ihnen, in der Trauer nicht allein sein zu müssen. Ich biete Ihnen meine Unterstützung an und bitte Sie, es genau so zu verstehen.
Ihr immer noch sehr ergebener Leon Fabry

Angewidert warf sie den Brief in den Papierkorb. Warum ließ dieser Kerl sie nicht einfach in Frieden?

Er hat das Schreiben persönlich vorbeigebracht, dachte sie. Wahrscheinlich steht er vor dem Haus und wartet. Nur das nicht!

Sie schlich zum Fenster, schob die Jalousie zur Seite und beobachtete die Straße. Nichts Ungewöhnliches.

Sie rief Kant an.

»Ich muss in Hans' Wohnung. Kommst du mit?«, fragte sie, nachdem sie von Fabrys Brief erzählt hatte. »Es würde mir helfen.«

In der Wohnung herrschte eine merkwürdige Atmosphäre. Das Ticken der Standuhr im Flur war überlaut. Kant hielt das Pendel an und das Ticken verstummte.

Es ist merkwürdig, in Dingen herumzukramen, die Hans gehört haben, ihm vertraut und wert gewesen waren, die noch so da liegen, wie er sie hingelegt hat, dachte Anna. Im Kühlschrank stand eine Schale mit angerührtem Müsli, das er zum Frühstück hatte essen wollen. Im Gemüsefach gammelte Salat.

»Alles Verderbliche muss raus hier«, sagte sie entschlossen. Sie hatte große Mülltüten mitgebracht.

Sie griff die Sachen, goss die Milch aus und warf die Lebensmittel in eine Plastiktüte.

»Und jetzt ins Bad!«, befahl sie mit grimmigem Gesicht.

Onkels Gebiss schwamm noch in der Reinigungslauge, als Anna den Dosendeckel öffnete.

»Igitt!«, rief sie aus.

»Haben wir in dem Alter auch«, meinte Kant trocken.

»Ich nicht«, behauptete sie.

»Wir sprechen uns dann mal wieder«, grinste er.

»Weg damit«, entschied sie und ließ das Wasser ab. Rasierschaum, Rasierer und die Sauerstofftabletten für die Dritten landeten im Plastiksack.

Im Badezimmerschrank hatte Hans etwas verborgen, was nicht sofort ins Auge fiel: eine Selbstbräunungscreme und eine Vorratspackung Präservative.

Anna las die Aufschrift. »Was wollte er denn mit fünfzig Stück?«

Kant nahm ihr die Schachtel aus der Hand. »Noch originalverschweißt. Die Dinger sind allerdings seit zwei Jahren abgelaufen.«

»Dann kam er wohl doch nicht mehr so richtig zum Zuge«, stellte sie fest.

Im Schlafzimmer entdeckten sie einen großen Karton unter dem Bett. Anna holte ihn hervor und öffnete ihn.

»Diese Kiste kenne ich. Hans' ganzes Leben ist da drin. Und auch ein Teil meines Lebens.« Sie schüttete die Fotos aufs Bett.

Hans mit einer dunkelhaarigen Frau im Arm an einem Strand in Italien, strahlend und voller Kraft. Hans in den Bergen am Steuer eines Cabrios, neben sich eine blonde Frau mit üppigen Formen. Hans bei der Arbeit auf einer Baustelle mit freiem Oberkörper, in der Hand eine Schaufel, im Hintergrund die Front eines altes Hauses und eine schlanke blonde Frau mit knappen Shorts und in der Taille zusammengebundener Hemdbluse – unverkennbar Rebecca Leist!

Kant fischte ein Bild heraus, das Hans und Anna zeigte. Aufgenommen in Venedig in einer Gondel.

»Der Gondoliere hat das Bild gemacht«, erinnerte sie sich. »Und anschließend hat er uns über den Tisch gezogen. Der Preis für die romantische Gondelfahrt war absoluter Wucher.«

Anna erzählte einige Anekdoten von der Weltreise, die sie mit ihrem Onkel unternommen hatte. Kant ließ ihre Stimme wie einen sanften Strom an sich vorbeiziehen. Für einen Moment schloss er die Augen und träumte sich weit weg. Mit Anna eine Reise zu machen – ja, das konnte er sich gut vorstellen.

Sie bemerkte seine geschlossenen Augen und fragte: »Hey, Kant. Schläfst du? Langweile ich dich?«

»Nein, im Gegenteil. Ich höre dir gern zu.«

Sie setzte sich neben ihn. »Dann ist ja gut. Was soll ich denn jetzt mit Fabry machen? Den Brief ignorieren?«

*

Neumann und Weingarten hatten Alibis überprüft. Am Nachmittag berichteten sie. Manfred Sucher hatte den Abend zu Hause verbracht, Salieri und Leist hatten in der Kunsthalle eine Sonderschicht eingelegt, um die Layoutvorschläge für den Katalog zu besprechen. Anschließend hatten sie die Kunsthalle gemeinsam verlassen. Der Restaurator hatte den fraglichen Abend mit ein paar Freunden verbracht.

»Die Nichte war angeblich in ihrer Wohnung«, berichtete Heidi Busch. »Und hat gelesen. Weißt du, was ich denke?«

»Nein«, antwortete Kant. »Aber du wirst es mir bestimmt gleich sagen.«

»Wenn das Bild wirklich ein Vermeer ist, dann ist es viele Millionen wert. Der Onkel ist tot, sie erbt alles. Und hat für den Rest des Lebens ausgesorgt. Das ist doch ein Motiv.«

»Falsch. Der alte Mann hatte ein ernstes Herzproblem«, entgegnete Kant. »Anna Stern wusste das und hätte nur abwarten müssen, bis er von allein stirbt.«

»Und wenn sie es beschleunigen wollte?«

»Keine gute Theorie«, sagte Kant. »Das Bild ist weg. Davon hat sie nichts.«

»Das mit dem Bild sollten wir uns nicht ans Bein binden«,

gab Akif Neumann zu bedenken. »Wir jagen einen Serienmörder und keinen Kunstdieb. Sommerbergs Tod war kein Mord, sondern ein unglücklicher Zufall. Und wir sind die Mordkommission.«

»Ich habe übrigens Antwort von der Uni in Amsterdam«, meldete sich Heidi Busch zu Wort. »Fabry hat sein Kunststudium mit Bestnote abgeschlossen. An der Uni gab es eine Theatergruppe. Laienspiel. Fabry war auf Frauenrollen abonniert. Es gibt Fotos von den Aufführungen in den Jahrbüchern der Uni. Er gefiel sich in prächtigen Frauenkostümen.«

»Das passt zu jedem komischen Kauz, der Mutterkomplexe hat. Nur bringen die meisten deshalb keine Frauen um«, stellte Kant fest.

»Leider. Der DNA-Abgleich von den Proben, die wir bei der Hausdurchsuchung genommen haben, hat auch nichts gebracht. Keine Spuren von Fabrys Genmaterial an den Leichen von Schneider und Stork. Die Kollegen untersuchen jetzt noch die Stoffe, die im Freilichttheater rumgelegen haben. Doch auch wenn sie darauf etwas finden sollten … die Kostüme stammen aus Kranachs Schneiderei und dort ging Fabry ein und aus. Selbst das wäre kein Beweis.«

»Wir drehen uns im Kreis. Wir müssen den Lockvogel aktivieren. Ich habe mit Kemper schon darüber gesprochen und er hat seine Zustimmung gegeben. Allerdings weiß der Lockvogel noch von nichts. Der Tod von Hans Sommerberg ist dazwischengekommen. Ich wollte Frau Stern damit nicht überfahren.«

*

Kay Schaumkuss schaute zufrieden auf die Homepage seiner Zeitung. Sein zweiter Artikel heute hatte die Zielrichtung, den Hauptkommissar fertigzumachen. Der Artikel war gerade online geschaltet worden.

WAS GEHT HINTER DEN KULISSEN IN DER KUNSTHALLE VOR? WERTVOLLES GEMÄLDE GESTOHLEN – EIN MANN STIRBT

Von unserem Reporter Kay Schaumkuss

Hauptkommissar Karlo Kant, bisher erfolglos bei der Aufklärung der Kostümmorde, hat einen weiteren Fall zu bearbeiten, dem er nicht gewachsen ist: den Tod von Hans Sommerberg, dem Besitzer wertvoller Bilder, die in der Kunsthalle präsentiert werden. Der alte Mann wurde in seiner Wohnung überfallen und beraubt, ein millionenschweres Gemälde gestohlen. Ein Bild, das sogar einen berühmten Kunstexperten vom Londoner Auktionshaus *Sotheby's* nach Rheinburg gelockt hatte. Warum sich das Bild nicht in einem Safe befand, erklärte die Polizei nicht.

Recherchen unserer Zeitung ergaben, dass das Gemälde völlig unterversichert ist. Unklar ist auch die Rolle der Hilfskraft Anna S. Die Frau ist die Nichte des Toten und jetzt Haupterbin von insgesamt zwanzig Bildern, deren Wert auf mehrere Millionen geschätzt wird …

Leider hatte der Chefredakteur Schaumkuss angewiesen, nicht alles zu schreiben, was er wusste. Zum Beispiel, dass Anna Stern, die reiche Erbin in spe, eine sehr gute Bekannte des Hauptkommissars war. Das hatte Rebecca Leist ihm gesteckt, die offensichtlich keine Freundin der Stern war.

Menschen gegeneinander auszuspielen, um an Informationen heranzukommen, war sein täglich Brot.

Schaumkuss besaß eine eigene Art Furchtlosigkeit, die nicht von ungefähr kam. Fabry hatte es ja versucht: Seine Anzeige wegen übler Nachrede, Hausfriedensbruchs und Beleidigung war ins Leere gelaufen. Der Verlagsanwalt hatte nur müde gelächelt. Der war schon mit anderen Kalibern fertig geworden.

*

Zu Hause wartete auf Anna eine Überraschung. Bei ihrer Nachbarin war ein Einschreiben für sie abgegeben worden – von einem Notar. Der teilte ihr mit, dass ihr Onkel ihn beauftragt habe, sie im Falle seines Todes zu kontaktieren. Sie sei seine Alleinerbin. Die offizielle Testamentseröffnung erfolge schnellstmöglich. Allerdings müsse sie sich darüber klar sein, dass sie gegebenenfalls auch Forderungen aus dem Konkursverfahren erben würde.

Nun saß sie im Café der Kunsthalle und dachte nach. Warum kann ich nicht einfach erben? Warum muss ich auch noch mögliche Probleme erben?

Sie bestellte sich einen doppelten Espresso.

Angelo Salieri betrat das Café. Er bemerkte Anna und gesellte sich zu ihr.

»Schön, dass du wieder da bist«, sagte er.

»Ich bin etwas durcheinander«, seufzte Anna.

»Geht es dir nicht gut?«

Anna erzählte von dem Notarschreiben.

»Da hast du eine fette Ladung Probleme vor dir. Kann ich dir helfen?« Angelo schaute sie an.

»Ich suche mir einen Anwalt, der sich mit solchen Sachen auskennt. Das ist das Beste.«

»Gut zu hören.« Angelo wirkte nervös. »Ich bin auch etwas durcheinander.«

»Was ist los?«

»Ich habe etwas gehört, was ich wohl nicht hören sollte.«

»Mach es nicht so spannend.«

»Rebecca hat telefoniert.«

»Das ist nicht ungewöhnlich.«

Er erzählte Anna von dem Telefongespräch. »Sie sagte wörtlich: *Er nimmt das Bild tatsächlich mit nach Hause*. Das war kurz vor dem Tod deines Onkels.«

»Und du hast das nicht der Polizei gesagt?«, fragte sie.

»Ich wollte Rebecca nicht vorverurteilen«, antwortete er. »Vielleicht ist ja alles ganz harmlos. Ich kann mir nicht vorstellen, dass sie etwas mit dem Diebstahl zu tun hat.«

»Eine Lüge ist eine Lüge«, meinte Anna hart. »Und das wird der Hauptkommissar auch so sehen. Ich werde ihm von der Sache erzählen.«

»Muss das wirklich sein?«

»Ja. Mein Onkel ist einsam gestorben, hatte in den letzten Sekunden seines Lebens vermutlich schreckliche Angst! Dieser Gedanke macht mich fertig. Und wenn deine Freundin Rebecca damit etwas zu tun hat … dann gnade ihr Gott!«

»Kann ich nicht erst mit Becca sprechen? Vielleicht gibt es für alles eine simple Erklärung.«

»Du hättest doch schon lange mit ihr reden können. Jetzt geht der Weg über die Polizei.« Anna stand auf und verließ das Café.

*

Angelo fasste einen Entschluss.

Rebecca war in ihrem Büro. Er drückte die Tür auf.

»Becca! Wir haben etwas zu besprechen«, sagte er und setzte sich.

Leist schaute überrascht. Vor ihr lag die neueste Fassung der Entwürfe für den Ausstellungskatalog.

»Muss das jetzt sein? Du siehst doch, dass ich beschäftigt bin.«

»Wem hast du neulich am Telefon erzählt, dass Sommerberg das Bild jeden Abend mit nach Hause nimmt?«

»Was soll ich erzählt haben?«

»Ich habe vor deiner Tür gestanden und es mit eigenen Ohren gehört. Also – wer war es? Hast du das Bild stehlen lassen?«

»Du bist nicht ganz bei Trost, *bellezzo!*«

Sie kam hinter dem Schreibtisch hervor und baute sich vor ihm auf. »Was willst du von mir?«

»Die Wahrheit.«

»Ich habe dieses Telefonat nicht geführt.«

»Doch. Ich weiß, was ich gehört habe.«

»Wem hast du davon erzählt?« Sie hatte große Mühe, die Lautstärke ihrer Stimme zu drosseln. »Wer weiß noch von diesem Telefonat?«

»Anna weiß es.«

»Ausgerechnet sie! Ich werde alles abstreiten und dann steht Aussage gegen Aussage. Du willst mich nur schlecht hinstellen, um dich bei dieser Stern zu profilieren.«

»Becca! Mach dich nicht lächerlich.«

»Du bist lächerlich und undankbar«, schrie sie. »Und jetzt raus hier! Pack deine Sachen. Ich will dich nicht mehr sehen! Verschwinde aus meinem Leben!«

Angelo sah sie traurig an und verließ den Raum.

Rebecca Leist fühlte Panik aufsteigen. Das gestohlene Bild, der tote Sommerberg und jetzt der endgültige Bruch mit Angelo.

Sie setzte sich an den PC und formulierte ein Kündigungsschreiben, das an Sucher gerichtet war. Anschließend rief sie in Venetien an und bereitete das Ehepaar, das ihre Villa betreute, auf ihr Eintreffen vor. Der Flug nach Verona war schnell gebucht. *One way* in drei Tagen.

Jetzt noch mit Hauptkommissar Kant reden und dann weg von allem. Zum Glück ging er gleich ans Telefon und sie berichtete ihm von dem unerquicklichen Gespräch mit Salieri.

»Ich hatte das Gefühl, dass Angelo mich unter Druck setzen wollte, Herr Hauptkommissar«, log sie.

»Und wie erklären Sie sich seine Behauptung?«, fragte Kant.

»Wir hatten eine … nun ja … Liaison. Die habe ich beendet und jetzt will er sich rächen. Ich wollte das nur klarstellen.«

»Ihre Befindlichkeiten in Beziehungen stehen nicht auf der Liste meiner Hauptinteressen«, meinte Kant trocken.

»Ich will nur meinen guten Ruf schützen.«

»Na gut. Das haben Sie ja jetzt.«

Sie legte auf. Der Kommissar mag mich nicht, dachte sie, aber das war egal. Hauptsache, sie hatte den Anschuldigungen Angelos den Wind aus den Segeln genommen.

Ihr Schreibtisch war schnell aufgeräumt, die persönlichen Dinge packte sie in eine Plastiktüte.

Sie empfand nur wenig Wehmut, als sie ihr Büro verließ. In dieser Kunsthalle war alles heruntergekommen. Abgebrochene Treppenstufen hatte man notdürftig repariert, Schimmelflecken an den Wänden mit billiger Farbe überstrichen, die Hinweisschilder zu den einzelnen Ausstellungsräumen waren vergilbt, einige fehlten und waren durch handgeschriebene Pappdeckel ersetzt worden.

Rebecca Leist schauderte. Die geplante Ausstellung hätte die Kunsthalle mit einem Schlag berühmt machen können, doch ob sie jemals eröffnet werden würde, stand in den Sternen.

Ich werde mein Leben ändern, um nicht auch so herunterzukommen, dachte sie. Raus aus dieser miesen kleinen Provinzstadt. Erst mal ab nach Italien. Nur leben und an nichts denken müssen.

*

Anna suchte Kant im Polizeipräsidium auf. Er reagierte auf ihre Aussage nicht so, wie sie es erwartet hatte. »Willst du die Leist denn nicht festnehmen oder wenigstens verhören?«

»Ich habe mit Frau Leist bereits telefoniert. Sie hat mich angerufen.«

»Dann hat sie es zugegeben? Mit wem hat sie gesprochen?«

»Sie behauptet, dass Salieri alles nur erfunden habe, um sich zu rächen.«

»Wofür?«

»Dass sie ihn verlassen hat.«

»Ach? Und das glaubst du?«

»Ich werde der Sache nachgehen und mit Salieri reden«, versprach er. »Aber es ist schön, dass du hier bist, ich muss nämlich etwas sehr Wichtiges mit dir besprechen. Ich brauche deine Hilfe. Willst du einen Kaffee?«

Umständlich schilderte er die vergeblichen Bemühungen, Fabry mit den Frauenmorden in Verbindung zu bringen. Schließlich rückte er mit dem entscheidenden Satz heraus: »Wir möchten dich bitten, Kontakt zu Fabry aufzunehmen.«

»Ich soll den Lockvogel spielen?«, fragte Anna verblüfft. »Ich habe gerade meinen Onkel verloren und weiß Gott andere Dinge im Kopf.«

»Beruhige dich. Wir werden dich rund um die Uhr absichern.«

»Nehmt eine andere«, lehnte sie energisch ab. »Eine ausgebildete Polizistin. Ich habe nicht die Nerven für so was.«

»Fabry mag dich. Wenn in seinem Umfeld eine neue Frau auftaucht, schöpft er Verdacht«, wandte Kant ein.

»Und wenn er mich umbringt, wisst ihr, dass er es war, oder wie?«

»So weit lassen wir es nicht kommen«, versprach Kant.

»Was ist sein Motiv, Kant?«

»Das wissen wir natürlich noch nicht. Wir vermuten, seelische und körperliche Befriedigung. Maja Schneider und Belinda Stork wurden zwar nicht missbraucht, aber ich muss dir ja nicht erklären, dass es andere Arten der Triebbefriedigung gibt. Wer weiß, was Fabry in Jugend und Kindheit erlebt hat. Mit einer starken, umworbenen Künstlerin als Mutter ist das vaterlose Leben sicher nicht einfach. Als Erwachsener möchte er die Rollen tauschen. Er will nicht länger Opfer sein und sucht sich nun seinerseits Opfer. Eine Motivlage wie aus dem Lehrbuch für den Hobby-Psychologen.«

Anna überlegte. Ein paar Sekunden war es still. »Wenn ich zustimmen würde, was müsste ich dann tun?«, fragte sie dann.

»Er hat dir doch diesen Beileidsbrief geschrieben und dir seine Hilfe angeboten«, sagte Kant. »Nimm diese Hilfe einfach an. Frag ihn zum Beispiel, ob er dich zur Beerdigung begleitet.«

»Die ist doch schon morgen.«

»Dann käme es auf Eile an.«

»Ich hab ihn bei den letzten Kontakten ziemlich rüde abblitzen lassen. Darauf fällt er niemals rein. Und er weiß, dass wir beide uns gut kennen.«

»Er wird dir das verzeihen«, prophezeite der Kommissar.

»Das klappt nie. Ich finde den Mann abscheulich und das kann ich nicht verbergen. Er wird die Falle riechen«, meinte Anna.

»Unterschätze die Eitelkeit der Männer nicht. Wenn du einen halben Schritt auf ihn zumachst, wird er blind.«

Anna stimmte schließlich zu und Kant konnte der *Soko Kostüm* mitteilen, dass der Lockvogel bald zum Flug ansetzen würde.

Kapitel 30

Leon Fabry gehörte nicht zu den Menschen, die viel Post bekamen. Umso erstaunter war er, dass ihm ein Bote ein Schreiben überbrachte.

Fabry drehte den Umschlag um und las Annas Namen. Sie meldete sich!

Aufgeregt schlitzte er den Umschlag auf.

Lieber Herr Fabry,
danke für Ihren freundlichen Brief. Ich durchlebe gerade eine schwere Zeit. Mein Onkel, dem ich sehr zugetan war, war mein einziger Verwandter und ich fühle mich verwirrt und einsam. Auf die von Ihnen angebotene Hilfe komme ich gern zurück. Würden Sie mir bei der Beerdigung meines Onkels zur Seite stehen? Ich habe Angst, dass ich damit nicht allein fertig werde …

Sie hatte Ort und Zeit angegeben und mit *Ihre Anna Stern* unterzeichnet.

Fabry triumphierte. Seine Strategie war aufgegangen!

In der Not lernt man seine wahren Freunde kennen, dachte er zufrieden. Das hat Fräulein Stern jetzt auch begriffen. Lange genug hat es ja gedauert.

*

Es war, was die Bestatter eine *kleine Leiche* nennen: Nur wenige Menschen hatten sich in der Kapelle des Friedhofs eingefunden. Der karge Raum war für etwa zwanzig Leute bestuhlt, aber niemand setzte sich. Unter dem Kruzifix aus weißem Gips stand auf einem kleinen Podest die Urne. Aus verborgenen Lautsprechern klang leise Musik: Mozarts Requiem.

Sucher, Meyer und Salieri schwiegen und wirkten andächtig. Anna betrachtete das einzige Bild, das gegenüber dem sterbenden Jesus an der Wand hing. Es zeigte die blau gewandete Madonna mit dem Knaben. Damit waren in der Kapelle Anfang und Ende des Lebens repräsentiert.

Kant trat ein. Seine Schritte hallten. Er begrüßte die drei Herren mit stummem Handschlag und schaute dann zu Anna hinüber. Angelo bemerkte den Blick und sah auf die Uhr.

Draußen hielt ein Wagen, dann noch einer. Die Türen klappten zu und man hörte erneut Schritte. Fabry stieß die Tür auf und nahm seine Sonnenbrille ab. Ihm folgte der schwarz gekleidete Bestatter, der die Tür ganz öffnete und mit dem Feststeller arretierte. Fabry begrüßte Anna und stellte sich neben sie.

»Wenn Sie so weit sind, schreiten wir zur Tat.« Der Bestatter blickte in die Runde, aber niemand rührte sich.

Mit einer professionellen Geste nahm der Mann die Urne auf, hielt sie mit beiden Händen vor dem Bauch und begab sich zum Ausgang. Die Herren warteten, bis Anna als Hauptleidtragende dem Bestatter folgte. Fabry hielt sich an ihrer Seite.

Es war ein schöner, sonniger Tag. Der kleine Zug folgte dem Kiesweg, bis der Mann mit der Urne auf eine Wiese trat und auf einen kleinen Hügel ausgehobener Erde zuging. Er stellte die Urne in das Loch, trat zurück und verbeugte sich vor der Stelle, an der die Asche von Hans Sommerberg nun ruhen sollte.

Mit einer unauffälligen Geste wollte er Anna eine kleine Papiertüte in die Hand drücken. Das Zahngold. Anna wandte sich ab. Statt ihrer nahm Fabry die Tüte entgegen und steckte sie in die Jackentasche.

Bisher hatte niemand ein Wort gesagt. Doch nun begann Anna zu sprechen.

»Hans Sommerberg war mein Onkel. Mein lieber Onkel Hans. Er wusste zu leben und hat viele Jahre in Italien verbracht. Ihr habt ihn neu kennengelernt in den letzten Wochen und ihr seid gekommen, um ihm die letzte Ehre zu erweisen. Heute scheint die Sonne, als wären wir in Italien. Onkel Hans hat sich den richtigen Tag ausgesucht für dieses Letzte. Ich danke euch.«

Plötzlich bemerkte Kant einen Mann zwischen den Gräbern. Es war Kay Schaumkuss. Er fotografierte die Gruppe am Grab und verschwand wieder, bevor jemand reagieren konnte.

Nun reichten alle Anna die Hand und sprachen ihr Beileid aus. Die Worte rauschten an ihr vorbei.

Die Trauergemeinde zerstreute sich.

Fabry begleitete Anna zum Ausgang.

»Danke, dass Sie gekommen sind«, sagte sie – um Freundlichkeit bemüht. Sie fühlte sich unwohl.

»Was machen Sie hier, Herr Fabry?«, tönte mit einem Mal hinter ihnen die Stimme des Hauptkommissars, der den beiden gefolgt war. »Können Sie nicht aufhören, Frau Stern zu belästigen? Ihre Dreistigkeit ist nicht mehr zu überbieten.«

»Bitte, Herr Hauptkommissar!«, wehrte sich Fabry. »Was soll diese Unterstellung?«

»Herr Fabry ist auf meinen Wunsch hier«, spielte Anna die Scharade mit.

»Sie haben aber Mut, Frau Stern! Ist es Ihnen gleichgültig,

dass wir Herrn Fabry mehrerer Morde verdächtigen? Auch Sie könnten in Gefahr sein.«

»Das wird unsere überaus erfolgreiche Polizei bestimmt verhindern«, rief Anna höhnisch. »Und jetzt entschuldigen mich die Herren bitte! Scharmützeln Sie weiter – aber ohne mich.«

Ohne sich noch einmal umzusehen, stieg sie in ihr Auto und fuhr weg.

»Lassen Sie Frau Stern in Frieden«, wiederholte Kant.

»Ich denke überhaupt nicht daran«, lächelte Fabry. »Das Schicksal hat Frau Stern und mich zusammengeführt. Erinnern Sie sich? Sie ist mir vor die Füße gefallen. Aber ich werde ihr nichts Böses antun, darauf können Sie sich verlassen, Herr Hauptkommissar.«

*

Kants Handy klingelte. Anna.

»Fabry hat nicht gemerkt, dass unser Streit inszeniert war«, berichtete sie. »Er scheint wirklich davon überzeugt zu sein, dass ich mich besonnen habe und ihn doch nett finde.«

»Wann trefft ihr euch das nächste Mal?«

»Er will mir seine Gemäldesammlung zeigen.«

»Die Bilder, die er im Banksafe aufbewahrt?«

»Ich glaube schon. Er sagte jedenfalls, dass er sie erst heranschaffen muss.«

»Wie fühlst du dich? Kommst du mit der Situation klar?«

»Ja, aber lange halte ich das nicht durch.«

»Es hat doch noch gar nicht angefangen. Du musst keine Angst haben. Wir beobachten ihn und dich rund um die Uhr. Im Hintergrund ist eine Gruppe unserer ganz harten Jungs in Bereitschaft. Ein Sondereinsatzkommando. Irgendwann wird Fabry einen Fehler machen.«

»Das kann nur leider ein paar Jahre dauern«, seufzte sie. »Er ist zu schlau oder ganz einfach unschuldig. Aber wenn ich tot bin, wisst ihr ja Bescheid.«

»Ich liebe deinen trockenen Humor. Ich sehe auf dem Monitor genau, wo du und dein Auto sich befinden. Gerade steuerst du die Kunsthalle an. Wir haben auch Fabrys Fahrzeug verkabelt – für alle Fälle.«

*

Sucher hatte zur Krisensitzung geladen. Er wollte das Prozedere der Ausstellung festlegen, nachdem Rebecca Leist so plötzlich ausgestiegen war und auch Sommerberg nicht mehr zur Verfügung stand. »Sollen wir das gestohlene Bild im Katalog erwähnen?«, fragte Sucher in die Runde.

»Auf jeden Fall!«, sagte Meyer zwei. »Mit einem Appell an den Dieb, es zurückzugeben. Und Fotos von der fast fertigen Restaurierung.«

»Ich überlege mir noch, ob das sinnvoll ist«, erwiderte Sucher. »Die Bildbeschreibungen der anderen Exponate sind fertig, Frau Stern?«

»Ja, aber ich würde sie gern noch mal mit Herrn Meyer durchsprechen. Damit sich kein Fehler einschleicht.«

»Wie sind Sie vorgegangen?«, erkundigte sich Sucher.

»Nach Panofsky: *Was ist dargestellt? Wie ist es dargestellt?* und *Was bedeutet es?*«, antwortete sie. »Also nach Phänomensinn, Bedeutungssinn und Dokumentsinn.«

»Sehr schön«, lobte der Direktor.

Anna warf Salieri einen schnellen Blick zu. Er hatte ihr die ikonologische Methode, die in der modernen Kunstgeschichte verwandt wurde, erklärt.

»Ich erweitere die Texte durch ein paar Ausführungen zum Goldenen Zeitalter in den Niederlanden, zu den politischen und sozialen Verhältnissen und der Symbolik in den Werken«, sagte Salieri. »Es gibt ja genug Quellen dazu. Ein paar Tage, dann bin ich fertig.«

»Gut. Dann bleiben wir bei unserem Zeitplan«, entschied Sucher. »Ich denke, dass wir in vier Wochen so weit sind.«

»Wann kann ich mit meinen Texten zu Ihnen kommen, Herr Meyer?«, fragte Anna.

»Kommen Sie doch einfach gleich mit«, schlug der Restaurator vor.

Meyer zwei hatte die neunzehn Gemälde nebeneinander auf Staffeleien gestellt.

Anna bot sich ein wundervoller Anblick. Die Bilder waren gesäubert, ausgebessert und zum Teil neu gerahmt worden. Es war, als habe Meyer zwei einen jahrhundertealten Grauschleier von ihnen genommen.

»Ich bin beeindruckt«, schwärmte Anna. Langsam schritt sie an den Exponaten vorbei, blieb schließlich vor einem Jacob Backer stehen. Ein Frauenbild, das durch die filigrane Maltechnik und die Lichtsetzung auffiel.

Porträt einer unbekannten Frau – unter dieser fantasielosen Bezeichnung hatte Hans Sommerberg das Werk vor dreißig Jahren in Amsterdam gekauft.

»Backer wurde lange unterschätzt«, wusste Meyer zwei. »Manche Historiker behaupten, dass er ein Schüler von Rembrandt war. Ich persönlich glaube das allerdings nicht. Backers Pinselstrich ist viel sanfter. Schauen Sie, wie perfekt er das Licht auf das Kleid der Frau gesetzt hat, sodass es silbern erscheint.«

»Das Hervorstechende an seiner Kunst ist die Darstellung verführerischer Frauen.«

Der Restaurator lächelte. »Ja, verführerisch. Mehr als verführerisch. Schauen Sie, wie die schmale Goldkette auf den

Brüsten der Frau liegt. Sie scheint zu atmen. Und wenn sie aufstünde, würde die silbrige Seide des Kleides wie ein sanfter Wind rauschen …«

»Sie sind ja ein echter Romantiker, Herr Meyer!«, staunte Anna.

»Und Ihre Worte bringen die Schönheit sogar zum Lächeln – schauen Sie!«

Beide starrten auf das Gemälde und tatsächlich schienen sich die blassen Lippen der Frau verändert zu haben.

Auch Meyer zwei veränderte sich: Während der anschließenden Arbeit startete er sogar Flirtversuche. So hatte Anna ihn noch nicht erlebt.

Sie fasste sich ein Herz. »Wissen Sie eigentlich, dass Frau Leist die Vereinbarung gebrochen hat?«

Er schaute auf. »Was meinen Sie?«

»Sie hat jemandem erzählt, dass mein Onkel den Vermeer abends mit nach Hause nimmt. Und kurz danach ist bei ihm eingebrochen worden.«

»Das wundert mich nicht!« Meyer schnappte nach Luft. »Diese Frau hat immer falschgespielt und versucht, den Chef an die Seite zu drücken. Doch ihr fehlt die Fachkompetenz. Gut, dass sie gekündigt hat.«

»Können Sie sich vorstellen, dass sie den Diebstahl des Bildes in Auftrag gegeben hat?«, fragte Anna.

»Zuzutrauen wäre es ihr. Ich empfinde es als persönlichen Angriff, dass ich die Restauration nicht beenden kann.«

»Mir fehlt der Vermeer auch. Ich habe noch nicht mal ein Foto von dem Bild.«

»Das lässt sich ändern«, versprach Meyer. »Ich stelle Ihnen demnächst einige zusammen. Und jetzt koche ich uns eine Tasse Kaffee, Ihnen fallen ja schon die Augen zu.«

Anna wollte widersprechen, doch Meyer war so merkwürdig aufgedreht, dass sie es ließ.

Er verschwand und räumte in der Miniküche herum, die er sich im hinteren Teil der Werkstatt eingerichtet hatte.

»Bitte sehr!« Er reichte ihr einen Becher mit dampfendem Kaffee. »Milch habe ich leider nicht mehr.«

»Das macht nichts.« Sie nahm einen Schluck. Doch, der Kaffee tat gut.

Meyer reichte ihr ein Foto. »Der Vermeer. Die letzte Aufnahme, die ich von ihm machen konnte.«

Anna betrachtete das Blatt. Hans' letzter Blick hatte das Gleiche gesehen.

Ihr wurde schummrig, die Farben und Formen verschwammen vor ihren Augen.

»Ich bin so müde«, murmelte sie. »Was ist denn los?«

»Setzen Sie sich«, sagte Meyer sanft und schob sie zu einem Stuhl.

»Was ist mit mir?«, stammelte sie mit schwerer Zunge.

»Alles ist gut, Anna.«

Meyers Gesicht war dicht an ihrem. »Schlaf, Anna. Es wird ein schöner Schlaf.«

Kapitel 31

Anna hielt sich immer noch in der Kunsthalle auf. Kant hatte ihre Ortung den ganzen Abend im Blick – die Techniker hatten ihr Handy präpariert. Er wusste sogar, dass sie sich mit Meyer zu einer Besprechung zurückgezogen hatte, denn sie hatte ihm eine SMS geschickt.

Ein paar Kilometer weiter in Berghof beobachteten zwei Kollegen Fabrys Haus. Er hatte es seit Stunden nicht verlassen.

Das wird ein ruhiger Abend, dachte Kant. Er hatte nichts

dagegen. Seine Kopfschmerzen waren zurückgekehrt, und zwar mit einer Stärke, die ihn fast bewusstlos machte. Er ging zum Spind und holte zwei Hanteln heraus.

Er öffnete alle Fenster in seinem Büro und stemmte die Gewichte. Je schneller er atmen musste, desto weniger spürte er den pochenden Kopfschmerz. Er reduzierte die Übungen und stellte sie schließlich ein. Als er wieder auf den Monitor schaute, bemerkte er, dass Anna die Kunsthalle nun verlassen hatte.

Kant starrte auf den Ortungspunkt, der sich nun nicht mehr bewegte. Vielleicht hielt sie mit Meyer zwei noch ein Schwätzchen, bevor sie nach Hause fuhr.

Kant kontaktierte die Kollegen in Berghof.

»Alles im grünen Bereich, Chef«, meldeten die Polizisten. »Die Zielperson ist durchs Fenster zu sehen. Der Mann ist im Haus.«

Noch immer hatte das Handy seine Position nicht verändert. Was war los? Kant wählte Annas Nummer, doch sie meldete sich nicht. Die Mailbox sprang an und ließ den Spruch mit dem Pieps und der Nachricht hören.

»Verdammt!«, brüllte Kant, schnappte seine Waffe und rannte zum Dienstwagen. Unterwegs informierte er die Kollegen und das SEK. Mit Blaulicht raste er durch die Stadt.

Weingarten war sogar noch vor ihm eingetroffen.

»Frau Sterns Wagen steht abgeschlossen auf dem Parkplatz vor der Kunsthalle«, berichtete er. »Verschlossen und mit kalter Motorhaube.«

Auch das Gebäude lag still, nirgendwo brannte Licht.

»Wir müssen da rein«, sagte Kant.

Am Eingang war eine Telefonnummer angegeben, die im Notfall und bei Feuer angerufen werden konnte. Dirk Weingarten wählte die Ziffern und gelangte zu einem privaten Sicherheitsdienst.

Ein uniformierter Kollege machte sich auf die Suche nach Annas Handy und fand es schließlich. Es lag im Vorgarten der Kunsthalle, nahe dem Eingang neben einem Kirschlorbeerbaum.

Sie hat es verloren oder jemand hat es weggeworfen, dachte Kant.

Ihm war übel. Er hatte ihr Schutz rund um die Uhr versprochen – und jetzt das. Schlimmer ging es kaum.

Man bestätigte ihm, dass sich Fabry immer noch in seinem Haus in Berghof aufhielt, die Kollegen hatten ihn nicht nur observiert, sondern inzwischen auch mit ihm gesprochen.

Dann hat sie ihr Telefon vielleicht wirklich einfach verloren, dachte er. Doch glauben mochte er es nicht.

Er schickte einen Streifenwagen zu Annas Wohnung – auch da war sie nicht, teilte ihm der Kollege kurz darauf am Telefon mit.

Kant alarmierte Manfred Sucher und bat ihn, sofort in die Kunsthalle zu kommen.

Der Sicherheitsdienst schloss derweil die Tür auf. Mehrere Beamte des Sonderkommandos stürmten ins Gebäude, Kant und Weingarten hinterher. Die Tür der Restaurationswerkstatt war abgeschlossen. Auf einen Wink Kants trat einer der Männer in Schwarz sie ein. Holz zersplitterte.

Kant zog die Waffe und wartete. Nichts rührte sich. Er drückte den Lichtschalter. Aus mehreren Räumen schallten Meldungen der SEK-Männer: »Leer!«, oder: »Gesichert!« Die Werkstatt war aufgeräumt, weder Anna noch Meyer waren zu sehen. Eine Digitaluhr leuchtete orange.

Jemand näherte sich in Begleitung eines Uniformierten. Es war Sucher. »Was ist hier los?«

»Frau Stern ist verschwunden. Sie war zuletzt mit Meyer zusammen – hier in der Werkstatt. Wo ist Meyer? Wo wohnt er? Wir müssen ihn befragen.«

»Kommen Sie«, sagte Sucher. »Wir fahren zu ihm. Es ist nicht weit.«

Meyer öffnete die Tür. Er hatte schon einen Pyjama an und trug das graue Haar offen. Er sah aus wie ein Indianerhäuptling in Zivil.

»Was ist passiert? Ist etwas mit den Bildern?« Er blinzelte müde, zeigte aber kein Erstaunen über die beiden schwarz gekleideten Polizisten, die neben Kant und Sucher vor ihm standen.

»Wir suchen Frau Stern. Sie hatten heute Abend mit ihr eine Besprechung.«

»Ja. Und nachdem wir alles erledigt hatten, ist sie gegangen. Ich habe dann noch aufgeräumt – also die Bilder weggepackt und abgeschlossen.«

»Hat Frau Stern irgendeine Andeutung gemacht, ob sie noch irgendwohin wollte?«

»Nein. Wir haben Texte abgeglichen und sehr konzentriert gearbeitet. Was ist denn eigentlich los?«

»Wir möchten uns vergewissern, dass Frau Stern nicht in Ihrer Wohnung ist«, sagte Kant.

»Wie bitte?«, rief Meyer. »Was sollte Frau Stern denn in meiner Wohnung machen?«

»Meyer, lassen Sie den Kommissar«, bat Sucher. »Wir werden alles später klären.«

»Wir sehen nach«, wies Kant die Kollegen an und stürmte durch den Flur. Zimmertüren wurden geöffnet und wieder erklangen die Rufe: »Leer!« Im Bad wurde Kant übel vor Angst. Er öffnete den Wasserhahn und trank einige Schlucke kaltes Wasser. Ich habe versagt. Total versagt. Anna, wo bist du?

Seine Hände zitterten und Meyers Haarbürste fiel zu Boden. Die langen grauen Haare wirkten wie eine Einladung.

Kant zog eine Tüte aus der Jackentasche und zupfte ein paar von den Borsten.

Vielleicht sehe ich ja nur Gespenster, sagte sich der Kommissar. Anna hat nicht gemerkt, dass sie ihr Handy verloren hat, und nimmt noch einen Absacker in einer der umliegenden Kneipen. Langsam drehe ich durch.

*

Finsternis. Stille. Angst. Anna tastete den Untergrund ab, auf dem sie lag. Stoff, darunter eine Art Polsterung. Eine Matratze vielleicht.

Ihr Rücken schmerzte, Blut pochte in ihren Ohren. Nach und nach sortierte sie ihre Erinnerungen. Meyer hatte ihr Kaffee gegeben und sie hatte getrunken. Was danach geschehen war, bekam sie nur bruchstückhaft zusammen. Einen schönen Schlaf hatte er ihr gewünscht und sie war tatsächlich sehr schnell sehr müde geworden.

Die Treppe nach unten. Er hatte sie halb getragen und halb geschleift, in ein Auto gesetzt. Die Handtasche, die sie fest an sich gepresst hielt, entriss er ihr.

Während der Fahrt war sie eingenickt und erst wieder aufgewacht, als der Wagen gehalten hatte. Nur schemenhaft hatte sie die Umgebung wahrgenommen, dunkle große Gebirge von alten Schrottautos hatten sich gegen einen Himmel abgehoben, an dem der Mond halb voll klebte. Vogelschreie, ferner Autolärm. Sein Arm um ihre Taille. Das Quietschen eines Türschlosses. Seine Stimme mit den Worten: »Ruh dich aus, ich bin morgen wieder da.«

Wie lange hatte sie geschlafen? Die Ziffern ihrer Armbanduhr konnte sie nicht erkennen. Niemand würde sie hier finden.

Verdammter Kant!

Er hatte auf das falsche Pferd gesetzt. Nicht Fabry, sondern Meyer war der Killer. Er wird mich töten wie die anderen Frauen, dachte sie.

Aber noch war es nicht so weit und sie würde alles tun, um Zeit zu gewinnen.

Sie streckte die Arme langsam nach oben, um zu prüfen, wie hoch der Luftraum über ihrem Kopf war. Die Hände fanden keinen Widerstand. Sie setzte sich auf. Leichter Schwindel überkam sie.

Es hat keinen Sinn, jetzt etwas zu unternehmen, dachte sie, ich muss erst ganz wach werden. Sie legte sich auf die Seite und schloss die Augen.

Kant war ein solcher Stümper.

*

Die Fahndung, die noch in der Nacht ausgelöst wurde, brachte kein Ergebnis. Kants Verzweiflung wuchs.

Gegen acht Uhr traf sich die *Soko Kostüm* im Besprechungsraum. Die Gegend um die Kunsthalle zwischen Garten und Parkplatz war noch einmal abgesucht worden, auch Hunde hatte man eingesetzt.

Annas Handtasche lag in einem Gebüsch. Jemand musste sie dort abgelegt oder über den Zaun geworfen haben. Annas Handy half auch nicht weiter, kein außergewöhnlicher Anruf war ein- oder rausgegangen.

Angelo Salieri und Manfred Sucher wurden befragt. Doch beide konnten keinerlei Anhaltspunkt liefern, was mit Anna geschehen sein könnte.

Die Mitglieder der Soko und die Staatsanwaltschaft kamen überein, die Medien zu informieren.

Ein Kollege der Kriminaltechnik meldete sich bei Kant. An den Haaren in Meyers Bürste gab es Anhaftungen.

Schuppen, Staub, Spuren eines Haarwassers, aber auch einige tote Ameisen. *Lasius fuliginosus.*

*

Die Fenster waren mit Platten verdunkelt. Trotzdem fiel so viel Licht in den Raum, dass Anna einige Schemen erkennen konnte. Sie lag tatsächlich auf einer Matratze. An der Wand stand ein Tisch, darauf eine Flasche Wasser. Neben dem Tisch befanden sich zwei Stühle, auf dem Boden neben der Tür ein Eimer mit Deckel, darauf eine Rolle Klopapier.

Anna ging zum Fenster und spähte durch den Spalt an der Seite der Platte. Sie sah Himmel, Wolken und Autowracks.

»Hallo«, schrie sie. »Hallo! Hört mich jemand? Hilfe! Helfen Sie mir!«

Nichts.

Sie überlegte. Was konnte sie tun?

Es musste doch irgendeine Möglichkeit geben, aus diesem Loch rauszukommen. Sie prüfte die Wasserflasche. Der Verschluss war unversehrt, der Inhalt damit unverdächtig. Das Wasser erfrischte sie.

Was ist, wenn Meyer mich einfach hier verrotten lässt? Nicht mehr wiederkommt?

Ich darf keine Panik bekommen. Ich muss überlegen.

*

Meyer zwei erschien an diesem Morgen nicht zum Dienst und war auch telefonisch nicht zu erreichen. Sucher informierte Kant. Der erwirkte nun eine Durchsuchungsanordnung für Meyers Wohnung und Arbeitsplatz und leitete eine Fahndung nach Meyer ein.

In der Küche der Restaurationswerkstatt fand man Kaffeereste in zwei Bechern. Sie wurden zur Analyse ins Präsidium gebracht.

Heidi Busch befragte die Mitarbeiter der Kunsthalle zu Meyers Gewohnheiten und seinem Umgang.

Von einer Sekretärin erfuhr sie, dass er sich mit Elke Hackmann, der vor sechs Jahren verschwundenen Museumspädagogin, angefreundet hatte.

»Warum sagen Sie das erst jetzt?«, fragte Busch.

»Mich hat niemand gefragt«, antwortete die Frau. »Außerdem war das keine Affäre oder so. Das hätte ich mitbekommen. Die beiden gingen manchmal mittags zusammen beim Chinesen gegenüber essen und haben einen Museumskurs für Kinder konzipiert, der gut ankam. Bis Elke dann plötzlich weg war.«

Kant ließ Meyers Spind aufbrechen. Kleidung, Zeitungsausschnitte, Fotos der sommerbergschen Bilder. Nichts Verdächtiges.

»Was können Sie mir über Meyer sagen, Herr Dr. Sucher?«, fragte Kant anschließend, als er in Suchers Büro saß.

»Ich kann mir nicht vorstellen, dass Meyer zwei etwas mit dem Verschwinden von Frau Stern zu tun hat.« Der Direktor war sichtlich erschüttert. »Er hat sich Frauen gegenüber immer korrekt benommen.«

»Gibt es eine Personalakte?«

»Natürlich. Ich lasse sie holen.« Sucher telefonierte kurz.

»Könnte ich bitte ein Glas Wasser bekommen?«, fragte Kant. Die Kopfschmerzen peinigten ihn wieder.

Sucher telefonierte erneut.

Wenig später erschien eine Angestellte mit der Akte, einer Flasche Wasser und einem Glas.

Kant trank gierig. Am liebsten hätte er sich die Flüssigkeit über den Kopf gegossen. Doch er riss sich zusammen und blätterte die Akte durch.

Heinz-Werner Meyer. Fünfundvierzig Jahre alt. Laut Lebenslauf hatte er Abitur, ein nicht abgeschlossenes Studium der Kunstgeschichte und eine mehrjährige Ausbildung als Restaurator an der Staatlichen Akademie der bildenden Künste in Stuttgart. Er war Mitglied im Verband der Restauratoren und ohne Frau und Kinder.

Frustriert klappte Kant die Mappe zu.

»Ich sagte Ihnen doch, dass der Mann in keiner Weise auffällig ist«, kommentierte Sucher.

Kant kam nicht dazu, ihm zu antworten, denn sein Handy klingelte. Es war der Pförtner vom Eingang des Polizeipräsidiums.

»Hier ist jemand, der Sie persönlich sprechen will. Ein Herr Hackmann. Es sei dringend.«

Jens Hackmann wartete im Foyer. Er hatte einen Sechstagebart, geschwollene Tränensäcke und sah fertig aus.

»Ich möchte eine Aussage machen«, begann er.

»Kommen Sie mit in mein Büro.«

Oben angekommen, legte Hackmann eine Zeitung auf den Tisch. Kay Schaumkuss' Foto von Sommerbergs Beerdigung. Sucher, Salieri, Anna Stern, Meyer und Fabry, halb verdeckt.

»Ich habe ihn wiedererkannt«, sagte Hackmann und deutete auf das Foto. »Den da. Er heißt Meyer. Ich habe ... ich habe früher Geschäfte mit ihm gemacht«, stotterte Hackmann. »Illegale Geschäfte.«

»Mal langsam, Herr Hackmann«, forderte Kant. »Fangen wir vorne an. Woher kennen Sie diesen Mann?«

»Das ist eine lange Geschichte.«

»Wir haben Zeit«, log Kant.

»Vor sechs Jahren habe ich noch Medizin studiert. Ich hatte damals wenig Kohle und deshalb einen Nebenjob angenommen, bei einer Pharmafirma als Laborant. Wir waren frisch verheiratet und Elke verdiente in der Kunsthalle auch nicht gerade viel. Eines Abends holte ich sie ab und da war dieser Meyer, ihr Kollege. Wir kamen ins Gespräch und ich erwähnte meinen Job im Labor. Ein paar Tage später sprach er mich an und fragte, ob es schwer sei, eine bestimmte Droge herzustellen.«

»Veronal?«

»Stimmt genau! Woher wissen Sie das?«, bestätigte Hackmann. »Er wollte Veronal. War ganz versessen darauf. Angeblich hatte er Schlafstörungen. Ich empfahl ihm andere Sedativa und Benzodiazepine, doch er wollte das Barbital, das ja schon lange verboten ist. Er hat mich so lange bekniet, bis ich mich schließlich bereit erklärt habe, ihm das Zeug gegen ein angemessenes Entgelt herzustellen. Heimlich, im Firmenlabor. Synthese aus Diethylmalonsäurediethylester und Harnstoff.«

»Wusste Ihre Frau davon?«

»Um Gottes willen, nein! Das hätte Elke nie gebilligt.«

»Warum machen Sie diese Aussage erst jetzt? Sechs Jahre, nachdem Ihre Frau verschwunden ist?«, schrie Kant los.

»Ich wusste doch nicht, dass die toten Frauen Schlafmittel im Blut hatten. Das stand doch erst jetzt in der Zeitung. Und als Elke verschwand, gab es noch gar keine toten Frauen.«

»Wo haben Sie Meyer das Veronal übergeben? In der Kunsthalle?«

»Aber nein! Da hätte ich Elke doch über den Weg laufen können. Ich hab es Meyer per Post geschickt. An seinen Arbeitsplatz.«

»Und wie sind Sie an das Geld für das Schlafmittel gekommen?«

»Auch per Post. Meyer legte die Scheine in ein Buch und schickte es mir.«

»Wie oft?«

»Das weiß ich nicht mehr. Vor einem halben Jahr hatten wir den letzten Kontakt. Glauben Sie, dass Meyer mit dem Verschwinden von Elke etwas zu tun hat?«

Kant antwortete nicht, sonst wäre er explodiert.

*

Fast zeitgleich identifizierte das Labor in einem der Kaffeebecher Reste von Barbital. Die Nachricht überraschte die Soko nicht. Jetzt war klar, wie Meyer Anna hatte überwältigen können.

Die Mitglieder der Soko ließen sich die Papiere bringen, die die Kollegen in Meyers Wohnung sichergestellt hatten.

»Dann mal los«, sagte Neumann aufmunternd.

Aktenordner, Briefe, Kontoauszüge.

»Alles fein abgeheftet«, stellte Busch fest. »Herr Meyer ist ein ordentlicher Zeitgenosse.«

Kant griff sich den Ordner mit den Kontoauszügen, die anderen machten sich über den Rest der Papiere her.

Mietzahlungen, Versicherungen, Strom und Wasser, Bücherkäufe und die Abbuchung für einen Lotto-Dauerschein. Nichts Auffälliges.

Kants Konzentration ließ nach. Die Kopfschmerzen meldeten sich wieder verstärkt und er bekam leichte Sehstörungen. Tief durchatmen und eine Pille einwerfen, dachte er, nur nicht schlappmachen.

»Was ist los, Chef?«, fragte Neumann. »Kopfweh?«

Kant nickte, griff in sein Jackett, zog die Tabletten hervor und zerkaute drei davon.

Heidi Busch reichte ihm ein Glas Wasser.

Kant lehnte sich zurück und wartete auf die Wirkung. Vor seinen geschlossenen Augen flimmerten die Ziffern der meyerschen Kontoauszüge. Miete, Strom, Wasser, Versicherungen, Pacht.

Pacht? Dreihundert Euro im Jahr.

»Moment«, rief er und sprang auf.

Kant blätterte in dem Ordner. »Hier! Meyer bezahlt Pacht für ein Grundstück! Zahlung an die Stadt. Wo befindet sich dieses verdammte Gelände?«

Weingarten nahm den Kontoauszug. »Das kann ich dir in zwei Minuten sagen, Chef.«

Kapitel 32

Plötzlich erfüllte Licht den Raum. Anna taten die Augen weh und sie blinzelte. Meyer hatte die Verdunklungsplatte von einem Fenster entfernt. Anna nahm seine Silhouette wahr.

»Du solltest etwas essen, Anna!« Meyer hielt ihr einen Pizzakarton hin.

Anna schlug ihm den Karton aus der Hand. »Ich will mich waschen. Bringen Sie mir Wasser und Seife. Ich fühle mich schmutzig. Außerdem möchte ich nicht, dass Sie mich duzen.«

Meyer freute sich über ihren Widerstand. Der Genuss, sein Opfer zu brechen, würde köstlich sein. Wunderbar!

»Sie bekommen Wasser und Seife, wenn Sie mir erlauben, Sie zu duzen«, lächelte er.

»Was soll der Zauber, Meyer? Mit welcher Geschichte wollen Sie vor Gericht um mildernde Umstände buhlen? Hatten Sie vielleicht eine schwere Kindheit?«

Meyer betrachtete sie. Ihre Wortwahl gefiel ihm nicht. War ihre Aufmüpfigkeit echt oder spielte sie ihm etwas vor?

Anna zeigte auf die Tür. »Lassen Sie mich raus! Ich hasse es, eingesperrt zu sein!«

»Beruhigen Sie sich. Es macht keinen Sinn, herumzuschreien. Es hört Sie niemand. Das Gelände ist verlassen und der Schrottplatz wird kaum genutzt.«

»Ich schreie doch gar nicht. Seien Sie einfach vernünftig. Sie haben mich unter Drogen gesetzt, entführt und Sie halten mich gegen meinen Willen fest. Das ist unvernünftig.«

»Mag sein, aber es gefällt mir so.«

»Warum tun Sie das?«

»Weil ich es kann.«

»Das ist eine arme Antwort. Sie steigen auch nur darum auf den Berg, weil er da ist? Die klassische Ausrede der Tyrannen.«

»Ausrede? Wofür? Ich brauche keine. Ich handle, also bin ich.«

Anna seufzte. »Das ist angelesener Mist. Lassen Sie mich frei, dann wird die Sache für Sie glimpflich ausgehen.«

»Das kann ich nicht mehr.«

»Haben Sie Maja Schneider und Belinda Stork getötet?«

»Ich habe den beiden zu einer Bedeutung verholfen, die sie aus eigener Kraft nie erreicht hätten. Sie wurden unsterblich und beendeten ihr Leben in göttlicher Schönheit.«

»Weil Sie ihnen diese albernen Fummel angezogen haben? Das hat sie unsterblich gemacht? Sie müssten doch eigentlich wissen, wie lächerlich das ist.«

Meyer ging zur Tür und trug einen Pappkarton heran.

»Du verstehst nichts von der sakralen Symbolik mythischer Erhöhung! Ich sollte mir überlegen, ob du wert bist, was ich mir für dich ausgedacht habe – du sollst das Kleid tragen, das die Frau auf dem Vermeer anhat.«

»Ach, Meyer«, sprach Anna in nüchternem Ton. »Sterben ist gar nicht so eine große Sache. Sterben ist so normal wie essen, trinken und schlafen. Und es wird nicht dadurch größer, dass Sie mit Theaterkostümen um sich werfen. Sie sind eine Albernheit. Holen Sie Ihre Pubertät nach, dann lässt der Schmerz vielleicht nach, Sie Witzfigur!«

Wütend ging Meyer auf Anna los und hob seine Hand. Einmal angefangen, konnte er gar nicht mehr aufhören, auf sie einzuschlagen.

Wimmernd sackte sie auf dem Boden zusammen. Versuchte, durch Wegdrehen ihren Kopf zu schützen. Nur nicht ohnmächtig werden, flehte sie, dann habe ich keine Kontrolle mehr.

*

Das Gelände, das Meyer gepachtet hatte, befand sich am Rand eines aufgegebenen Industriegebietes. Früher hatte darauf eine Brauerei gestanden. Die riesigen Hallen für die Sudkessel waren ausgeräumt und verfallen. Das Mauerwerk war mit Graffiti verziert, Birken und andere schnell wachsende Bäume hatten Fuß gefasst, Schwalbennester klebten an den Wänden, Plastikmüll türmte sich in den Ecken.

Kant und Busch pirschten sich im Schutz der Überreste der Bierfabrik an Meyers Sommerfrische heran, ohne wissen zu können, ob er sie im Visier hatte. Vielleicht war das Gelände ja kameraüberwacht.

Weingarten war bei den Kollegen des Spezialkommandos geblieben, Neumann stand abflugbereit neben einem Hubschrauber, der starten sollte, sobald der Einsatz begann.

»Ein Schrottplatz«, stellte Busch enttäuscht fest, als sie endlich Sicht auf Meyers Grundstück hatten. »Welch romantisches Ambiente für einen Killer, der Frauen wie Königinnen ausstaffiert.«

Kant deutete auf einen Weg hinter dem Zaun, der das

Grundstück umgab. »Frische Reifenspuren. Jemand war vor Kurzem hier.«

Mit einem Bolzenschneider rückte er dem Maschendraht zu Leibe.

»Es ist so ruhig hier«, flüsterte Heidi Busch, als sie auf den Schrottplatz gehuscht waren und hinter einem Reifenstapel Schutz gefunden hatten. »Was ist, wenn wir falschliegen?«

»Wir liegen nicht falsch«, raunte Kant zurück. »Das Gelände ist groß und nicht alles ist leicht einzusehen. Komm!«

Er stützte seine Hand auf einen Baumstumpf und wollte weiter. Irritiert hielt er inne. Was war das? Hunderte von Ameisen liefen über seine Hand und den Ärmel.

Auch Heidi Busch verstand. »Wir sind doch richtig, Chef.«

*

Der Polizeifunk war für Kay Schaumkuss eine hilfreiche Einrichtung. In der Regel hing er jeden Tag mehrere Stunden vor dem Gerät und verfolgte, was geschah. Obwohl die Polizisten über Funk nur knappe Rahmendaten austauschten, um Blaulicht-Schreiberlinge wie ihn nicht mehr als nötig zu füttern. Die Informanten im Präsidium lieferten jedoch im Bedarfsfall die Hintergründe der Kurzmeldungen. Zum Beispiel, dass Anna Stern auf einem verlassenen Industriegelände vermutet wurde und ein Großeinsatz durchgeführt wurde.

Er sah sich das Gelände auf Google Earth an. Das Grundstück hatte eine Dreiecksform, grenzte an zwei Straßen und die Brauereibrache. Durch den Funk wusste der Reporter, wo das Spezialkommando Position bezogen hatte.

Endlich hatte er die Exklusivgeschichte, die ihn ganz nach

vorn bringen würde. Die Festnahme eines Serienkillers – und er live dabei!

Schaumkuss machte sich auf den Weg. Er stellte den Kleinbus in einer Buschgruppe ab, die von der Straße aus nicht einzusehen war, packte seine Ausrüstung und stapfte zu Fuß weiter.

Der Wind stand günstig. Er öffnete den Koffer und machte den Minihubschrauber startbereit. Die neue Drohne war kleiner, leiser und leistungsfähiger als die, die Fabry mit der Axt zerschlagen hatte. Sie hatte eine größere Reichweite, lieferte schärfere Fotos und er konnte sie als Betriebsausgabe von der Steuer absetzen.

Der Hubschrauber ging in die Luft.

Der Reporter setzte sich auf einen abgesägten Baumstumpf und beobachtete auf dem Display seines Tablets die Bilder, die die Drohne sendete. Verrostete Autowracks. Bauschutt. Plastikfässer. Kein schöner Ort zum Sterben, dachte Schaumkuss, aber der ideale Platz für eine unfassbare Story, die den Lesern das Blut in den Adern gefrieren lassen würde. Verfall und Tod. Verfall und Schönheit. Verfall und Sex. Oder irgendwas dazwischen.

Was war das? Neben einem riesigen Berg von verrostetem Automüll stand ein kleines Gebäude, zu dem ein schmaler Weg führte. Auf dem Weg parkte ein Auto, das kein Schrottteil war. Das Kennzeichen war nicht zu erkennen.

Schaumkuss drosselte die Fluggeschwindigkeit, ließ das Gerät tiefer fliegen und lenkte es zum Fenster. Der Hubschrauber sendete weitere Bilder: der Hinterkopf eines Mannes mit grauem Pferdeschwanz. Er hielt eine dunkelhaarige Frau in den Armen, die nicht ganz bei sich zu sein schien – Blut lief über ihr Gesicht –, aber sie lebte. Unverkennbar Anna Stern. Doch bei dem Mann handelte es sich nicht um Leon Fabry!

Wie hypnotisiert starrte Schaumkuss auf das Tablet. Wer war das? Und was spielte sich da ab?

Er steuerte die Drohne noch näher zum Fenster. Anna Stern blickte jetzt genau in die Kamera. Ihre Lippen bewegten sich zu einem stummen Schrei. Der Pferdeschwanzträger stutzte, ließ Anna los und wandte den Kopf Richtung Fenster. Schaumkuss drückte hektisch die Knöpfe der Fernbedienung und beorderte den Hubschrauber zu sich zurück.

Schwer atmend packte der Reporter alles zusammen und nahm den Weg zurück zu seinem Fahrzeug. Prompt stolperte er über eine Baumwurzel, die sich aus dem Betonboden der verlassenen Brauerei nach oben geschoben hatte. Der Koffer mit der Drohne schrappte an der Wand lang.

Er rappelte sich auf, griff sein Zeug und sah sich um. Stille. Zu viel Stille, um nicht Angst bekommen. Bleib ruhig, ermahnte sich Schaumkuss. Selbst wenn der Kerl die Drohne bemerkt hat, weiß er noch lange nicht, wer sie steuert und wo sich die Basisstation befindet.

Anna Stern war in großer Gefahr – das stand fest. Er musste sich mit der Polizei zusammentun.

Er erreichte seinen Kleinbus und erstarrte. Eine Frau stand dort – locker gegen den Wagen gelehnt. Als warte sie auf ihn.

*

Irgendetwas stimmte nicht, irgendwas lief schief. Meyer konnte das Gefühl nicht präzisieren. Natürlich verdächtigte ihn die Polizei. Doch er hatte einen zeitlichen Vorsprung. Bald würde Anna Stern für immer verschwunden sein. Leider konnte er ihren Abschied nicht so inszenieren, wie es ihr angemessen wäre. In einem blauen Kleid mit gelbem Kragen, das Haar unter einer Haube versteckt.

Er betrachtete seine Gefangene. Er hatte die Kabelbinder an Händen und Füßen erneuert, nachdem er ihr Wasser mit Veronal eingeflößt hatte, eine kleine Dosis, die sie nur leicht benommen machte. Jetzt lag sie mit halb geschlossenen Augen auf der Matratze und döste vor sich hin. Ihre Schönheit hatte Schaden genommen – das machte ihn wütend. Die Schläge ins Gesicht waren ein Fehler gewesen. Ihre rechte Wange war geschwollen, sie hatte zwei blutverkrustete Wunden auf Stirn und Kinn und ihre Oberlippe war aufgeplatzt.

Er beugte sich über sie, lauschte ihrem Atem. Sie roch nicht gut. Er ließ Wasser in eine Wanne laufen, verteilte Waschlotion mit Rosenduft darin und tunkte den Schwamm ein.

Er setzte sich auf die Bettkante. Anna drehte sich zur Seite. Er zwang sie wieder auf den Rücken, zog ihren Pullover nach oben und rieb sie mit dem Schwamm ab – langsam fühlte er sich wieder besser.

*

Kay Schaumkuss war froh, als sich die Frau vor ihm als Polizistin zu erkennen gab.

»Was machen Sie hier?«, fragte Busch.

»Ich weiß, dass Sie das Gelände da vorn absuchen. Wegen der Entführung von Frau Stern.«

»Polizeifunk?«

»Sie wissen doch, wie das läuft«, erwiderte er ungeduldig. »Ja, Polizeifunk. Und jetzt will ich Kant sprechen.«

»Kommen Sie.«

Heidi Busch ging voran, Schaumkuss folgte ihr – den Koffer mit der Drohne immer noch in der Hand.

Das Spezialkommando hatte begonnen, das verwilderte Grundstück zu durchkämmen. Die Männer hatten sich aufgeteilt. Spürhunde schnüffelten an verrosteten Autowracks.

Heidi Busch ließ den Reporter stehen und näherte sich Kant.

»Dieser Schreiberling ist da. Er hat dir was Wichtiges mitzuteilen – sagt er.«

Kant wandte sich Schaumkuss zu. »Sie stören einen Polizeieinsatz. Ist Ihnen das klar?«

Schaumkuss antwortete nicht, öffnete den Koffer und nahm sein Tablet heraus. Er tippte auf das Display. »Schauen Sie mal!«

Kant und Busch sahen Anna, die in die Kamera schaute und etwas sagte. Neben ihr Meyer.

»Wo ist das genau?«, fragte Kant.

»Etwa in der Mitte. In einem Schuppen«, sagte Schaumkuss atemlos. »Frau Stern scheint verletzt zu sein. Beeilen Sie sich.«

»Schicken Sie die Drohne noch mal los!«, forderte Kant.

Schaumkuss folgte dem Befehl und ließ die Drohne hoch über dem Schuppen schweben.

»Da ist es!«, stellte der Reporter fest. »Der Kerl muss noch bei ihr sein.«

Kant informierte das Spezialkommando über die neuen Erkenntnisse. »Der Entführer ist bei der Geisel.«

»Ich will mit«, forderte der Reporter. »Das ist meine Story.«

Kant und Heidi sahen sich an.

»Ich will auf jeden Fall mit«, legte Schaumkuss nach. »Ich habe Ihnen schließlich geholfen. Ohne mich würden Sie …«

»In Ordnung«, unterbrach Kant. »Aber auf eigene Gefahr. Ich passe nicht auf Sie auf. Halten Sie sich zurück und folgen Sie den Anweisungen. Los!«

Holz splitterte. Zwei schwarz gekleidete Männer mit Schutzschilden und schussbereiten Maschinenpistolen stürmten in den Raum. Hinter ihnen Kant.

Meyer griff zur Schere und stürzte sich auf Anna, doch sie ließ sich zurückfallen auf die Matratze und trat ihm mit den gefesselten Beinen in den Unterleib. Meyer sackte zusammen und wurde überwältigt.

Kant befreite Anna von den Kabelbindern und zog sie an sich. »Ist alles in Ordnung? Hat er dir etwas angetan?«

Sie versuchte zu antworten, doch es klappte nicht.

»Anna, nun sag was«, bat er. »Irgendwas.«

»Du bist ein solcher Idiot, Kant«, schluchzte sie. »So ein verdammter Idiot.«

»Ich weiß«, flüsterte er.

Kapitel 33

Kay Schaumkuss schoss ein Foto von Anna Stern und Karlo Kant, eng umschlungen, knipste die entführte Frau, wie sie auf einer Trage in die Ambulanz geschoben wurde – unter dem sorgenvollen Blick des ermittelnden Hauptkommissars und Leiters der Sonderkommission. Da ist sogar noch eine Lovestory drin, erkannte der Reporter.

Auch den Entführer hatte er voll im Bild. Dass es sich um den Restaurator der Kunsthalle handelte, war ihm inzwischen klar geworden.

Schaumkuss verabschiedete sich und machte sich an die Arbeit.

Wenig später bekam er von der Chefredaktion grünes Licht: Er durfte die erste Mantelseite der nächsten Ausgabe füllen.

*

Am nächsten Morgen las Leon Fabry die rührende Geschichte von der Rettung der entführten Anna Stern in der Zeitung. Die Fotos waren eindeutig. Meyer war also gefasst worden und es war nur eine Frage der Zeit, bis er auspacken würde.

Ich muss hier weg, dachte Fabry. Die Polizei hatte die Observierung seines Hauses nach der Festnahme Meyers eingestellt, die Gelegenheit war also günstig.

Fabry holte die Dokumententasche mit den Bankunterlagen und den Ausweisen aus dem Versteck, packte notwendige Dinge wie Kleidung und Waschutensilien in eine Reisetasche und setzte sich in seinen Wagen. Sein Fluchtplan stand schon seit Jahren fest, denn es war ihm klar gewesen, dass Meyer und er dieses Spiel nicht ewig würden spielen können.

Fabry warf einen letzten Blick auf sein Haus. Er würde es verkaufen, sobald er in Sicherheit war.

Fabry vergewisserte sich erneut, dass ihn niemand beobachtete, startete den Motor und fuhr los. Unterwegs sah er mehrere Male in den Rückspiegel – niemand verfolgte ihn. Sie konzentrieren sich jetzt mit allen Kräften auf Meyer, dachte er, und das ist gut so. Das verschafft mir Zeit, mein nächstes Leben einzurichten.

*

Kay Schaumkuss saß beim Frühstück und war stolz auf sich. Es war immer wieder ein erhabenes Gefühl, den eigenen Namen in der Autorenzeile zu lesen. *Ein Exklusivbericht von Kay Schaumkuss.*

Der Chefredakteur hatte ihm den Posten des zweiten Chefreporters in Aussicht gestellt.

Er las seinen Artikel Wort für Wort und fand, dass er geniale Formulierungen gefunden hatte. Natürlich lobte er die

Polizei über den grünen Klee für ihren schnellen und beherzten Zugriff, hatte aber auch nicht vergessen, seine eigene Rolle und die Drohne zu erwähnen. Das Foto mit Anna Sterns ängstlichem Gesicht hinter dem Fenster machte sich gut.

Chefreporter! Er hatte es geschafft.

*

Vor der Tür schob ein Polizist Wache. Kant grüßte den Kollegen und trat ein. Anna musste eine Aussage machen. Am Tag vorher war sie noch nicht dazu in der Lage gewesen.

Sie saß aufrecht im Bett, als Kant das Krankenzimmer betrat. Die Wunden im Gesicht waren versorgt und geklammert worden, auf der lädierten Braue klebte ein Pflaster. Doch ihre Augen waren wach und der Blick nicht mehr so verschleiert wie am Tag zuvor.

»Anna, wie geht es dir?« Er nahm ihre Hand.

»Ich fühle mich wie neugeboren. Dem Tod sozusagen von der Schippe gesprungen.«

»Es tut mir so leid, dass ich dir das nicht ersparen konnte«, sagte Kant zerknirscht. »Aber Meyer war völlig unverdächtig. Ich hatte mich zu früh auf Fabry festgelegt. Bist du in der Lage, eine Aussage zu machen?«

»Natürlich. Möchtest du einen Saft? Sie verabreichen mir hier hohe Dosen Vitamine. Dabei hätte ich lieber einen Kaffee.«

Er zog los, ließ sich den Weg zum Automaten zeigen und kehrte mit zwei Bechern Kaffee zurück.

»Hier. Milch, ohne Zucker.«

Sie lächelte und berichtete endlich, was sich in der Kunsthalle und danach abgespielt hatte.

»Wie ich in den Schuppen gekommen bin, weiß ich nicht. Er hat mir Schlafmittel verabreicht.«

»Veronal«, nickte Kant. »Wie zuvor Maja Schneider und Belinda Stork.«

»Habt ihr Meyer schon vernommen?«, fragte sie.

»Nein, das steht für heute Nachmittag an. Zurzeit untersuchen die Kollegen noch das Gelände. Wir brauchen handfeste Beweise, dass Meyer die zwei Frauen getötet hat. In deiner Sache käme er sonst mit einer Strafe wegen Freiheitsberaubung und Körperverletzung davon.«

»Was war in dem Karton?«

»Ein Kostüm. Mittelblau mit gelbem Kragen.«

»Das Kleid vom Vermeer-Gemälde. Er wollte es mir anziehen, bevor er mich tötete.« Sie schauderte.

Kants Handy klingelte. Er schaute auf das Display. »Die Kollegen. Ich muss rangehen.«

Die Nachricht, die er erhielt, bedeutete vielleicht den ersehnten Durchbruch.

*

Leon Fabry erreichte den Amsterdamer Flughafen Schiphol, ohne in einen größeren Stau zu geraten. Er buchte einen Flug nach Madrid, selbstverständlich unter falschem Namen. Die Ausweispapiere hatte er sich schon vor langer Zeit beschafft.

Er musste zwei Stunden warten. Er setzte sich in ein Internetcafé und las die Onlineausgaben mehrerer Zeitungen. In allen war die Entführung und Rettung von Anna Stern ein großes Thema. Meyer war auf einigen Fotos gut zu erkennen. *Foto: Kay Schaumkuss* – so stand es auf einem Insert, das eingeblendet wurde. Der schmierige Schreiberling war also noch immer im Geschäft.

In keinem der Berichte wurde der Name *Fabry* genannt. Meyer hatte also noch nicht gesungen oder die Polizei machte nicht alles öffentlich.

Fabry googelte die E-Mail-Adresse des Polizeipräsidiums heraus und formulierte eine Nachricht an Kant.

Lieber Herr Hauptkommissar,
ich gratuliere Ihnen zu Ihrem Erfolg. Es freut mich, dass Sie eingesehen haben, dass ich mit den Morden nichts zu tun habe. Herr Meyer ist mir allerdings nicht unbekannt, da ich dem Trägerverein der Kunsthalle angehöre. Bitte grüßen Sie Frau Stern von mir und versichern Sie ihr meine tiefe Ergebenheit und uneingeschränkte Sympathie. Ich begebe mich jetzt auf eine längere Auslandsreise, da mich Ihre Verdächtigungen sehr belastet haben und ich mich erholen muss.
Hochachtungsvoll Leon Fabry

Kurz bevor er in den Flieger stieg, versandte er die Mail. Man würde feststellen, dass er den Brief von Schiphol aus geschrieben hatte, doch das machte nichts. Seinen neuen Namen würden sie so schnell nicht herausbekommen.

*

»Kommen Sie«, sagte der Spurensicherer und ging voran. »Sie ist hinter dem Schuppen verscharrt worden.«

Kant folgte dem Mann.

Rechtsmediziner Dr. Bornemann stand vor einer Grube, in der ein Körper lag, der noch halb von Erde bedeckt war. Die Plastikfolie über dem Kopf war ausgeschnitten worden und ein Totenschädel sichtbar.

»Zweifellos eine Frau«, stellte Bornemann fest. Der Schädel hatte lange, blonde Haare.

»Das war um ihren Hals gebunden.« Bornemann reichte dem Kommissar eine Goldkette mit einem Medaillon.

Kant öffnete es: Jens Hackmann blickte ihm lachend entgegen.

»Elke Hackmann«, stellte Kant fest. »Wir müssen den Ehemann informieren. Kannst du schon etwas darüber sagen, wie sie getötet wurde?«

»Erst, wenn sie auf dem Tisch liegt«, antwortete Bornemann. »Und nach sechs Jahren in der Erde darfst du nicht viel erwarten, auch wenn sie in Plastik verpackt war.«

*

»Das ist alles ein Missverständnis«, behauptete Meyer. »Ich hab Frau Stern zwar entführt, aber töten wollte ich sie keinesfalls. Ganz im Gegenteil. Ich wollte sie retten.«

Kant traute seinen Ohren nicht. Der Kerl hatte vielleicht Nerven!

»Vor wem wollten Sie sie retten?«

»Vor Fabry.«

Fassungslos schüttelte Kant den Kopf.

»Sie glauben mir nicht?«, legte Meyer nach. »Fabry ist der irre Serienkiller – nicht ich!«

»Interessant. Und welche Rolle spielen Sie?«

»Das ist eine lange Geschichte«, entgegnete Meyer.

»Wir haben alle Zeit der Welt. Also?«

»Ich kenne Leon Fabry schon seit meiner Jugend. Er hatte eine schwere Kindheit. Er wurde von seiner Mutter systematisch gequält.«

»Woher kennen Sie ihn?«

»Wir waren Schulkameraden. In einem Internat. Er war schon immer etwas seltsam und die anderen Kinder ärgerten ihn – und noch mehr, nachdem sie ihn mal in Mädchenkleidern erwischt hatten. Ich schützte ihn, so gut ich konnte. Ich habe Durst. Könnte ich wohl ein Glas Wasser bekommen?«

Kant drückte auf die Taste des Gerätes, das den Verhörraum mit dem Büro verband, und bestellte etwas zu trinken. Meyer will Zeit gewinnen, um eine Geschichte zu erfinden, dachte er.

»Sie haben Fabry also beschützt. Wie ging es weiter?«

»Wir verloren uns aus den Augen. Bis ich seine Tante zufällig wiedertraf. Ich kannte sie, denn Leon und ich hatten sie mehrfach besucht. Sie schneiderte historische Kostüme – von ihr hatte Leon diese Leidenschaft für schöne Kleider und Stoffe übernommen.«

»Wann haben Sie den Kontakt aufgefrischt?«

»Vor ungefähr zehn Jahren«, erklärte Meyer. »Ich hatte den Job in der Kunsthalle angenommen. Fabry kam ja aus Berghof und er lebte noch immer dort.«

»Und dann haben Sie beide sich zusammengetan, Frauen entführt und getötet?«, fragte Kant ungeduldig.

»Nein. Fabry hat mich da reingezogen. Er hat mich erpresst.«

»Womit?«

»Ich habe versehentlich eine Frau umgebracht. Es war ein Unfall. Und Fabry hat mich dabei beobachtet und Fotos gemacht.«

Ein Mineralwasser und zwei Gläser wurden gebracht. Die Polizistin überreichte Kant außerdem ein Blatt Papier. Es war ein Ausdruck der Mail von Fabry.

Lieber Herr Hauptkommissar,
ich gratuliere Ihnen zu Ihrem Erfolg …

Verdammt!, dachte Kant.

Er trank selbst einen Schluck Wasser und wandte sich wieder Meyer zu.

»Wen haben Sie versehentlich getötet?«

»Eine Kollegin aus der Kunsthalle. Elke Hackmann, Museumspädagogin. Wir hatten eine Affäre. Manchmal trafen wir uns heimlich bei mir – sie war verheiratet. Wir lebten bestimmte Sexpraktiken aus, wenn Sie wissen, was ich meine.«

»Nein, ich weiß nicht, was Sie meinen.« Kant war genervt.

»Nun ja, *Asphyxiophilie.* Atemnot.«

»Sie haben Frau Hackmann erwürgt?«, fragte Kant nach.

»Ja. Aber es war ein Unfall. Sie hat ja schließlich mitgemacht. Als sie tot war, habe ich ihre Leiche hinter dem Schuppen vergraben … weil ich Angst hatte, dass man mir nicht glaubt, dass es ein erotischer Unfall war. Fabry hat fotografiert, wie ich sie beerdigt habe, und danach hat er mich erpresst.«

»Maja Schneider, Karin Schneider und Belinda Stork. Was ist mit denen passiert?«

»Der Name Karin Schneider sagt mir nichts«, antwortete Meyer. »Fabry hat mich auf die anderen beiden aufmerksam gemacht. Er wollte sie als Gemälde inszenieren, in Kostüme stecken, die seine Tante genäht hatte. Das erregte ihn. Während er zuguckte, wie sie starben, holte er sich einen runter.«

Kant fiel es schwer, ruhig zu bleiben.

»Ich habe damit nichts zu tun – glauben Sie mir!«

»Und was hatte Fabry mit Frau Stern vor?«

»Was wohl? Das Gleiche. Er hat sie tagelang beobachtet und belästigt. Ich wollte sie vor ihm in Sicherheit bringen. Ich mochte sie.«

»Frau Stern erzählt die Geschichte aber anders. Sie haben ihr Veronal eingeflößt, sie verschleppt und zusammengeschlagen.«

»Sie hat mich wütend gemacht.«

»In dem Karton befand sich ein historisches Kostüm. Blau mit gelbem Kragen. Dem verschwundenen Vermeer-Bild nachempfunden. Wer hat dieses Kleid genäht? Luise Kranach ist tot.«

»Fabry. Er war fast so geschickt wie seine Tante. Als er ein Foto von dem Vermeer sah, das ich gemacht hatte, kam er auf diese Idee.«

Kapitel 34

Goldstein nahm den Telefonhörer ab.

»Hier ist Rebecca Leist. Erinnern Sie sich an mich?«

»Natürlich.«

»Darf ich Sie etwas fragen?«

Goldstein räusperte sich. Es war bereits kurz vor Mitternacht und er war dabei, ins Bett zu gehen.

»Ja, fragen Sie«, antwortete er.

»Nehmen wir an, ich hätte Kontakt zu demjenigen, der den Vermeer gestohlen hat.«

»Haben Sie?«, fragte er scharf.

»Natürlich nicht«, entgegnete sie schnell. »Meine Fragen sind rein theoretisch.«

»Und was wäre dann Ihre Frage?«, wollte Goldstein wissen. »Bisher haben Sie mir keine gestellt.«

»Was sollte man dem Dieb raten?«

»Er muss das Bild zurückgeben. Und zwar ohne Wenn und Aber. Kein Sammler, der etwas auf sich hält, wird ein Bild erwerben, das Spuren einer Übermalung aufweist und an dem außerdem Blut klebt.«

»Vielleicht ist das Bild ja inzwischen von den *Pentimenti* befreit«, wandte Leist ein. »Wer kann das wissen?«

»Selbst wenn.« Diese Frau ist merkwürdig und undurchsichtig, dachte Goldstein und setzte nach: »Ich kann mir nicht vorstellen, dass der Dieb jemanden findet, der das Bild kompetent instand setzt, ohne Fragen zu stellen. Dazu hat die Geschichte zu viele Schlagzeilen erzeugt. Das Bild ist schlicht unverkäuflich. Heiße Ware, an der sich niemand die Finger verbrennen wird.«

»Danke für die Auskunft«, sagte Rebecca Leist. »Dann will ich Sie nicht länger stören.«

»Warten Sie. Was soll dieser Anruf? Sie konnten sich meine Antworten doch denken, oder? Wissen Sie etwa, wo sich das Gemälde befindet?«

»Natürlich nicht!«, antwortete sie mit Nachdruck.

»Ich kann Ihnen nur eins raten: Falls sich der Dieb an Sie wenden sollte, machen Sie ihm klar, dass er den Vermeer zurückgeben muss. Was hindert ihn daran, das Bild in Packpapier zu wickeln und in die Post zu geben?«

Leist sagte nichts.

Sie weiß mehr, als sie zugeben will, dachte Goldstein. Er war wütend. Diese Frau hatte er noch nie leiden können und nun schien sie sogar in den Diebstahl verwickelt zu sein. Aber er beherrschte sich.

»Sie sind doch Kunsthistorikerin, Frau Dr. Leist. Lassen Sie nicht zu, dass die Welt nicht wissen wird, was das Bild zeigt. Ich beschwöre Sie! Falls Sie den Dieb kennen, reden Sie ihm ins Gewissen.«

*

Der vorläufige Bericht über die Untersuchung des Schuppens lag vor. Die Kriminaltechniker waren fündig geworden: Die drei toten Frauen Elke Hackmann, Maja Schneider und Belinda Stork hatten Haare, Speichel und Tränenflüssigkeit in dem Schuppen hinterlassen. Ein Lappen mit Blutflecken konnte Anna Stern zugeordnet werden. Und noch mehr

DNA wurde gefunden: Leon Fabry war ebenfalls Besucher des Schuppens gewesen.

»Spermaspuren?«, fragte Heidi Busch in der Dienstbesprechung.

»Das nicht«, antwortete Kant. »Aber Meyer und Fabry haben bestimmt einige Male aufgeräumt. Auf dem Gelände wurde ein Feuerkorb mit frischer Asche gefunden.«

»Gegen Meyer haben wir die Aussage von Anna Stern. Und sein Geständnis im Fall der toten Elke Hackmann. Das reicht, um ihn ein paar Jahre hinter Gitter zu bringen.«

»Aber wer hat die beiden anderen Frauen erstochen?«, rief Dirk Weingarten wütend. »Wer hat das Messer genommen und zugestochen?«

Kay Schaumkuss war überrascht, als ihn Hauptkommissar Karlo Kant ins Präsidium bat.

»Ich brauche Ihre Hilfe«, kam Kant ohne Umschweife zur Sache.

»Gerne«, lächelte Schaumkuss geschmeichelt.

»Kann ich davon ausgehen, dass Sie Ihre Berichterstattung mit mir abstimmen, wenn ich die bisherigen Ermittlungen Ihnen gegenüber exklusiv offenlege?«

»Und was sagt die Pressestelle Ihres Hauses dazu?«, fragte Schaumkuss zurück.

»Die wird davon nichts erfahren. Das ist ein Deal zwischen uns.«

Kant stand auf und ging auf und ab. Schaumkuss war in seinen Augen ein ziemlich übles Subjekt, doch er hatte keine andere Wahl. Fabry las regelmäßig Zeitung und das wollte er ausnutzen.

»So ein Deal kann Ihren Kopf kosten«, wunderte sich der Reporter.

»Machen Sie sich um mich keine Sorgen«, erwiderte Kant.

»Ich will diesen Fall klären und beide Täter aus dem Verkehr ziehen. Gegen Fabry fehlen uns noch Beweise.«

»Fabry? Wieso Fabry?« Schaumkuss staunte. »Ich dachte, der wäre aus dem Schneider.«

Kant erzählte ihm von der Zusammenarbeit der beiden Männer.

»Das ist ja ein Hammer!«, jubelte Schaumkuss. »Zwei Psychos? Was hat der eine gemacht und wofür war der andere zuständig? Oder haben die etwa beide mit den Frauen …« Er stockte. Die Bilder, die der Reporter plötzlich im Kopf hatte, ließen ihn erröten.

»Gerade über die Rollenverteilung will ich ja mehr herausbekommen. Mit Ihrer Hilfe.«

»Gut. Ich bin dabei. Und ich schreibe nur das, was Sie höchstpersönlich absegnen – jedenfalls bemühe ich mich. Also, was soll ich schreiben?«

*

Angelo Salieri fühlte sich einsam. Er war froh, dass Anna alles gut überstanden hatte. Im Krankenhaus hatte er erfahren, dass sie entlassen worden war. Aber er kam nicht an sie heran. Sie drückte ihn weg, wenn er sie auf dem Handy anrief. Sie in ihrer Wohnung zu besuchen, das traute er sich nicht. Meyer. Was war in den Mann gefahren? Wie hatte er alle so täuschen können?

Aber vielleicht hat er gar nicht getäuscht, dachte Angelo, wir haben uns gar nicht für ihn interessiert. Auch er hatte sich nie gefragt, ob Meyer glücklich war, ob er Frau und Kinder hatte oder welche Blumen er am liebsten mochte.

Was Becca jetzt wohl machte?

Neulich war er zufällig an ihrem Haus vorbeigefahren. Es wurde bald Herbst und die Blätter fielen in diesem Jahr früher, weil der Sommer heiß und regenarm gewesen war. Der Wind hatte einen rostbraunen Wall aus Laub vor der Haustür zusammengefegt, die Rosen im Vorgarten waren verblüht, nur ein paar späte Astern tupften ein wenig Farbe in die Verlassenheit.

In der Kunsthalle fragte niemand mehr nach Rebecca, sie war ja nie besonders geschätzt worden. Kompetenz allein macht nicht beliebt, dachte er, Sympathie erlangt man nur durch entsprechendes soziales Verhalten.

Kurz entschlossen wählte er ihre Nummer.

Es dauerte eine Weile, bis sie abhob. Ihre Stimme klang lebhaft und sie sprach Italienisch.

»Hier ist Angelo. Becca, wie geht es dir?«

Sie schien überrascht, behauptete dann schnell, dass alles in Ordnung sei, und versicherte Angelo, sich zu freuen, seine Stimme zu hören. »Bei euch war ja einiges los«, stellte sie fest. »Ich höre deutsches Radioprogramm. Eine Entführung. Ausgerechnet Frau Stern. Die Arme hatte doch schon genug gelitten ... der Tod des Onkels, das gestohlene Bild und dann noch Kidnapping.«

»Hast du tatsächlich Mitleid mit ihr? Oder ist das nur eine Form der Ironie, die sich mir durchs Telefon nicht erschließt?«, fragte Angelo.

Becca hat noch immer Freude an der Häme, stellte er grinsend fest. Es hätte ihn auch gewundert, wenn sie zur Heiligen mutiert wäre.

Leist lachte heiser. »Ja, ich gebe zu, dass mir die Stern ziemlich egal ist. Und Meyer zwei hielt ich schon immer für einen komischen Vogel. Will Frau Stern die Bilder eigentlich nach wie vor verkaufen?«

»Sie hat sich noch nicht endgültig entschieden«, antwortete Salieri. »Obwohl Goldstein Interesse hat und auch schon potenzielle Kunden. Jetzt fehlt nur noch der Vermeer.«

»Ja, schade, dass ausgerechnet der weg ist.«

»Und du hast keine Ahnung oder einen Hinweis?«, hakte er nach.

»Nein. Hast du sonst noch Fragen?«

»Becca, wenn du etwas weißt, dann solltest du …«

»Es reicht.« Ihre Hand zitterte, als sie den Hörer auflegte.

*

Im Präsidium schmiedeten Kant und Schaumkuss an dem Plan, Fabry hervorzulocken.

»Wir müssen Leon Fabry dazu bringen, uns zu verraten, wo er sich befindet«, stellte Kant fest.

»Schon wieder eine Lockvogelnummer?«, fragte Schaumkuss.

»Nein. Wir manipulieren ihn«, antwortete der Kommissar. »Wir kündigen ein Geheimnis an und beschwören zugleich Angst herauf.«

»Das ist mir zu hoch«, bekannte der Reporter.

»Es ist ganz einfach und funktioniert fast immer.«

»Wenn Sie es sagen«, meinte Schaumkuss. »Was soll ich schreiben?«

»Geheimnis und Angst«, erklärte Kant. »Das sind die Zauberworte. Sie kündigen in Ihrer Zeitung an, dass der Fall geklärt ist und Staatsanwaltschaft und Polizei sensationelle Ergebnisse vorlegen werden – das ist das Geheimnis. Gleichzeitig schreiben Sie, dass Meyer Fabry als sexuell abartigen Mörder bezeichnet hat, der in die Klapse gehört. Und Sie fordern die Bevölkerung auf, bei seiner Ergreifung zu helfen. Wir setzen in Absprache mit dem Staatsanwalt eine Belohnung von zehntausend Euro aus. Das ist die Angst.«

Schaumkuss überlegte.

»Gut«, sagte er schließlich.

Kapitel 35

In einem Luxushotel in Spanien lebte es sich gar nicht schlecht. Fabry befand sich inzwischen in Madrid, wo er sich einige Tage aufhalten wollte, bevor er sein endgültiges Ziel in Brasilien erreichen würde.

Das Zimmer hatte einen Internetanschluss, sodass sich Fabry über die Neuigkeiten aus Rheinburg auf dem Laufenden halten konnte.

Kostümmorde vor der Aufklärung – Serienkiller flüchtig, Komplize des Monsters von Rheinburg legt Geständnis ab – Junge Frau gerettet – diese Schlagzeilen knallten Fabry morgens entgegen.

Offensichtlich hatte Meyer ihm die Morde in die Schuhe geschoben und ihn als psychisch krankes Schwein bezeichnet. *Die Staatsanwaltschaft legt morgen neue Fakten vor, die beweisen sollen, dass der flüchtige Leon Fabry mehrere Frauen getötet hat.*

Der Reporter nannte vier Namen: *Karin Schneider, Elke Hackmann, Maja Schneider* und *Belinda Stork.*

Mit einem Schlag änderte sich Fabrys Laune. Elke Hackmann ging voll auf das Konto von Meyer und Karin Schneider kannte er gar nicht. Lediglich bei Maja Schneiders und Belinda Storks Tod war er involviert gewesen.

*

Jens Hackmann hatte die Nachricht vom Tod seiner Frau Elke mit Erschütterung zur Kenntnis genommen. Eine Identifizierung war nicht notwendig, denn die Analyse war eindeutig – so erfuhr er. Aber war es nicht seine Pflicht, sie noch einmal zu sehen? Die Polizistin hatte ihm dringend abgeraten, er solle sie so in Erinnerung behalten, wie sie lebend gewesen sei – und nicht als Skelett mit ausgehöhlten Augen, grinsendem Gebiss und aufgefressenem Gewebe.

Sein Telefon klingelte. Hackmann zögerte, wartete. Weil das Gebimmel nicht aufhörte, hob er ab.

»Guten Tag, Herr Hackmann«, sagte eine ihm fremde Männerstimme. »Mein Name ist Leon Fabry. Ich habe Beweise, dass Ihre Frau ermordet worden ist.«

»Da sagen Sie mir nichts Neues«, entgegnete Hackmann. »Ihre Leiche wurde von der Polizei gefunden.«

»Wissen Sie denn auch, wer der Mörder ist?«, fragte der Mann.

»Das wird mir die Polizei mitteilen«, sagte Hackmann, »sobald die Ermittlungen abgeschlossen sind.«

»Wollen Sie es jetzt schon wissen?«

Hackmann zögerte. Wer war dieser Mann? Ein Verrückter? Jemand, der es darauf anlegte, Hinterbliebene von Opfern zu quälen?

»Ich warte ab, bis es offiziell ist.«

»Ich würde Ihnen gern einige Fotos zumailen«, sagte Fabry. »Dann wissen Sie, dass ich Ihnen wirklich nur helfen will.«

Elke Hackmann liegt mit merkwürdig verrenkten Gliedmaßen auf einem Bett. Ihre Augen sind halb geschlossen. Das blonde, lange Haar ist nach oben gekämmt und mit einer Spange fixiert. Im Haar steckt eine Rose. Die Lippen sind halb geöffnet. Sie trägt ein tomatenrotes Kleid, das im Oberteil mit schwarzer Spitze verziert ist. Ihre Schultern sind nackt.

Hackmann starrte das Foto an. Elke. Damals. Kurz vor ihrem Tod.

Das nächste Bild: *Elke im Arm eines Mannes. Sein Gesicht ist nicht zu erkennen. Ihr Kopf liegt auf seiner Schulter.*

Das dritte Foto: *Elke mit nacktem Oberkörper. Die Hände des Mannes auf ihren Brüsten. Sie schaut direkt in die Kamera. Lächelt.*

Foto vier: *Seine Hände um ihren Hals. Sein nackter Oberkörper an ihrem. Ihre Schenkel gespreizt. Er dazwischen.*

Foto fünf: *Der Mann dreht sich um.*

Es ist Meyer.

Hackmann heulte auf und klickte das nächste Foto an. Die Schau steigerte sich ins Grauenvolle.

Elke. Leblos. In einer Plastikfolie. Daneben eine Grube.

Hackmann spürte zuerst nichts. Doch dann passierte es. Eine unfassbare Wut ließ das Blut in seinen Adern kochen.

Nach einem Glas Cognac und zwei Pillen Ritalin stand sein Entschluss fest.

*

Drei Stunden später rief Kant seine Kollegen zusammen.

»Fabry hat Hackmann angerufen und ihm Fotos gemailt«, informierte Kant die anderen. »Fotos von Elke Hackmanns letzten Stunden. Zusammen mit Meyer. Hier!«

Er legte die Ausdrucke auf den Konferenztisch.

»Wie übel ist das denn«, sagte Heidi Busch angewidert. »Und der arme Mann musste sich die Fotos ansehen.«

»Die Mail kam aus einem Internetcafé in der Nähe von Madrid. Interpol ist verständigt, die Fahndung läuft – auch wenn das vermutlich nichts bringt. Fabry muss unter falschem Namen reisen – sonst hätten wir ihn längst«, meinte Kant. »Aber immerhin hat er reagiert. Jetzt muss ich den Haftrichter dazu bringen, Meyer auf freien Fuß zu setzen. Damit Fabry zurückkommt, um sich ihn zu schnappen.

Schaumkuss wird ein hübsches Foto von Meyer machen und es veröffentlichen. Ist die Rundumbewachung organisiert?«

Nur mit Mühe brachte Kant den Richter dazu, Meyer vorläufig auf freien Fuß zu setzen. Erst als er seinen Plan offenlegte und versicherte, dass Meyer keinen Schritt ohne Polizeiüberwachung machen konnte, stimmte der Jurist zu.

Kurz darauf hielt es Meyers Pflichtverteidiger der eigenen Eloquenz zugute, dass sein Mandant als relativ freier Mann aus dem Amtsgericht spazieren durfte. Der Restaurator bekam zur Auflage, sich täglich bei der Polizei zu melden und die Stadt nicht zu verlassen.

Als Meyer in Begleitung seines Rechtsbeistandes die Straße betrat, war Kay Schaumkuss bereit.

Eine Stunde später gab es in der Onlineausgabe der Zeitung eine neue Geschichte: *Skandal: Komplize des Kostümkillers aus der U-Haft entlassen* – garniert mit mehreren Fotos.

Anna Stern verließ ihre Wohnung. Sie hatte sich einverstanden erklärt, vorübergehend in eine Pension zu ziehen, in der die Polizei gefährdete Personen und wichtige Zeugen unterzubringen pflegte. So war sie weder für Meyer noch für Fabry erreichbar.

»Bald ist es vorbei«, versprach Kant und hievte zwei Koffer in seinen Dienstwagen. »Ich werde jeden Tag nach dir schauen, wenn du erlaubst.«

»Das brauchst du nicht«, entgegnete sie. »Ich langweile mich schon nicht. In einer Woche geht der Katalog in Druck – ich muss noch Korrektur lesen.«

»Dann willst du das durchziehen?«

»Natürlich.« Sie sah ihm in die Augen. »Ich brauche Normalität und eine sinnvolle Beschäftigung. Sonst denke ich den ganzen Tag über all das nach. Dass Meyer frei ist, führt nicht gerade dazu, dass ich mich sicher fühle.«

»Es wird dir nichts geschehen.«

Anna sah ihn spöttisch an. »Diesen Satz hab ich schon mal gehört, Kant.«

*

Meyer konnte sein Glück kaum fassen: Er war frei. Die Stadt durfte er nicht verlassen, vor seinem Haus stand ein Polizeiwagen und vermutlich war seine Wohnung verwanzt. Das alles war aber immer noch erträglicher als die kleine Zelle im Untersuchungsgefängnis.

Wegen Elke Hackmann können sie mir nicht viel, dachte er. Erotischer Unfall.

Meyer sah die Post durch. Nichts Besonderes, bis auf ein Schreiben seines Arbeitgebers. Er war bis zur Klärung der Vorwürfe gegen ihn von seiner Arbeit entbunden. Auch gut. In die Kunsthalle zurück wollte er ohnehin nicht. Sucher sollte sich einen anderen Dummen suchen, der den ganzen Tag an Gemälden rumfummelte, um sich von arroganten Kunsthistorikern wie Frau Dr. Leist herablassend behandeln zu lassen.

Der Restaurator blickte aus dem Fenster. Die Polizisten warteten brav in ihrem Auto.

Denen gebe ich mal was zu tun, dachte Meyer, warf sich in sein Jackett und trat auf die Straße. Dort gab er sich unschlüssig, um den Deppen im Polizeiwagen die Gelegenheit zu geben, aus ihrem Nickerchen zu erwachen. Es klappte, denn ein Bulle blickte zu ihm herüber.

Meyer schlug den Weg zur Bushaltestelle ein und grinste innerlich, als der Polizeiwagen gegenüber hielt. Meyer hob die Hand und winkte den Beamten freundlich zu.

Ein Mann stellte sich zu ihm in das Bushäuschen. Der Bus kam und hielt, versperrte den Blick auf die Bewacher.

»Herr Meyer?«, fragte der Mann neben ihm.

»Ja?«

Die Türen öffneten sich automatisch. Einige Fahrgäste stiegen aus und gingen stumm ihrer Wege.

Meyer sah den Mann an. Er trug eine Baseballkappe, einen Vollbart und eine Sonnenbrille. Das war doch … Der Restaurator stutzte und verstand plötzlich. Doch er schaffte es nicht mehr, dem erhobenen Arm Jens Hackmanns auszuweichen. Das war's also, dachte Meyer, bevor er zusammenbrach und alles dunkel wurde.

»Der Bus war dazwischen, wir konnten nichts sehen«, verteidigten sich die Polizisten eine Stunde später. »Und als der Bus weiterfuhr, lag er da und der Mann hielt das blutige Messer in der Hand.«

Hackmann hatte sich widerstandslos festnehmen lassen. Leider war Meyer von dem falschen Mann umgebracht worden. Irgendwie habe ich kein Glück mit Lockvogel-Einsätzen, dachte Kant.

Wenigstens Reporter Kay Schaumkuss jubilierte: Der Mörder war selbst ermordet worden! Vom Ehemann eines seiner Opfer. Selbstjustiz in ihrer schönsten Form!

Kurz darauf wurde in der Onlineausgabe der Tod des Komplizen des Kostümkillers gemeldet. Schaumkuss hielt sich mit Details zurück, kündigte aber einen weiteren Exklusivartikel in der Printausgabe des nächsten Tages an. Die Leser sollten die Zeitung schließlich kaufen, statt sie nur kostenlos im Internet zu konsumieren.

*

Den Abend verbrachten Kant und Anna gemeinsam in einem Restaurant in der Nähe der Pension. Sie reagierte erleichtert auf Meyers Tod, schämte sich aber sogleich dafür.

»Als Restaurator war er unübertroffen, wirklich«, meinte sie. »Er konnte Bilder gut beschreiben und erkannte die geheimen Botschaften in den Gemälden. Wie kann ein Mensch so viel schöne und gute Eigenschaften besitzen und gleichzeitig so abgrundtief böse sein?«

»In Meyers Leben ist wohl ziemlich viel schiefgelaufen«, stellte Kant fest. »Hast du nie bemerkt, dass er sich Frauen gegenüber komisch verhielt?«

Anna verneinte. »Es gibt viele andere Männer, die sich auffälliger verhalten. Sucher zum Beispiel mit seiner altväterlichen Charmeoffensive oder du, Kant.«

»Ich?«

»Deine Beziehungsangst. Deine Distanz. Du kannst Nähe nicht zulassen. Im Vergleich zu dir war Meyer normal – jedenfalls auf den ersten Blick.«

Er lächelte. »Der erste Blick ist eben nicht ausreichend. Vielleicht möchtest du bei mir ja mal einen zweiten oder dritten riskieren?«

»Lass mir Zeit. Bitte.« Sie wechselte das Thema und erzählte von der Ausstellung.

Er tauchte in den Klang ihrer Stimme ein und entspannte sich. Beziehungsangst, Distanz. Traf das wirklich auf ihn zu?

Gegen Mitternacht brachte er sie zur Pension zurück. Er wartete vor dem Haus, bis sie ihm am Fenster ein Zeichen gab, dass alles in Ordnung war. Die Frage, ob er noch mit nach oben kommen dürfe, hatte er lieber nicht gestellt.

Kapitel 36

Fabry las den Artikel noch vor dem Frühstück. Der Mord an Meyer stimmte ihn heiter. Das hatte er sich erhofft. Hackmann hatte ihm seinen Wunsch erfüllt und Meyer erledigt.

Fabry klickte eine Seite an, die seine zukünftige Heimat zeigte. Langsam freute er sich auf sein neues Leben in Brasilien. Als kleiner Junge hatte ihn seine Mutter auf eine Tournee dorthin mitgenommen. In Manaus am Amazonas hatte der kleine Leon vor dem geschlossenen *Teatro Amazonas* gestanden und sich vorgestellt, dass Maman darin singen oder tanzen würde. Die Geschichte des berühmten Opernhauses hatte ihn nie losgelassen. Ein Opernhaus im Dschungel, finanziert von Geldern der Kautschukbarone. Inzwischen wurde das Haus wieder bespielt und Manaus hatte sich längst vom Niedergang des Kautschukbooms erholt. Heute kamen die Touristen hauptsächlich wegen des dichten Regenwaldes. Manaus war der richtige Ort für ihn.

*

»Wir haben einen Hinweis von Interpol erhalten.« Akif Neumann stürzte in Kants Büro. »Eine Angestellte der Fluggesellschaft hatte auf dem Madrider Airport einen Streit mit Fabry wegen eines beschädigten Gepäckstücks. Sie hat ihn auf dem Fahndungsfoto erkannt. Jetzt kennen wir den Namen, den er benutzt: Carlos Montoya.«

»Hoffen wir, dass er noch in Madrid ist«, ergänzte Kant.

»Flughäfen, Bahnhöfe, Mietwagenfirmen, Banken und Polizeidienststellen sind informiert. An den Hotels und Feriensiedlungen sind die spanischen Kollegen dran. In der Gegend gibt es einfach zu viele Angebote für Touristen. Aber wenn er Madrid mit dem Flieger verlassen will, haben wir gute Chancen, ihn zu erwischen«, behauptete Neumann.

*

Der Lieferwagen hielt vor der Kunsthalle. Ein Bote stieg aus, betätigte die Schiebetür, holte ein flaches Paket heraus und begab sich zum Empfang.

»Paket für eine Frau Anna Stern«, sagte der Mann und schob das Teil über den Tisch. »Gibt es die Dame bei Ihnen?«

Die Empfangsdame bejahte, griff nach dem Karton und legte ihn neben den Eingangskorb.

»Ihre Unterschrift«, sagte der Bote, hielt ihr ein elektronisches Gerät und eine Art Stift hin, mit dem sie einen krakeligen Namen malte. Der Paketbote verschwand.

Ach, Mist, die Stern ist ja noch nicht wieder zurück, fiel der Empfangsdame ein.

Sie betrachtete das Paket und beschloss, es später bei Dr. Sucher abzugeben. Sie wandte sich wieder der Zeitung und ihrem Käsebrötchen zu.

Wenig später erschien Angelo Salieri zum Dienst. Ganz der Italiener, machte er der Empfangsdame ein Kompliment zu ihrer Frisur und wünschte ihr einen angenehmen Tag.

»Warten Sie«, rief sie ihm nach. »Eben ist ein Paket für Frau Stern angekommen. Wann kommt die denn wieder?«

Salieri war wie elektrisiert. Er ließ sich das Paket zeigen, horchte es ab, schüttelte es und las den Paketschein. Es war in Holland abgeschickt worden und als Absender war ein *Joannis ver Meer, Delft, Oude Langendijk* angegeben.

Salieri lief es kalt über den Rücken. Es handelte sich um den zeitgenössischen Namen von Jan Vermeer und auch die

Adresse war korrekt. Vor dreihundertfünfzig Jahren war das Vermeers Anschrift gewesen.

»Ich kümmere mich darum«, sagte er und nahm das Paket an sich.

Von seinem Büro aus informierte er Sucher und Anna Stern über die merkwürdige Sendung.

Anna wiederum setzte sich unverzüglich mit Kant in Verbindung.

Anna, Salieri und Sucher warteten im Polizeipräsidium auf das Ende der Untersuchung.

Nach einer Stunde wurde das Paket von der Polizei als nicht explosiv eingestuft.

Ein Beamter mit Mundschutz und Latexhandschuhen riss das Papier herunter. Eine Holzkiste erschien. Sie ließ sich leicht öffnen. Das Innere war gepolstert und enthielt einen viereckigen Gegenstand, der in ein Leinentuch gehüllt war. Der Polizist schlug das Tuch zurück.

»Ein Bild«, meinte er enttäuscht.

Annas Herz machte einen Aussetzer. Vor ihr lag der Vermeer! Wunderschön, von Übermalungen befreit und unversehrt.

*

Auch Henri Goldstein reagierte auf die Nachricht euphorisch. Der Vermeer war wieder da. Sucher hatte ihm neue Fotos gemailt und ihm die Umstände mitgeteilt: ein Paket für Frau Stern an die Adresse der Kunsthalle, abgeschickt von Vermeer persönlich!

Frau Leist ist meinem Rat offenbar gefolgt, dachte Goldstein. Aber wo hat sie das Gemälde bearbeiten lassen?

Goldstein informierte die Inhaber des Auktionshauses

und die Fachkollegen der Firma. Begeisterung bei allen. Ganz *Sotheby's* war hin und weg.

Goldstein rief Sucher wieder an.

»Will Frau Stern verkaufen?«

»Ich weiß es nicht. Sie hat gerade etwas Schreckliches erlebt. Lassen Sie ihr Zeit«, erwiderte Sucher.

»Ja, ich habe von der Entführung gelesen. Aber das Bild ist eine Sensation – wir werden den besten Preis herausholen. Sagen Sie ihr das.«

»Ende nächster Woche wird die Ausstellung eröffnet. Ich hoffe, Sie dabei begrüßen zu können«, erklärte Sucher. »Dann bekommen Sie Gelegenheit, selbst mit Frau Stern zu sprechen.«

»Den Vermeer halten Sie aber unter Verschluss, hoffe ich!«

»Es ist nicht vorgesehen, dass er in die Ausstellung geht«, sagte Sucher. »Wir hängen die Sache nicht an die große Glocke. Die Polizei hat dazu geraten. Das Werk wird auf Spuren untersucht, die der Einbrecher hinterlassen haben könnte, und kommt dann in ein sicheres Bankschließfach.«

Goldstein war beruhigt. Jetzt musste er nur noch diese Frau Stern dazu kriegen, ihm das Bild zu überlassen. Nach der *Jungen Frau am Virginal* war dies der zweite Vermeer-Coup seiner Firma. Und dieser hier war ungleich größer. Denn es zeigte vermutlich das einzige Selbstporträt des großen Malers!

*

Mit einem prüfenden Blick überflog Dr. Manfred Sucher die Gesellschaft, die zur Eröffnung der Ausstellung erschienen war. Er registrierte die üblichen Medienvertreter und seine Mitarbeiter. Dann entdeckte er Henri Goldstein. Der kam mit wehendem Mantel durch die Tür und gab seine unförmige Aktentasche an der Garderobe ab.

Sucher freute sich über das volle Haus. Dies würde seine Show werden. Jahrelang hatte er nirgends mehr im Mittelpunkt gestanden, immer anderen den Vortritt gelassen, wenn es darum ging, Meriten einzuheimsen. Damit war jetzt Schluss.

Er wusste, dass seine Rede brillant war. Er würde die Menschen mitnehmen auf einen Weg in die goldene Zeit des 17. Jahrhunderts, zu dem, was die Menschen damals dachten, sagten und fühlten, was sie schön fanden, wie sie ihre Probleme und ihren Alltag bewältigten.

Doch zuerst musste er Goldstein begrüßen, der ihm fast wie ein alter Freund erschien. Sucher schritt die Treppe hinab. Er hatte sich heute besonders herausgeputzt, der Friseur hatte ihm Haar und Bart gerichet. Durch die inzwischen regelmäßigen Bewegungen seiner Lenden hatte er ein wenig abgenommen, der Bauch war weg und überhaupt hatte er ein wunderbares Körpergefühl. Sein bester Anzug passte ihm wieder, er hatte sich ein neues Hemd gekauft und die Uhrkette poliert.

Als er über das Parkett lief, standen die Menschen in dichten Trauben um die Bilder herum. Auch Goldstein war an eine Wand herangetreten. Dort hing Osias Beerts *Stillleben mit Austern, Konfekt und Früchten.*

Sucher steuerte den Londoner Experten mit großen Schritten an. Zufällig blieben seine Augen an einer weiblichen Gestalt hängen, die ihm bekannt vorkam. Die Frau trug ein eng anliegendes schickes Kostüm mit kurzem Rock und hohe Stöckelschuhe. Ihr blondes Haar hatte sie unter einem eleganten Hut versteckt.

Jetzt drehte sie sich um. Sucher erkannte Dollys Gesicht. Sein Herz hüpfte vor Freude.

»Welche Überraschung«, sagte er und nahm ihre Hand. »Ich bin entzückt.«

Er küsste sie auf die Wange.

»Hoffentlich bist du mir nicht böse, weil ich gekommen bin«, sagte Dolly. »Oder bist du doch böse? Du guckst so komisch?«

»Ich bin nur etwas erstaunt«, entgegnete er. »Dieses tolle Kostüm. Ich kenne dich ja nur – anders gekleidet. Und die Brille auf deiner Nase ist mir auch neu.«

Beide lachten. »Kümmere dich um deine Gäste«, sagte sie. »Ich komme schon zurecht.«

Sucher strich ihr über die Wange und versprach, sie bald wieder aufzusuchen.

Goldstein hatte sich von dem Beert entfernt und betrachtete nun Steens *Liebeskranke Frau.* Ein ähnliches Motiv des Malers befand sich in der Alten Pinakothek in München, aber es war nur halb so schön wie dieses: In einer Stube fühlte ein Arzt den Puls einer rot gekleideten Frau mit weißer Haube, die in einer Hand einen Brief hielt. Wahrscheinlich handelte es sich um einen verbalen Korb, den die Arme kassiert hatte und der sie so krank machte, dass ein Arzt kommen musste. Das Bild war nicht frei von Komik.

»Herr Goldstein«, rief Sucher. »Ich freue mich, dass Sie hier sind.«

Auch der Mann aus London strahlte.

»Eine wunderbare Ausstellung«, lobte er. »Und vorzüglich präsentiert.«

»Danke, wir haben uns auch sehr viel Mühe gegeben. Ich hoffe, wir sehen uns nachher noch«, sagte Sucher. »In der ersten Etage gibt es Schnittchen und Sekt für die geladenen Gäste. Leider muss ich jetzt weg. Es ist höchste Zeit für meine Rede.«

Dolly staunte. Da oben auf der Empore stand ihr kleiner Doktor und redete von sinnlichen Vergnügungen, von denen sogar sie noch nichts wusste. Vom Zauber der Farben, von der Lust am Überfluss, von der Angst vor Strafe und von ungebremster Wollust. Na ja, vom Letztgesagten verstand sie doch einiges, aber so wie er es schilderte – mit wohlgesetzten Worten und manchmal zu ihr hinabschauend –, lief ihr doch ab und zu ein leichter Schauer über den Rücken.

»Was macht diese Bilder aus?«, fragte Sucher. »Ich kann es Ihnen sagen: Die Wirklichkeit und damit der Mensch rücken immer stärker in den Vordergrund. Das Interesse gilt in der Malerei dem Porträt, der Landschaft und dem Interieur. Der Mensch hat sich ein freies und unabhängiges Verhältnis zur Natur geschaffen, das die Malerei interpretiert. Genremalerei und Stillleben sind bei Bürgern und Künstlern hoch angesehen.«

Wunderbar, wie er sprach. Dolly sah sich um. Die Leute hingen an seinen Lippen, Kameras surrten und manch beeindruckter Blick wanderte nach oben.

War das der Mund des Mannes, der so viel Spaß daran hatte, ihr kleine Schweinereien ins Ohr zu flüstern?

Auch Rebecca Leist hörte den Vortrag ihres ehemaligen Chefs. Eigentlich hätte sie da oben stehen und reden sollen; alles war so verdammt schiefgelaufen. Mehr als die üblichen Plattitüden gab Sucher nicht von sich, solche Sätze konnte man in jedem Buch nachlesen.

»Und jetzt lassen Sie die Künstler zu Ihnen sprechen! Lustwandeln Sie, geben Sie sich den Bildern hin und schauen Sie.«

Applaus brandete auf, Blitzlichter erhellten die Szene.

Sucher nickte freundlich, nahm dann die Treppe nach unten. Er suchte Dolly und reichte ihr den Arm: »Darf ich bitten?«

Lächelnd hängte sie sich bei ihm ein und folgte ihm.

»Oh – hallo, Rebecca.«

Leist hatte sich ihnen in den Weg gestellt.

»Schön, dass Sie gekommen sind. Wie geht es Ihnen?« Trotz der Sonnenbrille konnte Sucher ihre Frage nach der Frau an seinem Arm in Leists Gesicht erkennen.

»Darf ich vorstellen? Dr. Rebecca Leist, meine ehemalige Stellvertreterin, und Dolly ...« Sucher zögerte einen Moment und fuhr fort: »Frau Dolly Finder. Meine Freundin. Ich hoffe, Sie nehmen noch an der kleinen Feier in meinem Büro teil, Frau Kollegin.«

Er wartete Leists Zusage nicht ab, war schon auf dem Weg zu Goldstein, der nahe an einen Pieter de Hooch getreten war – misstrauisch beäugt von einem Frührentner, der als Wächter jobbte.

»Finder?«, kicherte Dolly.

»Passt doch gut«, flüsterte er grinsend. »Ich bin Sucher und du Finder. Ich habe gesucht und dich gefunden. Das fiel mir gerade so spontan ein. Und jetzt lass uns mit den anderen die Ausstellung feiern.«

Henri Goldstein bat Anna Stern um ein Gespräch unter vier Augen.

»Ich möchte Ihnen einen Vorschlag machen«, kam Goldstein gleich zur Sache. »Mein Haus würde gern alle Werke übernehmen. Ich habe schon eine Liste von ernsthaften Interessenten zusammengestellt und erste, vertrauliche Gespräche geführt. Das Interesse ist sehr groß. Ich gehe davon aus, dass eine Auktion mehrere Millionen Euro bringen wird. Ohne das Vermeer-Bild.«

Anna wurde es flau im Magen. So viel Geld! Mein Leben wird sich komplett ändern, dachte sie. Und doch freue ich mich nicht. Was ist bloß los mit mir?

Goldstein hatte eine Ahnung davon, was in Anna vorging. »Lassen Sie sich Zeit. So viel Zeit, wie Sie brauchen. Ich bin immer für Sie da. Rufen Sie mich an, wenn Sie Fragen haben.«

»Ich danke Ihnen«, lächelte sie. »Was muss ich tun, damit das Vermeer-Gemälde offiziell als authentisch anerkannt wird?«

»Vertrauen Sie es mir an«, antwortete er. »Ich kümmere mich darum.«

»Und wenn ich es gar nicht versteigern will?«

»Dann stellen wir Ihnen die Kosten der Untersuchung in Rechnung. Das ist eine lächerliche Summe im Vergleich zum Wert der kompletten Sammlung. Ich nehme an, Sie wollen sich den Vermeer ins Wohnzimmer hängen?«, scherzte er.

»Lieber nicht. Ich habe keine Lust auf ungebetenen Besuch. Das Bild sollte allen Menschen zugänglich sein. Und nicht nur einem Sammler, der es für sich allein haben will.«

»Kein Museum der Welt hat die Mittel, einen Vermeer zu erwerben«, stellte Goldstein klar.

»Ich werde ihn nicht verkaufen.«

Goldstein sah sie prüfend an. »Sie verzichten auf mehrere Millionen?«

»Der Erlös der restlichen Sammlung reicht mir.«

»Dann habe ich einen Vorschlag.« Auf Goldsteins Stirn standen Schweißtropfen. »Eine Schenkung an die irische Nationalgalerie in Dublin. Oder zumindest eine Dauerleihgabe. Das Bild ist das Pendant zu *Briefschreiberin und Dienstmagd.* Die beiden Werke müssen zusammengeführt werden. Sie schreibt ihm und er schreibt ihr. Beide haben dieselben Maße, sind vermutlich auf demselben Leinwandballen gemalt. Der Briefschreiber ist Vermeer, die Briefschreiberin seine ferne Geliebte. Das wird eine absolute Sensation!«

*

Am nächsten Morgen wurde Kant über die Festnahme Fabrys informiert. Endlich, dachte er, jetzt hat alles ein Ende. Fabry würde in den nächsten Tagen nach Deutschland überstellt werden. »Wir haben ihn«, teilte er Anna mit. »Der Albtraum hat ein Ende.«

»Bevor der Kerl nicht verurteilt ist, ist gar nichts zu Ende«, widersprach sie. »Er wird alles auf Meyer schieben, weil der sich nicht mehr wehren kann.«

»Nein, das wird nicht passieren«, hielt Kant dagegen. »Wir nehmen gerade sein Haus, die Schneiderwerkstatt und Meyers Schuppen noch einmal auseinander. Das Messer, mit dem Maja Schneider und Belinda Stork getötet wurden, ist sichergestellt worden. Es war in dem Schuppen versteckt und trägt Fabrys Fingerabdrücke. So einfach kommt er aus der Nummer nicht heraus.«

»Dann ist es ja gut. Die Ausstellung ist übrigens von der Presse hervorragend aufgenommen worden«, sagte sie.

»Ich weiß, ich habe das verfolgt. Was hast du heute noch vor?«

»Nichts. Ich werde schlafen und über eine Sache nachdenken, die mir Goldstein vorgeschlagen hat«, antwortete sie.

»Die Versteigerung der Bilder, ja«, sagte er. »Du wirst bald eine sehr reiche Frau sein.«

»Stimmt. Aber das meine ich nicht. Es geht um den Vermeer. Ich überlege, ob ich ihn hergeben soll.«

*

Am Abend traf Anna die Entscheidung. Sie informierte Goldstein telefonisch, dass sie seinem Vorschlag, den Vermeer der Nationalgalerie in Dublin zu übereignen, zustimmte. Sie bat ihn, seine Verbindungen zu nutzen und die Geschichte diskret über die Bühne zu bringen.

»Diskret?«, lachte Goldstein. »Das wird nicht möglich sein. Die Dubliner Kollegen werden vor Freude aus dem Häuschen sein. Und Sie wollen das Bild wirklich gleich ganz hergeben? Denken nicht über eine Dauerleihgabe nach?«

»Das ist nichts Halbes und nichts Ganzes.«

»Ich danke Ihnen sehr!«

Kapitel 37

Ein halbes Jahr später wurde das Vermeer-Gemälde für echt erklärt und der Nationalgalerie übereignet. In der kunstgeschichtlichen Literatur erhielt das Bild den Titel *Briefschreiber und Dienstmagd*. Das war nicht besonders originell, störte aber niemanden und passte zum Titel des Schwesterbildes.

Anna Stern überließ der Kunsthalle in Rheinburg fünf Genrebilder als Leihgabe. Die anderen versteigerte *Sotheby's* für den erwarteten Millionenkurs. Anna Stern war eine reiche Frau.

Mit Unterstützung des Amtsgerichts forschte sie nach den Gläubigern ihres Onkels und beglich seine Schulden.

Leon Fabry wurde drei Monate später in einem aufsehenerregenden Indizienprozess wegen zweifachen Mordes an Maja Schneider und Belinda Stork zu lebenslanger Haft verurteilt. Das Gericht glaubte Fabrys Beteuerungen nicht, dass Meyer allein der Mörder war.

Auch Jens Hackmann wurde der Prozess gemacht. Aufgrund seiner Depression und des Drogenmissbrauchs erklärte das Gericht ihn für schuldunfähig und wies ihn in die Psychiatrie ein.

*

Anna hätte Rebecca Leist fast nicht wiedererkannt. Sie war ungeschminkt, hatte kurzes graues, leicht gelocktes Haar, trug legere Kleidung und Flip-Flops. Sie wirkte sanfter und weicher.

Leist überspielte ihre Überraschung.

»Wie nett«, lächelte sie. »Waren Sie gerade in der Gegend?«

»Nein. Ich bin allein wegen Ihnen hier.«

»Dann treten Sie bitte ein.« Leist ging vor, Anna folgte.

»Lassen Sie uns in den Monopteros gehen«, schlug Leist vor. »Ihr Onkel hat ihn mir vor etwa zwanzig Jahren in den Garten gesetzt. Ziemlich widerwillig übrigens. Heute würde ihm der Liebestempel gefallen.«

Die Pracht der Rosen im Garten überwältigte Anna. Überall duftete und summte es. Bienen und Schmetterlinge machten sich über die Blüten her.

Die Treppe zum Liebestempel war von Unkraut überwuchert. Hier hatte schon lange niemand mehr gesessen. Mit der Hand fegte Leist Laub von den Steinbänken. »Was wollen Sie von mir?«

»Es geht um den Vermeer«, begann Anna.

»Der hängt doch jetzt in Dublin, so las ich in der Presse«, lächelte Leist. »Das war eine gute Entscheidung von Ihnen, finde ich.«

»Ja. Doch warum haben Sie das Bild stehlen lassen?«

Leist sah Anna lange an. »Weil es mir gefiel.«

»Hans ist dabei gestorben. Er war Ihr Freund.«

»Das habe ich nicht gewollt«, sagte die Kunstexpertin leise. »Ich hatte keine Ahnung davon, dass Albertos Herz so krank war. Danach wusste ich nicht mehr, was ich tun sollte.«

»Doch, Sie haben es genau gewusst«, widersprach Anna. »Sie haben den Vermeer restaurieren lassen. Und als Sie feststellten, dass er nicht zu verkaufen war, haben Sie ihn mir zugeschickt.«

»Falsch«, sagte Leist und zupfte sich ein Blatt von der Bluse. »Es war mir von vornherein klar, dass ich das Bild nicht verkaufen konnte. Ich bin ja schließlich vom Fach. Ich wollte es einfach besitzen. Doch nach Hans' Tod gefiel es mir nicht mehr. Den Rest kennen Sie ja. Wie sind darauf gekommen, dass ich es war?«

»Ihr Parfum klebte an dem Paket – besonders an dem Stoff, in den das Bild eingehüllt war. Ich fand den Duft immer schauderhaft.«

Leist lachte. »Ich mag ihn inzwischen auch nicht mehr. Was wollen Sie jetzt tun? Mich anzeigen?« Sie erhob sich, ihr Ton war leicht aggressiv geworden.

»Nein. Ich wollte es nur sicher wissen«, entgegnete Anna und stand ebenfalls auf. »Ich glaube Ihnen, dass Sie den Diebstahl bereuen. Mit der Schuld müssen Sie allein fertig werden.«

Leist begleitete Anna zur Haustür. Ihr Auto parkte ein wenig abseits im Schatten einer Zypresse. Leist sah ihr nach.

Anna öffnete die Beifahrertür und sagte: »Erledigt. Wir können los.«

Kant lächelte und gab Gas.

Deutschland im Vormärz

Gabriella Wollenhaupt & Friedemann Grenz

Blutiger Sommer

Historischer Kriminalroman

ISBN 978-3-89425-616-6, eISBN 978-3-89425-874-0

Berlin 1846: Gleich zwei Verbrechensserien erschüttern die Stadt. An der Havel geht ein Vergewaltiger um und im Scheunenviertel werden junge Frauen regelrecht abgeschlachtet.

Der leitende Ermittler Justus von Kleist steht gehörig unter Druck. Denn Polizeipräsident Eugen von Puttkamer geht es nicht nur um eine schnelle Aufklärung der Mordserie, er will den Fall auch für seine politischen Ziele nutzen. Deshalb passt es ihm gut, dass der erste Verdächtige ein Jude ist. Doch von Kleist glaubt nicht an dessen Schuld. Zufällig bringt ihn seine Frau Rachel auf eine Spur, die in eine ganz andere Richtung weist …

»Historisch, amüsant, spannend und informativ: So schön können Krimis sein!« www.stadtlichter.com

»Rasant konstruiert, flott geschrieben und eine lohnende Zeitreise in eine interessante Epoche.« WDR 2

»Ein facettenreiches und spannendes Zeitbild.« ekz-Bibliotheksservice

»Die Autoren verstehen ihr Fach, den Leser in Geschichte und Historie hineinzuziehen, sodass er sich den Figuren nahe und spannend unterhalten fühlt.« Nordkurier

»Ein tolles Werk mit interessanten Einblicken in die Mitte des 19. Jahrhunderts.« www.buchtipps.net

»Ein atmosphärischer Berlin-Krimi.« P.S. – Die linke Zürcher Zeitung (CH)

grafit

Grappa-Krimis von ...

Grappas Versuchung
ISBN 978-3-89425-034-8, eISBN 978-3-89425-980-8
1. Fall: Reporterin umkreist charmanten Bösewicht

Grappas Treibjagd
ISBN 978-3-89425-038-6, eISBN 978-3-89425-981-5
2. Fall: Wer ist der geheimnisvolle Onkel Herbert?

Grappa macht Theater
ISBN 978-3-89425-042-3, eISBN 978-3-89425-982-2
3. Fall: Geheimbund kontrolliert Kulturleben in Bierstadt

Grappa dreht durch
eISBN 978-3-89425-983-9
4. Fall: Nackte Tatsachen in einem Bierstädter Filmstudio

Grappa fängt Feuer
eISBN 978-3-89425-984-6
5. Fall: Eine Reisegruppe in Griechenland verliert ihre Teilnehmer ...

Grappa und der Wolf
eISBN 978-3-89425-985-3
6. Fall: Ein charmanter Auftragskiller und Plutoniumschmuggel

Killt Grappa!
eISBN 978-3-89425-986-0
7. Fall: Schönheitschirurgie und Satanismus

Grappa und die fantastischen Fünf
eISBN 978-3-89425-987-7
8. Fall: Toter Teppichhändler und tückische Erpresserbande

Grappa-Baby
ISBN 978-3-89425-207-6, eISBN 978-3-89425-988-4
9. Fall: Die menschliche Reproduktion zwischen Himmel und Hölle

Zu bunt für Grappa
eISBN 978-3-89425-989-1
10. Fall: Ein Toter im Melonenfeld und ein unbekannter van Gogh

Grappa und das große Rennen
eISBN 978-3-89425-990-7
11. Fall: Wer meuchelte die drei prominenten Sozis?

Flieg, Grappa, flieg!
ISBN 978-3-89425-256-4, eISBN 978-3-89425-991-4
12. Fall: Wilde Tiere, tote Callboys und aggressive Neonazis

... Gabriella Wollenhaupt

Grappa und die acht Todsünden
ISBN 978-3-89425-267-0, eISBN 978-3-89425-992-1
13. Fall: Tödliches Festmahl für sieben Männer und Frauen

Grappa im Netz
ISBN 978-3-89425-278-6, eISBN 978-3-89425-993-8
14. Fall: Der OB ist verschollen und untreue Ehemänner werden gemeuchelt

Grappa und der Tod aus Venedig
ISBN 978-3-89425-290-8, eISBN 978-3-89425-994-5
15. Fall: Grappa und ein Mörder auf den Spuren Thomas Manns

Rote Karte für Grappa
ISBN 978-3-89425-318-9, eISBN 978-3-89425-995-2
16. Fall: Wer killte den brasilianischen Stürmerstar Toninho?

Grappa und die Nackenbeißer
eISBN 978-3-89425-996-9
17. Fall: Die Welt der Kitschromane – da bleibt kein Auge trocken!

Es muss nicht immer Grappa sein
ISBN 978-3-89425-355-4, eISBN 978-3-89425-845-0
18. Fall: Eine zu früh verstorbene Rentnerin und 35 kg Kaviar

Grappas Gespür für Schnee
ISBN 978-3-89425-359-2, eISBN 978-3-89425-846-7
19. Fall: Wer bezahlt die Kokspartys im Bierstädter Rathaus?

Grappa und die keusche Braut
ISBN 978-3-89425-372-1, eISBN 978-3-89425-812-2
20. Fall: Amokläufer tötet eine ganze Klasse – die Lehrerin überlebt ...

Grappa und die Seelenfänger
ISBN 978-3-89425-385-1, eISBN 978-3-89425-850-4
21. Fall: Der Chef einer Castingshow wird erst entführt, dann erleuchtet

Grappa lässt die Puppen tanzen
ISBN 978-3-89425-395-0, eISBN 978-3-89425-861-0
22. Fall: Ein Karussell des Elends – von Plovdiv nach Bierstadt in den Tod

Grappa und die Toten vom See
ISBN 978-3-89425-418-6, eISBN 978-3-89425-886-3
23. Fall: Brauner Sumpf in Bierstadt – alte und neue Nazis

Lust auf mehr kriminelle Kunst?

Mordsmäßige Kartoffeln und Biokost

Ella Theiss

Die Spucke des Teufels

ISBN 978-3-89425-614-2, eISBN 978-3-89425-801-6

Die Witwe Lisbeth hat es nicht einfach: Ein Major stellt ihr brutal nach, während andere versuchen, in den Besitz ihres Wirtshauses zu gelangen. Doch immer wieder weiß sie, sich zu behaupten. Bis ihr die Kartoffelorder des Preußenkönigs Friedrich II. zum Verhängnis zu werden droht ...

»Ein überaus lesenswertes, ebenso spannendes wie kurzweiliges Buch.« NRZ

»Eine gelungene Mischung zwischen einem historischen Roman und einem spannenden Krimi.« www.lovelybooks.de

»Humorvoll und mit viel Gespür für Zeitkolorit erzählt Ella Theiss in ihrem Debütroman die Geschichte einer Frau, die endlich ein eigenständiges Leben führen will – und dafür auch die eine oder andere Leiche in Kauf nimmt.« Brigitte

Ella Theiss

Neben der Spur

ISBN 978-3-89425-402-5, eISBN 978-3-89425-867-2

Die junge Journalistin Karo Rosenkranz heuert bei der Biosuppenfirma *Hepp* als PR-Frau an. Schon bald stellt sie fest: Mit der Unternehmerfamilie stimmt etwas nicht, jeder kocht sein eigenes geheimes Süppchen. Als der designierte Firmenerbe Valentin Hepp plötzlich verschwindet, gerät Karo in tödliche Gefahr.

»Neben der Spur *verbindet skurrilen Humor mit einem spannenden Krimi-Plot. Ella Theiss versteht ihr Handwerk!«*
KRIMI – Das Magazin für Wort & Totschlag

»Trotz des locker-leichten Erzählstils packt Theiss gleich zwei große heiße Moraleisen an, souverän und ganz ohne sich die Finger zu verbrennen. Wunderbar!« Virginia

»Herrlich grotesker Humor, freche Sprache und ungenierte Beobachtungen deutscher Mentalität wechseln mit intensiven, emotionalen Innenschauen und rasant, thrillerhaft anmutender Action ab.« www.focus.de